A
DIETA
DAS
CHOCÓLATRAS

Da Autora:

O Clube das Chocólatras

A Dieta das Chocólatras

Carole Matthews

A DIETA DAS CHOCÓLATRAS

Tradução
Flávia Carneiro Anderson

Copyright © 2007, Carole Matthews

Título original: *The Chocolate Lovers' Diet*

Capa: Silvana Mattievich
Foto de capa: Emma Thaler/GETTY Images

Editoração: DFL

Texto revisado segundo o novo
Acordo Ortográfico da Língua Portuguesa.

2010
Impresso no Brasil
Printed in Brazil

CIP-Brasil. Catalogação na fonte
Sindicato Nacional dos Editores de Livros – RJ

M388d	Matthews, Carole
	A dieta das chocólatras/Carole Matthews; tradução Flávia Carneiro Anderson. – Rio de Janeiro: Bertrand Brasil, 2010.
	420p.
	Tradução de: The chocolate lovers' diet
	ISBN 978-85-286-1407-7
	I. Romance inglês. I. Anderson, Flávia Carneiro. II. Título.
	CDD – 823
	CDU – 821.111-3
09-4474	

Todos os direitos reservados pela:
EDITORA BERTRAND BRASIL LTDA.
Rua Argentina, 171 – 2ª andar – São Cristóvão
20921-380 – Rio de Janeiro – RJ
Tel.: (0xx21) 2585-2070 – Fax: (0xx21) 2585-2087

Não é permitida a reprodução total ou parcial desta obra, por
quaisquer meios, sem a prévia autorização por escrito da Editora.

Atendimento e venda direta ao leitor:
mdireto@record.com.br ou (21) 2585-2002

Já estava na hora de eu elogiar alguns de meus amigos, que nem se incomodam em saborear com frequência minhas sobremesas de chocolate experimentais, ainda mais em nome da pesquisa, e que me ajudam a manter a relativa sanidade e os pés no chão — sobretudo ao me lembrar o tempo todo de que não tenho um emprego de verdade.

Sem ordem de preferência — não quero ser acusada de favoritismos, senão os convites para os churrascos vão acabar —, dedico este livro:

Ao grupo Tattenhoe: Lee e Marcia, Albert e Ayesha, Gavin e Angela, Paul e Alison, Martin e Lyn, da casa ao lado, e Barry e Ruth.

Aos Veteranos (em termos de duração de amizade, não de idade): Sue e Roger, Martin e Sally, Donna e Malcolm, Chris e Jim, Mad Mike Bentham e Tina "Donks". Dave "The Rave" Sivers e Chris. Paul e Paula. Vivien e John Garner. Tom e Julie "Bling, Bling" Reid. Tony "Captain Baldy" Kirkby e Cindy. Adrian e Amanda. Marjorie e Norman Peebles — minha equipe extraoficial de relações públicas. Jeremy, Suzannah e filhas. Hazel "Careless Whisper" Ketley, o maridão Dennis e sua família incrível, que me têm apoiado de forma incondicional ao longo dos anos.

Às Mulheres que Almoçam Juntas — Lynne, Lesley e Heather. E às moças do The Boot, que nos tratam tão bem e nem se incomodam com as nossas risadas escandalosas. (Ou, se o fazem, não nos contam...)

Sinto muito se me esqueci de alguém, mas é o que acontece quando se é cabeça de vento. Meu querido Kev e eu amamos vocês todos. Obrigada por serem nossos amigos.

Capítulo Um

escobri que há dois tipos de mulheres. As fissuradas por chocolate e as nojentas. Estas são do tipo que diz: "Ah, imagina se eu consigo comer um tablete *inteiro* de Mars, é enjoativo *demais!*" ou "*Um* quadradinho de chocolate amargo é mais do que suficiente, você não acha?". Isso enquanto consomem com moderação um salgadinho Twiglet, como se ele fosse um substituto adequado para o mais puro prazer. Fala sério!

Já nós, participantes do Clube das Chocólatras, somos viciadas assumidas. Adoramos o melhor alimento do mundo, em todas as suas inúmeras formas. E não temos vergonha disso.

Naquele dia, minhas amigas e eu nos reunimos na nossa sede, um refúgio aconchegante numa das ruelas mais saudáveis de Londres: o Paraíso do Chocolate. E o nome já diz tudo.

Faltava apenas uma semana para o Natal e bem que eu gostaria de descrever um cenário estilo Dickens do lado de fora, cheio de charme e flocos de neve, só que não ia dar, porque nos encontrávamos na

Inglaterra, em plena era de aquecimento global e, portanto, o céu estava nublado, chovia pra caramba e havia um vendaval danado. Mas a gente não se importava. Apesar da força dos elementos à nossa volta, comparecemos em massa. Chantal, Autumn, Nadia e eu, Lucy Lombard — chocólatra suprema e participante-fundadora do clube —, todas encolhidas no sofá, na frente da lareira. Podia não ser uma chama crepitante, mas a imitação a gás moderna funcionava perfeitamente para nós, já que íamos ficar entrincheiradas ali por um bom tempo. Na verdade, ninguém chegaria perto do nosso cantinho gostoso antes do horário de fechamento. Tínhamos uma bandeja de delícias de chocolate à nossa frente: musse suave com um toque de cobertura de cappuccino e saborosos brownies cremosos. Além disso, uma porção das trufas mais gostosas do planeta, preparadas com creme de leite fresco e chocolate de Madagascar, o meu favorito. Como eram feitas com ingredientes frescos, só duravam alguns dias; até parece que seria difícil de resolver isso! Pode acreditar, são o mais perto que se pode chegar de um orgasmo num ambiente público. Deixei escapar um suspiro de prazer.

Os donos do Paraíso do Chocolate, Clive e Tristan, eram gays incríveis — seria meio difícil ver héteros administrando uma chocolataria, não é mesmo? — que nos mimavam, já que podíamos ser consideradas, de longe, as melhores clientes. Se eles nos deixassem cercar com uma corda a área onde ficávamos e colocar uma placa de *SOMENTE VIPS*, nós o faríamos, só que insistiam em receber outras pessoas, embora elas não consumissem tanto quanto a gente.

Nossos sobretudos úmidos estavam aquecendo aos poucos numa pilha próxima de nós. Meus cabelos louros e joviais, com um penteado curto muito legal, feito com o auxílio de duas chapinhas e meio quilo de condicionador antifrizz, estavam grudados na cabeça. Ainda assim, a situação melhora com o passar do tempo. As canecas de chocolate quente com chili, que intensificava o sabor, junto com uma cobertura

caprichada de chantili, já tinham chegado. Minhas papilas gustativas não sabiam se desfaleciam ou pegavam fogo. Faltava apenas um triz para o contentamento. É, a sensação de satisfação estava prestes a chegar, não fosse um pequeno obstáculo.

Na parede do Paraíso do Chocolate foi colocada uma placa de cerâmica divertida. Clive, animado, decorou a borda com lantejoulas prateadas. No centro, estava escrito o seguinte:

Dicas de sobrevivência nos momentos de estresse:

1. Respire fundo
2. Conte até 10
3. Coma chocolate

Era a nossa diretriz. O decreto solene da forma como conduzíamos nossas vidas. Eu respirava fundo, contava só até três e, então, devorava outra trufa. Deixava escapar um suspiro profundo de alívio, sem conseguir evitá-lo. Estava numa fase *muiiiiiiito* estressante. A minha camiseta dizia: NÃO CAIA DE AMORES, CAIA NO CHOCOLATE! — o que dava uma noção do meu problema.

— Ainda não recebeu notícias do Paquera? — perguntou Nadia, com um bigode espumoso e branco sobre o lábio.

Esse era o pequeno obstáculo. Balancei a cabeça. Meu atual namorado, Aiden Holby, vulgo Paquera, estava Desaparecido em Combate. Na Austrália.

De certo modo, sumir do mapa nesse país, no outro lado do planeta, piorava a situação. Se ele estivesse DEC, sei lá, em Belsize Park, no norte de Londres, eu podia pegar o ônibus ou o metrô e ir bater na porta dele de vez em quando, para saber exatamente o que andava rolando. Naquela situação, porém, estava de mãos atadas. Meus e-mails ardentes para ele continuavam sem resposta. Minhas ligações ponderadas, mas inquietas, iam parar no correio de voz e, ainda que eu visse pelo computador que ele estava conectado, não recebia sinal de vida. Não sabia por quê. Alguns dos nossos longos interurbanos internacionais com transmissão via câmera web estavam ficando cada vez mais excitantes. Viva a tecnologia moderna! E, então, nada. Absolutamente nada.

— Não estou entendendo — comentei. — Não é do feitio dele.

Chantal deu uma risada irônica, como quem diz: "Ele é homem, o que mais você esperava?"

— Sério — insisti. — Paquera não é como os outros caras. — No caso de "outros caras", leia-se que não era como o Marcus, o meu ex-noivo babaca e galinha, o sujeito mais infiel do mundo, mesmo incluindo na lista Bill Clinton, Tom Jones e Darren Day.

Minha amiga americana de cabelos impecáveis e conta bancária polpuda riu de novo. Tentei me controlar. Embora ela fosse uma das minhas melhores amigas, a nossa relação continuava meio estremecida. Isso porque ela namorou o meu ex, não o Marcus, mas um cara muito mais legal chamado Jacob. E eu estava bastante confusa naquele momento. Minha vida amorosa equivalia, sentimentalmente, a uma batida em cadeia na rodovia MI. Metal retorcido, sirenes tocando, pane total, destruição, corpos espalhados. Com licença, mas precisava comer mais chocolate só para abastecer o sistema e mantê-lo funcionando...

Vou colocar você a par de tudo enquanto o açúcar faz efeito. Eu e o Jacob namoramos por um curto período, ficando apenas nos entretantos, sem entrar nos finalmentes, por causa de uma série de acontecimentos desastrosos. Ao contrário do Marcus, ele era mesmo um amor. Claro que a relação perdeu um pouco do encanto quando descobri como ganhava a vida. Jacob me dissera que trabalhava na indústria do entretenimento, o que não chegou a ser exatamente uma mentira. Por que é que eu só descubro que os homens da minha vida têm qualidades que antes passaram despercebidas tarde demais? Mas a minha querida amiga Chantal conheceu *a fundo* a ocupação do Jacob. E, pelo que sei, nem chegou a namorar com ele, apenas pagou pelas horas que passou ao seu lado. Ao descobrir que a dita cuja tinha dormido com o meu namorado, mesmo em caráter profissional — quando eu nem cheguei perto da cueca do cara, apesar de desejar ardentemente —, o relacionamento entre nós duas, como você pode imaginar, acabou esfriando. Daí eu reatei com o Marcus, que foi o Pior de todos os Piores Erros possíveis. Ele só me provou que eu não podia confiar nele nem um pouco. Nunca ia deixar de ser galinha, nem eu acreditaria que faria isso. Então, essa fase da minha vida ficou para trás. Os destroços já foram recolhidos, e o trânsito está fluindo bem. Meu lado emocional amadureceu e eu segui em frente. E, agora, tinha a sorte de estar numa relação ótima com meu ex-chefe, Aiden Holby, o "Paquera". Só que, pelo visto, ele estava temporariamente extraviado. Talvez algum cone de tráfego estivesse obstruindo o caminho.

— O Aiden vai aparecer — disse Autumn, como se falasse de algum chinelo que eu acabara de perder. Enrolou uma mecha dos cabelos ruivos e encaracolados com os dedos e olhou para mim. Eu adoraria ser como ela, para quem a caneca estava sempre quase cheia. Já a minha continha apenas uma mísera gotinha, escondida tristemente no fundo. — Dará uma explicação bastante plausível. Espere só e vai ver.

— Vou tentar ligar de novo mais tarde — informei a elas. Então, comi com sofreguidão mais trufas e minha fachada de indiferença foi por água abaixo.

Na minha opinião, manter uma relação com fusos horários tão diferentes sempre seria um desafio, mas, pode acreditar, o Paquera valia a pena. Era um amor, um encanto, tudo de bom. De longe, o melhor namorado que eu já tive e, apesar de minha lista não ser longa, incluía vários caras.

12

O Aiden Holby e eu trabalhávamos na Targa, uma empresa de informática especializada em recuperação de dados que, bom, fazia exatamente isso. Não me pergunte nada mais técnico. Como já falei, ele era o meu chefe, e foi assim que comecei a "paquerá-lo" — daí o apelido dado pelas participantes do Clube das Chocólatras. Depois, foi promovido a diretor do Sei-lá-o-quê Internacional, muito importante, e é por isso que estava na Austrália, enquanto eu continuava enfurnada em Londres, num trabalho temporário e indefinível no Departamento de Vendas; passava o tempo todo tentando evitar fazer algo que exigisse demais de mim. Podia ser a temporária mais duradoura da Targa, mas não pretendia passar o resto dos meus dias ali. De jeito nenhum. Esperava descobrir meu papel predestinado na vida. O que, obviamente, continuava a ser um mistério.

Era para eu ter ido ficar com Paquera em Sidney, para começar uma nova vida, cheia de diversões e aventuras, como legítima namorada em tempo integral. A gente ia morar junto e tudo o mais. Aquela história de Felizes para Sempre, sabe? Acontece que quebrei a perna quando uma das minhas travessuras foi longe demais. E, ainda por cima, fui impedida de voar durante semanas, por causa do maldito gesso.

Daí, o Paquera acabou tendo que se mandar para a Austrália sem a minha pessoa — emprego importante não espera por homem nenhum. Mas, supostamente, devia estar arrumando tudo para que eu fosse me encontrar com ele assim que possível. Acontece que, como a minha perna tinha sarado e o gesso, retirado, eu não tinha grana para comprar a passagem naquela época de boa vontade, a um preço de tirar o olho da cara. E, nesse ínterim, meu adorável namorado transoceânico desapareceu da face da Terra.

— Então você não sabe se o Paquera vem passar o Natal aqui? — perguntou Nadia.

— Não. Ele chegou a considerar a possibilidade, mas... — Não vinha respondendo aos meus malditos recados, e-mails, nada. Em vez de checar a cerveja, o churrasco e a praia de Bondi, o supracitado indivíduo tinha se escafedido. O que com certeza requeria mais chocolate e o seguimento das diretrizes das chocólatras. Acho que uma porção daquele brownie cremoso daria conta do recado.

Respirei. Contei. Comi. *Hum.* Ah, assim está melhor...

Capítulo Dois

Seja quem for que disse que dinheiro não compra felicidade obviamente não gastava um tostão sequer com chocolate. Depois de algumas horas relaxantes com as minhas amigas, desfrutando do nosso alimento favorito — a sobremesa, as trufas e os brownies cremosos já tinham sido devorados havia muito tempo —, minhas maçãs do rosto estavam rosadas e a minha barriga, agradavelmente cheia. Sentia-me bem, até me deixando levar um pouco pelo espírito natalino. Será que eu era a única a achar que o Natal só devia ser celebrado a cada cinco anos? Que maravilha seria! Uma vez por ano era demais. A gente mal tirava os enfeites do apê e já estava na hora de sacudir a poeira deles de novo. Eu só sentiria falta dos deliciosos chocolates dessa época: embalagens especiais, moedas de chocolate, caixas de um quilo de Milk Tray, com bombons sortidos embrulhados em celofane esbranquiçado, que, a bem da verdade, podiam ser consumidos de uma vez só.

Todos os anos, apesar de jurar tomar jeito, eu provocava o maior rombo no cartão de crédito para comprar algo superextravagante — que na certa não seria necessário, muito menos apreciado — para o Marcus, o meu ex-noivo. Não era muito legal ficar endividada até junho só para o meu querido ex passear numa pista, num Aston Martin DB9, fazer um incrível voo de asa-delta ou voar serenamente céu adentro num balão, com taça de champanhe e tudo. Mas o cara sempre me presenteava com coisas tão legais no Natal e eu sentia necessidade de retribuir e, às vezes, até de competir com ele. Quando me dava um dia em um spa fabuloso ou uma caixa colossal de bombons belgas, eu não podia mandar, em troca, um CD com os últimos sucessos nem uma quinquilharia barata, podia? O Paquera era um cara muito mais sensato, e eu tinha certeza de que ficaria satisfeito com um pequeno símbolo do meu amor. Mais um ótimo motivo para me livrar do Marcus.

Eu me deixei cair no sofá e abri o botão do alto da calça para deixar a barriga mais à vontade. Controlar o consumo de chocolate era um pesadelo naquela época do ano; a tentação de todas aquelas latinhas de bombons sortidos da Quality Street, da Nestlé; da Celebrations, de vários sabores, da Mars; de castanhas-do-pará cobertas de chocolate e do Chocolate Orange, da Terry's. E o que dizer daquelas caixas de um metro de Fingers, da Cadbury, que você *precisava* comer para ser educada, já que alguém no escritório achava que seria divertido lhe dar uma de presente? *Hum!* Umas dessas guloseimas nunca é suficiente, não é? Aposto que eu podia entrar no *Livro Guinness dos Recordes* como a devoradora mais rápida de Fingers de um metro. Imagine todo o treinamento que isso requereria. De repente, minhas perspectivas se tornaram mais agradáveis. Talvez o Natal não fosse tão ruim assim, no fim das contas.

Por motivos que eu mesma desconhecia, fiz um esforço para dar uma ajeitada na minha sala bastante acabada. Talvez por esperar que

Paquera voltasse nesse período natalino. Comprei um pinheiro de verdade no Camden Market — o que não requereu muito esforço, já que o mercado ficava do outro lado da rua e um funcionário, levado por uma inesperada boa vontade natalina, carregou-o até aqui. A árvore custou uma grana, vinte libras esterlinas, e eu ainda dei uma gorjeta polpuda para o cara. Naquele momento, o pinheiro já estava enfeitado com luzinhas em formato de pimenta-malagueta, que ficavam piscando animadamente, sem dar sono em ninguém. Devia ser de um tipo indestrutível, pícea azul ou algo assim, mas já tinha caído um monte de agulhas no tapete. Naquele ritmo, ficaria totalmente desfolhado até o dia 26 de dezembro, quando as liquidações começassem. Não duvidava nada de que eu tivesse comprado gato por lebre! Não era à toa que o cara estava louco para se livrar do pinheiro. Mas não quero mais falar da boa vontade dos homens — nem das mulheres — e coisa e tal.

Fiquei observando um pouco mais as luzinhas no pinheiro e entrei em estado de estupor. Antes de meus olhos cerrarem por completo, decidi telefonar para o Paquera de novo.

Como já era o final da tarde aqui, lá deveria ser... Ah, sei lá, provavelmente um horário bem impróprio. Era impossível encontrar uma hora adequada para ligar, em que ambos estivéssemos acordados e fora do trabalho. Tinha certeza de que a Austrália devia ser um ótimo país, só gostaria que ficasse um pouco mais perto. Tipo do outro lado da Irlanda, para que a companhia aérea easyJet me levasse até lá a um custo ainda menor do que minha árvore de Natal desfolhada.

O que é que eu e o Paquera faríamos se ele viesse passar o Natal aqui? Podia ver a gente passeando durante horas em Hampstead Heath, usando pulôveres macios e estilosos nas cores primárias — na certa da Gap — para se proteger da geada. Podia ver a gente assando marshmallows na lareira, apesar de eu não ter uma e não achar a mínima graça nessa guloseima, já que não contém chocolate. Podia ver a gente rolando no piso furtivamente, próximo ao pinheiro cada vez mais mirrado e às luzinhas de pimenta-malagueta.

Fui até o banheiro para pentear o cabelo. Sabia que as webcams não transmitiam a nossa imagem com a melhor iluminação possível; ainda assim, eu queria ficar com cara de quem não tinha se arrumado muito, mas tampouco estava esculachada. Não era tão fácil chegar àquela aparência de glamour casual. Passando brilho nos lábios, concluí que estava pronta para me encontrar com meu namorado no ciberespaço.

Eu me conectei à internet e esperei para ver se Paquera aparecia. Mas, em vez de ver o rostinho bonito dele pela câmera, surgiu a imagem de uma mulher linda na tela.

— Oi — cumprimentou ela, sonolenta.

Não consegui falar. Estava ocupada demais olhando a roupa íntima vulgar que ela usava. Preta, rendada, com bordados cor-de-rosa. O tipo de roupa de baixo que você não quer estar usando no Centro de Emergência e Acidentes do hospital do bairro. O tipo que não ficava nada bem em mulheres com celulite.

A moça golpeou a parte de cima do computador.

— Não estou ouvindo nada — reclamou ela. — Alô? Alô? — Então, virou-se e falou por sobre o ombro: — Você deixou esse troço ligado? Acho que alguém está tentando falar. *Bangue. Bum.*

Ainda assim, fiquei muda.

— Hum. — A mulher fez um biquinho. — Só estou conseguindo ver o interior do nariz de alguém.

Eu me afastei da câmera.

— Olha só isso — prosseguiu ela. — Vê se consegue dar um jeito, vai? — Então, tirou o corpinho incrivelmente esbelto do caminho e, para ser franca, o interior do meu nariz não era nada comparado à visão que *eu* tive naquele momento.

Deitado na cama atrás daquela... daquela *vagabunda*... estava um homem nu. Peladão mesmo, de bumbum virado para cima. Não tinha nem um lençol cobrindo as partes. Naquela altura do campeonato, era bom mencionar que Paquera e eu ainda não tínhamos chegado àquele nível de intimidade, então não reconheci de imediato as partes expostas. Mas de que outra pessoa poderia ser? Pensei que talvez tivesse me conectado ao computador errado. Será que estava mesmo lidando com a pessoa errada no ciberespaço e que aquela mulher gostosona, de pouca roupa, não se achava de fato no quarto do meu namorado? Infelizmente, acho que não foi esse o caso. Tinha certeza de que era o computador do Aiden. E aquelas eram, sem dúvida alguma, as cortinas e o papel de parede do cômodo. Então, os dois estavam mesmo na cama do Paquera. Ela, com o conjuntinho de sutiã e calcinha, e ele, com a bunda de fora.

Eu tinha que admitir que era um bumbum muito benfeito. Mas com certeza não ia mais querer conhecê-lo naquelas circunstâncias. Eu pestanejava depressa, como se uma piscada fosse mudar a imagem e trazer uma diferente, menos perturbadora.

— Talvez seja para você — disse a senhorita Mostra-tudo, por sobre o ombro. — Quem ligaria a essa hora?

— Deixe-me ver. — A voz não era muito parecida com a do Paquera, mas poderia estar havendo alguma distorção por causa das ondas aéreas, micro-ondas ou sei lá o quê.

Com certeza era um sotaque inglês. Não restava dúvida. O peladão começou a se mover e cheguei à conclusão de que não queria mais ficar ali, pois já tinha visto o suficiente. Aquela situação era familiar *demais* para mim. Nem queria me lembrar das vezes em que fui vítima daquele tipo de traição. Marcus havia sido o especialista anterior nessa área. Pelo visto, Aiden pegou o bastão das mãos dele.

Como não quis que o meu namorado me visse de queixo caído, mais gorda e desalinhada que sua acompanhante, além de embasbacada, eu me desconectei depressa. Então, fiquei sentada na frente do computador, sem saber o que fazer. As palmas das minhas mãos ficaram úmidas e os olhos, marejados. Cravei as unhas nas mãos. Não ia chorar por causa disso. *Não ia* chorar por causa disso. Com tranquilidade e extremo autocontrole, que nem eu mesma sabia ser possível, seguiria em frente, como se aquilo jamais tivesse acontecido. Não daria vazão aos devaneios relacionados à vida maravilhosa na Austrália com um tremendo gato. Que ele ficasse com aquela nova namorada esquelética. Não procuraria nem incomodaria o sr. Aiden Holby nem que a vaca tossisse; ele simplesmente deixaria de existir no meu mundo. Era o que eu faria.

Pegando um tablete de Mars do estoque de emergência, perto do computador, fiquei olhando para o confeito, sem expressão. Seria uma pena, pois o Paquera era um cara muito legal e eu gostava à beça dele; eu chegara realmente a ter esperança de que as coisas seriam diferentes daquela vez. O que é que havia de tão errado comigo, que levava todos os caras a não conseguirem ficar sequer dez minutos sem meter o chifre em mim? Para o inferno a maldita respiração profunda e a contagem inútil. Abri a embalagem e comecei a comer o Mars. Uma mordida gigantesca. Daí, pensei: *Droga!*, e comecei a chorar.

Capítulo Três

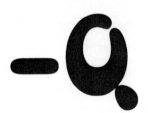

—Quer dizer então que o Paquera não vai passar o Natal aqui? — Autumn estava de olhos arregalados, chocada. Mas, de qualquer forma, sempre ficava assim por causa de qualquer coisa.

Do que mais a gente falaria, se a minha vida amorosa não estivesse tão desastrosa? Olhei fixamente para a minha xícara.

— Acho que não.

Mal haviam passado vinte e quatro horas desde o nosso último encontro e eu já tinha enviado uma mensagem de texto para minhas amigas, com um EMERGÊNCIA CHOCOLATE. Como sempre, elas foram correndo me ajudar.

Ainda estávamos no horário do brunch, então Clive serviu um *pain au chocolat* — croissant com chocolate — quentinho e café forte. Uma seleção de sucessos natalinos tocava e, para ser franca, eu queria mais era esmagar os alto-falantes. Bing Crosby e o "White Christmas" estavam me tirando do sério. Eu não sonhava com um Natal com neve, mas com um pileque. E queria começar logo.

— Acha que ele se deu conta de que era você que estava ligando? — quis saber Nadia.

— Se percebeu, não tentou entrar em contato comigo. — O que foi até bom para o Aiden "Bunda de Fora" Holby. Existiam uns sete mil palavrões em inglês, e eu conhecia quase todos. Teria sido ótimo compartilhar esse conhecimento com ele. Às alturas.

— Não vai ficar sozinha no Natal? — perguntou Chantal.

— Não, não. — Balancei a cabeça, com veemência. — Não, não. — Na verdade, ia.

A questão foi que, na expectativa de Aiden Holby voltar para casa e me agarrar sob o visco em seus braços, recusei todos os convites empolgantes, com o intuito de deixar o caminho livre para ficar com ele o quanto pudesse. Bom, na verdade, neguei o convite de minha querida mãe para ir à Espanha ficar com ela e seu velho careca, o Milionário, e ficar observando os dois namorarem feito adolescentes. E o do meu pai, para me dirigir à Costa Sul e passar alguns dias vendo meu pai e sua amante oxigenada, a Cabeleireira, se agarrarem nos momentos mais inoportunos. Francamente, diante dessas duas opções, preferia muito mais ficar sozinha, com a programação de TV ruim e uma lata tamanho família de Roses, da Cadbury. E, pelo visto, era isso que ia acontecer.

— Por que não vai lá para casa e almoça comigo e com o Ted?

— Vou ficar bem, sério. — Chantal e Ted ainda estavam com a relação estremecida após a amarga separação, ocorrida há pouco. Ele queria ter filhos, ela não. Minha amiga tinha vontade de transar o tempo todo, o marido não. Eu não sabia como a possibilidade de procriação ia se encaixar naquele quadro: o que era o cerne da questão.

Chantal, numa espécie de vingança fútil pela falta de libido do marido, deu continuidade à vida sexual com todo mundo. Posso assegurar que essa atitude fez com que se metesse em enrascadas. Ted não sabia nem da metade! Não fazia ideia de Jacob, o Acompanhante Masculino, nem do sr. Smith, o Ladrão Cavalheiro que dormiu uma noite com nossa amiga libidinosa e, então, roubou dela o equivalente a trinta mil libras em joias. Quem disse que a vida amorosa de uma mulher casada não podia ser excitante, hein? Infelizmente, pelo visto, a única pessoa com a qual Chantal *não* dormia era o querido marido. Mas tudo isso era coisa do passado. Quase. Àquela altura, eles estavam tentando trabalhar a relação, embora o Ted andasse indeciso. Uma hora ele achava que os dois podiam salvar o casamento, na outra não atendia às ligações da esposa. Era de esperar que, quando o marido de alguém descobrisse que a mulher tinha dormido de forma indiscriminada com o mundo inteiro — incluindo um dos meus namorados —, a ferida aberta não cicatrizaria facilmente.

Chantal continuava vivendo separada do Ted, mas ambos decidiram ficar juntos durante o Natal. O que seria bom para eles, certo? Mas eu é que não ia lá ficar segurando vela. De jeito nenhum. Já pensou?

— Você vai sair com o Addison no feriado? — perguntou Nadia a Autumn.

— Vou — respondeu ela de um jeito tão displicente que resolvemos mudar de assunto.

Addison era o novo namorado dela, e os dois estavam apaixonados. Todas adoraram a ideia, pois Autumn não namorava há séculos por nunca ter tempo para isso, já que estava sempre ocupada Fazendo o Bem. Era realmente ótimo vê-la se dedicando a algo em benefício próprio, em vez de apoiar o irmão malandro e traficante, bem como a garotada vagabunda e usuária de droga do programa MANDA VER!, com o qual ela trabalhava.

Richard, o irmão dela, continuava na clínica de reabilitação na Califórnia, no Arizona ou em Nevada — um dos estados americanos que terminavam com "a" —, embora tivesse ido até lá mais para fugir de um bando de vigaristas do que por reconhecer o erro da dependência em entorpecentes.

— Como é que vai o Richard? — perguntei.

— Está bem. — Autumn deu de ombros. — Só envia e-mails de vez em quando. Acho que a clínica limita o uso do computador.

Parecia bem sensato mesmo. Veja todos os problemas que o computador podia causar quando se começasse a confiar nele. Contraí o maxilar com força, para não começar a chorar de novo.

— Ele não vem ficar com você? — quis saber eu.

— Não. Felizmente, os meus pais têm muita grana. Acho que o Richard vai ficar lá enquanto eles enviarem dinheiro.

— Eu não quero nem pensar no Natal — disse Nadia, inesperadamente. — Estou na maior ansiedade. Não quero nem pensar em mais gastos.

Nadia era uma linda mulher anglo-asiática, e, se eu fosse ela, procuraria alguma coisa relacionada à formação cultural — ou até, para ser franca, inventaria algo — e, assim, teria a desculpa perfeita para não celebrar o Natal. Tem que haver algo, certo?

— Eu adorava essa época quando era pequena. — Balançou a cabeça. — Agora é tão comercial. Por que a gente comemora?

Ela e o marido, Toby, também se separaram por um tempo. O lado positivo daquela situação, para mim, era constatar que outras pessoas também tinham vidas amorosas desastrosas. Com aquelas amigas, eu teria muito que conversar.

Toby tinha ficado totalmente fissurado por jogos na internet e estivera prestes a arruinar a vida da família por causa da obsessão custosa. Ele e Nadia estavam atolados até o pescoço em dívidas. Porém, ao que tudo indicava, o cara se abstivera nos últimos tempos — será que era esse o termo correto para um ex-jogador inveterado? A situação financeira precária de Nadia levava as demais participantes do Clube das Chocólatras a bancar sua parte nos encontros no Paraíso do Chocolate; era apenas um pequeno preço a pagar para permitir que nossa amiga continuasse a desfrutar do nosso santuário. Além disso, de todas nós, ela era a que menos comia, então não custava muito convidá-la.

— O Toby e eu vamos passar o dia dando uma de família feliz por causa do Lewis — prosseguiu Nadia. — É uma tremenda farsa. Eu só queria que tudo passasse logo.

Para mim, o Natal é uma ótima época do ano, em que se está feliz e radiante, sem nenhum problema na vida. Para os demais, trata-se de um período que parece mostrar a dureza da vida na pior ótica possível.

— Caramba! — exclamei. — Todas nós vamos cortar a garganta antes mesmo da ceia. As coisas não podem ser tão ruins assim.

Chantal e Nadia me lançaram olhares ferinos. Até Autumn se juntou a elas.

— Pensem em todas as edições especiais de chocolates — tentei persuadi-las. — As caixas com bombons sortidos, as decorações comestíveis de árvores. Os calendários de chocolate do Advento. Tem forma melhor de começar o dia? — Eu estava indo bem. — Os tabletes enormes de Galaxy. Os Toblerones imensos! — Os olhos de todas arregalaram-se involuntariamente diante dessa sugestão. Quem conseguia resistir àqueles triângulos de chocolate suíço com nougat de amêndoas e mel? Eu não, com certeza. Apesar de correr o risco de perder um dente. Observei minhas amigas. — Vocês não acham que eles vão ajudar a gente a aguentar a barra?

— De repente, você tem razão — admitiu Autumn, ansiosa. Estendeu a mão para pegar o último pedaço reconfortante de *pain au chocolat*. — Talvez a gente esteja entrando em pânico sem necessidade.

Então, Clive apareceu com mais delícias de chocolate e café recém-passado, que colocou na mesa. Assobiava "It'll Be Lonely This Christmas" com suavidade.

— Como é que estão hoje, queridinhas? — quis saber, alegre. — Aguardando com ansiedade o Natal?

De imediato, cada uma pegou uma almofada e a jogou em cima dele, com malícia incontida.

— Gente, só estava perguntando! — resmungou, enquanto reorganizava a decoração.

Minhas amigas, de braços cruzados e olhares apreensivos, continuavam a se mostrar inquietas demais para o meu gosto.

— Nós vamos conseguir — assegurei a elas, enquanto oferecia as trufas *grand cru* que Clive levara. — A gente vai se sair bem dessa. Se tivermos chocolate suficiente!

Capítulo Quatro

ste seria o meu engenhoso programa de dieta para enfrentar o Natal. Cheguei à conclusão de que, se malhasse feito uma louca naquele momento, teria direito a umas calorias extras para lidar com a minha gula natalina anual. Como tudo na vida, era apenas uma questão de encontrar o equilíbrio.

Infelizmente, tinha deixado para começar esse novo regime meio tarde, com uns seis meses de atraso. Então, estava, na verdade, umas dez mil calorias abaixo do nível em que devia estar. O que equivalia a um consumo parco de Toffee Crisps e a menos de um Chocolate Orange, da Terry. Não era à toa que estava à beira de um ataque de nervos. O Natal seria totalmente deprimente se eu ficasse sozinha *e* não pudesse me entupir de chocolate. Isso ultrapassaria os limites do tolerável, embora eu tivesse jurado não me exceder naquele ano. Acontece que partia da premissa de que jurara não me exceder nos últimos quinze anos e sempre acabava quebrando a promessa.

Para combater aquele déficit calórico, eu saltitava pela minha sala como uma mulher possuída por algo incrivelmente demoníaco, fazendo o chão do apê vibrar. O *Grandes Desafios, Ótimos Resultados*, da atriz Nell McAndrew, estava em avanço rápido no DVD player, mas grande mesmo era o meu esforço para acompanhá-lo. Ah, tudo para ter coxas tonificadas e bumbum do tamanho de uma bolinha de pingue-pongue. Como ela fazia, hein? Aposto que nem um pedacinho de Twix passava por aquele beicinho. Será que eu estaria eternamente destinada a ter o aspecto das fotografias do "antes", naquelas comparações do "antes e depois"? Fiquei ainda mais esbaforida. Passaria aquele DVD mais três vezes e, só depois, comeria um Bounty Bar como recompensa — o que eu descontaria, claro, do chocolate que planejava consumir nos próximos dias.

Embora a véspera de Natal fosse no dia seguinte, eu ainda não havia recebido nenhuma ligação do Paquera. Dizer que me sentia abalada era pouco; na verdade, estava totalmente arrasada. Era bem provável que algumas lágrimas tivessem se misturado com suor enquanto eu fazia a flexão de perna, a elevação do joelho, as passadas arrasadoras de coxas e só Deus sabe o que mais. Eu tinha esperado, com ansiedade, por um Natal romântico, para variar um pouco. Isso demonstra o que acontece quando a pessoa se deixa levar demasiadamente por um sonho lindo e irreal. Aos trinta e dois, era de esperar que eu conseguisse enxergar um desgraçado de longe, mas, ainda assim, sempre via o melhor em todo mundo — até, claro, que me mostrassem o contrário.

Eu estava prestes a ter a minha primeira trombose quando o telefone tocou. Não dava para parar àquela altura, pois podia acabar com uma hérnia ou tetania, no mínimo. Até porque, mesmo se atendesse, não tinha condições de falar. Ofegar não era muito atraente para uma jovem da minha idade.

A secretária eletrônica atendeu e houve muito chiado e ruído surdo. Em seguida, escutei uma respiração entrecortada próximo do receptor.

Eu já me perguntava se se tratava de um pervertido, quando ouvi uma voz muito familiar, que me levou a parar no meio da passada.

— Lucy — disse meu ex. Outra respiração pesada e mais um suspiro. — Sou eu, o Marcus.

Como se ele, a quem eu dedicara cinco longos e fiéis anos da minha vida, precisasse de alguma apresentação. Meu coração bateu forte no peito, não por eu ser uma preguiçosa em estado terminal.

— Só estou ligando para saber como você anda. — Mais pausas constrangedoras. Se continuasse assim, esgotaria a fita da secretária eletrônica quando informasse o verdadeiro motivo da ligação. Por incrível que parecesse, notei que, por um lado, queria que ele prosseguisse e, por outro, não tinha a menor vontade de atender ao telefonema. — Acho que a gente acabou deixando tudo num clima péssimo na última vez em que se viu.

Ah, ele se referia à vez em que ele transava com a peituda e vigorosa Joanne na mesa da cozinha, e eu flagrei os dois. Quase meti a aliança de noivado no lugar onde o sol com certeza nunca brilhava. Pelo visto, o Marcus não sacou que escapou por pouco.

— Eu estou com saudades, sabe, e ainda amo você. Eu e a Joanne não nos vemos mais. — Puxa, isso me surpreendeu. Acho que ela deve ter ficado meio p. da vida quando descobriu que a suposta ex-namorada era, na verdade, a noiva. — Tenho tido tempo para pensar no meu comportamento. Sei que é ridículo. Está destruindo a minha vida.

Eu por acaso me lembrava de que tampouco fizera muito bem para a minha.

— Acontece que eu simplesmente não consigo parar... — prosseguiu, com tristeza. — Mas você conhece bem demais esse aspecto meu.

Pode apostar.

— Estou até pensando em me inscrever numa espécie de terapia para viciados em sexo.

Uma terapia, claro, para ele *parar* com isso, em vez de ensinar meu ex a se tornar um. O conhecimento do Marcus naquela área já era mais do que suficiente.

— Bom... — Outras pausas e mais suspiros. — Melhor eu ir. Só queria dizer que tenho pensado em você e que espero que tenha um feliz Natal. — A voz falhou. — Sempre vou amar você e, se quiser me ligar, já sabe onde me encontrar. Tudo de bom, Lucy. Tchau.

E, então, desligou. Fitei a tela da TV. O brilho insano do tênis de Nell enevoou na minha frente. Nada como uma ligação do ex para deixar a gente pra baixo. Sentei no chão, aturdida, estiquei o braço e peguei o Bounty Bar. Se em algum momento mereci provar o sabor do paraíso, foi aquele. Para o inferno as coxas deslumbrantes e o resto da ginástica. Precisava do tipo de consolo que só o chocolate podia me dar.

Capítulo Cinco

utumn Fielding olhou para o relógio e constatou que a aula de mosaico e vitral que daria no Instituto Stolford começaria dali a dez minutos. A classe definida pelo irmão, com desdém, como a de "fazer o bem para os alienados em estado terminal". O aprendizado de como fazer um penduricalho de cristal podia não parecer tão importante naquelas circunstâncias, mas, se ela conseguisse transmitir o conhecimento a apenas um de seus alunos e, com isso, desse a ele um pouco de alegria e serenidade, e pudesse mostrar-lhe que seu eu maltratado possuía um veio artístico, então tudo valeria a pena, independentemente do que as pessoas dissessem.

Os alunos quase nunca chegavam cedo, mas Autumn gostava de deixar a bancada preparada, com os trabalhos aos quais os estudantes se dedicavam já colocados na mesa, ou com uma nova seleção de placas de vidro para que escolhessem. Embora lidasse com delinquentes, dependentes químicos e maltrapilhos, importava-se muito com eles e queria que desfrutassem ao máximo do curto período que passavam em suas aulas. Esperava que o que fazia um dia surtisse efeito e sensibilizasse alguns dos adolescentes, melhorando suas vidas duras.

A maioria dos alunos estava lidando, naquele momento, com peças da estação — alegres penduricalhos de cristal com Papai Noel, estrelas de vidro colorido com fio prateado para enfeitar as árvores, alguns castiçais festivos —, uns para enfeitar cubículos sórdidos, outros para decorar lares disfuncionais, nos quais os problemas com frequência começavam, e ainda outros para deixar na própria bancada, já que não havia para onde levá-los. É difícil encontrar um lugar para pôr um penduricalho quando se vive em uma casa de papelão.

Nos últimos tempos, chegara uma nova leva de participantes do programa MANDA VER!, mas alguns dos antigos usuários mais dependentes continuavam ou voltavam com uma regularidade lamentável, incapazes de MANDAR VER! por uma variedade deprimente de razões.

Addison chegou e abraçou-a.

— E aí, tudo bom?

Deu-lhe um beijo caloroso e ruidoso na boca, puxando-a para si.

Autumn sempre adorara o trabalho e, naquele momento, tinha mais um motivo para ir até lá todos os dias com um sorriso nos lábios. Talvez não fosse o ideal ter uma aventura amorosa com um de seus colegas, mas estava achando ótimo. Addison era o primeiro, após um longuíssimo período, a estar na mesma onda. Tratava-se de um homem responsável, ambientalista, amável e nada desestimulante de se ver. Ela já descobrira no passado que, para alguns homens, ser ecologista equivalia a ter pelo no rosto, odor no corpo e uma queda por coletes marrons furados. Não costumavam se vestir como Addison, com camisas vistosas e paletós pretos elegantes. Mais parecia um traficante que alguém que os combatia; talvez fosse justamente isso que o tornasse tão bem-sucedido com os usuários.

32

A função de diretor de Desenvolvimento Empresarial do instituto o levava a procurar empregos vantajosos para jovens que nunca conseguiram manter um trabalho durante toda a sua vida. Era muito bom nisso e, com o jeitão extrovertido, cativava e mantinha uma série de empregadores bastante tolerante — indivíduos que muitas vezes faziam vista grossa à tendência dos empregados de fugir às escondidas, não aparecer no escritório e até, com mais frequência do que desejável, de cometer pequenos furtos na própria empresa.

Autumn afastou-se de Addison, olhando de esguelha para a porta.

— Alguém pode ver a gente.

Tentou ajeitar os cabelos ruivos brilhantes e cacheados, que, de súbito, pareceram se eriçar loucamente. Bem que eu gostaria que os dela fossem iguais aos de Chantal, os quais não refletiam suas emoções e ficavam no lugar em todas as ocasiões.

— Não acha que os seus alunos vão ficar felizes ao ver que a professora está apaixonada?

— Quem foi que disse que eu estou apaixonada?

O dono do belo rosto de tez negra deu um largo sorriso.

— Acho que fui eu.

— Muita pretensão de sua parte, sr. Addison Deacon — disse, tentando parecer severa.

— Admite, vai. Está louca por mim!

— E seria louca se não estivesse! Mas os meus alunos não me deixariam em paz se soubessem, pois já gozam da minha cara por causa da minha criação privilegiada e do meu suposto sotaque refinado.

— Na verdade, adoram você — disse ele, com carinho. — Como eu.

Ela sorriu para Addison e deu continuidade ao preparo da aula, enquanto ele se apoiava na bancada e a observava no alto dos óculos escuros.

— Já resolveu o que quer fazer no Natal? — perguntou. — Só faltam alguns dias.

— Na verdade, restam apenas dois dias de compras.

— Os seus pais ainda querem que a gente vá almoçar com eles?

Autumn franziu o nariz.

— Hum.

— Pelo visto, não está muito animada.

— Addison, faz anos que eu não levo alguém para conhecer os meus pais. Por um bom motivo. Não acho muito legal fazer isso.

— Eles vão me adorar. Vou ser o convidado perfeito. Farei o possível para não me embebedar. Não vou contar piadas sujas para a sua mãe. E, de repente, até ajudo a lavar os pratos.

— Tem coisas sobre você que não contei para eles.

— Tipo?

— Bom... — Autumn colocou uma mecha rebelde atrás da orelha. — Não disse que você é...

— Supercharmoso?

— Com certeza, mas... — Ela sorriu.

— Que tenho meu próprio fundo fiduciário?

— Sei, mas...

— Que sou mais novo que você?

— E é mesmo?

— Eu entrei furtivamente no Departamento de RH e cheguei a sua ficha.

— Quantos anos mais jovem?

— Meros cinco.

— Uau.

— Tem algum problema?

— Não.

— Então, tudo bem.

— É, mas... Addison, eles não sabem que você é... negro.

Ele simulou uma expressão de espanto.

— Não sou não, sou? — Pegou um espelho da bancada. Um Papai Noel de traseiro grande estava sendo colocado no canto do objeto. Seu namorado olhou-se, boquiaberto. — Minha nossa, sou. Quando foi que isso aconteceu?

Autumn deu uma gargalhada.

— Então eles não se importarão se eu for mais novo e mais pobre que você, mas vão fazer objeção porque pertenço a uma minoria étnica.

— Tenho vergonha de admitir isso, mas eles são brancos, de classe alta e muito conservadores. A reação dos dois me preocupa. Sei que, supostamente, somos uma sociedade multicultural e integrada, mas acho que ninguém contou isso para os meus pais.

Addison riu.

— Quer dizer que não consideraram a possibilidade da filha namorar um assistente social negro e pobretão, especializado em usuários de crack e, para completar, gigolô?

— Acho que esperavam que eu ficasse com um advogado de óculos e meia-idade, chamado Rodney, que conseguiria controlar minhas extravagâncias liberais e me ensinaria a jogar golfe.

— Então vão ficar muito desapontados comigo.

Autumn segurou a mão do namorado.

— Estou preparada para correr esse risco, se você também estiver.

Ele abraçou-a de novo.

— Acontece que acho que vale a pena enfrentar o escrutínio parental por você. E talvez até a leve desaprovação. Eu passei a vida toda lutando para defender meus interesses; então, vou conseguir lidar com qualquer aspecto do mundo branco, de elite, do senhor e da senhora Fielding.

— Obrigada. — Autumn beijou-o com ternura. — Esperava que dissesse isso.

Capítulo Seis

— Lewis — disse Chantal —, passe mais um enfeite desses para mim, por favor. — O filho de Nadia já não estava tão interessado, pois passara a ver o desenho O Galinho Chicken Little, na TV. Ela sorriu, com satisfação, quando o viu virado para a tela e cruzou os braços. — Achei que você ia me ajudar.

— Desculpa, tia Chantal.

O garoto parou de ver televisão e meteu a mão na caixa com ornamentos natalinos que ela comprara na Harrods. Havia brinquedos de chumbo — soldadinhos, trens, cornetas e guitarras em cores chamativas —, todos escolhidos muito mais para agradar o novo amigo de quatro anos de Chantal que para seguir seu estilo neutro e minimalista. Lewis tirou uma caixa de surpresa dali de dentro.

— Que legal!

Entregou-a sorrindo, como se ela fosse feita de vidro, a Chantal.

Quem podia criticá-lo por estar meio enfadado com os preparativos para o Natal? Se ela mesma já estava farta, imagine um garoto de quatro anos! A espera devia parecer interminável.

Chantal passara os últimos meses escrevendo artigos sobre casas com decorações natalinas para a revista para a qual trabalhava, *Style USA*. Não aguentava mais ver guirlandas artificiais de azevinho nem laços vermelhos, já que vira o suficiente para o resto da vida. As norte-americanas que viviam na Grã-Bretanha ainda gostavam de enfeitar as casas em grande estilo naquele período. Caso Chantal estivesse morando sozinha no apartamento, nem teria se dado ao trabalho de decorá-lo; se o fazia, era por Lewis. Não que o pequeno amigo aparentasse estar apreciando seu esforço. Estava recostado no sofá, chupando o dedo, distraído, e contemplando algum ponto longínquo.

— Está ótimo — comentou Nadia, juntando-se a eles. Pelo menos a mãe apreciava mais. — Tudo seu sempre fica tão perfeito?

— Fica. Menos as relações.

— Isso vale para mim e para você. — Nadia brincou com um Papai Noel alegre. — Sei que está fazendo isso por nós.

— Não tenha tanta certeza assim. É divertido fazer isso, não é, Lewis? — Chantal sentou-se e passou os dedos pelos cabelos escuros brilhantes, enquanto admirava o trabalho. — Até que não está mal.

O apartamento que elas dividiam era confortável, elegante e animado com a presença de Lewis. Não se tratava exatamente de sua casa, porém chegava perto dela.

— Não sei o que teríamos feito sem você, Chantal.

— Ah — começou a outra, gesticulando com a mão —, nem venha com essa história de novo. Tem sido ótimo ter você e o Lewis aqui.

Os dois tinham ido morar com ela quando saíram de casa para fugir das dívidas de jogo de Toby — outro aspecto no qual Chantal ajudara. Ao emprestar à amiga trinta mil libras, conseguira tirá-la do sufoco. Se não fosse por sua interferência, talvez Toby estivesse na bancarrota ou tivesse perdido a casa. Para manter a sanidade, Nadia decidira se separar do marido até que ele tomasse jeito — *se* é que o faria.

O choque de perder a esposa e o filho tinha, sem dúvida, afastado Toby dos sites chamativos de apostas. O acordo entre Chantal e Nadia de dividir o apartamento era temporário, apenas para ajudá-las a reestruturar, se possível, seus casamentos. Chantal, porém, jamais imaginara que seria tão bom para ambas. Lewis aproximou-se e envolveu-a com os braços pequeninos e fortes. Ela apertou o menino.

— Amo muito você — disse-lhe.

Lewis deu uma risadinha.

— Eu também te amo — declarou ele com a vozinha de garoto, levando a amiga a sentir uma onda de ternura inesperada.

— Quem diria que você se daria tão bem com crianças — observou Nadia.

— Com *uma* — corrigiu a outra. Parecia irônico que, quando seu casamento se desfez, por causa de sua falta de vontade de ter filhos, ela se afeiçoasse tanto à primeira criança com a qual de fato lidava. Talvez tivesse deixado passar uma oportunidade. Ela acariciou os cabelos de Lewis. — Também não vamos nos deixar levar pela emoção!

— Continua a não querer sentir os pesinhos do pequeno Hamilton na barriga?

— Eu e o Ted ainda estamos conversando sobre isso. — O marido mal podia esperar para ter filhos; no entanto, essa possibilidade nunca fizera parte dos planos de Chantal.

Quando convidara Nadia para morar com ela assim que ambas se separaram dos maridos, tinha se esquecido por completo da existência de Lewis. Mesmo quando o incluiu em seu estilo de vida, ainda foi um choque ver o menino carregando o ursinho de pelúcia, Seu Fedorento, debaixo do braço. Levara muito mais tempo para se acostumar com as constantes manchinhas sujas de chocolate nos quadros impecáveis de Kelly Hoppen. Porém, agora, não conseguia imaginar a vida sem ele, pois quem mais iria correndo até a porta e se jogaria em seus braços assim que chegava ao apartamento? Mas, com Nadia esperando se reconciliar com o marido durante o Natal, talvez tivesse de se acostumar com a ideia em breve. E ela mesma e Ted? Será que ele perdoaria sua infidelidade e confiaria nela de novo?

— Mais enfeites. — Lewis bateu palmas. Naquele momento foi *O Galinho Chicken Little* que se tornou tedioso.

— Está bom, pode pegar — disse Chantal. O garoto vasculhou a grande quantidade de papel de seda e, por fim, deu a ela, animado, uma trombeta vermelha e dourada. — Linda! Eu também escolheria a mesma coisa. Onde a gente pode pendurar? — Lewis apontou para um galho. — Então, é nele que vai ficar. — Ela pendurou-o no local escolhido. — Quer pôr a outra?

O garoto saltitou de alegria, o semblante o retrato da felicidade, quando tirou um trenzinho do invólucro. Era uma cena tocante de se ver. Talvez Ted tivesse razão quando dissera que o estilo de vida materialista deles não teria sentido sem a adição de um novo membro para compartilhá-lo. Seria ótimo ver o marido em atividades como aquela com o próprio filho. Chantal riu para si mesma. Quem sabe ela não estava amolecendo, depois de todo aquele tempo?

Ajudou o menino a pendurar o trenzinho na árvore e, em seguida, deu-lhe um abraço.

— Muito bem, campeão. — Virou-se para a amiga. — Praticamente acabamos. Só vou guardar estas caixas. — Notou que os olhos dela estavam marejados. — Daí, acho que a gente tem que pôr os pés para o alto, abrir uma boa garrafa de champanhe, saborear alguns dos melhores chocolates de Clive e fazer um brinde ao nosso futuro.

— Tenho até medo de pensar no que vai acontecer com o meu — admitiu Nadia, em voz baixa.

— A gente vai dar um jeito, com certeza — consolou a outra enquanto pegou a mão da amiga e deu-lhe um aperto tranquilizador. Entretanto, seu tom não pareceu muito convincente, nem mesmo para ela.

Capítulo Sete

No Clube das Chocólatras, como era véspera de Natal, nós trocamos presentes. Autumn nos deu alguns chocolates sortidos com selo de Comércio Justo. Adorei a ideia de Fazer o Bem enquanto comia chocolate. Na verdade, havia fazendeiros de cacau vivendo em barracos em todo o Equador, que contavam apenas com as minhas crises emocionais para viver. Já estava fazendo a minha parte em prol da economia mundial. Se eu tivesse uma vida tranquila, eles estariam fritos.

Nadia me deu um livro de receitas de chocolate. Chantal nos presenteou com camisetas da última moda, tingidas com sementes de cacau, numa das viagens que fez aos Estados Unidos; o aroma delas era incrível e a cor, de um tom chocolate. Com certeza me daria vontade de comer a minha, quando estivesse desesperada — o que sempre acontecia. Naquele momento, cheguei a imaginar o que Paquera teria me dado se ainda estivéssemos juntos naquele Natal — algo maravilhoso, supus — e senti outro aperto doloroso no coração. Tentei afastar da cabeça a visão do traseiro exposto e da mulher gostosona. Não perderia tempo me atormentando por outro homem.

Todas nós trocamos ideias sobre os presentes, dando beijinhos e abraços, e, depois, nos dedicamos à tarefa seguinte. Clive nos levara fatias de torta de queijo e chocolate, com cobertura de caramelo levemente salgada, e elas estavam prontinhas para ser devoradas. Ele já fechara o Paraíso do Chocolate naquele horário, restando apenas suas clientes favoritas. Chantal pagara uma babá para Lewis, permitindo que Nadia participasse também. Não gostaríamos que ela perdesse aquilo, nossa última chocofesta antes do Natal. O dono do nosso ponto favorito passou a garrafa de vodca de chocolate e reenchemos nossas taças.

— Cadê o Tristan? — perguntei.

Clive fez uma expressão desapontada.

— Já partiu. Foi passar o Natal com a família.

Todas ficamos perplexas. Parei de servir a vodca na hora.

— Vocês não vão ficar juntos?

— Bom — Clive deu uma tossida nervosa —, as coisas andam meio estremecidas entre nós, agora.

Era a primeira vez que ouvíamos algo nesse sentido. Clive e Tristan aparentavam ser os únicos ali com base sólida. Que deprimente pensar que as dificuldades nas relações não tinham a ver apenas com a batalha dos sexos!

— Mas você vai ficar sozinho? — Embora estivesse triste ao constatar que Clive não passaria o Natal com seu companheiro, tive a leve esperança de que encontrara outro trapalhão solteiro, com quem eu poderia me encontrar naquele dia. Não seria apenas eu e *O Calhambeque Mágico*, no fim das contas. *Hip, hip, hurra!* Guardaria minha caixa de bombons sortidos da Cadbury para um dia de chuva, pois ele com certeza levaria trufas deliciosas!

— Eu já fiz outros planos — contou Clive, misteriosamente.

Fiquei deprimida. E, em seguida, ele, constrangido, foi para os fundos da chocolataria.

— Lucy? — Chantal me olhava com um olhar inquisidor. — Você *tem* planos para amanhã?

— Ah, sim, claro. Já tenho planos.

— Planos que não envolvem o Marcus?

Senti que enrubescia.

— E por que eu faria algo com ele?

— Porque ele sempre desempenha o papel de seu reserva, Lucy.

— Você não ligou para ele, ligou? — quis saber Nadia, olhando-me desconfiada. — Me diga que não fez isso, por favor.

— Não — confirmei, e até mesmo eu detectei a hesitação. — Eu não liguei para *ele*.

Todas se inclinaram para frente, franzindo o cenho.

— Mas?

Mudei de posição no sofá, pouco à vontade.

— Ele me ligou. — Elas deixaram escapar suspiros ruidosos. — O telefonema não durou muito — expliquei, meio na defensiva. — E eu nem cheguei a atender. Deixei que a ligação caísse na secretária eletrônica, apesar de estar em casa. — Esperava que entendessem que era o mesmo que uma bola de neve permanecer congelada nas profundezas do Inferno. No entanto, como não deram a impressão de captar isso, abri o jogo com elas. — Já fui muito magoada pelo Paquera. Vocês acham mesmo que eu seria estúpida a ponto de permitir que aquela história toda com o Marcus recomeçasse? — Todas me olharam como se pensassem exatamente isso. — Precisam acreditar mais em mim — concluí, ressentida.

— A gente só está preocupada com você — disse Autumn. — Passe o dia com uma de nós. Pode ir para a casa dos meus pais, comigo e com o Addison. — Mas até mesmo ela não parecia achar que era uma boa ideia. — Não fique sozinha.

— Conte para nós aonde vai.

— Não se preocupem. — Dei uma risadinha despreocupada. — Vou estar cercada de gente.

— Lucy Lombard — disse Chantal, séria. — Eu quebraria as suas pernas se achasse que chegaria *perto* do Marcus de novo.

— Eu mesma faria isso — comentei. E, como já quebrara mesmo uma delas e sabia o quanto era doloroso, não se tratava de uma ameaça leviana. Pelo visto, passaria o Natal cantando com Dick Van Dyke e comendo as mangas da camiseta com aroma de chocolate.

Capítulo Oito

aminhar sozinha na manhã de Natal não me deixou animada. Aquele, sem dúvida alguma, era um momento feito para casais apaixonados e famílias — por mais conflituosos que fossem. Tratava-se de um período para as pessoas fazerem as pazes, esquecerem as mágoas e deixarem velhas rixas de lado, e não para se estar sozinha. Mesmo que eu nunca tivesse conseguido chegar à semelhante situação com a minha família, não podia evitar imaginar todos tendo um dia agradável e aconchegante juntos, reunidos em torno da árvore, abrindo os presentes.

Andei lentamente até a cozinha e pus dois Pop-Tarts de chocolate na torradeira. Como tinha uma garrafa de champanhe gelando no refrigerador, resolvi começar a tomá-la naquele momento — não havia nada que pudesse me impedir. Recomeçaria a beber meu vinho bom, bonito e barato no dia seguinte — então, era melhor aproveitar. Pensei o seguinte: na hora de consumir calorias vazias, melhor desfrutar das mais caras. Então, abri a garrafa, deixei a rolha ricochetear no teto e bebi direto no gargalo. As bolhas levaram-me a arrotar com suavidade. *Hum!* Nada mal.

Levei o meu humilde café da manhã até a sala e sentei diante da árvore. As luzinhas de pimenta-malagueta vermelha piscavam animadamente à minha frente. Até mesmo a visão da minha pessoa, triste e solitária, não as desanimou. Ali não tinha uma pilha de presentes. Na verdade, não havia nenhum. Meus pais me deram cheques — já conhecem minhas necessidades —, e eu já abrira e consumira tudo o que ganhara. Exceto a camiseta de chocolate de Chantal; mas ainda estava cedo.

Contemplando o telefone, tentei conter o impulso de ligar para Paquera. Será que uma ligaçãozinha que fosse teria sido tão complicada? Inacreditável ele não ter entrado em contato comigo em nenhum momento. Podia ao menos ter me procurado para dizer que lamentava, que era um desgraçado e que, para ser franco, achava que eu merecia alguém melhor. Olhei para o relógio. O Natal dele já devia estar acabando. Na certa, fora para a praia, preparara pitus suculentos, com a srta. Calcinha Fedorenta de biquíni minúsculo, sem dar a mínima para o coração partido que deixara para trás. Engoli com dificuldade outro pedaço do Pop-Tart e tomei um gole de champanhe. Será que a minha existência chegou a ocorrer a ele?

De qualquer modo, eu ia *sair* naquele dia. Não o dizia apenas para agradar minhas queridas amigas. Estava decidida a não ficar em casa lambendo as feridas. Tinha muita gente em situação pior do que a minha. Não me lembrava de um caso específico, mas podia jurar que havia algumas.

Fui ao banheiro e tomei uma ducha forte e gostosa, que me fez sentir melhor. Escolhi uma roupa elegante, mas não glamourosa demais, ajeitei os cabelos, deixando-os lindos, e me mandei.

* * *

46

Nunca tinha entrado num refeitório comunitário antes — nem sabia se esse ainda era o termo correto. Na certa, devia ser chamado agora de Ponte de Encontro Alimentar para os Desfavorecidos e receber as estrelas Michelin. Muito mais a praia da Autumn que a minha. Por sinal, eu devia ter pedido que ela me passasse um dos seus contatos — com certeza os teria —, só que não queria que as minhas amigas soubessem que eu planejava fazer esse tipo de coisa, pois tentariam me convencer a não ir. Bastou lançar "sem-teto" na internet, checar quem tinha um programa voluntário, entrar em contato com eles, que ficaram superfelizes quando souberam que eu queria ajudar. E por que não ficariam? Qualquer um pode servir umas refeições.

Um almoço com três pratos diferentes estava sendo servido para quem quisesse, num salão de igreja decadente, não muito longe do meu apê. Se aquele tipo de estabelecimento recebesse mesmo estrelas, não ganharia nenhuma pela decoração. A menos, claro, que tinta descascada se tornasse praxe. Quando cheguei, senti o cheiro de peru assado no ar, misturado com o odor rançoso de corpos e roupas não lavados. Sentada às mesas improvisadas e enfileiradas, encontrava-se uma variedade de gente, desde adolescentes esqueléticos com rostos cheios de espinhas a vagabundos encardidos com batatas crescendo debaixo das unhas e dos cabelos emaranhados. Fiquei chocada ao ver que todos os lugares estavam ocupados e que havia muitas pessoas aguardando na fila. Não imaginava que houvesse tanta gente sozinha no Natal.

— Ah, você chegou, querida. Que bom ver você. — Antes que eu concluísse que servir umas refeições era algo, para ser franca, muito além da minha pessoa e decidisse dar o fora dali correndo, uma senhora grandona me deu uma concha e um gorro vermelho natalino. A mulher estava alegre o bastante para impedir que eu começasse a me emocionar. Sorriu para mim e eu para ela. Também podia me alegrar em face das pequenas adversidades. Podia estar triste e sozinha, porém

tinha muito mais a agradecer que aquela gente. — Sirva um bom prato de sopa para eles, para começar. Tem bastante para todos.

Meio aturdida, achei um canto para pôr a minha bolsa, onde não fosse roubada, e me dirigi ao meu lugar na parte de distribuição de sopa. Estava prestes a assumir o papel de voluntária humilde e altruísta superdisposta, quando alguém chamou o meu nome:

— Lucy! — Olhei ao redor. Não esperava conhecer alguém ali. O que, para ser sincera, fora, em parte, o que me atraíra. A alguns metros do ponto em que eu me encontrava, vi Clive, também segurando uma concha. — O que é que você está fazendo aqui?

Mudei de lugar, abrindo passagem entre uma mulher de cabelos brancos, conjunto de malha e casaquinho de lã e um homem de jaqueta e sandálias, até me aproximar do meu amigo.

— Acho que o mesmo que você.

— Não consegui ficar sozinho — admitiu ele, enquanto servíamos a sopa para os beneficiários agradecidos. — Esta me pareceu uma alternativa útil.

— Grandes mentes pensam da mesma forma.

— Como é que isso foi acontecer conosco? — quis saber Clive. — Somos legais, não somos? Por que ninguém quis ficar com a gente?

— O Tristan não deu notícias?

Ele deu de ombros, triste.

— Não ligou nem nada.

— Quando a gente acabar aqui, vamos passar o resto do dia juntos. Tenho champanhe, chocolate, um monte de comida de microondas e uns jogos de tabuleiro bem divertidos.

Clive me abraçou e eu me animei.

— Ótima ideia!

* * *

Quando terminamos de servir o almoço, e toda limpeza foi feita, nós e os voluntários que permaneceram ali nos sentamos juntos. O peru já estava meio ressecado e as batatas assadas, um tanto úmidas, mas, como havia um clima de confraternização e alegria enquanto comíamos, o gosto não ficou tão ruim, no fim das contas.

Enquanto Clive e eu consumíamos um bolo de Natal sem graça, com um creme inglês meio empelotado, o celular dele tocou.

— É o Tristan — avisou, afastando-se da mesa e andando de um lado para o outro, conforme conversava.

Observando os demais voluntários, senti o calor humano que rolou entre nós. Tinha ido até ali para me distrair e não ficar pensando na solidão, só que me surpreendi com o senso de fraternidade que encontrei. Para ser sincera, consideraria a possibilidade de voltar no ano seguinte. Ainda mais se ainda fosse uma solteirona infeliz, sem parceiro. Se a minha vida continuasse daquele jeito, talvez eu mesma entrasse na fila de sopa, naquele período.

Clive voltou para a mesa com o semblante pensativo e meio inquieto.

— Más notícias?

— Tristan está sentindo minha falta. Quer que eu vá até a casa dos pais, ficar com ele.

— Que maravilha!

— É, mas eu vou ter que deixar você.

— Ah. — Eu não pensara nisso. — Mas tem que ir. — Embora quisesse implorar que não fosse. — Vocês precisam ficar juntos.

— E você?

— Vou ficar bem — insisti, corajosa. — Já me alimentei e sou perfeitamente capaz de me divertir durante o resto do dia. — Ao menos tinha o sofá confortável, a TV, e não precisava ficar nas ruas frias e cruéis sem nada além de caixas de papelão como consolo.

— Se tiver certeza mesmo de que não se importa.

— Clive. Pode ir. Vou empurrar você pela porta, se for o caso.

— Você é um amor, queridinha. Chocolate de graça durante toda a semana que vem por conta disso.

— Olha que eu como muito, hein? — ameacei. — E vou todos os dias.

— Você já vai sempre mesmo, e a gente adora a sua presença.

Clive me abraçou com força, deu um beijo estalado na minha bochecha e acenou por sobre o ombro ao sair. Fiquei imaginando se dava para jogar Pictionary só com uma participante.

Capítulo Nove

Addison deu um passo atrás quando se aproximaram da porta da frente da residência.

— Os seus pais são donos de *tudo* isso?

Autumn assentiu.

— Não só do primeiro andar?

— De tudo — confirmou.

O namorado fez um beiço, e ela teve a impressão de que engoliu em seco. Todo mundo reagia daquele jeito ao ver onde os pais dela moravam. Ela costumava desejar com veemência que o domicílio fosse apenas uma casa geminada em alguma cidade industrial do Norte. A mansão coberta de glicínias era luxuosa, imponente e sempre fora uma fonte de constrangimento para Autumn quando levava namorados destituídos e socialmente conscientes. Isso tinha acabado com mais de uma relação da jovem.

Ela não sabia ao certo se isso também aconteceria com o novo namorado. Addison gostava dela pelo que ela era, e não pelo que seus pais tinham ou deixavam de ter. Ou possuíam em excesso. Ele era seguro de si, mais tolerante e *trabalhava*, um grande progresso em relação à maior parte dos homens com quem ela se envolvera ao longo dos anos. No entanto, Autumn nem chegara a mencionar as outras residências da família nas Bahamas, em Gstaad, em Nice e em várias outras partes do mundo. Ou o seu "buraquinho" campestre, como o denominavam — uma fazenda ampla, em Cotswolds, no sul da Inglaterra, rodeada de grandes extensões de terra.

— Você disse que eles eram da classe alta, Autumn, quase a realeza — lembrou-lhe Addison.

Limpando as mãos no vestido, ela mordiscou o lábio, apreensiva.

— A gente não precisa fazer isso.

— Não vamos dar o fora agora. O que acontecerá com todas as delícias festivas que sua mãe passou horas preparando? — Abraçou Autumn com força. — Não se preocupe. Vou ficar bem.

— Eles podem ser bem arrogantes — avisou.

— E eu, bastante charmoso — contra-atacou. — Vão me adorar.

Autumn torceu que ele tivesse razão. Não se importara muito quando desaprovaram todos os outros rapazes que lhes apresentara, porém, de súbito, daquela vez, fazia diferença se eles gostassem de Addison; os dois deviam ficar muito satisfeitos com ele.

A porta abriu e eles entraram.

— Feliz Natal, srta. Autumn.

— Obrigada, Jenkinson. Feliz Natal para você também. — O mordomo e caseiro, que administrava a mansão londrina havia anos, pegou seus casacos.

— Os seus pais têm *mordomo*? — perguntou Addison, fora do alcance do ouvido do senhor.

Autumn nem ousou contar a ele que tinham cozinheira e faxineira também.

— Na verdade, o Jenkinson não é bem um mordomo, mas um...

— Criado fiel?

— Agora está gozando da minha cara.

— Não. Mas poderia ter me avisado que este não seria um almoço com pais típicos.

— São os únicos que eu tenho, Addison.

— Bom, como já concordamos, está tarde demais para escapar. Melhor você me apresentar.

Se os pais ficaram chocados com a escolha de Autumn, conseguiram disfarçar muito bem. Ficaram na sala de visitas, sorvendo Kir Royale e conversando educadamente, enquanto o almoço era servido. Addison não fez qualquer comentário sobre a mãe não estar dando duro no fogão. Autumn não achava que ela se aventurava muito na cozinha. A maior parte de seus almoços de Natal vinha direto do Fortnum & Mason.

— Você lembrou que sou vegetariana, mãe?

A outra a olhou sem expressão.

— Com certeza Jenkinson se recordou. Além disso, vamos comer ganso, querida. Nem conta muito como carne.

A filha suspirou. Os dois deveriam ter ficado no apartamento, sozinhos. Então, preparariam uma torta de legumes, e Addison não precisaria passar por aquilo.

— Você mora aqui perto, Alan? — O pai decidira se tornar o centro das atenções.

— Addison — corrigiu, pacientemente. — Não. Aqui fica meio acima da minha faixa de renda. Vivo numa moradia popular em Streatham.

— Que ótimo — disse a mãe, com o tom de voz agudo demais para ser considerado sincero.

O pai não parecia estar tão impressionado.

— Você trabalha em quê?

— Sou diretor de Desenvolvimento Empresarial. Procuro empregos para ex-usuários de entorpecentes. — Deu de ombros. — Nem todos conseguem largar o vício. É difícil para alguns dos adolescentes o deixarem de lado.

Os pais se entreolharam, ansiosos.

— Acho que o almoço já deve estar servido — comentou a mãe.

Addison fitou Autumn como se perguntasse: "O que foi que eu disse de errado?"

Antes que ela pudesse explicar, Jenkinson abriu a porta.

— O sr. Richard chegou.

— *Richard?* — Era a última pessoa que Autumn esperava ver.

— Ele não tinha certeza se conseguiria chegar a tempo para almoçar — explicou a mãe. — Está vindo direto do aeroporto. Queria fazer uma surpresa.

— E conseguiu — concordou Autumn.

Naquele momento, Richard chegou.

— Mana! — exclamou, abraçando a irmã com força.

Fora a primeira vez na vida que Autumn não se sentira aliviada ao ver Richard são e salvo. Supusera que, depois de passar meses na clínica de reabilitação nos Estados Unidos, estaria com a aparência mais saudável do que estava. Já o tinha imaginado com alguns quilinhos a mais, sem as olheiras e talvez até com o brilho saudável de um bronzeado, mas ele continuava esquelético, com as maçãs do rosto encovadas. Quando o irmão se afastou, Autumn notou que os olhos estavam estranhamente brilhantes e meio vagos, e ela percebeu de imediato que não abandonara o vício. Todos os meses que passara se tratando haviam sido inúteis. Teria sido preferível que os pais cavassem um buraco no solo e enterrassem todo o dinheiro ali.

— Querido — disse a mãe, ao dar dois beijinhos no filho. — Que bom que pôde voltar!

Richard abraçou a mãe formalmente.

— Mãe.

Em seguida, cumprimentou o pai com um aperto de mãos. O mais velho tentou lhe dar um tapinha amigável e pouco à vontade no braço.

— Este é o Addison — apresentou Autumn, quando, pelo visto, ninguém mais o faria. Richard deu a impressão de estar surpreso. Examinou-o com o olhar que ela esperara dos pais e não lhe deu um aperto de mão. *Típico dele*, pensou Autumn, irritada. — A gente trabalha junto no instituto.

— Ah — observou o irmão. — Outro samaritano. Está faltando *muita* gente assim no mundo.

— Acho que o almoço está servido — repetiu a mãe, apreensiva.

O único consolo era que os pais sempre compravam chocolates maravilhosos para o Natal. Quem ficaria mais desesperado para se entregar à sua droga favorita depois do almoço: ela ou o irmão?

Ao entrelaçar o braço no de Addison para levá-lo à sala de jantar, ela olhou disfarçadamente para o relógio. Tudo de que precisavam era conseguir passar pelas horas seguintes sem nenhum incidente, e, então, iriam embora. Autumn mal podia esperar que aquele momento chegasse.

Capítulo Dez

Ted caprichou, pensou Chantal. Ele tinha feito reserva em um hotel campestre tranquilo, nas cercanias de Bath. Segurara sua mão no trajeto até lá. Havia um restaurante excelente, com estrelas Michelin. O quarto luxuoso tinha uma cama de quatro colunas. O belíssimo arranjo de lírios brancos, que ele lhe dera, espalhava seu aroma no ambiente. Uma caixa de chocolate extravagante encontrava-se na mesa de centro; os bombons precisavam ser provados de imediato.

Chantal também se esforçara. Levara uma camisola nova, diáfana, na maleta e enfrentara a dor terrível de depilar toda a virilha — o maior dos sacrifícios para ela. Agora, fazia o possível para ficar na sala, sorvendo o coquetel, embora preferisse ir para o quarto, no andar de cima, e fazer amor com o marido charmoso.

— Está feliz por ter vindo? — perguntou Chantal.

Ele assentiu, embora com certo enfado, o que a levou a pensar que não se tratava de um sentimento espontâneo e alegre.

— Este hotel é lindo. Fez uma ótima escolha.

Ted anuiu de novo e, em seguida, quando ela achou que a conversa se tornaria monossilábica, ele quis saber:

— Mas será que um hotel é um lugar bacana para passar o Natal?

— A gente podia ter ficado em casa. — Apesar de estar plenamente consciente de que não morava mais com ele naquele momento.

— O que chama de casa?

— Nem precisava ter feito essa pergunta, Ted. Aluguei o apartamento para lhe dar espaço para pensar em algumas coisas. Foi o que você quis. — Colocou a mão na coxa dele. — O que *eu* quero é voltar. Sabe disso.

— Não conseguiria ter ficado lá este ano.

Não precisava lhe explicar por quê. Era óbvio que queria ver a casa cheia de crianças, brinquedos e leite derramado nas roupas de grife dela. Depois de ter passado tanto tempo com Lewis, na verdade, entendia o atrativo de ter uma família no Natal. Nadia lhe pedira que não o fizesse, mas ela deixara vários presentes lindos e extravagantes para o garoto sob a árvore — todos objetos aos quais não resistira —, e os dois tinham ligado naquela manhã para agradecer. O menino estava totalmente animado. Ela sentia muita falta dele; todos aqueles aspectos levavam-na a ponderar se Ted não tinha razão. Suas vidas não melhorariam se tivessem um filho?

Contemplou o ambiente opulento. O hotel, sem dúvida alguma, era lindo, mas o tipo de lugar frequentado por casais de meia-idade chatos. Nem os maravilhosos chocolates compensavam o fato de ele mais lembrar um museu. Ninguém teria nem sonhado em levar uma criança. Seria por isso que sua beleza aparentava ser tão estéril?

O que diabos iam fazer para passar o tempo até a ceia? Chantal levara um livro, porém o texto intricado demais não era fácil de ler e ela não conseguia se concentrar. Ted, pelo visto, não via nada de errado em ficar ali sentado, fitando o vazio; a esposa, porém, estava cada vez mais inquieta.

— Por que a gente não vai até o spa para nadar um pouco?

O marido deu de ombros.

— Está bom.

Um pouco mais de entusiasmo seria melhor, mas ela se daria por satisfeita com o que conseguisse.

Além de Chantal, não havia mais ninguém na pequena piscina. A área era aconchegante, com decoração exuberante, imitando um paraíso tropical, afastada da parte principal do hotel. Grandes palmeiras cercavam as águas azul-turquesa, juntamente com espreguiçadeiras de bambu. O formato irregular da piscina não permitia o nado a distância; não obstante, Chantal conseguiu dar umas braçadas de um lado para o outro enquanto aguardava Ted.

Quando o marido finalmente apareceu, ela brincou:

— Pode entrar. A água está ótima.

Ele riu e saltou, espalhando o líquido nela.

— Ei! Assim não é justo! — Montou nas costas dele e tentou lhe dar um caldo.

Os dois brincaram, espirrando água para todos os lados, divertindo-se como não faziam havia muito tempo. Tempo demais.

Chantal circundou com as pernas os quadris de Ted e abraçou-o pelo pescoço. Ele apertou seu traseiro e puxou-a para si. Em seguida, a boca encontrou a dela e os dois agarraram-se na água, enquanto se beijavam. O marido encostou-a na lateral da piscina e, enquanto a segurava com uma das mãos, com a outra acariciou o corpo, que vibrou com seu toque. Os dedos encontraram a borda do biquíni e entraram ali, acariciando o mamilo.

Chantal inclinou a cabeça para trás. Sentiu o membro de Ted endurecer e imaginou se chegariam ao quarto a tempo. Anos antes, eles gostavam de fazer amor em lugares inusitados. Então, os dedos dele foram para a parte interna das coxas e brincaram com o tecido da parte de baixo do biquíni. Chantal se perguntou se ele ainda aceitaria correr o risco de ser pego.

— Não tem mais ninguém aqui — sussurrou ela, com voz rouca. — Me penetra.

Ted olhou, com ansiedade, por sobre o ombro.

— Alguém pode ver a gente.

— Não vai acontecer isso — assegurou-lhe, abaixando a parte dianteira do calção dele e movendo o próprio corpo ansioso em sua direção. — Não tem mais ninguém aqui — repetiu. — Estamos sozinhos.

O marido segurou suas mãos.

— Não posso — afirmou, perdendo de súbito a rigidez. — Não consigo fazer isso.

— A gente podia ir até o quarto — sugeriu Chantal. — Em questão de minutos, estaríamos lá.

— Não faria diferença — disse Ted, soltando a esposa e afastando-se. Ela não conseguiu captar as emoções em seu rosto.

— Conversa comigo, Ted. Qual é o problema?

— Acho que está mais do que claro — ressaltou ele com rispidez, enquanto saía da piscina. — Sinto muito.

— Não importa — disse ela, enquanto ele ia ao vestiário sem nem olhar para trás. No entanto, Chantal sabia muito bem que importava, e muito, para ambos.

Capítulo Onze

Eu me acomodei no sofá, cercada por um verdadeiro banquete de guloseimas, para enfrentar o resto daquele dia de Natal: uma caixa de Heroes, da Cadbury, e um tablete enorme de Galaxy, da Mars, encontram-se ao alcance fácil da minha mão. Um mínimo esforço seria empregado para o consumo máximo.

Já havia tirado a roupa mais ajeitada e colocado a minha esculachada: camiseta preta desbotada e calça cargo. O que restava da minha garrafa de champanhe — já meio sem gás — foi reaproveitado. Como não queria ficar sóbria, tomei metade de uma vez só e me reacomodei para desfrutar da noite extravagante diante da TV. E, então, uma tragédia! Não estava passando *O Calhambeque Mágico*, o que sempre ocorria no Natal! Costumava passar junto com *A Noviça Rebelde* e *Fugindo do Inferno*. Devia haver algum engano, com certeza. Será que não se pode contar com nada na vida?

Joguei no chão o guia da TV para o feriado, aborrecida. O que faria durante as longas horas até o momento de ir me deitar? Pegando o controle remoto, pesquisei todos os canais de novo e, assim que me dei conta de que não tinha nada que valesse a pena, a campainha tocou. Quem seria, caramba? Daí, meu coração disparou. E se fosse Paquera, dizendo que tudo não passara de um grande equívoco e que ele pegara o primeiro voo de Sidney humanamente possível para vir voando ficar ao meu lado? Saí do sofá e cheguei à porta com três enormes passadas. Quando a abri, Marcus estava ali.

— Trouxe chocolate e champanhe. E um bichinho de pelúcia.

Na verdade, vinha com um urso-polar enorme e felpudo debaixo do braço.

— Não consegui parar de pensar em você — prosseguiu, antes que eu tivesse a oportunidade de falar. — Então, resolvi dar um pulo aqui, para te desejar feliz Natal. Se quiser me mandar passear, eu vou embora.

Marcus estava muito gato e não parecia nem um pouco ébrio. Com os cabelos louros desalinhados, lembrava mais um menino. Fez o urso de pelúcia acenar a pata para mim. Uma graça. Seja por estar cheia de boa vontade para com toda a humanidade, após ter passado a tarde no refeitório comunitário, seja por ter como única outra opção o show *Melhores Momentos de Morecambe e Wise*, de trinta anos atrás, suspirei e disse:

— Não poderia mandar você passear no Natal, poderia?

Abri mais a porta e Marcus entrou, com hesitação, na sala.

— Está sozinha? Torci para que estivesse.

— Acabei de voltar de um encontro com amigos. — Não chegava bem a ser uma mentira, já que o Clive também estivera no refeitório.

— Então, cadê o cara?

— Está na Austrália. — Ele não precisava saber de mais detalhes.

— Quer café? Parece que está precisando.

— Seria ótimo, obrigado. — Meu ex se sentou no sofá e ficou à vontade.

Na cozinha, enquanto eu fazia barulho com as xícaras de café e coisa e tal, a minha mente girava, confusa. Se eu fosse uma mulher sensata e insensível, pediria que Marcus fosse embora. Porém, não era esse o caso, já que estávamos falando de alguém débil e solitária. Seria tão errado assim passar o resto da noite com ele? Eu precisava de companhia, e meu ex se encontrava ali, disponível — então, quem tiraria proveito de quem? Faria com que jogasse Pictionary comigo e, quando ele achasse que estava tarde para voltar e ficasse de olho no meu sofá — ou na minha cama —, todo esperançoso, eu chamaria um táxi.

Levei o café até a sala e coloquei as xícaras na mesa. Marcus tirara a jaqueta e os sapatos. Fiquei sem saber onde sentar. Deveria me acomodar, como quem não queria nada, ao lado dele ou me jogar na poltrona, longe do perigo? Enquanto eu me achava naquele processo de decisão crucial, ele segurou minhas coxas e me fez sentar em cima dele.

— Marcus!

Golpeei o peito dele e tentei me desvencilhar do seu abraço; no entanto, os braços me prenderam com força e firmeza e, sei que não deveria pensar assim, mas, nossa, como era bom estar envolvida ali.

Ele sorriu para mim.

— Meu Deus, como senti sua falta!

Então me deu um beijo firme e profundo. Acariciou meu rosto, meus cabelos, meus seios, meu bumbum, tudo. Eu mal conseguia respirar, quanto menos negar. Seus lábios ardentes e excitantes me fizeram lembrar da primeira vez em que dormimos juntos — foi impetuoso e ardente; eu me apaixonei desde então. Caímos no chão, virando a mesa de centro e as xícaras de café. Meu tapete ficou todo manchado.

— Eu amo você — declarou ele, várias vezes. — Amo demais.

Tirou minha blusa e se livrou da minha calça. Sua boca não deixou a minha e, não sei nem como aconteceu, mas, instantes depois, estávamos nus, com um rastro de roupas jogadas no piso. Acabamos deitados sob a árvore de Natal, e eu, com arranhões por causa do tapete em vários lugares. Deveria dizer não. *Definitivamente*. Porém, não consegui. Estava sozinha e o Marcus ansiava por mim, o cara me queria e me amava. Apesar do monte de agulhas de pinheiro espetando meu traseiro, sentia um estranho conforto por conhecer cada centímetro daquele corpo, enquanto ele se preparava para se introduzir em mim. Meu ex sempre tinha sido um amante fantástico; algumas vezes eu o odiei por causa disso, mas nunca poderia negar esse fato. Ele se movia sobre mim. Havia amor e desejo em seus olhos. Marcus me segurou com força.

— Lucy — disse, ofegante. — Eu amo você.

— Ah, Marcus — exclamei, sem saber exatamente o que sentia. Seria amor, familiaridade, desdém ou pura antiga frustração? As luzinhas de pimenta-malagueta vermelha piscavam, mas agora com um sentido diferente.

Meu ex se deitou ao meu lado e, sem pensar, eu me coloquei sobre ele. Marcus, então, percorreu com os dedos todo o meu corpo, acariciando e provocando. Senti sua respiração no pescoço. Eu havia cedido de novo. Era bem provável que, na manhã seguinte, odiaria a mim mesma por aquilo. Porém, por ora, simplesmente queria ser amada.

Capítulo Doze

uando Toby abriu a porta para eles, usava um avental. Gotículas de suor espalhavam-se pela testa e as maçãs do rosto estavam rubras em virtude da agitação. Levava um pano de prato no ombro.

— Acho que errei ao calcular o tempo de preparo — avisou ele, com certo pânico na voz. — É bem possível que a gente tenha que comer as batatas agora e o peru às dez da noite.

Nadia riu. Já tirava o casaco de Lewis. Em seguida, retirou o seu.

— Você quer que eu ajude? — perguntou ela.

— Seria ótimo — disse Toby, suspirando de alívio. — Não imaginava que era tão complicado preparar o almoço de Natal.

— Isso porque sempre estava nos pubs enquanto eu cuidava de tudo — brincou.

Ele parou e deu-lhe um beijo na bochecha.

— É muito bom ter vocês dois aqui.

— Pai, a tia Chantal me deu uma guitarra elétrica.

— É mesmo? — Olhou para Nadia, buscando confirmação.

— Ela não tem filhos — disse ela, para explicar. Só alguém sem experiência na área acharia que era uma ótima ideia dar um presente barulhento para um garotinho. — É de mentira, mas o som que faz leva a crer que é real. — Seria o primeiro brinquedo a ser escondido assim que a pilha acabasse.

Toby carregou o filho.

— Oi, campeão. Vai dar um beijo no papai? — O garoto riu quando ele enterrou o rosto na pele macia do seu pescoço. Em seguida, Toby colocou-o de novo no chão. — Olha só o que eu tenho para você.

— Você não devia ter comprado nada, não quando a gente ainda tem tantas contas para pagar. — Ela já se sentia mal o bastante por não poder pagar, ultimamente, sua parte no Paraíso do Chocolate; no entanto, as amigas eram mesmo muito compreensivas. Não fazia ideia do que faria sem elas. Eram sua tábua de salvação.

— É só uma lembrancinha — insistiu Toby. — Não podia deixar de dar alguma coisa; sou o pai dele.

Bem que Nadia queria que seu instinto paternal fosse forte o bastante para que se abstivesse de apostar o dinheiro deles nos inúmeros sites da internet que frequentava.

— A gente está no caminho certo, Nadia — comentou, como se tivesse lido sua mente. — Não estou comprando nem bilhete de loteria. Juro.

Os dois sentaram-se e observaram a face feliz de Lewis, enquanto ele abria o presente que nenhum garoto que se prezasse devia ficar sem — uma bancada de trabalho falante, com um monte de ferramentas de plástico.

— É um presente legal — comentou a mãe. Embora, na verdade, achasse que tinha o potencial de ser tão importuno quanto a guitarra elétrica, além de perigoso.

— *Você vai construir uma espaçonave hoje?* — perguntou a bancada, em um tom de voz irritantemente alegre.

O filho gritou de alegria. Nadia teria de encontrar um armário enorme para esconder aquilo.

— *Obrigado por guardar o martelo!*

— Venha para a cozinha — chamou Toby.

— Não tem problema deixar o Lewis sozinho? — sussurrou Nadia. — Não acha que o martelo vai parar na tela da TV?

— Acho que, quanto mais velho ele ficar, mais destruição vai provocar.

— Lewis, vê se brinca direitinho, hein? — instruiu a mãe. — Não quebre nada. — Aquela chave inglesa podia ser de plástico, mas ainda parecia letal para ela. — Papai e eu vamos preparar o almoço.

Na cozinha, havia vapor saindo de várias panelas e condensação nos vidros da janela. Nadia ligou o exaustor.

— Eu vou fazer tudo — assegurou Toby. — Mas queria que você atuasse como gerente de projeto.

— Me dá o avental e põe os pés para o alto durante algum tempo, enquanto eu dou um jeito nisso tudo.

Os olhos dele ficaram marejados quando disse:

— Não sei como eu tenho me virado sem você. — Nadia aproximou-se e abraçou-o. — Tentei não me esquecer de nada. Comprei pastinaca, bacon, guardanapos sofisticados e uma caixa do seu chocolate favorito, daquele lugar aonde você vai com as amigas.

— Foi até o Paraíso do Chocolate?

Ele assentiu.

— Não precisava.

— Queria que tudo saísse perfeito.

— Só tem uma coisa que eu quero que você faça — ressaltou ela.

— E já estou fazendo. Estou no bom caminho agora. Sério.

— É bom ouvir isso. Espero mesmo que seja para valer.

— Juro. Você e o Lewis são tudo para mim. Não quero que a minha esposa saia da minha vida. Prefiro morrer a deixar que isso aconteça.

Colocando os dedos nos lábios dele, ela disse:

— Não vamos mais falar disso agora. É Natal e devíamos esquecer os problemas por hoje.

— Concordo totalmente — ressaltou ele, dando um suspiro agradecido.

— Então vamos dar um jeito neste almoço, está bem? Caso contrário, a gente só vai comer no dia 26.

Nadia começou a cuidar do recheio; jogava água fervente no pacote que ele comprara, quando Toby informou:

— Convidei os meus pais para virem almoçar. Espero que não tenha problema. Queriam ver o Lewis e você também, claro.

— Tudo bem.

— Estão sentindo muita falta dele.

— Podem ir ver o neto sempre que quiserem. Sabem disso.

— Mas não é a mesma coisa, certo? — Toby deu um sorriso triste e acanhado. — Bom, pensei que seria legal ficarmos todos juntos. O Natal é um período para se passar com a família.

Era verdade e todas as celebrações naquela época do ano sempre faziam Nadia sentir mais falta dos próprios parentes. Ela mantinha a esperança, no fundo, de um dia algo levá-los a deixar de lado o preconceito contra Toby e voltar a aceitá-los. Seu pai e sua mãe nem tinham conhecido o neto, embora ela continuasse a enviar fotografias de Lewis para a casa deles no aniversário do menino; não obstante, nunca recebia resposta. Em sua cultura, a família era tudo — a menos que se recusasse o marido escolhido pelos pais, claro —, e o afastamento daqueles com os quais mais se importava sempre entristecia

Nadia. Agora que estava ali, com Toby, percebera o quanto sentira falta da intimidade de sua própria unidade familiar diminuta. Fora muito bom mesmo o marido ter se empenhado tanto para tornar aquele dia especial, apesar dos gastos. Talvez a situação houvesse começado mesmo a melhorar, permitindo que ambos tivessem um futuro mais promissor.

O almoço foi maravilhoso; no entanto, acabou sendo servido tão tarde que, na verdade, virara jantar, e todos estavam tão esfomeados àquela altura que, de qualquer forma, teriam consumido tudo o que vissem pela frente. Nadia e Toby tiravam a mesa enquanto os avós de Lewis entretinham com satisfação o neto. O pai de Toby mostrava ao pequeno como perfurar a mesa de centro. O menino estava totalmente concentrado na tarefa, mas a broca de plástico escorregava de forma incontrolável na superfície polida. Nadia preferiu nem olhar. Pelo visto, seria mesmo mais um presente natalino do qual se arrependeriam. Os móveis já estavam deteriorados o bastante, sem os buraquinhos feitos acidentalmente pelo filho.

O dia transcorrera perfeitamente, e Nadia se sentia relaxada e satisfeita; por incrível que parecesse, até tivera que deixar alguns bombons do Paraíso do Chocolate para o dia seguinte. Nem sempre sua capacidade de consumir chocolate ficava abaixo do esperado.

— O almoço foi ótimo — elogiou ela.

— Por sua causa, que consegue harmonizar tudo. Estaria perdido sem você.

Antes que pudesse responder a Toby, Lewis foi até a cozinha, atrás dela. Chupando o dedo, puxou a saia de Nadia. Os olhos estavam pesados de sono.

— Parece que seu horário de dormir já passou, filho. — O menino, pela primeira vez, não protestou. Ela virou-se para o marido. — Melhor a gente ir andando.

— Posso dormir na minha própria cama hoje? — perguntou Lewis.

— Não, querido.

— Por favor, mãe!

— Não precisa ir embora — disse Toby. — Vocês dois podiam ficar aqui.

Nadia sorriu.

— Acha que pode me fazer um bom assado para o almoço e depois me conquistar?

— Não custa nada tentar — comentou ele, sorrindo. — Podia abrir uma garrafa de vinho.

Nadia deu de ombros.

— Está bom.

— Sério? — Toby arreganhou ainda mais os dentes.

Estava tarde, ela estava agradavelmente cansada e, na certa, já bebera demais. Planejava tomar mais uma taça e voltar para casa, mas enfrentar o dia sem o apoio de umas bebidas fora mais difícil do que imaginara. Agora, teria de chamar um táxi, e seria um verdadeiro inferno conseguir um naquele dia. Além disso, custaria uma fortuna. A bem da verdade, ela não tinha a menor vontade de voltar para o apartamento de Chantal, sabendo que a amiga não estaria e que só ela e o filho perambulariam por lá nos próximos dias. Tampouco sentia muita vontade de se afastar de Toby e do calor aconchegante e tranquilo de sua casa.

— Está bom, a gente fica. Lewis, vá para o seu quarto e procure um pijama. A mamãe vai subir daqui a pouquinho.

Enquanto o filho ia correndo até lá, Toby abraçou-a.

— Volta de vez, Nadia. Queria ter vocês dois em casa.

Será que podia confiar no marido a ponto de dar outra chance ao casamento? Ele conseguira mesmo parar de jogar e cumprira a promessa? Ela o fitou e julgou que estava sendo sincero; no entanto, como poderia ter certeza de que realmente mudara? Toby teria tido tempo de refletir a respeito de suas ações? Não restava dúvida de que Nadia ainda o amava. Tal fato nunca fora questionado. Era apenas o comportamento dele, a dependência, que ela abominava. Depois de algumas taças de espumante barato, seria fácil tomar uma decisão precipitada, baseada no que sentia naquele momento; porém, ela já afetara demasiadamente a vida do filho. Não faria nada bem a ele voltar para casa, se ela descobrisse que Toby continuava a jogar. Nadia não podia fazer isso com Lewis; tinha de pensar na estabilidade futura. Mas seria ótimo voltar aos braços do marido de novo. Apesar do defeito, era um homem carinhoso, bem-apessoado, e ela sentia muita falta dele.

Apoiando-se em Toby, Nadia deitou a cabeça em seu ombro e deu-lhe um beijo suave no pescoço.

— A gente dorme aqui hoje — disse, tentando ser realista no que dizia respeito à sua situação. — Mas vamos dar um passo de cada vez.

Capítulo Treze

uando deu por si, Autumn prendia a respiração e uma dor de cabeça de estresse já se iniciava detrás dos olhos por causa do esforço que fazia para manter a aparência de normalidade. O irmão entornara uma taça de champanhe após a outra, antes mesmo de o almoço natalino ser servido. Agora gesticulava os braços com a mesma animação com que falava, a conversa confusa e arrastada, os movimentos frenéticos e descoordenados.

Richard dirigiu-se para a sala de jantar na frente dela e do namorado.

— Addison, sente-se aqui, ao meu lado — disse a sra. Fielding, como se nada fora do comum estivesse acontecendo.

E, se o namorado de Autumn ficou impressionado com a sala de jantar suntuosa, não o demonstrou. Virou-se para ela e deu-lhe uma piscadela reconfortante.

Na mesa de mogno brilhante, que acomodava dezesseis pessoas, foram colocados os melhores talheres de prata e louça para a ocasião. Taças de cristal lapidado brilhavam à luz dos candelabros. Bandejas opulentas, com frutas da estação, estavam decoradas com ramos de azevinho. Guirlandas de visco enfeitavam as estantes com fotos e a lareira de mármore ostentosa. O fogo fora aceso, proporcionando um calor bastante necessário ao ambiente. Tratava-se do tipo de cena que se via em casa, nos cartões de Natal. Idílica. E sua vida familiar sempre fora assim: aparentemente perfeita na superfície, mascarando uma série de tensões que transcorriam sob ela.

Quando Addison saiu do seu lado, ela pegou o irmão pelo braço, impedindo-o de prosseguir.

— Richard, vê se manera. Já bebeu o suficiente — sussurrou-lhe.

— Só umas tacinhas — insistiu ele. — Fica fria, Autumn. É Natal, o Filho Pródigo voltou, para a alegria de todos. Está com ciúme porque o bezerro gordo nunca é preparado para você? — Tomou outro gole grande da bebida. — Ah, é vegetariana; nem tocaria na carne, de qualquer forma.

— Está fazendo papel de ridículo, e nós temos visita.

— A gente tem que manter as aparências, né?

— Não faria mal — aconselhou ela, em voz baixa. — Os nossos pais acabaram de gastar uma fortuna com a sua suposta estada numa clínica de reabilitação. Devia ao menos se esforçar para fingir que tentou mesmo se livrar das drogas.

— Eu posso desistir delas quando quiser, querida irmã, mas cheguei à conclusão de que prefiro a noção mais distorcida da vida. É muito melhor que a dura realidade, não acha?

— Senta e cala a boca — ordenou Autumn. — Vamos tentar seguir em frente hoje sem problemas.

— De repente está dando uma de autoritária. O grupo dos samaritanos andou mandando você para cursos de capacitação?

— Por acaso já comentei que você fica um saco quando está desse jeito? Comporte-se, viu? Por mim.

Richard olhou para a irmã, muito pouco intimidado. Ela só esperava que ele se portasse bem durante o resto do dia. Agora que o via de perto, achou, na verdade, que estava pior do que quando fora para os Estados Unidos. No rosto havia uma palidez doentia, além de uma camada de suor; as mãos tremiam visivelmente.

Quando todos se sentaram, Jenkinson levou o suculento ganso assado em uma enorme bandeja de prata.

— Caralho! — disse Richard, em voz alta. — Jenks, não dão folga para você nem no dia do Natal? Em que século a gente está?

— Não admito esse tipo de linguagem à mesa — advertiu o pai. — Use um vocabulário polido, Richard.

— Você trata as pessoas como servos medievais e acha que sou *eu* que tenho um problema? — Deu uma risada desanimada. — Deixa que eu corto este troço. — Levantou-se, vacilante, e pegou a faca.

O pai levantou-se.

— Acho melhor eu fazer isso.

— Não. Não. Não. — O filho ergueu a mão, e o sr. Fielding sentou-se de novo, com relutância, olhando a esposa de forma consternada. Não só o ganso, como a atmosfera, podia ter sido cortada com a faca.

Jenkinson voltou com uma bandeja com travessas de verduras cozidas e batatas assadas. Havia também, felizmente, uma torta de legumes.

— Esta é a opção vegetariana, srta. Autumn — informou-lhe.

— Obrigada — disse, fitando-o agradecida.

O mordomo pôs as travessas na mesa e, em seguida, voltou depressa, mas com dignidade, à cozinha.

Com um floreio, Richard espetou o ganso com o garfo e começou a atacar a ave imensa com a faca.

— Vai com calma! — instruiu o pai.

— Cuidado, Richard. — A face da mãe estava lívida. — Deixe que seu pai continue.

Addison observava, pouco à vontade.

— Quer que eu te ajude, cara?

— Eu sei o que estou fazendo. — E a faca ia lacerando. Era em momentos como esse que Autumn se sentia feliz por não comer carne. Pedaços gordurosos foram tirados da pobre ave. O estômago da jovem revirou. Então, a faca escapou da mão do irmão, passou longe do ganso e deslizou pela mesa. Richard perdeu o equilíbrio e, de repente, o ganso foi parar no ar, junto com as travessas de verduras e batatas. A ave caiu no chão, de forma ruidosa, a torta de legumes caiu virada para cima e o guisado de cenoura fatiada, ervilha, couve-de-bruxelas e pastinaca assada pousou no colo de Addison. Seu namorado levantou-se e fez uma espécie de dança tribal diante da ameaça de queimadura por causa dos ingredientes quentes. O pai, talvez relembrando os tempos de jogador de críquete, pegou as batatas no alto.

Todos ficaram de pé e observaram a desordem. Jenkinson, sensatamente, não voltou para checar de que se tratara o barulho. Autumn percebeu que Richard tremia bastante.

Os pais, pelo visto, tinham entrado em estado de choque catatônico.

— Addison — disse ela —, vou levar o Richard para cima. Será que você pode me ajudar a dar um jeito nesta bagunça?

Ele assentiu, e ela olhou-o, grata, quando o namorado pôs-se a recolher as verduras do piso.

— Talvez o champanhe não tenha caído bem após o cansaço da longa viagem — sugeriu a mãe, otimista.

— É verdade — sussurrou Richard. — Deve ser isso.

Cansaço da viagem longa o caramba, pensou Autumn. Ela ajudou o irmão a ir até o quarto que fora dele desde a infância. Sem protestar, Richard se deitou na cama de colcha antiga e se encolheu todo, como se estivesse com dor de estômago.

Ela acariciou a testa úmida do irmão.

— Você está bem?

— Sei lá, mais ou menos, mana — respondeu o irmão, secamente.

— O que você anda usando?

— Fumei um pouco de crack — confessou, com afabilidade. — Só um pouco.

A reabilitação fora por água abaixo. Ao que tudo indicava, o tempo que passara fora só servira para que se metesse com drogas mais pesadas.

— Ah, Richard.

A irmã deixou-se cair na cama e deitou-se ao lado dele.

— Não sei como foi acontecer. — Parecia de fato confuso. — *Nunca* cheguei a ficar viciado em coca — disse a bravata sem muita convicção. — Só uns gramas. Talvez um pouco mais. Daí, de repente, não era suficiente. Não me dava o mesmo barato. — Pela primeira vez, deu a impressão de estar assustado.

— Quanto tempo vai continuar assim, mano?

— Está tudo sob controle — insistiu, com os dentes batendo. — Eu *vou* conseguir dar um jeito. Você pode me ajudar a ir até o banheiro?

Autumn ajudou-o a se levantar. Sentiu-o leve, fraco e sem energia. O irmão andou aos trancos, como um velho, até o toalete. Ela ficou ao seu lado, umedecendo a fronte com um paninho frio e úmido, enquanto ele vomitava no vaso sanitário. É o que acontece, pensou ela, desolada, quando se tem um Natal alegre *demais*.

Acabaram dando continuidade ao almoço natalino atribulado, comendo pouquíssimo. Os pais bajularam Addison e imploraram que voltasse outro dia. Autumn tinha a sensação de que teria muita sorte se seu namorado realmente pisasse ali de novo.

Naquele momento, voltavam de carro para o apartamento de

Autumn. Enquanto Addison se afastava da entrada da mansão e rumava ao tráfego leve do feriado, sem se virar para ela, perguntou:

— Então, há quanto tempo seu irmão é usuário de entorpecentes?

Autumn recostou a cabeça no assento.

— É tão óbvio assim?

— Acho que quando alguém trabalha na indústria fonográfica pode reconhecer um bom cantor a quilômetros de distância. — Deu de ombros. — Eu lido com o mundo dos narcóticos.

Quando pararam em um sinal, Addison pegou sua mão.

— Os seus pais têm ideia da gravidade da situação?

Ela balançou a cabeça.

— Acho que não.

— E você?

— Tenho. Mas finjo que não.

— Sabe que está facilitando o comportamento dele?

— Só tento proteger o Richard, nada mais do que isso.

— E, fazendo isso, encobre o seu irmão e dá desculpas para o seu comportamento, permitindo que ele não enfrente o que faz.

O sinal abriu e eles continuaram ali. Felizmente, como se tratava do dia de Natal, não havia ninguém atrás que começasse a buzinar com impaciência.

— E como é que posso ajudá-lo?

— Talvez não possa, Autumn.

— Bom, não vou ficar de braços cruzados vendo o meu irmão se autodestruir. — Retorceu a saia com as mãos. — Ele está seriamente comprometido. No começo, só usava um pouco de coca, apenas recreativa — repetiu a mentira que Richard lhe dizia o tempo todo. — Agora, a situação mudou. Quando estava fora, passou para entorpecentes mais pesados. Realmente achei que ele queria abandonar o vício, mas estou me dando conta de que só foi para os Estados Unidos para fugir dos problemas aqui, e por nenhum outro motivo. Para ser sincera, nem sei se ele chegou a se internar numa clínica. Uns bandidos andaram perseguindo o Richard, querendo dinheiro. Tudo relacionado a drogas, claro. A situação chegou a tal ponto que meu irmão ficou apavorado.

Addison arqueou a sobrancelha.

— E pensar que você se preocupou com a possibilidade de seus pais ficarem chocados comigo.

Autumn riu.

— Ainda bem que a torta de legumes escapou ilesa. O que a gente teria comido, não fosse ela? Acho que pela primeira vez na vida os meus pais ficaram gratos por eu ser vegetariana.

— Você não tem que lidar com o Richard sozinha, Autumn. Posso ajudar. Conte comigo.

Ela ficou com os olhos marejados, e seu namorado puxou-a para perto.

— Obrigada.

Capítulo Catorze

cordei perto do Marcus e fiquei pasma com o que a gente tinha feito. Ele estava deitado ao meu lado, com um braço jogado no travesseiro e uma perna em cima de mim, muito à vontade. Tranquilo demais. E eu, não.

Fiquei deitada absolutamente imóvel, incapaz de me mexer. E então, o que faria? Claro que não tinha sido uma boa ideia, tinha? Até mesmo o urso-polar felpudo, sentado no alto do armário, parecia me encarar de forma crítica. Com cautela, eu me desvencilhei do meu ex-noivo. Se já não estivesse em casa, àquela altura eu me levantaria e sairia de modo sorrateiro.

Suspirei, meio alto demais, por causa do constrangimento, e o Marcus abriu os olhos. Então, agarrei o lençol. Por falar nisso, onde é que se meteu ontem, recato, quando precisei de você?

— Oi — disse meu hóspede indesejado, sonolento. Já estava todo sorridente; tentei captar algum sinal de presunção, mas não vi nenhum. Seus dedos acariciaram meu braço com suavidade. Meu maldito corpo traiçoeiro se arrepiou todo! Para! Aquela notícia não era nem um pouco legal!

Marcus se aproximou de mim. A pele estava quente — ótima para se apoiar os pés no inverno, mas não tão boa assim para resistir à tentação sexual. Tentei afastá-lo.

Reunindo toda a minha coragem, disse:

— Acho melhor você ir embora, Marcus.

Agora ele já despertara por completo.

— Ir embora?

— A noite passada foi um erro. Eu não devia ter deixado acontecer.

Ele se apoiou no cotovelo, sem aparentar qualquer irritação, como esperado. Os dedos continuavam a acariciar languidamente a minha carne fraca, fraca, fraca, fraquérrima e por demais desejosa.

— Você não protestou muito ontem.

Sabia que deveria ter me contentado com o consolo do meu melhor amigo, o bombom. Por isso esse alimento era melhor que sexo — ninguém precisava se sentir culpado depois de comer chocolate. Bom, nem tanto.

— Eu estava sozinha e vulnerável.

— Você estava sexy pra caramba — elogiou ele, arqueando de leve o cenho.

Eu conhecia meu ex o bastante para saber que, a qualquer momento, faria uma tenda com a minha colcha. Tinha que tirá-lo dali antes que a minha resistência diminuísse ainda mais.

— A gente já passou por isso muitas vezes — disse, cobrindo-me mais, aos poucos, com o lençol. — Não posso enfrentar tudo de novo.

Marcus não pareceu estar muito convencido, e eu percebi que me achava numa posição de negociação bastante precária: nua, na cama com ele.

— A gente não precisa fazer amor de novo — disse, começando a armar a tenda. — Eu podia ficar por aqui e daí a gente ia dar uma longa caminhada no parque. — Hã. Só faltava ele dizer que usaria um pulôver da Gap e fazer aquele troço tecnicamente impossível de assar marshmallows, todas as atividades que eu tinha planejado levar adiante com o Paquera.

— Não — neguei com firmeza. — Obrigada pela oferta, mas realmente queria que você fosse embora agora.

— Sem direito a café da manhã?

Fiquei imaginando como sair da cama e pegar o roupão sem me expor. Como não vi maneira de fazê-lo, permaneci ali, aumentando ainda mais meu desconforto.

— Melhor assim.

— Para mim, não — frisou ele. — Estou faminto. E ainda amo você, Lucy. Sei que a gente teve os nossos problemas... — Fiz menção de dizer algo, mas ele ergueu as mãos. — Todos por minha culpa. Mas não endureça o seu coração. Não é do seu feitio.

Então, antes que eu pudesse dizer a ele que eu era uma nova pessoa, melhorada, e que ele não poderia mais brincar com as minhas emoções — está bom, com uma breve exceção —, o telefone tocou. Como ainda estava aflita com o dilema do roupão, não me mexi e deixei que a ligação caísse na secretária eletrônica.

— Oi, gata. Sou eu! — Fiquei boquiaberta ao ouvir a voz do Paquera. — Sinto muito por não ter mantido contato — prosseguiu ele, animado. — Tomara que não tenha se preocupado comigo. Não vai acreditar no que aconteceu. Mal posso esperar para compensar tudo isso. Olha, lamento mesmo. De verdade. Espero que o seu Natal tenha sido ótimo. Eu amo você. A gente se fala em breve. Amo você, amo você, amo você. Já disse isso? Amo você. Tchau, gata. — E desligou.

Não lembrava em nada um homem pego com o bumbum balançando diante de uma webcam. Mais parecia um namorado pesaroso, que realmente tivera um problema. Eu já recebera desculpas esfarrapadas suficientes do Marcus para saber quando tentavam me passar a perna. Então, o que significava isso? Fiquei imóvel feito uma pedra, enquanto minha mente se agitava com toda a coordenação de um bêbado numa noite de sexta. O que diabos havia acontecido do outro lado do planeta? Tive a sensação de haver perdido uma peça do quebra-cabeça. Uma parte fundamental.

— Ele ama você — repetiu Marcus, por fim.

De alguma forma, consegui balbuciar:

— Ama.

Então, fitei aquele homem que compartilhava a colcha comigo e notei o evidente ar presunçoso.

— Pelo visto, você vai ter que se explicar.

Capítulo Quinze

O Clube das Chocólatras voltara a se reunir — já não era sem tempo, na minha opinião. Era justo dizer que não estávamos na nossa melhor fase. Naquele mês de janeiro, sofríamos de uma letargia pós-Natal. Eu já tinha voltado a trabalhar, mas ninguém podia me incomodar — sobretudo euzinha — para fazer nada. Até o Paraíso do Chocolate se achava tranquilo, o ambiente, excepcionalmente quieto. Estávamos todas juntas nos sofás, tentando de forma desesperada nos alegrar com algumas das melhores delícias de Clive. Pedíramos fatias de manga com cobertura de um incrível chocolate amargo — já que fruta fazia bem e contava como uma das cinco porções diárias de coisas boas para a saúde —, moca com trufas de pistache —, já que não queríamos ser odiosamente saudáveis — e brownies cremosos —, já que éramos gulosas e fissuradas por chocolate.

— Como é que foi o Natal? — quis saber Nadia.

— Monótono — reclamou Chantal, saboreando com sofreguidão o brownie. — Ted me levou para um hotel fabuloso; o clima estava ótimo entre nós, tudo deveria ter sido perfeito. Ainda assim, foi *monótono*. — Meneou os cabelos brilhantes. — Não sei o que tenho de fazer para que aquele homem durma comigo. Ele afirma que deseja ter um filho, mas não quer cometer o ato imoral requerido normalmente pela procriação. Como acha que deveria agir? Mandar o esperma para mim pelo correio? Crê que é para isso que serve a Entrega Rápida? — Soltou um suspiro enfadado. — Talvez o meu casamento seja uma causa perdida.

— Não desista — aconselhou Autumn. — Tenho certeza de que daqui a pouco vai haver uma reviravolta.

— O chocolate é um ótimo substituto para o sexo — lembrei.

Chantal fitou com desdém o brownie parcialmente consumido.

— Quem foi que disse?

— As pessoas que não conseguem transar — admiti.

— Seu Natal com o Addison foi perfeito? — perguntou Chantal a Autumn.

— Meu irmão usuário dependente apareceu sem aviso prévio, bêbado e mais alto que uma pipa. O almoço de Natal foi parar no chão, e o Addison escapou por pouco de queimaduras de terceiro grau nos testículos. Mas, fora isso, foi ótimo.

Todas rimos.

— É o que dá ficar apaixonada — comentei. — Quando a gente pensa que tudo anda às mil maravilhas, chega a hora do temido Natal em família e acaba com a festa.

— Gente, o meu Natal em família foi incrível — disse Nadia, com um sorriso de satisfação. — O Lewis e eu nos divertimos muito com o Toby. Ele se esforçou bastante, e achei ótimo ficarmos juntos de novo. Senti muita falta disso.

— Vou ter que procurar uma nova inquilina? — indagou Chantal, meio triste.

— Acho que a gente vai acabar reatando, mas não quero me precipitar — explicou Nadia. — O Toby me garantiu, com toda a sinceridade, que a jogatina é coisa do passado. Mas ainda temos que lidar com a montanha de dívidas. A vida ainda não virou um mar de rosas.

Clive apareceu, com mais café e chocolate para nós. Esse homem realmente sabia como cuidar de uma mulher. Pena que fosse gay. Sentou-se no braço do sofá, ao meu lado, e apertou meu ombro.

— Sinto muito ter te abandonado no refeitório comunitário — disse, alegre, enquanto eu desejava que um buraco se abrisse no chão e me engolisse inteira. Deu um beijo caloroso no meu rosto. — É uma mulher maravilhosa. Tenho muito orgulho de você.

— Ah, ah — limitei-me a balbuciar.

Quando ele foi embora, minhas amigas me fitaram.

— Refeitório comunitário?

Abracei minhas pernas e evitei seus olhares.

— Foi onde passei o Natal — admiti. Eu me senti mal por dar a impressão de que preferi a companhia de um monte de destituídos à das minhas amigas. — O Clive estava lá também. Foi gostoso. Divertido. — Talvez estivesse exagerando um pouco. Nenhuma delas pareceu acreditar em mim, com exceção de Autumn, que aparentou me ver sob nova ótica.

— Acho muito legal você ter feito isso, Lucy — elogiou, com seriedade. — Bastante altruísta.

— Obrigada. — Todas continuaram a me olhar fixamente. Eu não sabia se tinham ganho de Natal visão de raios X, mas sentia que pressentiam que eu estava escondendo mais. Então, achei melhor desembuchar tudo de uma vez. Dei de ombros, de forma casual. — Daí eu fui para casa e transei com o Marcus.

Três queixos caíram. Três bocas se abriram. Três pares de olhos me fitaram, estupefatos.

— Uma grande bobagem ter feito isso — repreendeu Autumn, de imediato. — Um vacilo sem tamanho.

— Eu sei. — Apoiei a cabeça nas mãos. — Estava sozinha, vulnerável, bêbada. — Todas me observavam, espantadas. — Uma *tremenda* estupidez — acrescentei, antes que alguém o fizesse. Nenhuma delas discordou. Só que não estavam comigo no momento e não tinham a menor ideia de como me sentia para baixo. — Foi só isso. Uma noite. Daí, despachei o Marcus. Sem café da manhã.

— Poxa, você sabe como tratar mal os homens — frisou Chantal.

Para alguém que vinha de um país que não compreendia ironia, a tentativa dela foi certeira.

Os arranhões que tive após a noite ardente sob a árvore de Natal já tinham quase sumido e aquele era o último resquício de algo remotamente relacionado ao Marcus que eu queria ver pela frente. Tentei não coçar. Eu não fazia ideia da minha alergia a agulhas de pinheiro — ou talvez se tratasse de uma reação grave ao meu ex.

— Nenhuma notícia do Paquera, então? — perguntou Autumn.

— Não. — Como podia contar que ele vinha me ligando repetidas vezes, mas que eu não atendia aos telefonemas nem respondia às mensagens no computador? Não queria me aproximar daquele troço maldito de novo.

Nadia quis saber: — O que é que o Clive estava fazendo no refeitório comunitário?

Expliquei em voz baixa:

— Ele e o Tristan estão passando por uma fase difícil, também. Não sei qual é o problema. — O que significava que, por mais que eu sondasse Clive, ele não revelava os detalhes.

— Os homens gays têm dificuldade de manter relações a longo prazo, já que seu apetite sexual é voraz — disse, de repente, Autumn, como se fosse especialista em dinâmica de relações homossexuais.

— Meu Deus — começou a se queixar Chantal. — Por que não nasci como homem gay? Faz tanto tempo que não transo que está complicado até colocar minhas calças. — Ela mostrou o cós da calça e, embora estivesse brincando, deu para notar que a cinturinha eternamente de pilão de Chantal havia aumentado um pouco. Fiquei feliz ao constatar que não fui a única a me empanturrar no feriado. Deprimida, fiz menção de pegar outro brownie. Daí, chegando à conclusão de que seria melhor para a minha região estomacal, mudei de ideia e peguei a manga coberta de chocolate. Essa fruta quase não tem calorias, certo? Estava com a mente concentrada em magreza, magreza, magreza. — Acho que isso é consequência da deliciosa comida asiática que a Nadia tem feito para mim — prosseguiu Chantal. — Além disso, mantemos a geladeira cheia de chocolate e jogamos a culpa no Lewis.

— A gente precisa começar o ano novo num estado de ânimo melhor, mais saudável e são — observei, hipocritamente. — Não tenho namorado, grana, espaço na roupa. Este período que está chegando só pode trazer coisas boas.

— Temos que fazer algo — afirmou Autumn. — Algo positivo.

— Conhecendo-a, na certa a sugestão envolvia danças em círculo, algum troço esquisito com runas e incensos.

— A gente podia começar uma dieta desintoxicante — sugeriu Nadia. — Parar de comer chocolate e coisa e tal. — Todas respiramos fundo. — Sinto muito, foi uma ideia idiota. — Ela inclinou a cabeça, envergonhada.

— Eu comecei a *Dieta Desintoxicante de 28 Dias de Carol Vorderman* — admiti. — Bom, vi o DVD e fiquei vinte e oito minutos sem comer um Kit-Kat. — Não tenho força de vontade. Que se há de fazer?

Talvez eu devesse conseguir um exemplar do livro de Victoria Beckham — ela, com certeza, oferecia algumas dicas sobre como vomitar e chegar ao tamanho trinta e seis em seis dias. Não que eu não tivesse nenhuma experiência nessa área, mas nenhuma celebridade que se prezasse vivia sem um desses distúrbios alimentares nos dias de hoje. Ao menos, era o que parecia. Estabeleciam padrões insuportavelmente altos para nós, mulheres "de verdade", que ninguém com uma fissurinha sequer pelos bombons de caramelo da Cadbury conseguia alcançar. Qual era o atrativo de uma mulher adulta ter o corpo de uma menina de sete anos? Tratava-se de algo tão ardiloso que chegava a ser desleal. Eu já ficaria satisfeita com uma leve magreza.

Tristan aproximou-se e inclinou-se no balcão.

— Como vão nossas melhores clientes hoje?

— Deprimidas — respondi por todas. — Estamos gordas. Duras. Nada excitante vem acontecendo.

— Fale por você — corrigiu Nadia, piscando o olho.

— A gente não precisa de dieta, mas de se revitalizar — expliquei a ele. — De preferência, sem desistir de chocolate. Ou de vinho barato. Alguma sugestão?

— Não tem um spa por aí especializado em tratamentos à base de chocolate? — sugeriu Tristan.

A respiração de todas acelerou. Será que nossos sonhos haviam se tornado realidade?

— Onde? — perguntei, com uma ponta de dúvida na voz. Se Tristan estivesse brincando, seria cruel demais. Eu poderia deixar de ser cliente por menos do que isso. Bom, na verdade, não.

Ele pensou um pouco mais, esfregando o queixo como um intelectual.

— Acho que fica na Califórnia.

Tinha de ser.

— Já ouvi falar nesse lugar, tenho certeza — disse Chantal. — Supostamente, é maravilhoso. Por que não pensamos nisso antes?

— Imaginem só! — O olhar de Nadia era vago e distante. — Podíamos passar o dia inteiro cobertas de chocolate e ainda perder peso. Meu sonho virou realidade!

Todas deixamos escapar um *Aaaah*.

Isso colocava no chão meu banho de banheira com o esfoliante de cacau da Body Shop.

— Queridinhas, vocês estão tristes *demais* — disse Tristan, balançando a cabeça com complacência.

— Se isso não resolver os nossos problemas, então nada vai — comentou Autumn, baixinho. Até ela percebia que isso era bem melhor que qualquer coisa relacionada a chacras ou cânticos.

— A gente precisa ir até lá — afirmou Chantal. — Temos que ir agora.

— Tem toda razão — concordei. — Isso mesmo.

Nem cheguei a pensar no rombo que aquilo provocaria no cartão de crédito. Bastava considerar o quanto seria bom para meu corpo e meu espírito.

Capítulo Dezesseis

Eu me sentia deprê. Tinha consumido uma incrível quantidade de chocolate. Estava trabalhando — o que, em si, já era deprimente — e, só naquela manhã, o Marcus me enviara umas dez mensagens de texto dizendo que me amava. Dez mensagens. Eu o ignorei.

Escondendo o celular nos recônditos da minha bolsa, fiquei divagando. O Marcus vinha me ligando desde aquela noite que dormimos juntos para me dizer que deveríamos reatar. Já estou farta de dizer que não é esse o caso. O que é que vou fazer com ele? Trata-se de uma decisão grande demais para ser tomada sem o consumo excessivo de açúcar e, além do mais, eu tinha que me dedicar ao trabalho. À grande quantidade dele que me esperava. Dei uma olhada no meu estoque e peguei uma barra de Toffee Crisp para me auxiliar com a ingestão de frutose. Só o aroma de baunilha já me fez sentir melhor. Peguei uma pilha de papéis e aproximei-a de mim. A situação devia estar mesmo periclitante, se eu já usava o trabalho como válvula de escape.

Atrás de mim, ouvi um burburinho e aclamações. Virei-me, sem conseguir conceber o que poderia ter tirado os funcionários da Targa da costumeira letargia. Deus do céu! Meus olhos mal puderam acreditar no que viram. Arregalaram-se cada vez mais, mas a visão era a mesma. Paquera, em pessoa, estava ali.

O pessoal da equipe de vendas o cumprimentava com apertos de mãos e batidinhas nas costas, porém os lindos olhos encaravam os meus. Vinha meio desalinhado, com roupas amassadas, como se tivesse chegado direto do aeroporto. Mais bronzeado, o sol antípoda clareara os cabelos, e seu corpo estava firme e musculoso. Embora fizesse pouco tempo que partira, continuava charmoso como sempre. Apesar de eu estar usando rímel e de poder manchar o rosto, esfreguei os olhos, caso estivesse alucinando por causa da dose excessiva de açúcar. Não estava não. Aiden Holby se encontrava mesmo ali.

Ele atravessou rápido a sala, com seu caminhar viril, e parou na frente da minha mesa.

— Oi, gata — disse, com um enorme sorriso.

Ninguém me chamava de gata desde que ele partira.

— O... o... o... o...

— O que está fazendo aqui? — adivinhou Paquera, quando ficou claro que eu não conseguiria falar.

— O... o... o... o...

— Ótimo ver você? — tentou. Não achei que ele tivesse acertado, embora nem eu mesma soubesse direito o que queria dizer.

— O... o... o... o...

— Onde é que você estava? — Começava a sentir dificuldade. — Que tal "se... se... se... senti sua falta"?

Assenti com veemência.

O sorriso dele ficou ainda mais largo.

— Também senti sua falta. — Em seguida, apesar do escritório estar cheio, apertou minha mão. — Meu Deus! Mal posso esperar para ficar sozinho com você. Tudo o que queria fazer agora é abraçá-la e fazer atos grosseiros bem na sua mesa.

Senti o calor subir ao rosto. A ideia me pareceu ótima, apesar de corrermos o risco de perder o emprego depois. E daí? Havia outros trabalhos. Mas então me lembrei das peripécias do sr. Aiden Holby na cama com a mulher de roupa íntima vulgar e tanto minha cabeça quanto meu coração começaram a doer.

— Por que não atendeu aos meus telefonemas? — prosseguiu. — Eu estava superpreocupado, como você deve ter ficado comigo. — Fez uma careta. — Então, o que anda aprontando desde que eu fui embora, gostosa? — brincou.

Minhas cordas vocais e meu cérebro continuavam fora de sintonia.

— Gosto dos tipos fortes e mudos — disse ele, paciente. — Sei que esta é uma surpresa e tanto, mas acha que em algum momento vai recuperar a voz?

Anuí outra vez.

Paquera inclinou-se.

— Olha, sinto muito o que aconteceu — sussurrou em meu ouvido. — Foi um verdadeiro pesadelo. O mínimo que podiam fazer era me pôr direto no avião para descansar um pouco e me recuperar durante algumas semanas.

Recuperar?

— Acho que devem ter colocado você a par de tudo aqui. — Aiden apontou o queixo em direção ao Departamento de Recursos Humanos. Aquelas miseráveis não me diriam nem que horas eram.

— Não faço ideia do que está falando — consegui dizer.

— De mim. — Fez um gesto indicando seu entorno. — Da minha aventura no sertão australiano.

— Continuo sem entender.

— Estava participando do programa de confraternização da equipe. — Nada de novo aí. Pelo visto, os funcionários da Targa passavam mais tempo nesse tipo de programa que trabalhando de fato. Paquera procurou algum sinal de reconhecimento de minha parte. Não viu nenhum. — Ninguém me encontrou no sertão por duas semanas. Eu me perdi, sem querer. Não se deu conta de que tinha algo errado quando não liguei?

— Eu... eu... eu...

— Não vai começar de novo, gata — implorou.

— Achei que não queria mais saber de mim — expliquei, debilmente.

Deu uma risada alta.

— Fiquei à beira da morte, vagando num maldito sertão, vivendo só do estoque enorme de chocolate que levei comigo, e achou que eu não queria mais saber de você? — Riu mais. — Nos deixaram no meio do nada para que lidássemos com a natureza selvagem e as técnicas de sobrevivência. Eu contei para você que a gente ia, num dos meus e-mails.

Contou mesmo? Talvez eu tivesse pulado essa parte, buscando os trechos mais ardentes.

— E foi o que aconteceu, com certeza — prosseguiu ele, com uma risada sincera. — A gente ia ficar só três dias. Apenas alguns aventureiros no meio do nada. — Sorriu ao lembrar. — Mas nos perdemos, não por culpa minha, claro, e não conseguimos chegar ao lugar marcado em que nos pegariam. Isso porque um gênio resolveu que devíamos realmente "voltar às origens" e não levar celulares. Daí, não tínhamos como falar com ninguém, e não nos encontraram. Caminhamos durante dias, na certa em círculos, até que finalmente achamos uma estrada. Uma daquelas carretas enormes parou e nos levou de volta para a civilização. — Eu devia estar com uma expressão perplexa, pois ainda perguntou: — Claro que alguém contou para você o que aconteceu!

— Não. — E fiquei imaginando o motivo.

— Porra! — Paquera deixou-se cair na cadeira mais próxima. — Foi só a ideia de voltar para você que me fez seguir em frente. Foi um verdadeiro sufoco lá. — Passou a mão nos cabelos. — E ninguém disse para você?

— Não — repeti.

— Você deve ter se perguntado o que andava acontecendo.

Podia-se dizer isso.

— Posso então colocar os pingos nos is? — Sem saber qual seria a melhor forma de levantar aquele assunto, cheguei à conclusão de que era melhor desembuchar. E foi o que fiz. — Quer dizer então que não foi você que vi pela webcam, pelado, com outra mulher?

Foi a vez dele parecer perplexo; talvez tenha até recuado um pouco. Quem sabe não deveria ter colocado a questão de uma forma mais suave?

Mas daí ele riu e deu batidinhas na própria coxa, como se eu tivesse contado uma piada.

— Meu irmão e a namorada passaram alguns dias lá no meu apartamento, antes do Natal. Estão fazendo uma volta ao mundo.

— Beleza — comentei, em tom agudo.

— Eu me esqueci de avisar a eles que tinha a câmera. — Então, revirou os olhos. — Você não pegou os dois transando, pegou?

Minha face, que estava rubra, ficou sem cor.

— Mais ou menos.

De súbito, Aiden se assombrou.

— Espera aí. Você não achou que era eu, achou?

Engoli em seco, com sentimento de culpa.

— Achei. Infelizmente, achei sim.

Capítulo Dezessete

ada um comprou um sanduíche da delicatéssen no final da rua e sentou no murinho baixo diante da Targa para comê-lo. Escolhi o de presunto, o que foi um erro, já que tinha sabor de plástico. Ou talvez fosse porque minhas papilas gustativas estavam tão entorpecidas quanto eu. O trânsito fluía rápido, e os pombos descolados e decadentes catavam as migalhas aos nossos pés. Na frente, havia uma loja grande da HMV e um Kentucky Fried Chicken. Com certeza, nada que se assemelhasse à vista do Sydney Harbour Bridge. Paquera não dizia quase nada, e já me perguntava se tinha se arrependido de voltar, quando me lembrei de que acabara de passar um milhão de horas no avião e devia estar exausto.

— Sinto muito não poder levar você para almoçar — lamentou-se ele, com expressão cansada. Notei que não parara de se desculpar desde que voltara e, para ser franca, era eu que devia estar pedindo desculpas.

— Tenho uma reunião daqui a quinze minutos. — Olhou para o relógio de novo. — Querem que façamos um relato do ocorrido.

Bem que eu gostaria de fazer meu próprio relatório, mas acho que só o exporia depois que esclarecêssemos a nossa situação.

— Gostou da Austrália?

— Adorei. Se ao menos você tivesse ido comigo.

Se ao menos.

— Eu me pergunto por que ninguém do RH manteve você informada do que estava acontecendo.

Eu me pergunto. Na verdade, não. Aquelas velhas rabugentas dos Recursos Humanos não atravessariam a rua para urinar em mim nem se eu estivesse pegando fogo. Mas minha vingança seria maligna. Um dia.

— Você também não retornou minhas ligações — afirmou Paquera, com um tom de voz magoado —, nem leu os meus e-mails. Fiquei triste. Não entendi por quê. Achei que ficaria feliz em receber notícias minhas, depois da aventura inesperada. Cheguei a pensar que você tinha se perdido também. — Sorriu diante da ideia. — Mas agora já sei o que houve. — Abriu ainda mais o sorriso. — Sua bobinha.

E como tinha razão. Não podia discordar. Era uma bobinha.

— É provável que eu tenha de trabalhar até tarde hoje — avisou-me. — Depois disso, a gente pode começar a deixar para trás tudo o que aconteceu. — Deu um suspiro de alívio, que me fez engolir em seco.

— Você não disse que tinha vindo para descansar e se recuperar?

— Isso vem depois. — Ele arqueou a sobrancelha, de um jeito sedutor. — Que tal se eu for até seu apartamento quando terminar?

Dei de ombros e tentei ignorar as batidas aceleradas do meu coração facilmente influenciável.

— Você deve estar cansado por causa da longa viagem. Exausto, na verdade. Talvez seja melhor você ir direto para casa e descansar.

Ele mostrou-se desapontado.

— Talvez. — Deixou o sanduíche de lado. Quem sabe estivesse com gosto de plástico também. — Estas não foram as boas-vindas que eu esperava. Acho que a distância entre nós continua. Eu queria que a gente se atirasse nos braços um do outro e tudo voltasse ao normal, mas acho que não dá para fazer isso quando se está no escritório. — Pegou a minha mão. — Quero que as coisas voltem a ser como antes, gata. Só tenho que trabalhar hoje e amanhã, daí a gente vai poder passar o fim de semana juntos e desfrutar da companhia um do outro. — Deu-me um beijo suave na maçã do rosto. — Vamos voltar a nos conhecer.

— Vou gostar disso — comentei, com os olhos marejados. Como podia ter esquecido como esse homem era maravilhoso? — Vou gostar muito disso. — Então, um alarme soou no meu cérebro lerdo. Eu tinha me esquecido de que marcara a viagem com as participantes do Clube das Chocólatras justamente naquele fim de semana. — Puxa.

— O quê? — O semblante de Paquera mostrou-se preocupado. — Qual é o problema?

— Vou viajar.

— Viajar?

— Até a Califórnia.

— Por quanto tempo?

— Alguns dias.

— Mas eu acabei de voltar.

— Estou indo para um spa de chocolate. Fiz a reserva antes de saber que você viria. — Meu tom de voz era patético. Os escapamentos do tráfego à nossa frente me sufocaram.

Ele me fitou.

— Vai ficar tudo bem entre nós?

— Vai, claro que sim.

— Não está me evitando, gata?

— Não, não. De jeito nenhum. — Mas, no fundo, sabia que estava.

Capítulo Dezoito

aquera foi até o aeroporto comigo. Segurou meu rosto com ambas as mãos.

—Volte em segurança para mim.

— Só estou indo para um spa de chocolate — lembrei. — Será muito menos arriscado que a sua viagem. — O único perigo seria voltar mais gorda do que antes, em vez de esbelta, nos trinques.

—Vou sentir sua falta.

Adorava aquele cara e não podia acreditar que o estava abandonando no momento de sua volta. Minhas queridas amigas fissuradas por chocolate e eu tínhamos mesmo feito reservas rapidamente para aquele fim de semana prolongado, antes que eu soubesse que Paquera faria uma visita inesperada após seu encontro com a morte igualmente inesperado. Embora detestasse deixar Aiden, sentia que não podia deixar meu grupo na mão, cancelando na última hora. Apesar de ele estar agindo com compreensão, dava para notar que não estava feliz com minha partida logo após seu retorno ao território nacional.

Podia ser uma atitude covarde, mas parte de mim certamente se alegrava por pegar um avião e me afastar de Londres e do meu dilema naquele momento. Eu precisava ficar coberta da minha substância favorita para afugentar as preocupações. Não me vinha à mente nada melhor que isso.

Paquera estava mais do que ansioso para reiniciar a nossa relação, como era o meu caso, mas eu não conseguia entender o motivo da minha relutância. Talvez ele não continuasse tão apaixonado por mim quando descobrisse a minha aventura amorosa com meu ex na ausência dele — por mais breve que tivesse sido. E, apesar das circunstâncias atenuantes, como o Natal e tudo dando errado. Será que contaria a meu favor eu não ter curtido — quer dizer, não tanto assim? Foi a familiaridade, e não o desejo, que me levou de volta aos braços do Marcus. A solidão, e não o amor. Por mais desculpas que inventasse, ainda me sentia aterrorizada por ter feito aquilo. E, para completar, havia ficado toda arranhada com o esforço. Mas apenas no bumbum. Com o histórico do Marcus, poderia ter sido bem pior, pode acreditar.

Mantive distância de Aiden nos últimos dias, enquanto tentava decidir a melhor forma de contar que o traíra. E realmente tinha que contar. Queria me apaixonar de novo por ele e queria que sentisse o mesmo por mim, mas não podíamos manter segredos entre nós; então, sabia que tinha que confessar tudo. Se me saísse bem, de repente ficaria até surpresa com a compreensão dele. Não ia querer que ficasse sozinha no Natal, ia? Bom, considerando a alternativa, talvez sim. Eu, que havia passado anos vivenciando o outro lado da moeda, sabia exatamente como era terrível a sensação. Seja como for, no longo voo que tinha pela frente, teria bastante tempo para considerar minhas opções.

Vi minhas amigas se aproximando, cheias de bagagem, apesar de só estarmos indo por quatro dias, na maior parte dos quais ficaríamos cobertas de chocolate. Depois de deixar Lewis com Toby, Nadia sofrera bastante, já que nunca ficara sem o filho antes. Mais uma vez, teria que agradecer a Chantal, que pagara sua conta. Mas todas estavam bem-humoradas, e meu espírito abalado acabou se animando também.

— Melhor eu ir agora — disse Paquera.
Assenti.
— Vou ficar bem.
— Divirta-se. Eu amo você. Sabe disso.
— Aiden... — Antes que eu tivesse a chance de continuar, Nadia, Chantal e Autumn foram me cumprimentar e o momento passou. Elas estavam superentusiasmadas e sorridentes. — Este é o Aiden — apresentei, embora fosse desnecessário.

— Ah, então é o famoso Paquera — disse Chantal.
Ele me olhou, buscando uma explicação.
— Paquera?
— As meninas achavam que eu paquerava você — expliquei, com relutância.
— Paquera. — Deu uma risada e sorriu para mim, de forma condescendente.
— Um prazer conhecer você — cumprimentou Autumn. — Espero que a gente se veja mais.
— É melhor a gente ir fazer o check-in — avisou Nadia, olhando para o relógio. — Temos pouco tempo.

Aiden Holby me beijou, e minhas amigas sorriram estupidamente, a um passo de exclamar um "Aaaaaaaaaah!".

— Até mais, então. — Ele acariciou a maçã do meu rosto e, em seguida, foi embora.

— É o maior gato — afirmou Chantal, dando um suspiro de apreciação. — Não ponha essa relação a perder, Lucy.

E o pior era que eu achava que já tinha feito isso.

Capítulo Dezenove

Nós gostamos muito do spa de chocolate. Chamava-se Derretido e ficava numa edificação branca e minimalista, com vista para a areia convidativa da praia de Santa Mônica. O sol californiano era escaldante, e o céu, incrivelmente azul.

Estávamos todas sentadas juntas, nas espreguiçadeiras de bambu de uma das áreas espaçosas de tratamento. Tínhamos marcado tratamentos faciais e, depois, massagens com óleos de maracujá e cacau. Os aromas inebriantes de café e baunilha já haviam me deixado em estado de euforia. As janelas de batente achavam-se abertas e, como pano de fundo para a música suave, o som das ondas ressoava. Tudo o que faltava eram os Beach Boys cantando "Surfing USA".

— Não posso acreditar no quanto estou ficando cheinha — queixou-se Chantal para nós, beliscando a cintura. — Vou ter que contratar um personal trainer.

— Ficou maluca? — perguntei. — Lembra do que aconteceu com o Jacob? Acabaria começando tudo de novo. Achei que estava tentando não se envolver com *outros homens.* — Eu disse isso para protegê-la dos ouvidos atentos dos terapeutas que estivessem por perto.

— Como disse o Oscar Wilde, "resisto a tudo, menos à tentação" — brincou ela.

— Se você contratasse um personal trainer, ele apareceria duas vezes por semana com o short justo delineando o bumbum firme, os bíceps à mostra com a camiseta...

— Lucy, isso é para me *dissuadir* ou não? — quis saber Chantal. Todas rimos. — Não vou fazer o tratamento facial. Só quero checar algumas coisas. O ganho de peso. Além disso, ando me sentindo meio indisposta e enjoada.

— Por que não contou para a gente?

— Tenho certeza de que não é nada. Na certa, algum fator hormonal. Infelizmente, estou chegando perto de certa idade. — Nossa amiga deu de ombros. — Talvez a minha tireoide esteja lenta e meu estrógeno, lá no céu. A enfermeira vai poder me ajudar. Encontro com vocês depois do tratamento.

Tinha uma terapeuta facial à extremidade de cada uma de nossas camas. Elas limparam os nossos rostos com espuma de tiramisu antes de passar o esfoliante de sementes de cacau; naquele momento, estávamos com uma máscara de chocolate. Humm! Eu tinha a sensação de estar vivendo uma experiência extracorpórea. Ficara tão deliciosa que podia até me comer.

— Minha resolução de Ano-Novo será me dar alguns luxos com mais frequência — informou Nadia. — É assim que preciso viver. Só tenho que descobrir como conseguir dinheiro.

Apesar de minha própria promessa ter sido controlar o consumo de chocolate, minha força de vontade era nula. Se minha língua fosse longa o bastante, com certeza estaria lambendo aquela máscara. Todo o estoque do feriado já tinha desaparecido há muito tempo — até mesmo o da meia de Natal do Bob, o Construtor, que comprei para mim mesma com o intuito de guardar para um dia de chuva. Na verdade, este não passou nem de 26 de dezembro — quando, em minha defesa, chovia bastante. Uma delícia! Para ser sincera, comi também a caixa de chocolate com animais de fazenda que daria para o filho da Nadia: aqueles carneirinhos e porquinhos estavam com a cara ótima. De qualquer forma, ele deve ter adorado o vale-presente da Boots.

As terapeutas cobriram os nossos olhos com fatias finas de pepino, fazendo com que eu me sentisse ainda mais comestível. Então, retiraram-se, aconselhando, em voz baixa, que a gente relaxasse. Não foi preciso mais nada. Autumn deixou escapar um suspiro de contentamento. Mas, assim que relaxamos, a porta se abriu, de supetão, com um gemido angustiado. Todas nos sentamos, espalhando pepinos. Chantal entrou, abraçando-se e chorando.

— O que houve? — perguntei. — O que é que aconteceu?

Ela se debulhava tanto em lágrimas que não conseguiu falar.

— Alguma coisa errada? — quis saber Nadia, com a voz suave. — Foi algo que a enfermeira disse?

Nossa amiga balançou a cabeça em sinal afirmativo, arrasada.

— *Tenho* um problema hormonal — contou, tentando estabilizar a voz.

— É ruim? — indaguei. Ela estava bastante transtornada.

— Acho que estou grávida.

Um silêncio perplexo. Todas nos entreolhamos, ansiosas, e coube a mim ser a porta-voz.

— Parece ser sério mesmo.

— E é — confirmou, engolindo em seco —, porque não faço ideia de quem seja o pai.

Capítulo Vinte

C hamamos as terapeutas e pedimos que tirassem as apetitosas máscaras de chocolate, desistindo dos tratamentos com o intuito de consolar nossa amiga. Pensei em perguntar se poderia ficar com a minha para consumi-la depois; porém, resolvi apelar para as boas maneiras.

Então, procuramos um lugar reservado e acabamos nos sentando nos balanços da varanda, na frente da praia, buscando o amparo de milkshakes supergelados de baunilha, mel e trufas de caramelo feitas artesanalmente, uma especialidade da casa. Até que ajudaram, só que, na minha opinião, tínhamos de tomar mais. Passei a bandeja de novo, certificando-me de que passasse na frente da Chantal duas vezes. Tínhamos de ser realistas: dali em diante ela começaria a comer por dois.

Nossa amiga parara de chorar, mas ainda não recuperara a autoconfiança. Balançava a cabeça como se estivesse confusa.

— O que é que eu vou fazer?

— Tem certeza absoluta? — perguntei.

— Preciso fazer um teste de gravidez para confirmar, mas está praticamente certo. — Respirou fundo. — Fazia alguns meses que a minha menstruação não vinha, mas achei que era estresse. O mesmo aconteceu com a náusea. A enfermeira tem certeza de que é o que está errado comigo.

Não cheguei a frisar para ela que gravidez não costuma ser considerada uma doença; no entanto, aquele não era o momento certo.

Chantal pôs as mãos na barriga, na qual possivelmente havia um feto, e nos mostrou a ligeira protuberância.

— Parece que estou grávida?

Agora que ela mencionava, parecia sim. Ou isso ou tinha um chocolate Orange, da Terry's, inteiro ali, o que também não era de todo impossível.

— Que idiota! — exclamou, suspirando.

Fitei Nadia e Autumn, perguntando com o olhar se deveríamos ir a fundo naquela questão, já que não podíamos ignorá-la. Ambas assentiram.

Colocando a mão no joelho de Chantal, indaguei:

— Então, de quem acha que *pode* ser o filho?

Ela recostou a cabeça na almofada e fez uma pausa antes de responder:

— Pode ser do Jacob — admitiu, olhando-me, aflita. Ela se referia ao meu ex-namorado e acompanhante masculino, com o qual tivera uma breve relação. Embora eu só tivesse passado algumas semanas com o cara, gostava muito dele e a ideia de que pudesse ser o pai do bebê de Chantal me fez sentir meio estranha. — Achei que a gente tinha se cuidado, mas, no calor do momento... — Não concluiu a frase, deixando que tirássemos nossas próprias conclusões.

E eu que pensei que Jacob fosse um profissional.

— E o pior — prosseguiu ela — é que pode ser daquele canalha, de conversa mole, com quem eu dormi no hotel em Lake District. O que roubou minhas joias logo depois.

— Só que aí a gente recuperou todas com um ataque surpresa muito bem executado no Hotel Trington Manor — lembrei.

Demos risadinhas ao nos recordarmos da história.

— E pode ser do Ted — disse Chantal, com expressão melancólica. — A gente dormiu juntos uma vez, durante esse período.

— Não é o fim do mundo — assegurou Nadia. — Veja como está se dando bem com o Lewis enquanto moramos com você. Aposto como nunca achou que isso aconteceria, de jeito nenhum. É ótima com ele. Leva jeito.

Chantal cobriu os olhos com as mãos, como se tentasse vislumbrar o que a amiga dissera. Nadia nos lançou um olhar furtivo.

— E o Ted adoraria ter um filho — ressaltei. — Está louco para ser pai.

— Eu posso estar prestes a ser mãe, mas Ted pode não estar a ponto de ser pai.

— Tem o teste de DNA. — Tentei reconfortá-la. — Pode descobrir.

— E se eu não quiser saber? — Ela tomou o resto do milkshake e se levantou. — Melhor acabar de vez com esse suspense — afirmou, sorrindo corajosamente. — Alguém quer ir comigo até a farmácia mais próxima?

Capítulo Vinte e Um

oltamos da estada no spa de chocolate Derretido sentindo-nos revigoradas e para cima, exceto por Chantal, que não pôde fazer nenhum dos tratamentos porque, como era de esperar, estava *mesmo* grávida. Nossa amiga voltou bastante estressada, nem um pouco relaxada. Os traços delicados estavam tensos e abatidos; fiquei com pena dela.

Já eu, no entanto, estava cheia de disposição, radiante, sentindo que havia sido esfregada e polida às avessas. Com certeza, tinha perdido uns três quilos só de pele indesejada. Também me sentia muito animada com relação ao futuro, o que era uma boa notícia, já que sairia para jantar com Paquera naquela noite, enfrentaria a situação e confessaria a noite irrefletida, passada com Marcus. Torcia que ele entendesse.

Na tentativa de cegá-lo com a minha beleza, comprei um vestido novo. Como o limite do meu cartão já tinha ido para o espaço, um pouco mais não faria diferença. Escolhi um vestidinho de seda azul, bem feminino, e, para assegurar de vez o mergulho na pobreza, comprei sandálias combinando. Não era bem a roupa ideal para enfrentar o rigoroso inverno britânico, mas ainda estava com um pouco do bronzeado do sol californiano, além de uma camada moderada de creme bronzeador St. Tropez. Só podia esperar que minha cor perdurasse o bastante para que eu causasse uma boa impressão no Paquera.

Meu táxi parou na frente do Victor's, um restaurante badalado na Charlotte Street, no qual Marcus me levou algumas vezes, quando tentava pedir desculpas por ter aprontado alguma. Nós dois tínhamos algo em comum agora. Quem diria que eu me tornaria infiel também? Era constrangedor demais pensar nisso. Apesar do frio, as palmas das minhas mãos estavam úmidas. Uma onda de ar quente me atingiu quando entrei no local e me empolguei quando vi Paquera sentado, esperando por mim. Tirei depressa a jaqueta, e o maître me conduziu pelo ambiente lotado até ele.

Aiden levantou-se quando me aproximei.

— Você está linda — elogiou, com veemência e um tom de voz carinhoso.

Dei um beijo nele e me sentei na sua frente. Ele serviu vinho e brindamos.

— A nós — disse Paquera.

— A nós.

— Você se divertiu lá, gata?

— Demais. Foi a primeira vez que viajamos juntas, e espero fazer de novo. — Só lamentava por Chantal, mas não queria conversar sobre aquilo nesse momento. — O spa era muito legal.

— Gostei de pensar em você nua e lambuzada de chocolate — comentou, e eu enrubesci. Tinha que confessar que, quando estava nua e lambuzada de chocolate, pensei muito nele também. — Senti muito sua falta.

— Eu também senti a sua.

— E tenho boas notícias para você. — Abriu um largo sorriso, enquanto eu aguardava. — Não vou mais voltar para a Austrália.

Quase cuspi o vinho.

— Não vai?

Paquera segurou minha mão.

— Não quero estragar esta relação. Acho que a distância entre nós está prejudicando tudo. Isto é muito importante para mim.

Depois de ter quase botado o vinho para fora, engoli depressa tudo o que restava na taça.

— A Targa concordou em manter minha base no Reino Unido. Eu deixei um vice-diretor ótimo em Sidney. Vou ter que ir com frequência até lá, mas na maior parte do tempo ficarei aqui mesmo. — Fez um gesto amplo com as mãos, satisfeito.

— Uau.

Ele franziu o cenho — e com razão.

— Você não parece estar muito animada. Pensei que ia ficar feliz.

— E estou, estou superfeliz sim. — Tudo estava andando mais rápido do que eu imaginava e, para ser sincera, eu tinha gostado da ideia de ir morar na Austrália. Meu coração ficou apertado. Paquera, pelo visto, desistira de uma grande oportunidade por minha causa. Como eu ia contar o ocorrido com o Marcus, naquele momento?

— Mas?

Soltei um longo suspiro.

— Tem uma coisa que preciso contar. Fiz algo muito ruim, que está me consumindo por dentro.

— Tão ruim assim? — brincou ele. — Deve ser interessante.

— Não quero que a gente tenha segredos um para o outro — disse, com a voz trêmula. — Prefiro ser totalmente honesta com você, para que saiba até mesmo as coisas mais terríveis que fiz.

Pelo visto, não se convencera de que eu falava sério. Tentei aparentar um ar mais solene e inclinei a cabeça.

— Tem a ver com aquele tal incidente em que vi você nu pela webcam.

— Eu não! — corrigiu, arreganhando os dentes. — O meu irmão. Ainda não teve o prazer de me ver nu, gata. Mas espero poder remediar essa terrível falta em breve.

— Eu também.

— Então — ele se recostou como alguém que aguardava uma história divertida a ser contada —, vai confessar o crime terrível?

Pigarreando, comecei: — Estava sozinha no Natal...

— Eu sei, e sinto muito por causa disso. Vou fazer o possível para compensar você por isso.

— ... *Muito* sozinha — reiterei. — E achei que você tinha encontrado outra pessoa. Não fazia a menor ideia de que estava em apuros. Ninguém me contou. Pensei... pensei que já não queria mais saber de mim. — Estava prestes a chorar.

— Ei, isso já é coisa do passado. Sabemos que foi um erro bobo.

— Cometi outro erro bobo também. — Senti que mordia o lábio com ansiedade, enquanto Paquera aguardava que eu revelasse tudo. Arqueava a sobrancelha, intrigado, e me deu vontade de estender a mão e acariciá-lo. Em vez disso, fiquei retorcendo as mãos, como a boa idiotizada que era.

— Conta, vai — pediu ele, com suavidade. — Nada pode ser tão ruim assim. — Sorriu.

— Eu dormi com o Marcus. — Notei que Paquera se retraiu, pestanejando muito. — Transamos no dia do Natal, porque eu estava só, sentindo pena de mim mesma.

A face de Aiden ficou pálida.

— Foi só aquela vez, e sinto muito mesmo.

Ele ficou calado, mas o maxilar se contraíra e os olhos escureceram de forma impressionante. Ao nosso redor, o burburinho alegre e cordial continuava sem trégua, enquanto nos encontrávamos ali, em uma atmosfera angustiante. Quando, por fim, recuperou a voz, perguntou:

— Como pôde, Lucy? Como pôde fazer isso?

— Eu estava sozinha...

— E eu, no *maldito* deserto. Morto de preocupação. Não comigo, mas com você e no quanto devia estar transtornada.

— Eu não sabia.

— É uma desculpa? Por acaso era motivo para voltar direto para a cama do seu ex-namorado? Seu ex-*babaca*, como me lembro de ter ouvido você se referindo a ele várias vezes.

— Eu... — O que podia dizer, na verdade, para justificar o que fizera?

Paquera ergueu as mãos.

— Esta relação significa tão pouco para você? — Balançou a cabeça, sem poder crer. — Não posso acreditar que fez isso. Confia tão pouco assim em mim? Tem tão pouco amor-próprio assim? Apesar do Marcus sempre ter decepcionado você, ainda volta correndo para os braços dele quando algo sai errado?

Não havia como contestar essa análise franca da situação.

— Queria estar num voo direto para a Austrália agora. — Passou a mão na testa. — Agora vou ficar empacado aqui, graças a você.

— Eu nunca, *jamais* teria planejado deliberadamente trair você, Aiden — argumentei. — Foi um momento de loucura. Sei bem qual é a sensação que se tem com isso. Nunca agiria assim de propósito. Estava de porre...

— Ah, grande desculpa! Quer dizer que transa com alguém toda vez que enche a cara? É isso que vou ter que enfrentar?

— Claro que não.

— E como é que vou saber? — O tom de briga deixou sua voz. — Como é que vou saber disso agora?

Paquera tomou todo o vinho da taça e dobrou o guardanapo.

— Por favor, não vá embora. Me perdoa. Eu quero que a gente tente de novo.

— A gente demorou tanto tempo pra namorar, Lucy, e agora você arruinou tudo. Estou tão... tão... — procurou uma palavra negativa o bastante — tão *desapontado* com você.

Desapontado não era tão terrível assim. Dava para lidar com isso.

— Mas a gente vai fazer com que dê certo, não vai? Se quisermos.

Aiden Holby me fitou, e tudo o que vi foi um evidente desdém. O olhar brilhante e travesso que amei em segredo por tanto tempo tinha sumido, assim como o amor que crescia dentro dele.

— Não, a gente não vai fazer com que dê certo. Não estou a fim. — Suspirou. — Eu costumava ficar chateado por você, Lucy. Odiava a forma como o Marcus a tratava. Agora, tenho pena de você.

Toquei no braço dele.

— Aiden, por favor...

Ele me afastou.

— Vai se foder, Lucy. Melhor ainda, vai foder o Marcus. Vocês dois se merecem.

Fiquei chocada com a frieza dele, mas, talvez, não devesse ter ficado. Estava magoado, e eu sabia bem como era. Paquera saiu do restaurante e eu fiquei ali, a face rubra de vergonha, tentando não chorar.

O garçom voltou.

— Quer fazer o pedido, senhorita?

— Quero. Dá para trazer um cérebro novo para mim, por favor? Parece que o meu não está funcionando direito.

Capítulo Vinte e Dois

hantal observou-se no espelho de corpo inteiro da sala. Virou-se de lado e segurou a blusa apertada, marcando a saliência na barriga. Naquele momento, parecia simplesmente que andara comendo chocolate demais no Natal; porém, ela sabia muito bem que não ficaria assim por muito tempo.

— Tia Chantal — disse Lewis. — A sua barriga está grande.

Nadia abaixou a revista e lançou um olhar zombeteiro para a amiga, por sobre o ombro. — Da boca de pequeninos e de criancinhas...

Chantal ajoelhou-se e abraçou Lewis.

— Posso te contar um segredo? — O amiguinho anuiu com entusiasmo. — A tia Chantal vai ter um bebê.

— Ah. — Ele franziu o nariz. — Vai ser o meu irmão?

— Não, querido. Mas espero que seja seu amigo.

— Ah. — Não se mostrou impressionado. — Vai poder jogar futebol comigo?

— Claro, com certeza. Mas pode ser que o bebê não seja um menino, e sim uma menina.

A expressão do garoto deixou claro que não gostou nada da ideia.

— Acho que vou ver TV agora — disse, afastando-se.

Chantal suspirou. Esperava, sinceramente, que o marido reagisse melhor quando lhe contasse as notícias. Bom, saberia em breve, pois se encontraria com ele naquela noite para conversar sobre o futuro. Ela levou as mãos à barriga.

— Ainda não consigo acreditar que isto está acontecendo — revelou a Nadia.

— Vai ser uma ótima mãe — disse a amiga. — Devia tentar curtir a gravidez, Chantal.

Mas como poderia, se nos próximos seis meses se perguntaria quem era o pai? Será que saberia dizer, quando o bebê nascesse, com quem parecia? Puxaria os traços bem definidos de Jacob? Ou o nariz forte e másculo do marido? Ela mal se lembrava da aparência do outro sujeito com o qual dormira. Ou será que o neném simplesmente viria ao mundo como os que chegaram antes: sem graça, vermelhos e enrugados, bonitos apenas para os pais?

Como Chantal fizera uma pesquisa na internet, em todos os sites de testes de paternidade, sabia que podia fazer um exame pré-natal de DNA para saber quem era o pai; no entanto, havia o risco de perder o bebê se o fizesse: os testes no feto eram invasivos e potencialmente perigosos. Podia ser que não tivesse planejado ter aquele danadinho e que as circunstâncias envolvendo sua concepção fossem vagas, mas com certeza o bebê era desejado, e Chantal não faria nada que fizesse mal a ele.

Abortar estava fora de questão, embora resolvesse alguns de seus problemas. Agora que engravidara, não restava dúvida de que queria aquele filho, não importava de quem fosse. Sentira um forte instinto protetor assim que a gravidez fora confirmada. Acima de tudo, o bebê era *dela* — e só isso importava. O teste de DNA podia esperar até o nascimento. Daí, bastava colher uma amostra de cabelo ou saliva e mandá-la para um dos laboratórios anônimos, juntamente com o pagamento requerido. Na opinião de Chantal, não havia outra escolha. Teria de esperar até a chegada do neném para confirmar com certeza que genes o bebê Hamilton herdara.

Ela e Ted haviam comprado entradas para o teatro naquela noite — uma apresentação polêmica e moderna de *Otelo, o Mouro de Veneza*, em South Bank. Chantal não entendia por que decidira assistir àquela peça tão emotiva; talvez por ser tão popular na cidade. Se tivesse usado mais a cabeça, teria escolhido um tema mais neutro. Quem sabe não era verdade que a gravidez reduzia os neurônios? Mas Ted adorava Shakespeare; vinha aguardando ansiosamente a peça havia semanas, e ela não queria estragar tudo para ele. Chantal só esperava que a apresentação não desse ideias ao marido, tipo matar a esposa infiel.

A relação dos dois se deteriora ainda mais desde que viajaram juntos no Natal, mas ela estava determinada a fazer com que desse certo. Chantal não entendia como os dois não haviam notado as gordurinhas; talvez por, mais uma vez, não terem ficado nus juntos. Era preciso encarar a situação: por mais que quisesse dar continuidade ao casamento — claro que de uma forma mais sólida que a atual —, aquela notícia seria decisiva para ambos. Será que Ted aceitaria o fato de que o bebê podia ser de outro homem? Que impacto aquele acontecimento teria na sua situação já abalada?

Quando deveria contar a ele a surpresa devastadora? Iam se encontrar em um bar para tomar um drinque — agora, sem álcool para ela. Seria o lugar ideal para lhe revelar? Ou talvez fosse melhor aguardar o intervalo da peça? Ou ainda quando se dirigissem a um restaurante para comer algo após a apresentação? Sendo a peça tão boa quanto diziam, Ted estaria de bom humor. Só esperava que desse mesmo para confiar nos críticos. Seu casamento podia depender disso.

* * *

Chantal passou a tarde olhando vitrines, checando lojas para gestantes e bebês, tentando se acostumar com a ideia de que em breve seria mãe. Depois, foi até o salão para fazer uma escova e as unhas, para se apresentar da melhor forma possível naquela noite.

Marcaram encontro em um dos bares favoritos de Ted, próximo ao escritório dele. Quando ela chegou, o local já estava cheio de yuppies, que tomavam uma bebida após o trabalho, juntamente com vários frequentadores de teatro, mas ela encontrou um banco perto do bar e se acomodou ali, enquanto sorvia água mineral. Sempre tomara muito esse líquido, mas agora, que se via obrigada a fazê-lo, não parecia tão bom assim. Por incrível que parecesse, o corpo ansiava por uma taça gelada de Chardonnay. E por um cigarro. Apesar de ela nunca ter fumado. Não existe nada melhor para se desejar algo proibido do que dizerem que você não pode tê-lo.

Chantal olhou para o relógio. Já eram quase sete horas, e começava a se preocupar com o atraso de Ted. Ele marcara às seis e meia. Teriam que ir logo ao teatro, já que a peça começaria dali a meia hora. Telefonara para o celular dele diversas vezes, mas as ligações caíram no correio de voz. Talvez devesse tentar mais uma e informar que deixaria a entrada dele na bilheteria, caso estivesse muito atrasado. Ao ligar de novo, ficou surpresa quando Ted atendeu.

— Tudo bom? — cumprimentou, animada. — Já estava achando que ia me dar um bolo.

Houve uma pausa incômoda do outro lado da linha.

— Chantal, surgiu um imprevisto aqui no escritório. Não vou poder ir.

— Ah. — Não conseguiu esconder a decepção da voz. Sempre tinha uma crise iminente no trabalho dele; não deveria ter ficado surpresa.

— Sinto muito, querida — lamentou-se o marido. Ainda assim, ela achou que o fizera sem muita sinceridade. — Quem sabe outro dia?

Quem sabe outro dia?

— Ted, tenho um assunto para tratar com você.

— Não pode esperar?

— É importante. Que tal se eu esperar e a gente for jantar, em vez de ir assistir à peça?

— Não, não — disse, distraidamente. — Melhor você ir ver. Não sei quanto tempo vou demorar. Ligo depois.

— Está bem, então — concordou com relutância, mas Ted já desligara.

Chantal olhou fixamente para o celular. Aquilo fora meio insensível. Ela acabou de tomar a água. O que faria com as entradas, agora? A ideia de assistir a uma peça sobre amor que deu errado já não lhe parecia muito tentadora. Checando a lista de contatos, encontrou um número e discou-o. Instantes depois, atenderam à ligação.

— Oi, Chantal, que bom ouvir a sua voz. — O calor na voz dele contrastava com o jeito frio do marido.

— Está ocupado esta noite?

— Nada que eu não deixasse de lado por você.

— Conseguiria me encontrar em South Bank daqui a meia hora?

— Ahã.

— Tenho entradas para o Teatro Nacional. *Otelo, o Mouro de Veneza.* Está a fim de ir?

— Claro.

— Vou esperar você na frente, Jacob. — Em seguida, desligou.

Não tinha intenção de contar ao rapaz que talvez o filho fosse dele, mas, se o marido não conseguia encontrar tempo para passar com ela, não via motivo para não desfrutar da companhia de outra pessoa.

Capítulo Vinte e Três

Nadia e Autumn estavam no Paraíso do Chocolate.

— Tem certeza de que não se importa? — perguntou Nadia, pela terceira vez.

— Tenho — repetiu Autumn, com um sorriso indulgente. — Nem um pouco.

— Melhor eu ir — disse a amiga, mordiscando as unhas, ansiosa.

— A gente vai ficar bem, não vai, Lewis? — O garoto assentiu, lambendo o chocolate que ficara ao redor da boca. — Assim que terminarmos o leite com chocolate e os biscoitos, vamos para o parque, está bom? — disse a ele. O menino abriu um largo sorriso e comeu ainda mais rápido o biscoito.

Nadia franziu o cenho. Não estava acostumada a deixar o filho com outras pessoas.

— Prefiro que ele fique com as luvas e o gorro.

— Não se preocupe. Mas não está tão frio assim hoje — disse Autumn.

Talvez fosse a sensação gélida no coração que estivesse fazendo Nadia sentir frio, e não a temperatura real.

— Prometo que não vou demorar muito.

— Não tem a menor pressa. Sério. Só vou dar aula de tarde.

Nadia baixou a voz.

— O Toby deve sair agora de manhã — informou, sem permitir que Lewis escutasse. — Quero entrar e sair antes que ele volte.

A amiga olhou-a, franzindo o cenho.

— Espero que saiba o que está fazendo, Nadia.

— Eu tenho que ter certeza. É a única forma. — Deu um beijo no filho. — Comporte-se bem com a tia Autumn — avisou, beijando a amiga também. — Obrigada. Até mais tarde.

Nadia pegou o metrô até a estação que ficava próxima à sua rua. O coração batia forte enquanto caminhava pela calçada, rumo à residência. Aquilo era ridículo, disse a si mesma. Só queria mesmo dar uma olhada naquela que continuava a ser sua própria casa. Mas ia fazê-lo sem que o marido soubesse que andara bisbilhotando ali enquanto ele estava fora. Toby ansiava que a mulher confiasse nele, mas acontece que ainda não conseguia fazê-lo. Ela precisava de uma prova.

A placa da imobiliária com o *Vende-se* ainda se achava no jardim, porém ninguém se interessara pela casa ao longo das festas natalinas. Agora Nadia nem sabia ao certo se queria ou não vendê-la. Eles tinham se divertido muito no Natal; será que era mesmo a melhor alternativa manter a família separada? Todos sairiam ganhando se os dois conseguissem fazer o casamento dar certo. Se o marido realmente deixara de jogar, Nadia não devia dar todo o apoio possível? Lewis sentia muita falta dele. Embora se divertisse muito no apartamento de Chantal, por se tratar de algo novo, não era o mesmo que estar em casa. Apesar de a "tia" ter relutado um pouco no início, agora considerava Lewis uma parte importante de sua vida, a ponto de mimá-lo muito. Como todo homem, o filho não desaprovava toda aquela atenção nem todo aquele chocolate. Porém, não podiam ser considerados substitutos para o pai.

Felizmente, a van de Toby não estava parada na frente da casa. Nadia não queria dar a impressão de que não confiava no marido, ainda que, no fundo, a pequena incursão daquele dia confirmasse o oposto. Seria muito mais fácil sem a presença eternamente inquiridora de Lewis. Aos quatro anos, o filho não conseguiria manter segredos, e tampouco a mãe desejava envolvê-lo em sua operação clandestina.

O interior da casa estava organizado o bastante. Não podia julgar a limpeza de Toby desde que ela se fora. Na cozinha, havia uma tigela de cereal e uma caneca na pia, e, só de ver os dois objetos ali isolados, ela teve vontade de chorar. Não suportou a imagem que lhe veio à mente, dele ali sozinho, todas as manhãs.

No balcão, o local em que deixavam todas as cartas indesejadas e correspondências, Nadia encontrou uma pilha de envelopes abertos, que deveriam ser levados para o escritório, montado no diminuto quarto de hóspedes, e organizados. Ela avaliou o conteúdo de cada um deles. Muitas contas — como sempre —, mas todas autênticas, relacionadas à empresa de encanamento de Toby. Sentiu uma onda de alívio; nada fora do comum ali.

Quase esquecendo que era uma intrusa ali, fez menção de levar a correspondência para cima. Em vez disso, deixou a pilha no local em que a encontrara e subiu de mãos vazias. No escritório, vasculhou a mesa e as gavetas do marido. Quanto mais procurava na própria casa, mais se sentia mal por ter de agir daquele jeito para dissipar as dúvidas sobre a sinceridade de Toby, embora ele afirmasse que deixara mesmo de lado a terrível fissura pelo jogo que atrapalhara seu casamento. Não fosse pela generosidade altruísta de Chantal, eles estariam lidando com a bancarrota, a falta de moradia e sabe-se lá o que mais.

Ligou o computador do marido. Felizmente, não mudara a senha. Seria um bom sinal? Significa que não tinha mesmo nada a esconder dela? Nadia tinha de checar. Ao examinar o histórico da internet, não encontrou nenhum dos sites chamativos que levavam seres humanos sãos a acabar com os salários recebidos a duras penas. Não viu Vegas Virtual nem Cassino da Grana nem Mansão dos Milhões nem as outras centenas de lugares que costumava acessar. Não que Toby fosse o único. Havia uma epidemia de jogo on-line no mundo inteiro. Nos tempos atuais era fácil se deixar seduzir pela promessa de riquezas imensas. Não se precisava do estigma dos clubes de jogos de má fama nem de deixar a família para ir até um cassino, nem do pôquer até a madrugada — tudo podia ser feito com o cartão de crédito e um clique do mouse. Tratava-se de um passatempo secreto, odioso e potencialmente destrutivo levado a efeito no conforto dos lares. Quase todos os dias, os jornais da nação publicavam a história de alguém que perdera milhares de libras nesses sites perigosos. Esperava sinceramente que o marido tivesse se libertado daqueles demônios.

O governo dos Estados Unidos estava tentando impedir a jogatina on-line do país. O que, a princípio, parecia ser uma ótima ideia, mas Nadia se perguntava se daria certo, se não acabaria tornando o jogo ainda mais clandestino. As pessoas dependentes naquele momento dos letreiros luminosos e das promessas vazias deixariam sem mais nem menos de jogar, dando de ombros? Ela não achava que sim.

Desligando o computador, Nadia avaliou o quarto. Já estava sem ânimo de levar a tarefa adiante. Não era justo com o marido. Se ele dissera que parara, deveria acreditar nele; de outro modo, não havia futuro para os dois. Na busca apressada nas gavetas dos criados-mudos, tampouco encontrara algo. Pelo que viu, não havia qualquer prova em casa de que Toby continuasse apostando. Seria porque realmente parara? Ou porque se tornara mais dissimulado?

* * *

Ela saíra de casa e fora depressa se encontrar com Lewis e Autumn no parque. Agora o filho estava em êxtase por ter recebido um pedaço de pão velho de uma idosa para jogar aos patos inquietos. Evidentemente, o garoto se divertira na sua ausência, o que levou a mãe a perceber que ele aceitava bem as mudanças em sua vida. As crianças eram mesmo muito resilientes, e Nadia ficou cheia de orgulho quando Lewis sorriu para ela. As duas amigas ficaram sentadas no banco com vista para o lago, observando o menino brincar, feliz.

— Como é que foi? — quis saber Autumn.

— Tudo bem. Acho. — Sorriu debilmente para ela. — Não encontrei nada na casa que demonstrasse que o Toby continua a jogar. Talvez ele tenha conseguido se controlar.

— Que bom!

Nadia cruzou os braços no peito e contemplou a água.

— É muito bom mesmo.

— Vai voltar pra ele?

— Não sei — respondeu, com sinceridade. Virou-se para Autumn. — O que acha que eu devia fazer?

A amiga passou o braço em seus ombros e sorriu.

— Acho que, para o bem de Lewis, devia dar a ele o benefício da dúvida.

Nadia deixou escapar um suspiro, visível no ar gelado. Contemplou o filho, correndo de um lado para o outro feito um doidinho, espalhando os patos grasnantes. Fazendo um beiço, disse:

— É exatamente o que eu pensei em fazer.

Capítulo Vinte e Quatro

utumn observava dois de seus alunos favoritos, que, naquele momento, trabalhavam lado a lado em projetos diferentes. Fraser, um usuário de heroína e traficante nas horas vagas, frequentava o instituto havia dois anos, tal como Tasmin, que tinha muito em comum com o rapaz em termos de consumo de entorpecentes, mas pouco em termos de talento para trabalhar com vitrais e mosaicos.

Ao ver Fraser flertar incansavelmente e sem sucesso com aquele objeto desdenhoso da sua afeição, Autumn sorriu. Tasmin, entretanto, era uma moça com jeitão desafiador e nenhum rapaz imaturo, por mais durão que fosse, conseguiria mudá-la. Diziam que o amor era cego, e, no caso de Fraser, o ditado se mostrava ainda mais verdadeiro. Não restavam dúvidas de que Tasmin conseguia disfarçar a beleza muito bem com uma camada caprichada de roupas góticas, cabelos pintados de preto e uma faixa grossa de delineador nos olhos. Os dois formariam um casal estranho — se algum dia Fraser convencesse a jovem a sair com ele —, mas Autumn esperava que um dia namorassem.

Fraser era um rapaz desajeitado, e o trabalho com vitral tinha mais a ver com entusiasmo que com habilidade. Às vezes, a professora se perguntava por que ele nunca deixava de frequentar a classe; a maioria dos alunos ia de forma esporádica, às vezes até apenas para uma lição, e nunca mais voltavam. Talvez fosse o único lugar onde o rapaz soubesse que encontraria com certeza ternura e respeito ou onde podia ver a futura namorada. O que quer que fosse, Autumn sabia que não tinha a ver com a paixão por trabalhos manuais.

Tasmin, no entanto, era outra história. Tinha um talento nato para a arte. Evitando os costumeiros penduricalhos de cristal e candelabros, a jovem mostrara depressa que tinha um olho incrível para cores e estilo. Aferrando-se à única situação que a levara a receber elogios em sua curta vida, cheia de indignidade e destruição, ela fora tão bem que passara a fazer peças de bijuteria de vidro fundido, altamente comerciais, interligadas com delicados fios de prata. Quando o orçamento do programa MANDA VER! escasseava, Autumn muitas vezes comprava com o próprio dinheiro o vidro e outros materiais para que os adolescentes dessem continuidade aos projetos. Gostaria muito de fazer mais por aqueles dois, tentando assegurar que encontrassem um lugar seguro e estável e não se sentissem tentados a voltar para a vida no mundo das drogas e dos crimes porque ninguém ligava para eles o bastante.

— Está lindo, Tasmin — comentou a professora, que sempre procurava elogiar a jovem. Um pingente grande de vidro com design japonês fora colocado na bancada, enquanto a moça fazia um suporte ornamental com fios de prata.

Alguém bateu à porta da sala e, enquanto Autumn se dirigia até lá, o irmão, Richard, meteu a cabeça no interior do ambiente. No mesmo instante, ela ficou triste. Era a última pessoa que esperava ver ali, e devia significar que se metera em apuros de novo.

— Richard, o que foi que aconteceu agora?

À medida que foi se aproximando dele, percebeu qual era o problema. O irmão tocou com cautela no hematoma azulado da maçã do rosto. Havia um corte no alto do nariz, e os lábios estavam inchados.

— Só uma discussão. Nada importante.

Autumn afastou-se dos alunos com ele, para que pudessem conversar com mais liberdade.

— Quer dizer que as pessoas das quais fugiu encontraram você?

Richard balançou a cabeça.

— Eu não estava fugindo, mana. Só saí de cena por um tempinho. — Um eufemismo para a sua escapada, pensou ela, suspirando. — Vim pedir um favor. — Sempre havia uma trama quando ele aparecia. Ela não se lembrava da última vez em que simplesmente a visitara. — Será que posso voltar a usar aquele quarto no seu apartamento? Só até eu me ajeitar de novo.

Ou seja, até ele fazer dinheiro o bastante com as drogas para comprar a própria casa.

— Ainda está com os nossos pais?

— Estou. — Richard brincou com um pedaço de vidro na bancada. Autumn quis avisá-lo para tomar cuidado e não se cortar, mas teve de lembrar a si mesma que ele devia conhecer muito bem os perigos de cacos. — Mas não posso ficar lá. Eles estão me matando.

— Não mais rápido que as drogas — ressaltou ela.

— Não dou um passo sequer sem que me perguntem aonde vou — queixou-se. — Na minha idade. Dá para acreditar? Eles me tratam como se eu tivesse quinze anos.

— Talvez ajudasse se você não se comportasse como um adolescente.

O comentário foi ignorado.

— Posso ir hoje à noite para o seu apê?

Autumn sentiu-se dividida. Era ela que sempre ajudava o irmão. A quem mais Richard recorreria? Podia tirá-la do sério, mas se tratava do seu irmão. Não devia isso a ele?

Seu raciocínio foi interrompido pela chegada de Addison. Como estavam trabalhando e havia alunos na sala — que, àquela altura, prestavam mais atenção na conversa do que nas suas criações —, não a beijou. No entanto, os dois se entreolharam, deixando claro que compensariam tudo depois. O olhar que trocaram não passou despercebido pelo irmão, cujo semblante se fechou.

— Richard! — exclamou Addison, com entusiasmo. — E aí, cara, tudo bom? — Estendeu a mão.

O rapaz cumprimentou-o com certa relutância.

— O que é que houve com o seu rosto?

— Um mal-entendido — informou Richard, rispidamente.

— Autumn acha que você tem andado com uma galera barra-pesada.

O irmão fitou-a.

— Nada que eu não possa controlar.

— Nós podemos ajudar você — explicou Addison, com suavidade. — Não precisa lidar com isso sozinho.

— Não sou um dos seus drogados decadentes — zombou o rapaz. — Acha que vou vir aqui para fazer enfeites de vidro e salvar minha alma?

— Tem outras coisas que a gente pode fazer — prosseguiu ele, com calma. — Programas diferentes.

— Melhor deixar sua caridade para os inúteis. — Apontou para Fraser e Tasmin. Autumn queria se esconder e morrer diante da má educação do irmão. — A gente se vê mais tarde, Autumn — disse, dirigindo-se à porta, com passadas largas.

O coração dela foi à boca e, quando ele segurou a maçaneta, uma voz no interior do corpo de Autumn exclamou:

— Não. — Richard virou-se. — Você não pode ficar comigo — prosseguiu. De jeito nenhum voltaria às noites de insônia, preocupada com o paradeiro do irmão ou com quem ele levaria até o apartamento quando resolvesse aparecer. — É estressante demais para mim.

O irmão fitou Addison.

— Já sei por que está agindo assim. Está escolhendo *ele*, não eu.

— Não é verdade, Richard. Na realidade, quero que volte a se responsabilizar por sua própria vida. — Lembrou-se do que Addison dissera sobre seu comportamento facilitar o vício do irmão e torceu para que aquela fosse a atitude correta. Tratava-se da primeira vez em que negava algo ao irmão, o que não era nada fácil. As palavras fluíam, agora que começara. — Não posso estar sempre à disposição para dar um jeito na sua vida.

A expressão de Richard ficou ameaçadora.

— Está legal — disse, irritado. — Sei bem qual é minha situação. — Saiu da sala batendo a porta com força. O vidro estilhaçou e os cacos caíram no chão.

Todos na sala olharam a pilha de cacos de vidro.

Autumn esboçou um sorriso cansado.

— Pelo visto, acabei ficando à disposição dele para dar um jeito *nesses* cacos.

— Pode deixar que eu recolho tudo — ofereceu-se Addison, gentilmente. — Vá para a sala dos professores e depois me encontro com você lá. Coloque água para ferver. Parece que está precisando de um bom chá.

E de chocolates restauradores, pensou ela.

— A gente ajuda, cara — disse Fraser, aproximando-se para juntar os cacos com Addison.

— Obrigada — balbuciou Autumn, com os olhos marejados.

O namorado pegou sua mão.

— Vai dar tudo certo com o Richard, sabe. — O tom de voz era seguro e reconfortante. — Você fez bem.

— Fiz mesmo? Só me resta esperar que sim.

Capítulo Vinte e Cinco

recisaria procurar outro emprego. Assim que tivesse um tempinho, ligaria para a agência de empregos e pediria que me tirassem dali o mais rápido possível. O que poderia ser complicado, já que fui proibida de trabalhar em vários escritórios londrinos, por minha fama de ser uma funcionária menos que perfeita.

A Targa não era, naquele momento, um lugar de trabalho saudável. Minha ocasional professora de ioga — Persephone — diria que a energia negativa fazia mal ao meu carma ou algo assim, e tenho certeza de que tinha razão. Dava para cortar a atmosfera com uma faca. Meu estômago estava em frangalhos, por causa do nervosismo. Teria que ficar de cabeça para baixo um longo tempo para contrabalançar os efeitos ruins se seguisse os conselhos de Persephone.

Paquera passou depressa, várias vezes, diante da minha mesa a manhã inteira, sem me olhar e, de modo geral, dando a impressão de que gostaria de me matar devagar, de um jeito terrível. Eu realmente queria conversar com ele sobre o que acontecera na noite passada, mas, como era óbvio que não estava pronto para abrir os canais de comunicação, fiquei ali sentada, sentindo-me totalmente inútil.

Para me proteger daqueles olhares de esguelha ferinos e nocivos e passar o tempo, construí uma parede entre mim e o escritório com Mars, Snickers e Double Deckers. Na cantina da empresa deixaram que eu pegasse dois pacotes de cada quando ficaram sabendo da minha situação grave. Se eu me abaixasse bastante à mesa, ficava bem protegida atrás da barricada. Tudo o que precisava fazer era resistir à tentação de comer tudo. *Hum!* Mas claro que a minha segurança não ficaria muito comprometida se um reles tablete de Mars sumisse. Com certeza, ajudaria a reforçar meu sistema imunológico. Como uma barra de chocolate oferecia mais proteína que uma banana, tinha que fazer bem, certo? Talvez a proteína me desse coragem para enfrentar Paquera.

Começava a abrir uma das barras quando vi Aiden Holby caminhando em minha direção. Seu semblante mostrava uma determinação macabra, com o cenho bastante franzido. Supostamente, devia lhe dar um ar de ferocidade, mas só fazia com que ficasse mais bonito. Naquele momento, cheguei à conclusão de que o amava ainda mais. Coloquei o chocolate de forma sorrateira na gaveta da mesa e tentei fingir que trabalhava — uma arte que venho praticando muito, sem nunca dominar perfeitamente.

Paquera parou na frente da minha mesa, com postura de macho alfa agressivo.

— Oi — cumprimentei, com humildade.

Com um movimento do braço, ele derrubou minha parede de chocolate cuidadosamente construída, jogando-a no chão. Então era guerra, hein?

— Acha que pode organizar esses dados para mim, srta. Lombard? — *Srta. Lombard?* Ele estava indo longe demais.

— Sim, *sr. Holby*. Quando vai precisar deles?

— Esta tarde, na reunião da equipe de vendas.

— Começarei agorinha mesmo. Assim que terminar de pegar os chocolates do chão.

Achei que ele enrubesceu um pouco, mas apenas ligeiramente.

— Pode pegar uma das minhas barras de Mars — disse eu, com um sorriso vago. — Se quiser. — Meu chefe hesitou. — Como oferta de paz.

Ele se endireitou.

— Não, obrigado. — Nem mesmo a oferta de um tablete de chocolate quebrou o gelo. Mau sinal.

— Aiden... — comecei, com suavidade.

— Lucy, acho que seria melhor para todos os envolvidos se pedisse que sua agência encontrasse outro emprego para você.

— Um lugar em que não precise respirar o mesmo ar que eu?

— De preferência.

— Eu ainda amo você — disse, engolindo em seco. — Mas, se acha melhor que eu vá embora, eu vou.

— Ótimo. — Fez menção de se virar.

— Mas só queria dizer mais uma coisinha.

Notei que ele vacilou um pouco, mas, em seguida, ressaltou:

— Acho que já conversamos o bastante.

E se afastou da minha mesa.

— Amar alguém não significa só gostar quando se quer — vociferei. — Significa perdoar quando o outro erra.

Ele parou de andar e, por um breve instante, ficou imóvel. Senti uma pontada de esperança. No entanto, sem olhar para trás, continuou a se dirigir ao próprio escritório.

— Droga — sussurrei para mim mesma. Daí, percebi que todo mundo no departamento tinha parado de trabalhar e me encarava. — Que é que foi? — gritei.

As pessoas se encolheram de medo às mesas.

— Só para que saibam, eu estraguei tudo, de novo. Alguém quer fazer um estardalhaço a respeito disso?

As cabeças se voltaram para os papéis e as telas de computador. Com um suspiro, iniciei a tarefa árdua de recolher minha parede de chocolate destroçada, que, na verdade, era a metáfora da minha vida.

Capítulo Vinte e Seis

igar para a agência foi uma total perda de tempo. Disseram que não tinham outros empregos para mim, mas eu estava certa de que mentiam. Talvez as empresas tivessem algum tipo de aviso contra mim, como os pubs fazem com frequentadores indesejáveis. Um Alerta Lucy Lombard. Todas as pessoas, com cujos negócios eu arrasei no passado, devem ter trocado ideias ao telefone e incluído meu nome numa lista de *personae non gratae*. Eu tinha certeza disso.

Peguei o metrô para voltar para casa, pesarosa, sentindo estar presa para sempre na Targa, como um gênio azarado numa garrafa, incapaz de sair, a menos que alguém esfregasse com suavidade. Se alguém tivesse alguma noção do que eu devia fazer da vida, seria bom que me dissesse.

O tempo estava chuvoso e feio. Meu guarda-chuva vagabundo não me protegia direito e ameaçava ficar todo voltado para fora. O clima refletia perfeitamente minha vida sem graça. Para completar, quando cheguei, o Marcus estava apoiado no muro, do outro lado do meu prédio. Como não tinha guarda-chuva, havia ficado encharcado. Meu ex ficava ali toda noite, desde o nosso contato íntimo no Natal e desde que deixei de atender aos seus telefonemas. Quando me viu, acenou com a mão e começou a atravessar a rua.

— Lucy! — gritou, mas o trânsito impediu-o de me alcançar e entrei depressa no apartamento.

Uma vez lá dentro, sacudi a capa impermeável e joguei o guarda-chuva ensopado no chão. Indo de forma sorrateira até a janela, olhei para fora e, como era de esperar, o Marcus tinha voltado para o seu posto e continuava a se apoiar no muro. Observei-o por alguns instantes, enquanto estremecia por causa do frio, e admirei, com relutância, sua perseverança. Será que o Paquera teria ficado ali, debaixo da chuva forte, noite após noite? Na verdade, não sei.

Após encher a banheira de água quente, joguei um monte de espuma de banho com aroma de baunilha e mergulhei. Minha pele continuava supermacia depois dos tratamentos no spa Derretido, mas, a meu ver, todos os outros benefícios haviam desaparecido rapidamente demais desde a minha volta. Deixei a água pelando de quente aquecer meus ossos gelados. Enquanto sentia o delicioso aroma, tentei não pensar em nada. Normalmente, quando queria que minha mente fizesse algo útil — tipo pensar —, ela sempre dava um branco. Mas, naquele momento, quando adoraria um espaço vazio, trabalhava a todo o vapor.

Certamente tudo estava perdido com Paquera. Imagine só quantas vezes aceitei o Marcus de volta depois de várias transgressões; não desisti do relacionamento após um simples errinho. Não era disso que se tratava o amor? Enfrentavam-se momentos tranquilos e também complicados. Pensei no Marcus lá fora, na chuva forte. Em que ponto a boa vontade e o coração mole tinham de endurecer em prol da autopreservação? Talvez fosse diferente para todos.

Eu me enxuguei e coloquei minha velha calça esportiva e meu casaco. Antes de ir procurar algo para comer na cozinha, dei outra espiada na janela. A chuva caía horizontalmente agora. Ricocheteava do asfalto. As grades das sarjetas tinham enchido e uma torrente de água passava ao longo do meio-fio. Apesar de não enxergar muito bem por causa das gotas de chuva, vi que o Marcus continuava lá fora. Como podia deixá-lo ali, em meio àquela tempestade?

Peguei o celular e liguei para ele.

— Oi — disse. Sua voz não parecia esgotada, como imaginei. Estava animada e cheia de esperança. Dava para ouvir o barulho da chuva caindo nele.

— Vai pra casa — pedi.

— Não posso. — A vivacidade e o alento se foram. — Eu amo você. Só quero ficar ao seu lado. Vou ficar aqui o quanto for necessário.

O que eu podia dizer?

— Pode vir jantar. Mas vai ser alguma coisa para enganar a fome, porque não fiz compras.

— Não importa. — Dessa vez, a voz pareceu trêmula.

Capítulo Vinte e Sete

Instantes depois, Marcus apareceu.

— Não encharca o meu tapete. — Tentei dar a impressão de ser rigorosa, mas como podia? Ao olhar para ele, vi que estava um desastre. Era àquilo que eu o tinha reduzido? Jatos de água escorriam dos cabelos e do rosto. Havia uma cachoeira na ponta da jaqueta. Encharcava meu tapete, apesar do meu aviso.

— Vai lá tomar um banho. Tenta se aquecer. — Só esperava que o aquecedor fornecesse água quente duas vezes seguidas. Geralmente, era preciso esperar um pouco para que o fizesse.

— Obrigado, Lucy. — Mostrou-se ridiculamente grato até mesmo com os dentes batendo.

— Ainda tem roupa sua no meu guarda-roupa. Vou pegar algo para você. — Eu o ajudei a tirar a jaqueta. Os dedos dele estavam azuis. — Teve sorte de não acabar morrendo de frio — repreendi. — Que atitude mais estúpida numa noite como esta! Não valho a pena, Marcus.

Ele segurou minhas mãos, fazendo-me parar. Os olhos azul-claros encontraram-se com os meus.

— Acho que vale sim.

Eu me afastei.

— Entra no banho antes de ter uma hipotermia.

Obediente, foi para o banheiro.

No quarto, revirei meu guarda-roupa. Havia alguns jeans e camisetas do Marcus. Não sei por quê, mas cheirei uma delas. Ainda continha o perfume da loção de barbear dele, e meu coração apertou, dolorosamente — embora o dono estivesse entrando na minha banheira naquele momento. Encontrei também um suéter que eu dera a ele anos atrás, no Dia dos Namorados, e ele nunca usou. Bom, poderia estreá-lo naquele dia.

Até mesmo cuecas e meias eu peguei na gaveta e me perguntei por que nunca tinha criado coragem de doar tudo para alguma instituição de caridade. Deixei a roupa em cima da cama para Marcus e fui para a cozinha. Achei uma caixa de macarrão de conchinha e uma lata de molho de tomate. Seria comida italiana, então. Na geladeira, encontrei um aipo, que não estava muito murcho ainda, e um pedaço duro feito pedra de parmesão, no qual havia mais casca do que qualquer outra coisa. A data de validade já tinha expirado, mas esses detalhes nunca eram muito exatos, eram? Além do mais, queijo nunca ficava velho, não é mesmo? Fiquei satisfeita ao constatar que o que não encontrei em termos de alimentos saudáveis e nutritivos seria compensado pelo considerável estoque de chocolate. Uma caixa dos mais saborosos do Paraíso do Chocolate guardadinhos bem ali, esperando pela mamãe. Ao menos tinha certeza da sobremesa sempre maravilhosa. Se o meu ex se comportasse direitinho, talvez até desse um pouco para ele.

Piquei o aipo meio amolecido e joguei na panela, com o molho de tomate. Pus o macarrão para cozinhar.

Meu convidado inesperado apareceu na cozinha. Usava uma toalha amarrada bem embaixo, nos quadris. Os cabelos lavados e desgrenhados, em vez de penteados e grudados na cabeça, além das maçãs do rosto rubras, davam-lhe um ar atraente. Eu me lembrei da noite em que dormimos juntos; *realmente* não queria nem pensar nela.

— O cheiro está gostoso — disse ele.

Achei que Marcus devia estar desesperado.

— Macarrão com molho enlatado. Minha especialidade.

Meu ex se aproximou.

— Eu amo você, Lucy. — Fez menção de abraçar minha cintura, mas eu me esquivei.

— Deixei umas roupas secas para você na cama. O jantar vai ficar pronto daqui a cinco minutos.

Detestava admitir isso, mas Marcus estava um gato com aquele casaco; então, evitei olhá-lo. A gente sentou no sofá, com bandejas à frente, e comeu. Abri uma garrafa de vinho tinto barato, mas tomei cuidado com a quantidade que consumi. Eu me recordava muito bem do que aconteceu na última vez em que enchi a cara com meu ex por perto. A programação da TV estava péssima, mas ambos fingimos estar interessados.

A certa altura, quando Marcus comeu todo o macarrão, sem deixar nem unzinho para contar a história, afastou a bandeja e se virou para mim.

— Você contou para o seu namorado que a gente dormiu junto?

— Contei. — Não havia por que mentir para ele.

— Ainda estão juntos?

— O que você acha? Nem todo mundo é tão indulgente como eu.

Marcus aproximou a mão no sofá e cobriu a minha.

— Estou feliz por vocês terem terminado.

— Bom, eu não — disse, com rispidez, afastando a mão. — Estou arrasada.

— Eu mudei mesmo, Lucy — insistiu, com seriedade. — Tive muito tempo para pensar em tudo. Amadureci bastante nos últimos meses. — Isso dito por um homem que ficara parado do lado de fora do meu apartamento, em meio à chuva torrencial. — Vou fazer análise para conseguir mudar o meu comportamento. Desde que não precise passar todas as noites na frente do seu apê.

— Não tem mais que fazer isso — prometi. — Vamos voltar a ser amigos de novo. — Um sorriso iluminou a face charmosa dele. — *Só* amigos. Nunca mais quero uma relação de novo enquanto viver. — Marcus pareceu duvidar. — Estou falando sério.

Ele ficou quieto, enquanto digeria isso e o jantar. Quando se tornou óbvio que eu não diria mais nada, meu ex sugeriu algo, de súbito:

— A gente podia ver um filme romântico, o que faria você se sentir melhor.

— Não ia não. — Na verdade, ia sim. Um bom choro controlado por causa da vida amorosa ferrada de outra pessoa me faria sentir superlegal, mas detestava pensar que Marcus me conhecia tão bem.

— *A Força do Destino* — disse ele, com determinação. — Esse nunca falha. — E, antes que eu tomasse uma atitude, Marcus procurou-o nos DVDs da estante e colocou-o. — Você tem chocolate?

Lancei um olhar intimidante.

— E por que não teria?

— Vou pegar — informou, animado. — Esta noite está ficando perfeita.

Na tela, Debra Winger tentava conquistar o gostoso — e bem mais jovem — Richard Gere. A ideia do amor impossível não diminuía o entusiasmo da personagem, notei. Que idiota era! Eu me remexi no sofá, quando eles por fim transaram, com ela usando o quepe sexy do Richard Gere e nada mais. Que vontade que tive de pegar o controle remoto e avançar rápido aquele trecho do DVD. Aquela cena não era tão longa daquele jeito, eu tinha certeza disso. Marcus mantinha um sorrisinho presunçoso, enquanto, na tela, os amantes davam continuidade aos gemidos artísticos de êxtase. Comi outro chocolate. Um de framboesa, outro de trufa cremosa.

Até o final do filme, consumimos todos os bombons do Paraíso do Chocolate. Eu já sabia que me debulharia em lágrimas quando o oficial Mayo, recém-graduado e uniformizado, carregasse a mulher dos seus sonhos nos braços. Sempre fazia isso A música foi aumentando, os acordes de "Love Lift Us Up Where We Belong" encheram meu apê enquanto Richard Gere carregava Debra Winger, que chorava de alegria, rumo a uma vida melhor — comigo soluçando junto, despudoradamente.

— É tão romântico — comentei, fungando. Marcus também o fez. — E só acontece mesmo em Hollywood — acrescentei com sarcasmo, lembrando-me da nossa situação.

Meu ex aproximou-se de mim. Coloquei uma almofada entre nós. Ele sabia muito bem que, naquela altura, normalmente me consolaria e acabaríamos fazendo amor no sofá. Aqueles dias já tinham ficado para trás.

— Bom, como a gente já viu o filme, você pode tomar um café e ir para casa — ressaltei, com firmeza. — A partir de agora, vamos seguir as minhas condições.

— Como quiser, Lucy. — Sorriu para mim, deixando claro que não acreditava numa só palavra do que eu dissera.

Capítulo Vinte e Oito

Nadia vinha ponderando sobre sua situação havia mais de uma semana e ainda não tinha certeza de ter tomado a decisão correta. Ainda nem contara a Toby o que planejava por medo de desistir na última hora. Naquele momento, no entanto, já se decidira e não havia como voltar atrás. À noite, quando o marido voltasse do trabalho, ela e Lewis estariam lá para lhe fazer uma surpresa. Regressariam para sempre e se tornariam, mais uma vez, uma família.

Chantal colocou a última mala em seu carro.

— Tudo pronto.

Nadia terminou de apertar o cinto da cadeira do filho.

— Obrigada, Chantal. Não sei o que faria sem você.

— Foi ótimo ter vocês aqui. Vou sentir saudades desse garotinho. — Ambas fitaram Lewis pela janela do carro. Comia, como suborno, um dedito de chocolate, alheio ao turbilhão emocional à sua volta.

Nadia olhou de soslaio, zombeteira, para a barriga volumosa de Chantal.

— Logo você vai ter o seu para mimar.

— Nem me fale! — exclamou a outra, acariciando a barriga com carinho. — Continuo a não acreditar. Finjo que é apenas retenção de líquido.

Ambas riram.

Para alguém que insistia em dizer que não acreditava, Nadia achava que ela vinha lidando muito bem com a gravidez inesperada.

Chantal abraçou-a com força.

— Se não der certo, sabe que sempre terá um lugar para vocês dois.

— Espero que isso não aconteça — ressaltou Nadia.

— Vocês vão conseguir — disse a amiga, reconfortante. — Melhor você ir, se quiser preparar algo para o seu marido antes que ele apareça em casa. — Deu uma piscada.

A amiga olhou-a com preocupação.

— Vai ficar bem, sozinha?

— Claro. Não se preocupe comigo.

— Vou ajudar o quanto puder com o bebê — comentou Nadia. — Nós todas vamos. — Tinha certeza de que não havia problema em falar pelas outras participantes do Clube das Chocólatras.

— Anda, antes que me faça chorar! — Chantal enxugou uma lágrima. — Vai fazer com que o seu marido se sinta agradecido por você ter voltado.

Era estranho estar de volta em casa. Nadia passara a tarde se familiarizando de novo com tudo, acomodando-se ali. Lewis já tinha tomado banho e colocado o pijama; para se divertir, assistia ao desenho animado favorito da TV: *Bob Esponja Calça Quadrada*. Ela observou o filho hipnotizado pelas imagens coloridas na tela, chupando o dedo, com o indicador apoiado no nariz. Mostrava-se tão angelical, como se tivesse passado com louvor em um programa *Supernanny*. Nadia esperava que continuasse assim até o pai chegar. Dando uma olhada no relógio, mordiscou o lábio. Toby já deveria estar ali àquela altura.

Nadia passara a tarde tirando as roupas da mala e guardando-as no lugar de sempre. O tempo que passara no apartamento elegante de Chantal parecia ter ocorrido há séculos. Apesar de aquele lugar não ser nada chique, continuava sendo seu lar. Pertencia a ele.

O jantar cozinhava no fogão — o aroma de temperos espalhava-se na sala. Talvez Toby tivesse ido dar um pulo no pub, para tomar uma cerveja antes de ir para casa. Afinal de contas, não sabia que estavam esperando por ele. Naquele momento, o nervosismo fez seu estômago revirar. Deveria ter ligado para ele? Talvez tivesse feito outros planos para aquela noite, e ela esperaria sozinha, enquanto o jantar delicioso se tornaria uma mistura seca. Será que gostaria de vê-la?

O que podia fazer enquanto esperava? Em vez de andar de um lado para o outro no quarto, foi se sentar próximo a Lewis. Abraçar o filho sempre a ajudava a acalmar os nervos. Ao passar pelo telefone, notou que a luz da secretária eletrônica piscava. A ligação deve ter entrado enquanto ela desfazia as malas ou cozinhava o jantar, pois não escutara o toque. Quando ia checar quem ligou, ouviu a van de Toby estacionando ao lado de fora.

O coração de Nadia foi à boca. Esqueceu-se do telefone.

— O papai chegou — disse a Lewis, animada.

— Papai! — O garoto saiu rápido do sofá e correu até a porta. Nadia abriu-a por completo, enquanto Toby caminhava até lá. Uma expressão de pura felicidade perpassou por seu rosto e Nadia sentiu o corpo relaxar de alívio. Ele os queria.

Lewis pulou nos braços do pai e este, satisfeito, abraçou-o, rodopiando. Havia lágrimas de regozijo nos olhos de Toby quando colocou o filho no chão.

— Você voltou — disse ele.

Nadia abraçou-o, também de olhos marejados.

— Nós voltamos.

Os três entraram, uma família de novo.

— Não posso acreditar — disse Toby. — É mais do que eu podia esperar. Não vou decepcionar você, Nadia. Juro.

— Psiu — exclamou a esposa, beijando-o com suavidade.

— Não aguentaria perder você de novo.

— A gente não vai a lugar nenhum. Por que não vai pôr o Lewis para dormir e depois toma um banho? Vou dar uma olhada no jantar. — Com um sorriso no rosto, dirigiu-se à cozinha. — Ah, quase esqueci. Tem uma ligação para você, acho que não ouvi o telefone.

Quando ela saiu da sala, ele apertou o botão da secretária. "Esta mensagem é para o sr. Toby Stone", disse. "Aqui é a Empresa de Crédito Advance. Precisamos falar com o senhor com urgência. Por favor, entre em contato através do..."

Ele apagou-a. Nadia voltou à sala, amarrando o avental na cintura.

— Quem era?

— Ninguém. Engano.

A esposa notou que os olhos dele continuavam cheios de lágrimas.

— Ei — disse ela. — Tudo vai dar certo daqui em diante.

— Vai sim — concordou ele, com a voz embargada. — Você vai ver. E vou me certificar disso.

Capítulo Vinte e Nove

utumn e Addison estavam deitados juntos, na banheira. O perfume de várias velas de baunilha espalhava-se no banheiro; duas taças de vinho encontravam-se próximas aos seus pés. Os dois tinham colocado o aparelho de CD dentro do banheiro, e algo suave tocava. Addison escolhera a música, considerando que não curtia muito a coleção de sons de baleia favorita de Autumn. Ela teve de reconhecer que aquela era bem mais desestressante. O convívio com o namorado vinha fazendo com que relaxasse mais. Nem tudo na vida tinha de ser feito para salvar o planeta. Talvez ele estivesse até melhorando seu gosto musical — os tambores africanos e a as flautas de Pã achavam-se agora ao lado de John Legend, Paolo Nutini e Corinne Bailey Rae. A jovem cantarolava, acompanhando a melodia. Era a primeira vez na vida que sentia saber de verdade o que significava estar apaixonada. Com a cabeça apoiada no ombro dele, ela se virou na água quente para fitá-lo.

Os olhos de Addison estavam fechados, mas, ainda assim, perguntou:

— O que foi?

— Estou feliz — confessou-lhe ela.

— Que ótimo! Se colocar mais água quente, eu também vou ficar.

Girando a torneira com os pés, ela deixou cair mais do líquido aquecido na banheira.

— Melhor assim?

— Humm — gemeu ele. Autumn inclinou-se, pegou um chocolate da bandeja ao lado e colocou-o na boca dele. — *Humm-humm.* — Seu namorado sorriu, abrindo os lindos olhos castanho-escuros. — Agora *estou* no paraíso.

O telefone tocou. Addison deixou escapar um resmungo. O aparelho soou de novo.

— Talvez fosse melhor atender — disse ela, lançando um olhar ansioso rumo à sala, onde ficava o telefone.

— Você já sabe quem é — ressaltou o namorado.

— Pode não ser Richard. — Ela endireitou-se, ainda sem sair da banheira. — Quem sabe não é outra pessoa?

— Ele tem ligado o tempo todo para você.

— Estou preocupada com o meu irmão, Addison. Parece estar pior do que nunca.

— Tem que relaxar, Autumn. Ele precisa encontrar o próprio caminho. Você não pode tomar conta dele para sempre.

O telefone parou de tocar, mas a ansiedade da jovem não diminuiu. Seu namorado puxou-a, para que se acomodasse ao seu lado de novo.

— Eu sempre tomei conta dele. É um hábito meio difícil de romper.

— Bom — começou ele, acariciando seu seio com os dedos —, agora você tem outra pessoa para cuidar. — A boca cobriu a sua, e todos os pensamentos sobre Richard e suas necessidades escaparam de sua mente.

Horas depois, os dois estavam deitados na cama, dormindo abraçados, quando o telefone tocou de novo.

— Não — murmurou Addison, ainda meio adormecido. — De novo não. — A mão buscou a dela, mas não a alcançou. — Deixa tocar, Autumn.

Mas, antes que ele começasse a protestar muito, ela saiu da cama, pôs o roupão e foi atender a ligação. Havia um número desconhecido no identificador de chamada. Deu uma olhada no relógio com os olhos semicerrados. Era uma da manhã. Quem poderia ser, àquela hora?

— Srta. Fielding?

— Sim. — A formalidade da voz do outro lado fez com que acordasse mais um pouco.

— Estou ligando do Hospital Fulgrave. Seu irmão se encontra aqui.

De súbito, despertou completamente.

— Richard? — Autumn sabia que não deveria se surpreender tanto.

— Houve um acidente — a enfermeira, funcionária ou seja lá quem fosse prosseguiu.

— Ele está bem?

Deu-se uma pausa por demais prolongada.

— Infelizmente, não muito.

— O que foi que aconteceu? Alguma coisa errada?

Não tinha ouvido quando Addison entrou na sala, mas percebeu que se achava parado atrás dela. Abraçou-a pela cintura e apoiou a cabeça em seu ombro. Enquanto estavam lá, fazendo amor na maior satisfação, algo terrível acontecia com o irmão.

— Seria melhor a senhorita vir até o hospital — disse a mulher.

— Ele pediu que ligasse para mim?

— Encontramos seu número, incluído como parente mais próximo, no celular, e você foi a última pessoa para quem ele tentou telefonar.

— Vou chegar o mais rápido possível. — Desligou. — O Richard está no hospital — informou, com os olhos cheios de lágrimas.

Seu namorado beijou-a na testa.

— Então, é melhor a gente se vestir.

O ambiente estava na penumbra, mas Autumn percebeu qual era a cama de Richard na mesma hora. Na extremidade, a luz iluminava uma área específica. Enfermeiras iam e viam, o bipe das máquinas ressoava e havia uma atmosfera de ansiedade controlada. Ela e Addison aproximaram-se da enfermeira na recepção.

— Viemos ver Richard Fielding.

Ela olhou-a com amabilidade.

— É a irmã dele?

Autumn assentiu.

— Não sabemos o que aconteceu com o seu irmão — explicou, em voz baixa, enquanto se dirigiam ao leito do rapaz. — Pelo visto, ou foi atropelado por um carro ou levou uma surra terrível.

Devia ter sido ruim mesmo, se nem eles sabiam precisar o que ocorrera.

— Foi encontrado num beco por um desabrigado, que teve o bom senso de chamar uma ambulância.

Autumn sentiu uma forte sensação de culpa. Se tivesse atendido à ligação do irmão, conseguiria ter enviado socorro mais cedo?

Richard parecia pequeno em meio à maquinaria que o circundava. Aquela máquina o ajudava a respirar? Estaria mesmo entre a vida e a morte? O coração dele batia de forma ritmada, o que não se podia dizer do seu. Mas a face do rapaz estava inchada, quase irreconhecível — cortes, hematomas, golpes brutais. Lágrimas escorriam dos olhos da irmã.

— Richard — disse ela. — Sou eu, Autumn. — Segurou a mão pálida e inerte do irmão, apertando-a.

— Ele ainda não falou — explicou a enfermeira. — Continua inconsciente.

Autumn não ousou expressar seus temores.

— Vai melhorar?

A mulher pousou a mão em seu braço.

— Estamos fazendo o possível por ele.

— O que eu não fiz. — Desatou a chorar, enquanto Addison a abraçava. — Não fiz o bastante.

Capítulo Trinta

Nós três estávamos paradas, uma ao lado da outra, no quarto escuro da clínica particular de Chantal. Nossa amiga achava-se na maca, com a barriga à mostra.

— Tem certeza de que a gente pode ficar aqui? — perguntei, em um sussurro.

— Esta é a vantagem do atendimento privado em relação ao público — informou Chantal. — Posso fazer o que quiser, desde que pague.

— Eu trouxe chocolate — avisei. — Para acalmar os ânimos. Acha que a gente pode comer sem levar uma bronca?

— Se formos rápidas — sugeriu Nadia. Então, passei de forma dissimulada um pacote de Rolos, e consumimos os bombons com um suspiro de satisfação.

Achei que Chantal tinha sido muito corajosa em escolher a gente como parceiras de pré-natal. Eu tinha a impressão, por exemplo, de que teria um troço na hora H. Sou conhecida por desmaiar nos

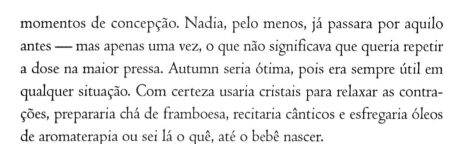

momentos de concepção. Nadia, pelo menos, já passara por aquilo antes — mas apenas uma vez, o que não significava que queria repetir a dose na maior pressa. Autumn seria ótima, pois era sempre útil em qualquer situação. Com certeza usaria cristais para relaxar as contrações, prepararia chá de framboesa, recitaria cânticos e esfregaria óleos de aromaterapia ou sei lá o quê, até o bebê nascer.

Estávamos esperando a médica que faria a ultrassonografia em Chantal chegar. Nos últimos tempos, a barriga dela crescera bastante, e o consumo de chocolate duplicara, talvez até triplicara. Quem sabe estivesse comendo por três, em vez de dois?

— Ted não deveria estar com você agora? — sugeri, hesitante.

Chantal revirou os olhos.

— Ainda não contei — admitiu. — Ele acabou não indo ao teatro comigo, na noite em que eu ia tratar do assunto, e, agora, não está retornando minhas ligações. O que não é bom, certo?

— Não se preocupe com isso — disse Nadia, dando um tapinha na sua mão. — Vai poder contar com todas nós nos próximos meses. Não terá o menor problema.

Autumn bocejou, cansada.

— Sinto muito, gente. Fiquei acordada a noite toda.

— Não queremos saber detalhes da sua vida amorosa ousada — comentei. — Vamos morrer de ciúmes.

— Eu estava no hospital — explicou, exausta. — Richard levou uma surra, está bem mal.

— Ah, Autumn.

— Não digam mais nada! — pediu, erguendo as mãos. — Quero que este momento seja especial e posso chorar se me disserem algo amável.

— Sabe muito bem que, se pudermos ajudar em alguma coisa, estamos aqui para o que der e vier.

Autumn assentiu. Dei outro Rolo reconfortante para ela, que o pegou, agradecida.

A médica entrou no quarto, e escondi o restante do chocolate.

— Andou vendendo entradas para cá? — brincou ela com Chantal.

— São minhas melhores amigas — informou a paciente. — Queria que todas estivessem aqui.

— Bom, elas pegaram a tribuna principal — disse a médica. — Vamos começar.

Passou gel na barriga de Chantal e, de repente, éramos as primeiras pessoas a saudar a nova vida que crescia dentro dela.

— Uau — exclamou Chantal, surpresa. — Não imaginei que já pareceria tanto com um bebê.

Nadia riu.

— E que aparência achou que teria?

— De um girino. Da última vez em que vi uma ultrassonografia, era uma mancha imprecisa que não lembrava em nada um neném, mas esta está igual a um bebê. — Começou a chorar. — Tem dedos nos pés e nas mãos, tudo.

— Parece que você vai ter uma menina — informou a médica.

Então, todas começamos a chorar.

— Puxa vida! — comentou Chantal, fitando-nos com os olhos vermelhos. — Eu vou ser mãe mesmo.

Capítulo Trinta e Um

Marcus foi mesmo direto para casa depois do filme. Eu me certifiquei disso. Cheguei até a sentir orgulho de mim mesma, já que ele estava sendo tão gentil e amável, e ainda chovia e, bom... Deixei escapar um suspiro e saboreei outra trufa do meu estoque do Paraíso do Chocolate.

Aiden jogou um arquivo na minha mesa. A operação "Fazer com que Paquera Voltasse a Ser meu Amigo" não ia muito bem. O café que eu levara para ele continuava intocado. Os ramos de oliveira de chocolate também.

— Sinto muito interromper seu devaneio — disse ele, incisivo. Na mesma hora, eu me sentei direito e tentei aparentar eficiência. — Estou pensando em organizar um evento de confraternização da equipe.

Acabei me queixando.

— Outro? Já não passamos por humilhações suficientes neste escritório? Achei que o pequeno incidente da perna quebrada teria dissuadido você desse tipo de evento para o resto da vida. — Aquele tinha sido o resultado de um acidente desastroso de confraternização dos funcionários numa corrida de kart em que entrei numa de me tornar competitiva e ciumenta demais.

— A equipe que se diverte unida permanece unida. — Ergueu o queixo com teimosia.

— Detesto esta versão nova, mal-humorada e empresarial do Aiden Holby — comentei, franca. — O meu antigo chefe, que me deixava burlar as despesas e me chamava de gata, não pode voltar não? Posso até implorar, se for o caso.

Aiden ignorou meu pedido.

— Pensei em tentar paintball — sugeriu ele.

— Beleza. Como não acha que provoquei estragos suficientes no kart, vai me dar uma arma. Você não aprende nunca? — Meu telefone tocou e atendi, sem pensar. Era o Marcus e senti o sangue subir ao meu rosto. — Ah, oi. Não posso falar agora. É, estou no escritório. — Meu ex me disse que me amava. — Ahã. Está bom. Obrigada. Tchau. — Desliguei antes de saber o que queria, se é que ele queria algo.

— Marcus? — Paquera me lançava um olhar crítico. — *Você* não aprende nunca?

— Somos apenas amigos.

O sr. Aiden Holby deu uma risada debochada.

— Você é uma boba, Lucy. E, o que é pior, sabe disso.

Mas, antes que eu pudesse dar uma resposta à altura, a porta do escritório abriu de supetão, e a melodia "Love Lift Us Up Where We Belong" ressoou ensurdecedoramente. Eu me levantei e estiquei o pescoço para ver o que ocorria, tal como os demais funcionários.

Ao estilo de *A Força do Destino*, com uniforme e quepe brancos, Marcus percorreu todo o escritório, com um aparelho de CD na mão enluvada. Havia mais que a aparência de Richard Gere ali. Tanto Paquera quanto eu ficamos observando, totalmente pasmos.

Meu ex colocou o aparelho na minha mesa. Lançando um sorriso convencido para Paquera, passou por ele e parou diante de mim.

— Marcus, o que é que você está fazendo?

Após ouvir a pergunta e soltar um grunhido, pegou-me no colo.

— Vim tirar você dessa vida horrenda nesta espelunca escravizante.

Comecei a rir.

O semblante de Aiden Holby estava furioso — já esquecera fazia muito tempo a aventura de paintball.

— Marcus, me põe no chão — tentei, mas ria demais para conseguir protestar com veemência. Eu me perguntei se Paquera tinha visto *A Força do Destino* e, em caso positivo, com quem teria assistido ao filme.

Em segundo plano, Joe Cocker e Jennifer Warnes cantavam, enquanto meu ex me carregava escritório afora e eu ria histericamente. Todos ali sorriam; para que o clima do filme fosse acompanhado, alguém teria de ter gritado "É isso aí, Lucy!", mas ninguém o fez. Então, os funcionários do Departamento de Vendas da Targa de súbito se juntaram e começaram a aplaudir a audácia do Marcus conforme ele me levava nos braços. Todos, exceto uma pessoa, claro.

Por sobre o ombro, vi que Paquera não ficara nem um pouco impressionado com tudo aquilo. O semblante achava-se petrificado. Tentei transmitir certo decoro.

— Vou chegar cedo amanhã! — gritei. — Para compensar esta saída!

Mas Paquera vociferou:

— Não me importaria nem um pouco se nunca mais voltasse!

Capítulo Trinta e Dois

Marcus tinha reservado um quarto no The Ritz. Já havia desistido de me carregar nos braços. Começara a ficar rubro demais no rosto e a ofegar como um velho labrador, o que não era muito bom para um herói romântico. Acho que ficou bastante aliviado quando eu disse que podia muito bem caminhar e que o impacto do gesto não diminuiria se eu me apoiasse nos próprios pés de novo. Um herói romântico com as costas arrebentadas não daria muito certo.

A caminho do quarto, no elevador, olhei de esguelha o homem ao meu lado. Era assim que o via agora? Seria o herói romântico do filme? Sorri para ele. Certamente se tratava de um cara divertido quando se comportava. Valeria a pena enfrentar os aspectos negativos em prol de momentos positivos como aquele?

— Não vou dormir com você só porque reservou um quarto num hotel chique — informei.

— *No* hotel chique — corrigiu-me, enquanto abria a porta.

Perdi o fôlego ao entrar naquele ambiente.

— Meu Deus, Marcus. Que linda! Quanto é que custou? — O que ele tinha pago por aquela noite cobriria o aluguel do meu apê por um mês, talvez até dois.

— Não importa quanto custou. — Ele pegou minha mão. — Queria que esta noite fosse superespecial.

Depois de jogar a bolsa na cama, eu me arrependi de bagunçar o lugar. A decoração fora feita à Luís XVI — um espaço enorme, com hectares de tapete felpudo, cortinas pesadas, quadros antigos e móveis nos tons azul, pêssego e limão, tudo perfeitamente montado para exibir um estilo imodesto. Havia champanhe gelando num balde de prata.

— Marcus — disse, suspirando. — Não preciso de tudo isso.

Ele estava próximo a mim, as mãos segurando meus braços.

— Quero mimar você — sussurrou, com o hálito quente no meu pescoço.

— Eu só queria que fosse fiel. — Eu me afastei, sentei na cama e testei a flexibilidade dela. Perfeita. Como imaginei que fosse. Com certeza deixariam chocolates deliciosos ao preparar as camas para a noite. Não que eu planejasse ficar muito tempo. — Não preciso deste melodrama. Quero apenas uma vida tranquila com um cara legal.

Marcus sentou-se ao meu lado e pegou minha mão.

— Nunca vai encontrar outro homem como eu.

— Não quero outro como você!

— Me ama de novo, vai! Sei que tivemos altos e baixos.

Tive vontade de gritar "Hã!", mas nada saiu de minha boca.

— A gente pode passar essa fase — insistiu, com os olhos suplicantes. — Os últimos meses serviram apenas para fortalecer a nossa relação. Acredito mesmo nisso.

E eu?

Marcus tirou o quepe e jogou-o na cama, atrás da gente. Passou a mão nos cabelos louros e, em seguida, tirou a jaqueta do uniforme. Por baixo, usava uma camiseta preta justa, que ressaltava seu abdome trabalhado. Todas aquelas horas na academia não haviam sido desperdiçadas. Tirei os sapatos e meti os pés no tapete felpudo.

— Você fica um gato de uniforme. Um oponente à altura de Richard Gere, com certeza.

— E você dá uma ótima Debra Winger. — Teria sido um elogio? Tentei não pensar que ela era uma funcionária desmazelada de fábrica, sem nenhum futuro, até encontrar o cara certo.

— Ah, Marcus. — Meus dedos acariciaram a parte da frente da camiseta dele, distraídos. — Eu teria amado muito você.

— Ainda pode — insistiu. — Eu mudei. Trouxe você até aqui hoje para defender minha causa. — Levantou-se e serviu o champanhe para nós dois.

Peguei uma das taças.

— Então, a que vamos brindar?

— A nós — informou, com seriedade. — Quero que a gente tente de novo, Lucy. Fiz o possível, mas não consegui viver sem você.

Como se eu não tivesse tido surpresas o bastante naquele dia, Marcus ajoelhou com apenas uma das pernas.

— Diz que vai se casar comigo.

Tentei dar risadinhas suaves, mas não saíram como eu planejava.

— Já disse que ia uma vez, Marcus, e você acabou com tudo. A gente ficou noivo e encontrei você com outra, caramba! Não posso fazer isso de novo.

— E você tentou se relacionar com outro cara e não conseguiu. — A verdade nua e crua do que dissera doeu.

Os lindos olhos azuis do Marcus estavam marejados.

— Faria qualquer coisa para ter outra chance.

E agora? O que diria? Estava com dor de cabeça. Seria legal tirar uma soneca naquela cama. Eu me perguntei se, caso pedisse, a camareira ajeitaria a cama mais cedo.

— Por favor, sei que você pode me perdoar — implorou ele.

Não era disso que se tratava o amor? Perdoar os erros cometidos pela pessoa amada? Foi o que eu disse para Paquera. Se eu dissesse sim ao Marcus, isso não provaria que conseguiríamos enfrentar quaisquer tempestades? Não seria um bom fundamento para um casamento? Conhecia meu ex. Por dentro e por fora. Sabia como podia ser maravilhoso quando queria. E como podia ser terrível quando não queria. Como ele mesmo dissera, eu tinha tentado me relacionar com Aiden e não consegui. Não dera certo após o primeiro empecilho. Meu primeiro erro não fora perdoado e Paquera deixara claro que não reataríamos.

— O casamento continua marcado, Lucy.

— Está brincando!

— Não cheguei a cancelar — revelou Marcus, dando de ombros, constrangido. — Nunca aceitei que tudo havia terminado entre a gente.

Do bolso, tirou um enorme solitário de brilhante. A joia reluziu, produzindo uma variedade de cores à luz do candelabro. Fiquei boquiaberta. Ah, aquele era muito maior que o último que ele me dera.

— Um anel novo, para um novo começo — disse Marcus, com gravidade, e fiquei imaginando o que acontecera com o outro. Será que o devolvera e trocara por aquele ou será que o dera para a doce Joanne, pelo que tinha passado?

Pressionei a taça de champanhe gelada contra o rosto quente. Estava achando difícil pensar direito sem a ajuda de um chocolate.

— Marcus, Marcus — suspirei. — Não sei o que dizer.

— Diga que aceita — pediu. — Diga que aceita e faça de mim um homem muito feliz.

Olhei fixamente para os olhos dele e não vi nada além de amor sincero. Não obstante, imaginei se estaria fitando meu futuro ex-marido. Apesar disso, meu cérebro mudou a marcha; tomei de uma só vez o champanhe, para umedecer a boca seca, e, em seguida, contemplei o Marcus e disse:

— Aceito.

Capítulo Trinta e Três

ive que enviar um torpedo com um EMERGÊNCIA CHOCOLATE para minhas melhores amigas — não restava mais nada a fazer. Naquele momento, estávamos no Paraíso do Chocolate e, mais uma vez, eu teria que abrir o jogo. Antes, todas cuidamos dos suprimentos necessários: barrinhas de chocolate suíço ao leite, bombons de erva-cidreira e ganache preparado com chá Earl Grey. Minha plateia atenta aguardava, paciente. Era a primeira vez na minha vida que a dieta de chocolate não me satisfazia por completo; desejei ter umas garrafas de vinho barato para acompanhá-la.

— Tenho um anúncio a fazer — disse eu, bastante trêmula. — Clive e Tristan deviam vir também. — Os dois discutiam atrás do balcão. Pelo visto, a situação não ia bem no seu mundo. Acenei para eles e, de forma brusca, pararam de brigar e foram se juntar a nós.

— São boas notícias? — Autumn parecia fatigada. Acho que não aguentaria receber uma péssima.

— Espero que sim.

Os dois sentaram-se com a gente.

— Lucy vai contar algo para nós — explicou Chantal. — Mas, antes, tenho que revelar uma coisa: vou ter um bebê, rapazes. Vocês são os primeiros a quem tive coragem de dizer isso.

O casal lançou-se sobre ela e a encheu de beijos.

— Vamos ter que fazer um chá de bebê com tema de chocolate! — anunciou Clive, cheio de pompa.

Quando os dois se acalmaram, mostramos a ultrassonografia de Chantal, babando.

Tristan girou o exame, tentando distinguir que lado ficava para cima.

— Já sabe qual é o sexo?

— Menina — disse Chantal. — *Minha* garotinha. — A futura mamãe estava cheia de orgulho e felicidade.

— Quem é o pai? — quis saber Clive, com impressionante falta de tato.

— *Disso*, não temos tanta certeza — admitiu ela. Guardou a ultrassonografia na bolsa de Anya Hindmarch.

Será que essa designer fazia bolsas para bebês?, perguntei-me. Sorri para mim mesma; nossa amiga teria realmente de adaptar seu estilo de vida dali em diante.

— Sinto muito passar na sua frente, Lucy, mas aposto que o seu não é mais surpreendente que o meu.

— Hum! — disse, dando a impressão de estar acanhada. Eu tinha mantido a mão direita escondida até aquele momento e, então, mostrei meu anular com um floreio indiferente. — Tchã, tchã, tchã, tchã!

Os queixos caíram ao redor da mesa.

— Que tremendo brilhante! — observou Chantal, em tom de admiração. Tratava-se mesmo do tipo de anel que ficaria melhor enfeitando os dedos elegantes da minha amiga.

— Paquera? — perguntou Nadia.

— Não, não, não. — Descartei com um gesto impaciente o nome dele. Por que elas continuavam tentando aumentar o lampejo de esperança ali, quando era óbvio que não havia nenhum?

— Não foi o Marcus, foi? — quis saber Chantal, franzindo o cenho.

— E quem mais poderia ser? — Daí, ouviram-se exclamações em torno da mesa. Meu tom de voz saiu com certa irritação quando eu disse: — Claro que é do Marcus.

Minhas amigas se entreolharam, pasmas.

— Você jurou que seu caso com ele no Natal não tinha passado disso — comentou Chantal.

— Bom, eu estava errada.

— Vai querer que eu me encarregue do bolo de novo? — perguntou Clive, sem entusiasmo. — Posso encomendar um.

— Não, não, não. — Devia ter esperado por aquele tipo de reação, mas, no fundo, tinha esperança de que se alegrassem mais. — Só quero que fiquem felizes por mim.

Ninguém disse que estava.

— Olha só, eu achei que tudo ia dar certo com o Paquera, mas não deu. A gente se deparou com um caminho rochoso, e a relação foi por água abaixo. De repente, não combinávamos tanto um com o outro, no fim das contas.

Minhas amigas não pareceram ter se convencido.

— Eu conheço o Marcus. Conheço superbem.

— O que deveria fazer com que se desse conta de que não será um marido muito legal — ressaltou Chantal.

— Olha só quem está falando! — exclamei, decisivamente. — A fidelidade nunca foi seu ponto forte; no entanto, torce para Ted dar uma chance para o casamento. O Marcus não é perfeito, mas eu também não sou. — Pensei no quão facilmente vacilei com o Paquera e na vergonha que não parava de sentir. Será que eu era mesmo um tremendo partidão a ponto de não exigir nada menos que perfeição de um cara? — Não tem marido ideal. O Marcus me ama, do seu jeito falho e imperfeito. E eu o amo, do meu jeito menos que adequado também. A gente já enfrentou muita coisa juntos. Isso não conta? Nossa relação pode não ser ideal, mas é duradoura. Quem pode dizer o mesmo, hoje em dia? Não sou mais jovem. Quero me acomodar, ter filhos. E pretendo saber quem é o pai.

Chantal encolheu-se diante dos meus comentários mordazes, mas não disse nada.

— Eu também não posso atirar pedras — comentou Nadia. — Sou casada com um jogador, o que não significa que o amo menos. Você tem mais é que fazer o que acha certo, Lucy.

Enquanto retorcia as mãos, a luz fazia meu solitário cintilar.

— Não posso desperdiçar mais cinco anos tentando encontrar alguém que, no final, talvez nem queira casar comigo.

Estatisticamente, eu não tinha muita chance de ter uma união estável. Não havia homens o bastante no Reino Unido — faltava um milhão deles, gente. Que tal? E isso considerando *todos* os sujeitos — até mesmo os sórdidos com mau hálito, barriga de chope, fios penteados de lado na cabeça careca e fissura por cuecas com tecido de pele de leopardo —, não apenas possibilidades razoáveis de maridos. O que significava que uma quantidade significativa de nós, solteiras de certa idade, simplesmente não conseguiria casar, a menos que pegasse um avião e fosse até o Alasca ou algum outro lugar onde houvesse escassez de moças. Naquele momento, tive vontade de chorar, quando deveria estar me sentindo supercontente.

— Eu amava o Paquera. Mas, às vezes, isso não basta. Não duramos nem cinco minutos. Numa situação difícil, não houve a menor solidez na nossa relação.

—Talvez você esteja se precipitando ao desistir dele tão rápido — arriscou Autumn. — Deve ter magoado bastante o cara.

— Eu sei disso. — Senti que fraquejava. — Mas ele nem quer falar comigo — lembrei. — E se recusa a comer meu chocolate. — Elas, com razão, ficaram chocadas ao ouvir isso. — Como poderia ter qualquer esperança de que me aceitaria de volta? — Todas ficaram caladas. Então, ninguém tinha uma explicação inteligente para essa questão. — Já me decidi. Escolhi a cama do Marcus e agora vou me deitar nela. É assim que vai ser. Só queria que vocês apoiassem essa minha decisão. — Dei uma fungada.

Minhas amigas foram incitadas a agir.

— A gente apoia você — afirmou Nadia. — Todos nós. — Olhou ao redor e os demais anuíram, com veemência.

— Vamos fazer tudo o que pudermos para ajudar — assegurou Autumn.

— Quero que todas sejam damas de honra — disse, estremecendo.

Todas assentiram, balançando tanto a cabeça que parecia que cairiam.

—Vai ser ótimo — disse Nadia.

— Mesmo se eu escolher vestidos feinhos, vocês têm que prometer que vão usá-los.

—Vamos sim — confirmaram, ao mesmo tempo.

— Posso ser dama de honra e usar um vestido feinho também? — quis saber Clive.

Todas começamos a rir, e a tensão se rompeu.

— Se é mesmo o que você quer, Lucy, saiba que a gente vai dar todo o apoio e carinho que você aguentar — disse Autumn. Todas nós demos as mãos em torno da mesa.

— Obrigada — disse, com os olhos marejados.

— Para quando está marcado o casamento, desta vez? — quis saber Autumn.

— No mesmo dia, no mesmo lugar — informei. — O Marcus não chegou a cancelar o casamento. Sabia, de alguma forma, que ficaríamos juntos.

Todos deixaram escapar um *Uau*.

— Quer dizer então que vamos voltar para Trington Manor — afirmou Chantal, com um sorriso sardônico.

Isso aí. Incrível meu casamento ser realizado no mesmo lugar de nosso ataque surpresa espetacular para recuperar as joias de Chantal. Será que nada era descomplicado na minha vida?

— Então o casamento não deve estar muito longe — observou Autumn.

— Questão de semanas. — Não queria nem calcular o tempo exato ou ficaria morta de medo.

— Devia contratar um organizador de bodas — aconselhou Chantal. — Tem tanta coisa a ser feita. Conheço um ótimo.

— Obrigada. — Achei difícil demais tomar uma decisão naquele momento. — Vou pensar no assunto.

— Só um conselho — acrescentou Nadia. — Por favor, deixe para comprar os vestidos no último minuto; por precaução.

— Mas que pensamento mais terrível! — brinquei, e rimos. Apesar do que pensavam minhas amigas, dessa vez eu realmente achava que Marcus e eu seríamos felizes juntos.

Capítulo Trinta e Quatro

adia encontrava-se deitada, abraçada por Toby. Fazia uma semana que voltara com o filho e não podia estar mais feliz. Lewis se adaptara bem ao quarto antigo, sem quaisquer problemas, felizmente, e ela reiniciara a rotina de dona de casa com energia redobrada. O marido vinha se esforçando ao máximo para provar que ela tomara a atitude certa e, além disso, era ótimo estar nos braços dele outra vez.

Toby olhou para o relógio.

— Tenho que ir trabalhar.

— Humm. — Nadia estirou-se ao longo do marido. — Faz amor comigo de novo.

Toby já empurrava a colcha.

— Vou me atrasar.

Ela sorriu.

— Não acha que está na hora de fazermos outro bebê? Não quero que o Lewis seja filho único.

Ele saiu da cama.

— Não é o momento certo para tratar disso.

— Eu gostaria muito de ter mais filhos. E a gente está conseguindo se ajeitar, não está?

— Melhor a gente não se precipitar — pediu o marido.

Nadia sabia que fazia sentido. Toby podia ter parado de jogar, mas havia um acúmulo enorme de dívidas a serem saldadas — todos os dias o carteiro levava outra pilha de contas. Mas a verdade era que ela já tinha certa idade e nunca havia um momento perfeito para se ter um bebê. Se a pessoa parasse para considerar os gastos, então, não seria louca nem corajosa o bastante para ter filhos.

— Não podemos nem ao menos considerar a ideia?

— Claro, claro — disse Toby, mas Nadia notou que estava distraído.

Ele foi tomar banho, e ela desceu, para preparar o café da manhã. Dali a pouco, acordaria o filho. Nem sempre Lewis dormia mais que os pais, então Nadia pôde desfrutar da tranquilidade. Pela primeira vez após um longo tempo, sentia um contentamento no âmago; suspirou, satisfeita.

Acabara de passar manteiga na torrada de Toby quando ele entrou na cozinha, com os cabelos ainda úmidos. Estava mais charmoso do que nunca.

— Eu amo você — declarou-se ela. — Já disse isso hoje?

O marido abraçou-a com força.

— Seja o que for que acontecer, quero que saiba que amo você demais.

Ela sorriu.

— Eu sei disso.

— Então, não se esqueça. — Beijou-a com sofreguidão na boca.

—Tenho que ir.

Em seguida, Toby foi trabalhar, e Nadia notou, com estranha inquietação, que ele nem tocara na torrada.

A sensação de desassossego perdurou durante todo o dia. Nadia levou Lewis ao parque, mas, enquanto ele brincava na caixa de areia, ela o observava aflita, erguendo os olhos em seguida e contemplando os tetos das casas e o horizonte, sem saber por que se sentia assim.

Depois, fizera compras, lavara e passara de forma mecânica. Naquele momento, preparava o jantar e, ainda assim, a sensação formigava dentro de si como uma mordida não coçada.

Será que fora algo que Toby dissera que a vinha incomodando? Ou teria a ver com a forma de agir dele? Como sempre, o fantasma da jogatina estava à espreita e ela se perguntava se ele fizera alguma besteira.

Ele deveria ter chegado às seis da tarde, mas ainda não aparecera. Nenhuma surpresa, pois o marido muitas vezes se atrasava se um trabalho não corresse de acordo com o planejado, o que ocorria com bastante frequência.

Nadia deu o jantar de Lewis e, em seguida, sentou-se com o filho no chão da sala de estar para brincar com um jogo de cálculos, porém teve de se esforçar para manter a concentração e acabou perdendo de um menino de quatro anos.

Às sete começou a ficar nervosa. Quando Toby se atrasava, costumava avisar. Tentou ligar para o celular dele, mas a ligação entrou direto no correio de voz. Como o *vindaloo* de galinha que fizera começava a secar no forno, acrescentou mais água, para tentar mantê-lo úmido. Lewis não queria ir dormir sem dar boa-noite ao pai, mas, após alguns protestos e algumas lágrimas, por fim, rendeu-se.

Quando já eram oito horas, e não havia sinal do marido, Nadia começou a andar de um lado para o outro. O jantar queimara e ela cobrira o que restara com papel-alumínio. Ligava para o celular de Toby a cada cinco minutos, mas ele não o atendia. Por fim, resolveu ligar para os pais dele, para checar se ele resolvera ir vê-los, mas os dois não tinham recebido notícias; acabaram ficando preocupados também.

No computador do escritório, ela procurou o número do outro encanador, Paul, que trabalhava para o marido. Quando finalmente o encontrou, ligou para o rapaz.

— Oi, Paul — disse, quando ouviu a voz dele. — Eu só queria saber a que horas o Toby saiu de tarde. Não está atendendo as ligações.

— Eu já ia ligar para ele também — comentou o encanador. — Não apareceu no trabalho hoje e preciso conversar sobre um problema que surgiu.

— Ele não apareceu?

— Não. Geralmente, o Toby me liga, mas não recebi notícias. Tem alguma coisa errada?

— Não sei — admitiu Nadia. — Vou pedir que telefone para você assim que descobrir o paradeiro dele.

Desligou e olhou fixamente para o computador à sua frente. Sentiu um calafrio na espinha. O que diabos havia acontecido com ele? Por instinto, foi checar o histórico da internet. Em que lugares havia entrado? Será que sucumbira aos velhos hábitos? Mas não viu nada que demonstrasse que ele estivera visitando sites de jogos de novo. E agora? Sem saber mais o que fazer, resolveu abrir a caixa de entrada e checar quais e-mails ele recebera recentemente.

O primeiro que viu deixou-a de coração apertado. Um lado seu não queria abri-lo, mas ela sabia que era necessário. Após um clique do mouse, leu o e-mail. Um bilhete eletrônico da Virgin Airlines. O lugar fora reservado no dia anterior, e o voo saíra naquela manhã. Era uma passagem só de ida, em nome de Toby, para Las Vegas.

Capítulo Trinta e Cinco

Autumn acariciou a mão do irmão, que ainda se achava na cama do hospital, machucado e impassível. Uma série de máquinas apitava com suavidade ao seu lado, monitorando-o e encarregando-se milagrosamente de exercer funções que Richard não podia fazer, por estar inconsciente. Ela dormira em uma cama desmontável ao lado dele; melhor dizendo, ficara acordada a noite toda, fitando o irmão e torcendo por sinais de recuperação.

Richard já se metera em várias situações complicadas antes, mas nenhuma tão ruim quanto aquela. Se ao menos pudesse lhe contar o que acontecera. Será que simplesmente estivera no lugar errado, na hora errada, ou se tratava de algo mais sinistro? Alguém fora atrás dele por causa do seu estilo de vida? Não restava nada a fazer senão ficar ali sentada, desejando que ele acordasse.

Autumn ligara para os pais, mas ambos viajavam a negócios. O pai, em Genebra, a mãe, dando uma palestra na Conferência de

Direitos Humanos em Nova York. Ficaram chocados ao saber que Richard se encontrava no hospital, mas não o bastante para pegar um avião na mesma hora e ir ficar com o filho. Era típico deles — tinham muita grana e pouca compaixão. Quando se tratava de dinheiro, agiam de forma bastante generosa, mas, no momento de ceder o precioso tempo aos próprios filhos, sem dúvida alguma ficavam avarentos. Se fora assim durante toda a vida de Autumn, por que deveria esperar que mudariam agora? Ela observou a face pálida do irmão e sentiu uma pontada no coração. Se os pais vissem como Richard estava mal, será que, ainda assim, não viriam?

Era hora do almoço quando Addison surgiu ao seu lado. Tinham oferecido a Autumn uma licença compassiva do trabalho no Instituto Stolford, enquanto o irmão se encontrava naquelas condições, mas era doloroso para ela pensar que não estaria lá para ensinar a Fraser, Tasmin e os demais alunos. No entanto, não podia se preocupar com eles naquele momento. Precisava dar toda a atenção a Richard.

— Tenho que estar aqui quando ele acordar — comentou.

— Eles vão ligar para você do hospital assim que houver qualquer novidade — assegurou Addison. — Está sendo bem cuidado, com certeza. Estou preocupado, pois, se você continuar desse jeito, vai acabar adoecendo.

— Não posso me perdoar por não ter atendido o telefone quando ele tentou falar comigo — disse, angustiada. — Foi a única vez em que não o apoiei, e veja só o que aconteceu. — Não conseguia tirar da cabeça a imagem de Richard caído num beco escuro e imundo, tentando desesperadamente ligar para Autumn. E ela ignorara o telefonema e pusera o próprio prazer em primeiro lugar. Que tipo de irmã era ela?

— Você me culpa por isso?

A jovem deixou escapar um suspiro, abatida, e esfregou os olhos cansados.

— Acho que me sinto meio dividida no momento. E, agora, o Richard precisa mais de mim que você.

— Você não pode proteger seu irmão o tempo todo — ressaltou ele. — Tem o direito de viver a sua vida, Autumn.

— Agora não. Tenho que ficar do lado do Richard, e nada vai me afastar dele. — Viu os ombros de Addison encolherem, em virtude da decepção. Era fácil para ele dizer que devia dar prioridade a si mesma e não ao irmão, mas nunca fora assim e, provavelmente, nunca seria. Todas as suas relações terminaram quando seu parceiro se dera conta de que sempre haveria dois homens na vida dela. Addison também teria de aceitar isso e, se não pudesse, bom... — Talvez a gente devesse deixar as coisas esfriarem, por um tempo.

— Eu quero apoiar você — insistiu ele. — Se me deixar.

— Não posso pensar em nada mais além do Richard agora. Ele tem que ser a minha prioridade.

Addison levantou-se e apertou o ombro dela.

— Ligo para você mais tarde, para ver como ele está.

Entretanto, conforme ele se retirava, ela se perguntou quanto tempo ele aguentaria ficar.

Capítulo Trinta e Seis

odas as vezes que Paquera organizava um exercício de confraternização, o evento envolvia roupas horrorosas. Para o paintball, eu vestia calças de camuflagem, com um colete combinando, que ia ate os meus joelhos. Mais parecia um dirigível miniatura que caíra na floresta. Usava ainda luvas enormes, que deviam estar destruindo as unhas que eu acabara de fazer, e um capacete com proteção no rosto, que achatava meus cabelos até não poder mais. Passara horas ajeitando a cabeleira e me maquiando, não porque quisesse que Aiden Holby me achasse uma tremenda gata, imagine! Agi assim porque adorava dar o melhor de mim em todas as situações. Tudo em vão.

Eu não estava feliz da vida não. Só tinha ido porque meu emprego na Targa se achava por um fio. Apesar dos esforços da minha agência — pode acreditar —, não havia outras ofertas de trabalho. Com todas as despesas do meu casamento, eu não podia sair dali. Então, que viesse o paintball!

Aiden Holby vistoriou a fila, revistando as tropas. O pessoal do Departamento de Vendas levava aqueles eventos muito a sério, e alguns tinham os próprios acessórios, lembrando mini Rambos. Bandanas abundavam. Minha nossa! Íamos lutar contra as equipes do Departamento de Recursos Humanos e de Tecnologia da Informação. Não que eu estivesse absorvendo aquele espírito, mas, sério, achava que a gente ia acabar com elas. Não passava de um bando de pesos leves covardes.

Paquera parou à minha frente e, detesto ter que admitir isso, mas estava meio arrasador com a roupa do Exército, todo valente e machão. O que é que acontece com homens de uniforme? Meus joelhos vacilaram.

Ele ergueu meu capacete.

— Pintura de camuflagem — disse, secamente. E, em seguida, com mais entusiasmo do que necessário, passou uma gororoba marrom, similar a lama, nas minhas bochechas. E minha base com vaporizador foi para o espaço. Eu não parecia camuflada, e sim uma figura saída do antigo programa de TV *The Black and White Minstrel Show*.

— Isso é estritamente necessário?

— Quero que a minha equipe vença — respondeu, como sargento de primeira classe ou membro da tropa de elite. — O nosso time vai se chamar Machos Alfa — anunciou para todos. Houve aplausos e gritaria.

— Mas eu sou mulher.

— O membro simbólico — informou Paquera, com desprezo. — Nossa primeira missão será capturar a bandeira da equipe Zero Bravo, enquanto estivermos nos defendendo.

— É a dos Recursos Humanos?

— Ahã — confirmou, com se eu não estivesse entendendo. E não estava. — Pode ficar comigo, Lombard.

Lombard?

— O restante da equipe se encarregará do ataque; nós cuidaremos da estratégia de defesa.

Ele ia me dar nos nervos se continuasse agindo daquele jeito.

— Munição — disse para mim, passando um monte de paintballs, que prendi de forma desajeitada na arma. Paquera baixou com força meu capacete e comecei a ouvir minha respiração pesada.

A notícia do meu casamento já havia circulado pelo escritório, então com certeza chegara aos ouvidos de Aiden; só que ele não comentou nada comigo. Colocava trabalho na minha mesa em intervalos regulares, mas a gente não se comunicava. Preferiria que gritasse comigo a me ignorar por completo.

Os líderes das equipes trocaram ideias sobre jogo limpo, que o melhor time ganhasse etc. Como se tratava da Targa, teríamos sorte se ninguém perdesse uma parte do corpo. Então, começamos. Não chovia, mas eu bem que gostaria que estivesse.

— Venha comigo, Lombard. — Sentia falta dos dias em que o Paquera me chamava de gata o tempo todo, apesar de ficar de saco cheio na época. Ele saiu, com passadas pesadas, na minha frente, e eu o segui, docilmente, pela floresta.

A primeira paintball, lançada com fúria, atingiu em cheio a minha coxa.

— Porra! Ai! — gritei, virando na direção do atacante.

Paquera agarrou o meu braço e me puxou para o solo, junto com ele.

— Fica quieta! Vai denunciar a nossa posição.

— Já me atingiram. Não quer dizer que eu tenho que me mandar?

— A gente resolveu que só depois de três tiros as mulheres sairiam — sussurrou ele. — Para ficar mais justo.

— Beleza. — Um tiro estaria muito bem para mim. Ficaria com um mega-hematoma no dia seguinte, do tamanho de um prato grande, no mínimo.

— A gente vai rastejar pela vegetação — informou Paquera.

— Nem pensar.

Ele me lançou um olhar frio.

— Achei que você ia cooperar com a equipe.

Deixei escapar um suspiro irritado, que foi ignorado por Aiden Holby. Então, ele segurou a arma de forma ameaçadora.

— Vamos ver se a gente consegue se infiltrar na área deles.

— Mas a gente não ia cuidar da defesa?

— Somos uma espécie de defesa ofensiva — explicou Paquera, com um olhar evasivo. Então, começou a rastejar pela vegetação e por samambaias.

Suspirei de novo, dessa vez por cansaço, e fui atrás do meu chefe. Senti a umidade atingir meus joelhos. Já estava até o pescoço de lama. Como minha arma pesava pra caramba, era como se eu mancasse horizontalmente. Essa situação não me pareceu nem um pouco divertida.

Paquera pôs a mão no meu braço, para que eu parasse e, em seguida, rastejou para trás, até que nossos rostos ficassem no mesmo nível — a apenas centímetros de distância, na verdade. Meu coração disparou.

— Eles colocaram sentinelas na ponte — murmurou. — A gente vai ter que fazer um ataque surpresa. Não tem outro jeito.

— Atacar a ponte! — Saiu um pouco mais alto do que eu queria, ainda mais em plena batalha. Eu sentia estar no meio de *Apocalypse Now*.

— Psiu! — Tapou a minha boca com a mão, e meus olhos arregalaram-se, surpresos.

— Eu vou liderar o ataque. Você fica encolhida atrás de mim, me dando cobertura.

— Tá legal. — Não fazia a menor ideia do que ele estava falando. Mas, de repente, partimos. Aiden Holby correu rumo a uma pequena ponte de madeira, sobre um riacho sinuoso. Eu o segui, esbaforida.

Pegamos a equipe Zero Bravo — ou o Departamento de Recursos Humanos, de surpresa. Enquanto Paquera atingia dois dos homens, eu saí atirando para todos os lados, para intimidar qualquer um que ousasse achar que podia mexer com a gente. Matei alguns inimigos também — o que foi incrivelmente gratificante. Atravessamos depressa a ponte, frustrando nossos adversários de meia-tigela, e nos jogamos em meio à vegetação rasteira, onde ficamos deitados, ofegantes.

— Foi perfeito! — disse eu. — Essa arma arrasa mesmo!

— É uma réplica do AK-47 — explicou Paquera, como só os homens podem. — Faz quinze disparos por segundo.

— Uau! — Pelo visto, devia ser bom. E, quando vi Helen, a rabugenta chefe do RH se aproximar, de forma sorrateira, da ponte, achei que era hora de testá-la de novo. Quando ela se virou de costas, disparei a arma no seu traseiro presunçoso. *Isso por não me contar que o Paquera se perdeu no sertão australiano, sua piranha!* Cada um dos disparos atingiu o alvo, e Helen, a rabugenta chefe, agarrou o bumbum enquanto despencava no solo, com uma mancha de tinha amarela cobrindo a calça, o que indicava que estava fora do jogo.

— Belos tiros! — felicitou Paquera.

— Eu devia um favor para ela — disse, séria. Contemplei esse homem e fiquei imaginando o que teria acontecido se os recados dele tivessem sido transmitidos para mim, como seria de esperar. Eu nunca teria transado com o Marcus. Nem estaria me casando com ele agora.

Mas, antes que eu pudesse ponderar mais sobre aquele infortúnio, vi um monte de membros do Zero Bravo vindo em nossa direção. Paquera me puxou mais para baixo ainda e rolamos juntos até uma vegetação mais densa. Quando paramos, ele estava em cima de mim. Os adversários passaram bem perto de nós. Podia jurar que ouviam a nossa respiração. A minha, com certeza, estava mais alta do que deveria. Paquera empurrou o corpo contra o meu, e nossas cabeças ficaram na mesma altura; não ousei me mexer. Na verdade, começava a me sentir bem demais. Não duvidaria nada de que todos naquela maldita floresta me escutaram engolir em seco.

— Já foram embora — disse Aiden Holby, sem tentar se levantar. Em seguida, apoiou-se em um dos cotovelos e sorriu ao erguer a parte frontal do meu capacete. — Está curtindo?

— Posso entender agora o atrativo e os benefícios psicológicos do combate de mentira.

— Não me referi a isso, gata.

Ah, meu Deus, voltei a ser gata! Eu me mexi sobre ele, mas isso só piorou as coisas — ou melhorou, dependendo do ponto de vista. De repente, fez um calor danado naquela floresta. Um dos braços dele prendia os meus dois no alto, no solo. Sexy pra caramba, de uma forma submissa. Minha nossa!

— Por que sempre me divirto tanto com você, Lucy Lombard? — suspirou e me fitou.

Então, ele me beijou, longa e profundamente. Ah, e como foi bom! Bom demais! Para ser sincera, não teria me importado se ele tivesse arrancado as minhas calças de combate e me tomasse ali mesmo, naquele solo de floresta sujo. Eu me sentia ao mesmo tempo ardente e tensa. Devia ser toda a adrenalina se espalhando no meu corpo. Então, eu me lembrei de que estava noiva. Não deveria estar beijando o Paquera ali — nem em nenhum outro lugar, por sinal. Daqui a pouco, eu me casaria com o Marcus!

Antes que eu pudesse dizer algo, Paquera interrompeu o ataque sexy e carinhoso. Euzinha mal podia respirar.

— Não posso ficar aqui beijando você, gata — disse, levantando-se e me ajudando a fazê-lo, apesar de eu estar aturdida e cambaleante. — Por mais que quisesse. A gente tem uma batalha para vencer.

Ele se posicionou à minha frente e me conduziu floresta adentro. Pode ser que tivéssemos uma batalha para vencer, mas, de alguma forma, achei que eu já havia perdido o combate.

Capítulo Trinta e Sete

liminamos nossos adversários inúteis. O Departamento de Recursos Humanos e o de Tecnologia da Informação foram dizimados. Helen, a velha rabugenta, aparentava estar particularmente intimidada. Tomara que o traseiro da vaca estivesse azul e preto. Com sorte, o golpe fora bem dolorido. Os Machos Alfa, incluindo eu, ganhamos. Não que eu fosse, na verdade, uma matadora nata. A culpa era da série de filmes de *O Exterminador do Futuro* e *Matrix* que Marcus me obrigara a ver. Era óbvio que eu absorvera algo.

Eu estava com uma boa quantidade de hematomas, alguns dos quais tinham inchado de forma antiestética — mas, como a adrenalina continuava em alta, ignorava as dores. A equipe comemorara com espumante barato e, naquele momento, a gente se sentia animado por causa da vitória e do excesso de bebida. Estávamos relaxando na fronteira da floresta e, como alguém organizara um churrasco, saboreávamos hambúrgueres com botulismo. O restante dos times recitava canções de confraternização, de letra obscena, com os gestos pertinentes, quando Paquera se aproximou de mim e me abraçou. Oscilava como se estivesse num barco com vendaval.

— Você foi incrível hoje — disse, com voz arrastada. — Eu já disse isso para você, gata? Totalmente incrível.

— Obrigada. — A palavra também saiu arrastada.

— Você é uma matadora terrível e impiedosa.

— Sou sim — admiti, orgulhosa, sem tentar esconder o sorriso bobo. Considerando que era uma secretária temporária ruim pra caramba, quem sabe não poderia desempenhar aquele papel na vida real: matadora de aluguel? Será que tinha um emprego disponível por aí que combinasse as funções de assassina profissional e degustadora de chocolate? Esse, sim, seria um trabalho de verdade.

— Sinto muito ter agido de forma tão grosseira quando me contou o que aconteceu com você e o Marcus — disse Paquera. — Devíamos ter sentado e conversado com sensatez. Você tinha toda razão quando falou em perdão e coisa e tal. Vejo agora que houve circunstâncias atenuantes. Eu senti muita falta da sua amizade.

E, antes que eu pensasse em uma resposta adequada, ele se aproximou e me beijou de novo. Minha cabeça girou, e não apenas porque tinha bebido espumante demais. Os lábios dele estavam ardentes e perscrutadores, e senti meus joelhos vacilarem e minha determinação diminuir.

Mas, quando o beijo já se tornava mais interessante, eu me afastei. Por algum motivo, tive um momento de total lucidez.

— Vamos sair daqui — sugeriu Paquera, pegando a minha mão.

— Não posso fazer isso — disse, abalada. Ele pareceu intrigado, como seria de esperar. — Acontece que... o Marcus e eu...

Aiden Holby parou.

— Você continua saindo com ele?

— A gente vai se casar.

De súbito, ele pareceu mais sóbrio que um minuto atrás.

— Não. — Sentou-se em um tronco enorme, atrás de nós. Bom, na verdade, deixou-se cair ali. A atitude arrojada, a arrogância e a oscilação desapareceram. Restara apenas um cara desanimado, com traços de lama no rosto. — Eu pensei que era apenas fofoca idiota do escritório. Não imaginei nem por um segundo sequer que fosse verdade. — Quando me olhou, vi sua expressão sombria. — Não achei que você cairia naquela baboseira romântica.

Eu me sentei ao lado dele.

— Caí — admiti, em um sussurro.

— Aquele uniforme ridículo de *A Força do Destino* conquistou você?

— Conquistou. — Como poderia começar a explicar a ele que era muito mais complicado do que isso? Será que entenderia que, como tínhamos rompido tão rápido, não achei que conseguiria iniciar novas relações? Talvez até compreendesse, mas não sei se eu mesma conseguiria explicar direito. Não que tenha sido arrebatada pelo gesto super-romântico. Eu o conhecia muito bem para cair naquela... sério. Mas não havia como negar que optei pelo conforto de algo familiar, com que estava acostumada, em vez de lidar com o futuro sozinha ou com a perspectiva de investir em outra relação.

— Uau. Quem dera eu tivesse feito isso!

E, por alguns instantes, desejei que fosse Aiden Holby que tivesse me carregado nos braços e me levado. Mas não fora ele, e sim Marcus, e a decisão já havia sido tomada.

— Sou tão idiota.

— Não, não. Eu é que sou, e muito mais.

Ele sorriu para mim.

— É mesmo. E justamente por isso amo você. *Amava* — corrigiu-se.

Eu já virara pretérito. Mas ao menos sabia que ele me amara, por mais que tivesse sido breve. Não que isso fizesse muito bem para mim, àquela altura.

— Bom, pelo visto já era para nós dois.

— Sinto muito, Aiden. Nunca quis magoar você.

— Acho que o momento foi errado para a gente.

Balancei a cabeça, assentindo.

Timidamente, ele pegou a minha mão e brincou com os dedos. Por sorte, não estava com o anel de noivado e, por algum motivo, fiquei feliz por isso.

— A gente teria feito uma dupla legal, gata — disse Paquera, e eu não sabia se queria ouvir aquilo. Minha garganta estava apertada e meus olhos, marejados. — Ah, Lucy. — Acariciou as maçãs do meu rosto com os polegares. — Acha mesmo que vai ser feliz com ele?

— Eu... hã... bom... — Mesmo se eu tivesse certeza do Paquera, não havia forma de eu deixar o Marcus de novo. Só de pensar me deu dor de cabeça. Se eu continuasse a fazer isso, agiria com Aiden Holby como Marcus fez comigo, e não era uma boa para ninguém. Eu havia tomado minha decisão e teria que seguir em frente... para o bem ou para o mal. Pigarreei e respondi: — Acho.

— Então, é o que eu quero para você.

— Espero de verdade que a gente continue amigo.

Ele riu, mas de um modo cheio de tristeza e remorso.

Eu era obrigada a admitir que, até mesmo para mim, pareceu a frase menos convincente que eu dissera na vida.

Capítulo Trinta e Oito

aquele dia foi a vez de Nadia enviar uma EMERGÊNCIA CHOCOLATE e, pelo visto, tratava-se de algo sério. Consumia um dos deliciosos brownies cremosos do Clive, enquanto nos punha a par do que ocorrera, mas dava para notar que ela não saboreava com gosto as porções.

— Comprei uma passagem para amanhã de manhã — informou, olhando preocupada para o relógio, como se ainda não faltassem horas. — Foi o primeiro que consegui. Estou morta de preocupação. Quem sabe o que o Toby está fazendo lá?

Eu diria que perdendo tudo o que tinha, mas não cheguei a exprimir minha opinião. Nadia sabia muito bem do que o marido era capaz.

— Tem certeza de que não se importa de ficar com o Lewis? — O filho se mudaria para o apartamento de Chantal de novo.

— Querida, se não posso cuidar do seu filho enquanto você passa alguns dias fora, como é que vou tomar conta da minha neném? —

Ela observou a barriga protuberante. — Vai ser um ótimo treinamento para mim.

— Você é um anjo, Chantal.

— Quero que vá e faça o que tem de fazer sem se preocupar com o Lewis. Ele vai ficar bem. Tenho quatro dias para mimá-lo até não poder mais. Posso muito bem fazer isso.

Todas buscávamos algo que nos fizesse rir.

— Não pode ir sozinha, Nadia — disse eu. — Deixe uma de nós acompanhar você.

— Chantal vai cuidar do Lewis. Autumn tem que se dedicar ao irmão. E você, caso não tenha esquecido, precisa organizar o casamento.

— Não é tão importante quanto isso — comentei. Para ser franca, apesar de me preocupar com o bem-estar de Nadia, também buscava um motivo para deixar de lado todas as minhas responsabilidades naquele momento. Não queria estar organizando um casamento. Não queria trabalhar na Targa. Não queria ver Paquera nem Marcus nem ninguém. Alguns dias em Las Vegas seria uma boa desculpa para sair da cidade, embora fosse à custa do infortúnio da minha amiga. Podia dar o fora dali e ajudar. Assim me encarregaria de várias tarefas. O que nós, mulheres, fazemos de melhor.

— Acha mesmo que vai conseguir encontrar o Toby lá? — quis saber Autumn.

— Tenho que tentar — explicou Nadia, suspirando. — Eu o impedi de usar a nossa conta no Reino Unido, mas não tenho como evitar que use os cartões de crédito que estão no nome dele.

Pensei no meu próprio cartão. Talvez não pudesse mesmo ir com Nadia, por mais que quisesse. Eu já estava no limite e não tinha condições de gastar com atitudes precipitadas e filantrópicas.

— Quero ver se o encontro antes que o estrago aumente demais — prosseguiu Nadia. — Se ele só tivesse ido passar o fim de semana, talvez nem me desse ao trabalho de ir, mas a passagem é apenas de ida. Será então que não planeja voltar? Abandonou a gente? — Esforçava-se para não chorar.

— A gente precisa de mais chocolate — sugeri, e todas concordaram. Eu me levantei e fui até o balcão para escolher os quitutes.

— Como é que a Nadia está? — perguntou Clive.

— Mal. Parece que o Toby se mandou para Las Vegas, e ela vai atrás dele, para tentar trazê-lo de volta.

Clive balançou a cabeça, em sinal de desaprovação. Notei que estava pálido e que não fizera a barba naquele dia, algo impensável para alguém tão preocupado com a imagem.

— Pelo visto, você não está muito legal também.

Ele baixou a voz.

— O Tristan não voltou para casa ontem à noite.

— Cacete! — Então me dei conta de que não era o termo ideal a usar com meu amigo gay. — Que droga! — tentei.

— Não sei se a gente vai conseguir se entender — comentou, cabisbaixo.

— Não vocês dois! — Deixei escapar um *tsc-tsc* e sorri com compreensão para Clive. Era um cara legal demais para passar por aquele perrengue. — Vem ficar com a gente. Pode reclamar do Tristan o quanto quiser para nós.

— Vou assim que puder — prometeu. — Se ele continuar faltando assim, então vou ter que contratar um assistente.

— Talvez não seja preciso.

— Tomara que tenha razão. — Clive passou uma bandeja com chocolates e bolos, e eu a levei para a mesa.

— Vou ter que comer bem rápido — informou Nadia. — Tenho um monte de coisas para resolver antes de viajar.

E eu tinha que comer depressa, porque meu estômago estava revirando — o tipo de náusea que só o chocolate podia curar. Será que o

mundo inteiro desmoronava? As relações de todos pareciam estar superinstáveis. O que é que houve com aquele tempo em que as pessoas conheciam alguém na discoteca da escola aos quinze anos, namoravam e, alguns anos depois, casavam? Quando faziam vinte e um, já tinham dois filhos e a vida resolvida. Só precisavam relaxar e esperar os convites das bodas de ouro. Quando é que isso mudou, hein? Lá estávamos, balzaquianas, ricocheteando emocionalmente de um lado para o outro como bolas de borracha. O que me levou a pensar que havia agido bem. Devia mesmo agarrar Marcus com ambas as mãos e fazer com ele a marcha nupcial, enquanto ainda me restava a oportunidade.

Capítulo Trinta e Nove

— Tchau, mãe. — Lewis acenou com a mão diminuta.

Nadia se achava parada à entrada do embarque, fungando, chorosa.

— Anda — disse Chantal, fazendo um gesto para que entrasse. — A gente vai ficar bem, não vai, campeão?

O menino assentiu, feliz.

— Vou voltar assim que puder — prometeu Nadia. — Eu amo você, Lewis!

O filho acenou de novo.

— Também te amo, mãe.

Observaram e deram adeus enquanto checavam o passaporte de Nadia e ela desaparecia em meio à multidão de passageiros que se dirigia ao portão de embarque do aeroporto de Gatwick.

Chantal virou-se para seu pequeno protegido e agachou à sua frente. Brincou com o botão de madeira da jaqueta.

— E agora?

Lewis sorriu e deu de ombros.

—Vamos ver um filme? — sugeriu ela.

— Está bom. — O garoto segurou sua mão. A confiança que ele depositava nela a emocionou.

—Vamos ter que escolher entre *Carros, Os Sem-Floresta* ou *Garfield 2* — informou, enumerando as opções que vira na internet. Ela tomara a precaução de montar um programa completo de entretenimento, caso Lewis precisasse ser distraído por causa da ausência da mãe. Era a primeira vez que Nadia o deixava sozinho, e Chantal se preocupava com a possibilidade de ele não encarar bem o fato. A futura mãe detestava ter que admitir isto, mas a perspectiva de cuidar sozinha de uma criança a deixara nervosa, embora tivesse se oferecido. Tinha sido ótimo desfrutar da companhia de Lewis; entretanto, normalmente, Nadia estava sempre por perto, pronta para agir e tomar decisões. Naquele dia, Chantal assumia o controle pela primeira vez. Perguntava-se se seria diferente com a própria filha, se algum gene de responsabilidade se ativaria e ela saberia por instinto o que era melhor para a bebê. —Tem também *Piratas do Caribe.* Talvez esse seja meio assustador para você.

— *Garfield* — anunciou Lewis, satisfeito. — Eu adoro gatinhos.

— Eu também.

Os dois se dirigiram ao carro, o garoto andando depressa ao seu lado, dando doze passinhos para cada passada longa de Chantal.

— O que é que você prefere: um pacote de Maltesers ou pipoca?

— Maltesers.

Ela acariciou o cabelo do menino.

— Ótima escolha, Lewis.

* * *

Não era o tipo de filme ao qual ela normalmente assistiria, mas vê-lo com Lewis tornou-o bastante divertido. Ele adorou as piadinhas sem graça e a trama absurda, rindo com satisfação do gato das tiras cômicas. E Chantal saiu do cinema pensando que seria ótimo comprar um gatinho de cor arruivada — um sinal óbvio de que ela estava ficando mais emotiva com o passar dos anos.

Deu uma olhada no relógio e perguntou-se onde estaria Nadia. Na certa já embarcara e se encontrava na travessia do Atlântico. Chantal só esperava que a viagem valesse a pena.

— Que tal a gente ir até o parquinho agora? — sugeriu ao garoto. — Daí, se você se comportar bem, podemos dar um pulo no Paraíso do Chocolate e ver como estão os rapazes.

Lewis anuiu, com entusiasmo.

— Quero ir no balanço.

— Lá vai ser fácil fazer isso.

O menino saltitou de forma frenética. Talvez já estivesse hiperativo por causa do chocolate. Ela teria de controlar a quantidade dada a ele e conter o próprio consumo. Por que esse alimento não lhe dava a mesma energia que aparentava dar a crianças de quatro anos? Bem que uma força física extra lhe faria bem.

No parquinho, Lewis foi primeiro no trepa-trepa. Em seguida, chamou:

— Vem no carrossel comigo, tia Chantal.

— Não posso.

— Pode sim. É legal. Eu cuido de você.

Ela olhou ao redor. O local estava vazio. Não havia ninguém ali para vê-la. Que diabos! Sentou-se ao lado do garoto e, com um dos pés no chão, impulsionou o brinquedo. O vento passava depressa por eles, as folhas das árvores tornaram-se indistintas e Lewis gritava de alegria. Será que ela já estivera num parquinho antes? Não tinha certeza — pelo menos, não desde que era pequena. Era ótimo sentir o vento agitando os cabelos. Observou o rostinho eufórico dele. Chantal tinha condições de fazer aquilo. Estava certa disso. Podia ser mãe — e desfrutar disso. Um dia levaria os próprios filhos àquele lugar. Cobriu a mão de Lewis com a sua.

— Não tenha medo não — disse ele.

E ela sabia que não precisava temer.

Depois de o garoto fazer ambos ficarem tontos no carrossel, foi para o balanço.

— Me empurra bem alto, está bem? Bem alto!

Chantal obedeceu e empurrou-o com força, levando-o a gritar e balançar as perninhas, animado. Esperava que Nadia aprovasse sua técnica.

— Agora já chega — disse, impelindo com menos força.

Quando o balanço começou a ir e vir com suavidade, ela se sentou ao lado do garoto. O assento era meio pequeno para seu traseiro, que aumentava junto com o ventre.

— Tia Chantal, você ainda tem um bebê dentro da barriga?

Ela virou-se para ele e riu.

— Tenho sim.

Lewis começou a chupar o dedo, pensativo.

— Acho que você vai ser muito legal como mãe.

— Obrigada. — É, ela podia mesmo fazer aquilo. Haveria melhor sinal positivo do que aquele? Uma lágrima formou-se em seus olhos e ela inclinou-se para dar um beijo em Lewis. — Acho que é a coisa mais bacana que alguém já me disse.

Capítulo Quarenta

O táxi seguia pela avenida principal de Las Vegas. Em ambos os lados, os gigantescos hotéis anunciavam de forma chamativa seus produtos. Mais parecia uma versão bonsai do mundo — Egito, Paris, Nova York, Veneza e Roma antiga interconectados para as pessoas que, na opinião de Nadia, não queriam viajar para os verdadeiros lugares. Em outra ocasião, em circunstâncias diferentes, talvez ela apreciasse a agitação brega do lugar, pois com certeza ali se sentia um clima eletrizante; porém, naquele momento, só pensava nos perigos ocultos por trás das propagandas reluzentes de shows glamourosos, dançarinas e bufês com descontos.

O hotel de Nadia não ficava naquela região, mas alguns bairros atrás, nos quais a atmosfera não podia ser mais diferente. Não havia nada espalhafatoso ali. A fachada do lugar barato em que ficaria estava bastante desgastada. Partes do letreiro luminoso com os dizeres *HOTEL ECONÔMICO* tinham se apagado havia muito e, pelo visto, ninguém se preocupara em trocá-las. Evidentemente, tratava-se do tipo de atenção a detalhes que se esperava de um lugar ordinário. Estilo, limpeza e charme eram extras não incluídos. A água da diminuta piscina apresentava um matiz verde e aparentava representar um risco para a saúde — quem frequentava aquela espelunca não ia relaxar. O que ocorria com ela.

Era o início da tarde quando fez o check-in no hotel, com o sol escaldante do lado de fora, trinta e nove graus, e até mesmo naquele horário o saguão estava cheio de gente diante de máquinas caça-níqueis, as quais apitavam e cintilavam. Aposentados segurando com as mãos manchadas um mísero pote de fichas achavam-se sentados em bancos velhos, depositando sem parar as moedas nas bocas de metal que as devoravam, sem oferecer nada em troca. Nadia mal pôde acreditar. Talvez fosse um dos locais mais deprimentes do planeta.

Após deixar a bagagem no quarto decadente e sem graça, ela voltou à avenida principal. Ali só se via glamour. Tudo cuidadosamente montado para arrancar dos clientes a maior quantia possível. Nadia tinha certeza de que encontraria Toby em um dos cassinos temáticos enormes, os quais tanto elogiara quando voltara da primeira visita à cidade — os locais monstruosos que desencadearam sua dependência em jogos. Mas em qual deles? Havia tantas opções!

Nadia pegou um táxi na parte sul da avenida e iniciou a busca no gigantesco Mandalay Bay. Passando depressa pelas cachoeiras e pelos coqueiros, ignorando o aquário de tubarões, foi direto para o cassino. Só para chegar ali fora preciso circular por caminhos cheios de oportunidades de jogo.

Quanto entrou no recinto, Nadia deparou-se com quilômetros e mais quilômetros de caça-níqueis, até onde podia enxergar, aguardando com ganância o cliente seguinte. Nas mesas, havia gente dedicando-se ao jogo de dados, ao bacará, ao vinte e um, à roleta e ao pôquer — ela ouvira falar de todos eles, mas nunca tivera vontade de tentar —, enquanto crupiês de olhares frios e seguranças perscrutavam cada movimento dos presentes. Talvez se soubesse qual deles era o preferido de Toby, seria mais fácil encontrá-lo. Sabia que seria difícil, mas não imaginara que teria que procurar por uma agulha no palheiro. Onde diabos estaria o marido naquele ambiente? Ao que tudo indicava, não se encontrava ali.

Bem ao lado ficava o Hotel Luxor — uma enorme pirâmide escura que dominava a silhueta da cidade, com a própria esfinge. Até mesmo no saguão se tinha a impressão de estar visitando os templos do Antigo Egito, com estátuas imponentes e representações de divindades. Entretanto, o único deus ali era o da jogatina, e, mais uma vez, Nadia foi direto para o cassino. Lembrava muito o hotel anterior e, uma vez ali dentro, parecia quase impossível encontrar a saída de novo. Não obstante, era fácil perceber como aquelas areias movediças de tecidos verdes podiam sugar os desavisados. Comida e bebida estavam sempre disponíveis, para que os jogadores dedicados nem precisassem sair de suas mesas. Ambientes climatizados asseguravam seu conforto — não havia necessidade de se incomodarem com o sol escaldante do lado de fora. Simplesmente não se viam a luz do dia, nem os relógios, nem os avisos de saída. Uma vez que o indivíduo se encontrasse ali, já era, pois ficava aprisionado.

Embora Nadia tivesse circulado pelo ambiente gigantesco uma dúzia de vezes, não vira sinal algum de Toby. Quanto tempo sua missão levaria? Cassinos como aquele ladeavam toda aquela avenida. Se havia um momento em que teve necessidade das amigas, era aquele. Estava com saudades das participantes do Clube das Chocólatras e, apesar das multidões alvoroçadas de Las Vegas, nunca se sentira tão sozinha antes.

* * *

Várias horas se passaram, e as pernas de Nadia já estavam doloridas, depois de caminhar tanto. Já anoitecera, e as luzes na avenida reluziam, chamativas. Ela estivera em um castelo medieval, na réplica de Nova York, com uma montanha-russa na parte interna, e no maior hotel do mundo, com seus milhares de quartos convencionais, e chegara, naquele momento, a uma minirrecriação de Paris, incluindo uma Torre Eiffel e um Arco do Triunfo, que chegavam à metade do tamanho dos originais.

Apesar da grande variedade de fachadas, por dentro os cassinos eram iguais. Milhares e mais milhares de caça-níqueis disfarçados superficialmente por uma cena de rua parisiense, ou um paraíso tropical, ou um trecho do Nilo. Incontáveis oportunidades de perder vastas somas de dinheiro. A cabeça de Nadia zumbia em virtude das luzes cintilantes, das cores vibrantes e dos estímulos sem fim. Aquele lugar realmente merecia o título de Disneylândia dos adultos — só que as atrações cheias de tensão e ansiedade dali podiam custar muito mais. Mas não era possível que apenas ela tivesse consciência do lado ruim daquele parque opulento.

Nadia estava exausta, faminta e cada vez mais desesperançosa. Talvez devesse ter deixado Lucy ir com ela. Recusara tão rápido a oferta da amiga, imaginando que conseguiria encontrar Toby sem a ajuda de ninguém. Agora, já não tinha tanta certeza assim. Parecia ter percorrido uma distância bem pequena, sozinha. Tinha a impressão de ter diante de si uma tarefa hercúlea que superava em tamanho aqueles hotéis, os quais começavam a deixá-la abatida.

Ela ficou parada em meio ao chuvisco suave lançado nas ruas, para refrescar os pedestres, virando a cabeça em direção ao jato, deixando a água acalmá-la. Ainda faltava muito para o auge do verão, porém mesmo à noite os termômetros atingiam temperaturas com as quais não estava acostumada.

Observou a avenida principal e os inúmeros cassinos a serem visitados. Toby se achava ali, em algum lugar, numa daquelas construções colossais, ou nos jogos de mesa ou nos caça-níqueis. Perdendo o dinheiro deles. Perdendo a sanidade. E Nadia precisava encontrá-lo.

Capítulo Quarenta e Um

utumn não se dera conta de que cochilara na cadeira até ouvir uma voz próxima a ela. De imediato, acordou.

— Richard?

— Oi! — disse ele, com a voz rouca, pouco audível. A irmã aproximou-se.

Pegou a mão dele e sussurrou:

— Nós ficamos tão preocupados com você! Como está se sentindo? — Virou-se e olhou para a enfermaria. — Vou chamar a enfermeira. Quer comer algo? Está com sede?

— Estou — murmurou.

Ao servir a água da jarra da cabeceira, Autumn notou que suas mãos tremiam. Pôs um canudo no copo e segurou-o perto da boca do irmão. Teria sido melhor trocar o líquido, pois aquele já tinha um dia, mas não queria deixá-lo sozinho nem por um segundo. Enquanto ele sorvia a água, agradecido, uma parte do líquido escorreu pelo queixo, e ela enxugou-a delicadamente com um lenço de papel.

— Quem fez isso com você?

Richard evitou olhá-la.

— Quanto menos souber sobre isso, melhor para você, pode crer.

— Você devia ir até a delegacia.

O irmão tentou dar um sorriso forçado, mas acabou tendo um acesso de tosse.

— A polícia não pode me proteger desse tipo de gente.

— Olha só o que fizeram com você. Está com o crânio fraturado, o ombro quebrado, costelas arrebentadas e lesões internas. E isso só na parte superior do corpo.

— É — disse ele, com um sorriso tenso. — Imagine o que teriam feito se realmente quisessem usar força total.

— A equipe do hospital achou que você tinha sido atropelado.

— Bastão de beisebol, isso sim.

Autumn começou a chorar.

— Quando é que vai entrar nessa sua cabeça dura e fraturada que está se envolvendo com as pessoas erradas?

Ele pegou sua mão.

— Esta experiência abriu os meus olhos. Prometo para você. Assim que sair do hospital, vou tomar jeito. — A irmã gostaria muito de acreditar nele. — Você não contou para os velhos, contou?

Autumn assentiu.

— Eles estão viajando, a negócios.

Richard deixou escapar um suspiro fraco.

— Grande novidade. Pelo visto, nem se comoveram a ponto de vir me ver.

— Eu não contei para eles a gravidade do seu estado — mentiu. — Estão superpreocupados.

— Claro. — Mas o irmão não aparentava estar mais convencido do que ela. Ficariam apenas os dois, como sempre.

*　*　*

As enfermeiras atenderam Richard e, em seguida, ele voltou a dormir. Naquele momento, um leve rubor voltara às maçãs do seu rosto e ele respirava com mais tranquilidade. Autumn sentiu, pela primeira vez, que o rapaz se achava fora de perigo. Já estava tarde, e ela, esgotada.

Naquela noite, dormiria na própria cama. Já era hora de ter uma boa noite de sono. A recuperação de Richard demoraria e ainda tinha pela frente várias semanas de visitas ao quarto. Ela, de fato, chegara a um estado de exaustão não só física como emocional. Uma noite em casa certamente não faria mal.

Autumn pegou um táxi para ir ao apartamento; tivera que lutar para se manter acordada no banco detrás. Ia ser tão bom se encolher toda e não pensar em mais nada. O ar quente saía dos orifícios, fazendo seus olhos pesados revirarem. As pálpebras pareciam lixas quando tentou abri-las de novo.

Pagou o motorista e abriu a portão da frente do prédio. Normalmente, quando o fazia, luzes fortes de segurança acendiam, porém, naquele momento, o corredor permaneceu escuro, e um lado dela sentiu-se grato por não ter de lidar com as lâmpadas fluorescentes.

Buscando em vão as chaves na bolsa enorme, deu-se conta de que teria de acender a luz se quisesse encontrá-las. Quando esticou o braço para alcançar o botão, a mão de alguém agarrou seu pulso e, com um movimento rápido, torceu seu braço atrás das costas. Autumn deixou escapar um gemido e sua bolsa caiu no chão. Deu um passo à frente e ouviu o ruído de cacos de vidro — as lâmpadas tinham sido quebradas. O agressor apertou-a mais, e seu pulso ardeu. Em seguida, ela sentiu a pressão de um objeto gelado no pescoço.

— Fala pro seu irmãozinho que a gente quer que ele devolva a nossa parada — disse uma voz rude, próximo ao seu ouvido. Autumn sentiu bafo de uísque, aroma de loção após barba e reconheceu um sotaque forte da região popular do leste de Londres. O sujeito era alto e magro, e ela percebeu que estava de jaqueta de couro. — Caso contrário, a gente vai ter que voltar pra terminar o trabalho direito, está me entendendo?

Autumn não conseguiu falar nada. Tentou assentir, mas não pôde se mover.

A faca fez um pequeno corte em sua garganta, e ela sentiu um filete de sangue quente escorrer pelo pescoço.

— Está me entendendo?

— Estou. — A palavra saiu forçada.

— Leva este celular aqui e dá pra ele. Avisa que a gente vai manter contato. — Quando deu por si, ele soltou seu pulso e empurrou-a para longe. Ela se virou quando ouviu o portão da frente fechar, porém só viu uma figura vaga caminhando depressa na rua. Ficou nauseada e tocou no sangue do pescoço de novo. O que quis dizer quando afirmou que terminaria o trabalho direito? Faria mal a ela ou estaria ameaçando Richard?

Com as pernas bambas, subiu até o apartamento. A polícia talvez não conseguisse proteger o irmão desses bandidos, e, pelo visto, ela tampouco.

Capítulo Quarenta e Dois

À meia-noite, Nadia chegou à parte central da avenida. Por incrível que parecesse, o movimento aumentara ainda mais que durante o dia. Ela vira o show de luzes e das fontes do Bellagio e a explosão vistosa do vulcão na parte exterior do The Mirage, que lançou chamas a trinta metros de altura — um evento que ocorria a cada quinze minutos, noite adentro. Observara os gondoleiros com as camisetas autênticas, de jérsei listrado, cantando "O Sole Mio" no Canal Grande veneziano, no segundo andar, *dentro* do Venetian Hotel. Notara o céu azul-claro no alto, com as nuvens fofas e velozes, geradas em computador. Só o frescor do ar-condicionado lembrara a ela que tudo aquilo não passava de uma bela ilusão.

Por sinal, tratava-se mesmo de uma cidade surreal. Ali se fazia o esforço de fingir que ela não era o que realmente era — no entanto, aquelas fachadas divertidas e orientadas para as famílias não conseguiam ocultar o fato de que, por trás delas, espreitava um lugar de misérias, vidas arruinadas, fortunas perdidas e empresas que *sempre* ganhavam.

Na rua, as calçadas continuavam quentes; as pernas de Nadia incharam, em consequência do calor. Os tornozelos mais pareciam patas de filhote de elefante, tornando cada passo doloroso e lento. Os dedos inchados lembravam linguiças disformes. Naquela parte não muito agradável os hotéis achavam-se mais espalhados. Havia vários policiais patrulhando a avenida. Pequenos tumultos ocorriam enquanto ela se dirigia ao norte — talvez os azarados, que se sentavam às mesas, estivessem se arrependendo das ações precipitadas. Mulheres de má aparência e pouca roupa buscavam clientes. De cinco em cinco minutos, metiam na mão de Nadia um panfleto de alguma boate sórdida.

Parecia inconcebível pensar que o governo de seu país planejava permitir a abertura de uma série de megacassinos no Reino Unido, levando toda aquela miséria para os litorais britânicos. Alguém fora até ali para checar a realidade? Grupos de solteiros embriagados enchiam as ruas e, no lugar em que Elvis continuava bastante vivo, um aglomerado de rapazes com máscaras desse cantor, que incluíam topete de plástico, passou por ela, cantando "Here we go!" com sotaque de condados da Inglaterra, alheios aos demais em seu torpor ébrio.

O celular tocou. Talvez fosse Toby. Ele não atendera a nenhuma das ligações que fizera, mas talvez tivesse dado o braço a torcer e resolvido contatá-la. Enquanto se sentava perto de uma parede, viu um bêbado na calçada, próximo aos seus pés, com a garrafa mal disfarçada em um jornal enrolado. Ao tirar o aparelho da bolsa, Nadia conferiu o número no visor. O coração acelerou quando constatou que não se tratava do marido, mas de uma mensagem de texto de Lucy. Embora não fosse o que esperava, ela sorriu, cansada. Apesar da hora avançada, a amiga pensava nela. Perguntou *"AINDA NÃO TEVE SORTE?"*, e Nadia respondeu *"NÃO"*. Lucy, então, enviou um *"SE CUIDA,*

A GENTE AMA VOCÊ". Nadia desligou rápido. Era bom saber que contava com o apoio das amigas.

Àquela altura, já estava quase delirando em virtude da viagem e da fome. Não havia nada de que gostaria mais além de chocolate — um Toffee Crisp ou um tablete gelado de Dairy Milk. Um aumento súbito de açúcar a ajudaria muito a manter a concentração. Talvez devesse interromper a busca naquele momento, comer um hambúrguer ou algo mais, voltar para a sua espelunca, cair na cama e tirar as ansiadas horas de sono. Mas talvez a metros dali estivesse seu marido, prestes a fazer a aposta seguinte. E quem sabe ela não conseguiria impedi-lo a tempo?

Reunindo as últimas forças, foi até o Treasure Island, onde as apresentações de navios piratas pararam há muito naquela madrugada. Contornando o galeão abandonado na frente do hotel, Nadia seguiu as placas rumo ao cassino. Nova York gostava de se autointitular a cidade que nunca dormia, mas era em Las Vegas que os sonhos dos insones se tornavam realidade. Apesar de já passar das duas da manhã, havia muita gente tanto à mesa quanto aos caça-níqueis. Seu marido não se achava ali. Tampouco no Circus, no Riviera e no Sahara.

Àquela altura, Nadia estava prestes a desmaiar de fadiga. Teve de usar toda a sua força de vontade para continuar andando e não se deitar na calçada e dormir. Deu uma olhada no mapa. O último hotel naquela área da avenida era o Stratosphere. A torre gigantesca se elevava alto no céu, e um espetáculo de luzes brilhava de forma chamativa no vale de Las Vegas. Lá no alto, equivalente a cem andares, havia um pequeno parque de diversões, com três atrações vertiginosas, Big Shot, X Scream e Insanity. Estas dependuravam os mais ousados na extremidade da torre em posições que desafiavam a morte com precisão, a trezentos e trinta e cinco metros do deserto habitado abaixo. Nadia balançou a cabeça. Por que diabos alguém faria aquilo para se divertir? Ela gostava de ter os pés firmes no chão.

Depois que checasse o Stratosphere, teria completado toda aquela avenida e entrado em mais cassinos do que gostaria de se lembrar. Então, pegaria um táxi e voltaria para o hotel, a fim de descansar, para repetir todo o trajeto na manhã seguinte, talvez até duas vezes.

Como as luzes começaram a embaçar sua visão, Nadia esfregou os olhos, tentando se manter acordada. Então, do nada, ouviu gritos horrorizados das pessoas bem à sua frente na calçada e uma onda de pavor percorreu seu corpo. Quando a gritaria começara, Nadia começara a correr. As pernas doíam, mas não parou. Uma sirene, forte e estridente, ressoou atrás dela e, em seguida, parou cantando os pneus na sua frente. Quando ela finalmente alcançou a torre, com as pernas latejando, doloridas, uma multidão se formara.

— Alguém vai pular — informou uma pessoa, e o coração de Nadia gelou.

Uma mulher de camisa havaiana e shorts apertados demais chorava, histérica, com os olhos grudados no alto da torre, enquanto o marido incompetente tentava desesperadamente consolá-la. Seu companheiro careca suava por causa do calor. Já Nadia se sentia fria, gelada. Os paramédicos tentavam passar, abrindo caminho entre os curiosos. Lutando contra o instinto, Nadia ergueu os olhos até a área observada por todos, focando em uma figura diminuta, pouco visível no alto da torre — um pontinho na escuridão celeste. O sujeito estava pendurado do lado errado da grade de proteção, com a luz de um refletor focada nele. A multidão gritava toda vez que o homem se mexia. De forma mecânica, Nadia seguiu os paramédicos, aproveitando o caminho aberto por eles em meio à turba. Apesar do ruído das sirenes, ela podia ouvir a própria respiração.

Não importava não ter conseguido discernir bem o homem: sabia por instinto quem era. Só esperava que o palpite estivesse errado. Ela continuou avançando, passando pelas pessoas que haviam conseguido os melhores pontos de observação. Tocou o braço de um dos paramédicos.

— Senhora — ele ergueu a mão —, por favor, vá para trás.

Com muita calma, em um tom de voz que ela mesma não reconheceu, disse:

— Acho que é o meu marido que está lá.

Minutos depois, ajudaram-na a passar pela multidão e ir até o elevador. Parecia que haviam transcorrido apenas segundos quando chegou ao pináculo, onde um policial corpulento levou-a às pressas até o terraço de observação.

Ali naquele andar tão alto havia uma brisa fria e, por um instante, Nadia sentiu como era bom estar longe do calor. Então, embora desejasse do fundo do coração que seu instinto estivesse errado, viu Toby. A área fora isolada e havia outro policial, agachado, conversando com amabilidade com ele. Seu marido estava de pé, do outro lado da balaustrada, mas agarrando-se com força a ela, com os cabelos desalinhados e um olhar desesperado e frenético.

— Tem uma pessoa aqui que quer falar com você — informou o policial, e alguém conduziu Nadia até lá.

— Toby... — Teve de pigarrear, pois de repente a garganta ficara tão seca quanto o deserto sob eles. — Seja o que for que tenha feito, a gente pode dar um jeito.

— Nadia. — O marido desatou a chorar. — Eu fiz uma tremenda besteira — gritou. — Não vejo outra saída.

Os joelhos dela começaram a tremer.

— Sempre tem uma saída. Pensa no Lewis, pensa em mim.

— Eu perdi tudo — vociferou. — Noventa mil libras na internet. Em menos de uma hora. — Deu uma risada histérica. — Sabe quanto tempo vou levar para ganhar essa grana?

Nadia sabia bem até demais. Ficou congelada. Noventa mil libras. O chão oscilou sob seus pés, e ela achou que as pernas cederiam. *Noventa mil libras.* De alguma forma, encontrou a voz.

— Não importa — disse, com a voz vacilante. — Eu vim levar você para casa.

O policial indicou-lhe que deveria se aproximar aos poucos, e foi o que fez.

— Eu vim aqui para tentar ganhar tudo de novo — prosseguiu Toby. — Ia mandar o dinheiro para você, mas perdi ainda mais. Muito mais. Não tem mais jeito. Sinto muito.

— Volta aqui pra dentro — pediu ela. — A gente pode conversar. Faça isso por mim. Eu te amo.

Toby olhou para o chão. Nadia achou ter visto uma sombra de dúvida percorrer os olhos do marido. Ele se inclinou na direção da esposa, que esticou as mãos trêmulas para ele.

— Eu também te amo — declarou Toby.

E, enquanto ela observava, seu marido soltou a balaustrada e caiu de costas no ar rarefeito.

Capítulo Quarenta e Três

eu noivo estava deitado no meu sofá, com os pés para cima e as mãos atrás da cabeça, assistindo a um jogo de futebol.

— Marcus, você não está prestando atenção no que estou dizendo.

— Estou sim. — De jeito nenhum. — Estou — insistiu ele, deixando escapar um "Uh!" em seguida, quando um jogador deixou de fazer um gol.

— Qual é a sua opinião, então? — Minha caneta se achava a postos, pronta para escrever no bloco de anotações.

Meu noivo desgrudou com esforço os olhos da TV.

— A respeito do quê?

Peguei uma almofada e joguei nele.

— Você não estava escutando *não*!

Marcus riu enquanto eu batia nele, frustrada.

— Disse algo sobre flores ou vestido — adivinhou ele.

Torci sua orelha.

— Ai, ai! Está bom, desisto. Acho que não prestei mesmo atenção.

— Não vejo a menor preocupação de sua parte com este casamento — disse, em tom acusatório, enquanto cruzava os braços. — Não sei nem por que levamos isso adiante.

Ele descruzou meus braços, pegou minhas mãos e beijou-as.

— A gente vai fazer isso porque se ama.

— Se me amasse, então ia me ajudar. Tem muita coisa a ser feita. — Sentia a pressão aumentar em cima de mim, e mal podia pensar em tudo que precisava organizar.

— Como eu amo você, fiz algo bem melhor — contou, presunçoso, puxando-me para si.

— O quê? — Mantinha o beicinho, para provar que não era molenga.

— Contratei um organizador de bodas para nós.

— Ah.

— Marquei uma hora com ele para que vocês avaliem tudo o que o seu coraçãozinho desejar.

Eu me sentei.

— Ele? — Marcus deu de ombros. — Não é gay, é?

— Sei lá. Faz diferença?

— Talvez queira que eu use um vestido bufante cor-de-rosa. — Conhecia bem Clive e Tristan. O gosto deles em relação às roupas não era nada modesto. Ela acabaria usando algo bem espalhafatoso, com asinhas de fada para completar. Faria o matrimônio daquela celebridade inglesa Jordan parecer comedido.

— Ele acabou de organizar o casamento de alguém lá do escritório. Disseram que se saiu muito bem. Foi o casamento do século, que nem o nosso será. Gay ou não, o sujeito é super-recomendado.

— E resolve tudo?

— Ahã. — Marcus entrelaçou os dedos nos meus. — Quero que você aproveite este momento e não se estresse. Nunca vamos fazer isso de novo, Lucy. Então, precisa ser perfeito.

— Aposto que ele cobra uma fortuna.

Seu noivo suspirou.

— Quer deixar que eu cuide disso? Recebi um ótimo bônus e quero gastá-lo. Você vai se lembrar desse dia para o resto da vida. Tem que ser especial.

— Está bom. — Eu o abracei e, de forma sorrateira, peguei o controle remoto e desliguei a TV.

— Não posso negar nada para você. — Marcus sorriu, condescendente. — Que tal se encontrar com ele amanhã? Sei que o tempo está cada vez mais curto.

— Está bom. — Isso me daria uma ótima desculpa para ligar e dizer que não passava bem, evitando ver o rostinho triste de Aiden Holby no escritório. — Obrigada, Marcus. Foi uma ideia ótima, mesmo. — Dei um beijo na boca dele.

—Vem cá, sexy. — Meu noivo gemeu e me puxou para cima.

— Ai! — reclamei.

— Ah, sinto muito — disse, levantando a bainha da minha saia. — Como é que foi o paintball?

— Doloroso — contei. Por mais razões que eu poderia explicar.

— Uau! — Os olhos de Marcus arregalaram-se quando viu as marcas azuladas e pretas nas minhas pernas. — Estes hematomas estão bem feios.

— É. — Admirei minhas feridas de combate, que, para ser franca, doíam pra caramba. —Você precisava ter visto os outros.

Ele riu.

— Aposto que infernizou a vida deles.

Ri também e, em seguida, deixei a atitude arrogante de lado. O que Marcus não precisava saber era que atormentei mais um colega que os outros. Eu me sentia envergonhada por ter deixado Paquera com uma enorme ferida, a qual não tinha nada a ver com a minha habilidade de lidar com uma arma.

Capítulo Quarenta e Quatro

Chantal pegou minha mão e me puxou para frente.

— Não queria estar aqui — disse eu.

— E eu por acaso queria? Você é que vai casar daqui a algumas semanas. Talvez seja melhor se acostumar com a ideia.

Ela deu outro empurrão, com mais força dessa vez, e subi a escada da recepção do Hotel Trington Manor.

— Eu não sabia que o Marcus tinha marcado o encontro aqui; caso contrário, teria me recusado a vir.

— Por quê? — quis saber Chantal. — É aqui que vai se casar; não pode evitar este lugar para sempre. — Deixei escapar um suspiro exasperado. — Você está se comportando como se tivesse quatro anos — continuou ela. Lewis, o garotinho dessa idade que segurava a outra mão de Chantal, sorriu de modo angelical para mim. Se me comportava como ele, tudo bem. Parecia estranho ver minha amiga com um menino a tiracolo, mas, pelo visto, ela não estava nem um pouco incomodada. — Quase nunca concordo com as decisões do Marcus, mas esta foi uma ótima ideia.

— Eu só preferiria que nós dois fôssemos a um lugar tranquilo e cuidássemos das formalidades obscenas — disse eu, em alusão às núpcias. — Não queria o maior auê.

— Ao que tudo indica, a cerimônia será de arromba, quer queira quer não. Além do mais, estamos falando do seu grande dia. Relaxa e aproveita, querida. Marcus está a fim de gastar.

— Por isso o tal organizador de bodas foi contratado.

— Não tem a menor possibilidade de você organizar tudo sozinha — insistiu ela, de forma decidida. — Não em tão pouco tempo. Precisa de ajuda. E o Marcus, como a maioria dos homens, não vai querer estar por perto na hora do vamos ver. — Chantal deixou de me segurar com força, optando por entrelaçar o braço no meu. — Com quem é que a gente vai se encontrar?

Olhei para o cartão de visitas que o Marcus me deu. *Momentos Elíseos.* Refinado pra caramba. Rindo nervosamente, disse:

— Ah, um cara. Que tipo de sujeito resolve ser um organizador de bodas? Aposto que deve ser gay.

— Não — ressaltou Chantal, com cautela. — Com certeza não é.

— Está falando por experiência própria? — brinquei.

Então, eu percebi que minha amiga tinha ficado meio pálida e me virei, para acompanhar seu olhar. O sorriso desapareceu do meu rosto, pois, parado à minha frente, estava Jacob, Jazz ou seja lá que corporificação fosse aquela. Chantal tinha mesmo conhecimento carnal do cara. Ambas sabíamos que ele não era gay, já que se tratava do meu ex-namorado, o acompanhante masculino com quem Chantal havia transado várias vezes.

— Oi, Lucy — saudou ele, com timidez.

Estava tão lindo quanto antes, e eu comecei a entrar em pânico.

— Essa não — disse, recuando. — Não posso fazer isso.

— Lucy... — tentou o rapaz.

Virando-me para Chantal, exclamei:

— Você já sabia disso!

— Não sabia não. Eu teria recomendado Jacob para você, mas não fazia a menor ideia de que Marcus tinha entrado em contato com ele. Vá em frente, Lucy. Acho que é uma ótima ideia.

— Não!

— É sim. Esta é a nova carreira do Jacob, e ele tem se saído muito bem nela.

— Ouvi dizer que foi ótimo na última carreira — enfatizei, com rispidez, enquanto conversávamos como se o cara não estivesse ali.

Chantal riu, o que, a meu ver, não foi nada adequado.

— O que passou, passou. Não é o que vocês dizem? — perguntou a Jacob.

— Tenho umas ideias bem legais — disse ele.

— É mesmo? Bom, *trepar* com uma das minhas melhores amigas não foi uma delas. — Falei mais baixo, por causa do Lewis.

— Marcus organizou isto especialmente para você — lembrou Chantal. — O que vai dizer para ele se cancelar tudo?

— Não sei. Aliás, não estou nem aí.

— Pensa bem, Lucy — insistiu a amiga. — Precisa de ajuda. Conhece o Jacob. Pode confiar nele. — Sabe, não acho que ela estivesse sendo irônica. — Anda, vai! Pelo menos escuta o que ele tem a dizer.

— Reservei uma mesa no restaurante — informou ele. — Podemos provar a comida e escolher o cardápio. Tem um monte de sobremesas de chocolate deliciosas aqui.

Sério? A situação começava a melhorar.

— E a gente precisa escolher um tema — acrescentou Jacob.

— Um tema? — Achei a ideia assustadora. Como é que eu ia explicar para ele que tivera a maior dificuldade para escolher até a porcaria do noivo?

— Diga que vai tentar — insistiu Chantal.

Enquanto meus pensamentos se debatiam inutilmente na minha caixola, em meio ao dilema de sempre, abri a boca e disse:

— Está legal. — Ergui a mão, resignada. — Vou tentar. — Jacob e Chantal trocaram sorrisos. — Mas, se eu descobrir que vocês dois aprontaram isso comigo, vou romper a amizade com você, Chantal Hamilton.

— Quero que aceite porque adoro você e me preocupo com o seu bem-estar. Sei que o Jacob vai fazer um ótimo trabalho.

Não cheguei a perguntar como podia ter tanta certeza.

— Bom, então vou deixar vocês dois sozinhos, para cuidar de um assunto — informou a amiga. — Tenho que levar o Lewis até o jardim para ele extravasar um pouco. Caso contrário, vai morrer de tédio. Mas vou querer saber de cada detalhe quando voltar.

Com isso, ela nos deixou ali, parados, e, antes que eu pudesse considerar se tinha tomado a decisão correta, Jacob disse:

— Bom...

— Vamos lá — incentivei.

Ele me ofereceu o braço e eu entrelacei o meu no dele. Com sua gentileza incontestável, levou-me até o restaurante. Não só o nervosismo, como a perspectiva de me casar em pouco tempo, fez meu estômago revirar.

Só depois que nos sentamos à mesa, no canto, falamos.

— Quero parabenizar você — disse Jacob. Usava um terno elegante, cinza-escuro, que ressaltava os lindos olhos azul-claros. Os dentes eram perfeitos e o sorriso, totalmente devastador. Dava para entender por que fora tão bem-sucedido como acompanhante masculino da elite e também por que havia sido um ótimo namorado. — Além disso, pedir desculpas.

— Não precisa — ressaltei, tentando mudar de assunto.

— Preciso sim. Sinto muito pela forma como tudo terminou entre nós.

— São águas passadas — insisti, com animação, em tom casual, embora surpresa por ainda sentir certo ardor dentro de mim.

Eu gostava do Jacob. *Muito.* E me perguntava se Chantal me encorajara a contratá-lo como organizador do meu casamento na esperança de que a chama se reacendesse entre nós e pusesse por água abaixo o casamento com o Marcus. Eu não ficaria surpresa se fizesse isso — ela podia ser uma americana bastante ardilosa, quando queria. Bom, minha amiga estava redondamente enganada. Não havia ninguém para mim além do Marcus.

— Obrigado por concordar em contratar os meus serviços, Lucy — agradeceu Jacob. — Eu prometo que não vai se arrepender. Vou fazer todo o possível para que a sua festa de casamento seja fantástica.

Não era com um matrimônio fantástico que me preocupava, mas com a união incrível depois dele.

Capítulo Quarenta e Cinco

—Anda logo, tartaruga. — Marcus apareceu atrás de mim, ergueu meus cabelos e me beijou na nuca. — A gente vai se atrasar.

Seria verdade dizer que eu estava mesmo demorando. Naquela noite, a gente ia jantar com os pais do Marcus e, para ser sincera, preferia que arrancassem os meus dentes. Todos. Sem o benefício dos anestésicos modernos.

— Como é que foi a reunião com o organizador de bodas ontem?

— Ah, legal — disse. De jeito nenhum ia revelar que o cara tinha sido um garoto de programa e, para completar, meu ex-namorado.

— Gostou dele? Só quero o melhor para a minha garota.

— Acho que o casamento vai ser lindo — comentei, de forma evasiva. Até mesmo eu tinha que admitir que Jacob tivera ótimas ideias, sendo a melhor uma fonte de chocolate na recepção.

— Reservei uma mesa no Alfonso — prosseguiu Marcus. — O seu favorito. — Na verdade, não, ele só pensava que era. Eu me perguntei o que mais imaginava sobre mim que simplesmente não tinha nada a ver com a realidade.

— Ótimo — afirmei, com um tom de voz que deixava claro que parecia tudo, menos maravilhoso.

— Sei que acha um suplício encontrar com os meus pais, mas eles *adoram* você.

Não me *adoravam* nada. A mãe dele, Hilary, mal me aguentava. Era evidente que pensava que eu roubara seu único bebê, apesar de não ser digna dele. Quanto mais conversava, mais me encarava e, então, falava menos; daí, a mulher me olhava como se eu fosse uma idiotizada. Causa perdida para mim.

O pai, David, era um pouco melhor, porém eu sempre tentava me sentar o mais afastado possível dele. Talvez fosse a maior calúnia, mas parecia ser um daqueles sedutores que não titubeariam em passar a mão na sua coxa sob a toalha de mesa. Entende o que eu quero dizer? Você pode até afirmar: tal pai, tal filho, mas nem quero enveredar por esse caminho.

Eu estive com os dois apenas algumas vezes durante os cinco anos que fiquei com o Marcus, o que já me pareceu até demais. Tenho certeza de que eles concordariam comigo.

Por fim, fiquei pronta. Ou tão pronta quanto possível.

— Está um arraso — elogiou Marcus. As mãos percorreram meu corpo. — Queria transar com você agora.

Eu me afastei.

— Daí, a gente ia atrasar ainda mais. E a sua mãe saberia, simplesmente *intuiria*, o que andamos fazendo.

— Mais tarde então, sua vadia gostosona — murmurou, brincalhão, apertando meu bumbum com a mão.

* * *

Nem mesmo no táxi meu noivo conseguiu manter as mãos longe de mim, e eu me perguntei por que o cara andava tão animado. Estava daquele jeito desde que a gente reatou. Para ser sincera, eu vinha transando mais do que gostaria. Fizemos amor perto do sofá mais vezes do que gostaria de revelar. Não sabia se o Marcus queria me mostrar o quanto me amava ou se, como não estava com outra, para variar um pouco, queria trepar comigo a cada cinco minutos. Não dava para continuar assim. Era sobre-humano.

Tudo bem que me sentia bem à beça por meu noivo me desejar tanto, mas, enquanto ele metia os dedos sob o sutiã e brincava com o mamilo, pude ver que o taxista olhava de esguelha para nós. Não só espiava, como devia estar pensando: "Vagabunda!" Será que o Marcus andara tomando Viagra?

Consegui chegar ao restaurante sem ser violada em público, mas me sentia rubra e irrequieta. Já meu noivo estava impassível. Os pais haviam chegado antes, o que nos levou a perder vários pontos, de cara.

David me abraçou de forma calorosa, mas a mão percorreu minhas costas, como se checasse se eu estava de sutiã. Hilary manteve uma distância segura, enquanto observava as maçãs do meu rosto, na certa torcendo para que eu não fosse portadora de alguma doença infecciosa. Nós nos sentamos e, claro, acabei espremida entre David e Marcus.

— Vamos tomar champanhe — disse o pai, generoso. — A gente ainda não teve a oportunidade de comemorar o noivado.

A mãe ficou quieta.

A bebida chegou, seguida dos brindes de praxe. Marcus se virou para o pai e começou a falar de golfe, deixando que eu lidasse com Hilary.

— Vai ser tão de última hora — comentou ela, secamente.

— Bom, nós estamos juntos há cinco anos. Ia acabar acontecendo, mais cedo ou mais tarde.

O olhar da mãe de Marcus deixou claro que preferia que não ocorresse.

— Pessoas que nós fazemos *a mais absoluta* questão de que participem das bodas estão tendo dificuldade para aceitar o convite.

Umas duas mil pessoas iam à porcaria da cerimônia, todas convidadas por Hilary, sem que eu sequer tivesse ouvido falar delas. Nem o Marcus sabia quem eram. Acho que deviam ser parceiros do Clube de Golfe, do Clube de Críquete e do Clube de Bridge, mas, na verdade, eu não fazia a menor questão da presença deles.

Hilary continuou a martelar na mesma tecla, e tentei não prestar atenção nela enquanto lançava um olhar suplicante, que pedia "Socorro!", para o meu noivo, mas ele estava tão entretido, relatando os detalhes da última empreitada, que me ignorou. Dei uma olhada rápida no restaurante, esperando encontrar ajuda chegando na forma de comida.

Então, vi uma mesa no canto. Um lugarzinho bastante romântico, na verdade. Paquera se encontrava ali. Acompanhado.

Capítulo Quarenta e Seis

ma morena atraente, com jeitão de modelo de passarela, estava na frente do sr. Aiden Holby. Os dois batiam papo, rindo de forma comedida. Um sentimento imaturo e maldoso surgiu dentro de mim. Nem bem cinco minutos atrás o cara tentava tirar sarro comigo, de uniforme de combate e tudo, com o rosto todo imundo. Agora, olha só para ele! Eu tinha passado o dia inteiro no escritório, e o infeliz não dissera nada sobre um encontro amoroso. Bom, sejamos razoáveis, por que ele faria isso? Afinal, eu não contara para ele que ia até ali com os meus futuros sogros.

Como se sentisse que estava sendo observado — eu talvez devesse ter desviado meu olhar ferino —, Paquera virou-se para mim. Sobressaltou-se um pouco, não sei se de surpresa ou terror.

Ergueu a mão e acenou, com simpatia. Cerrando os dentes, retribuí o cumprimento. Ele estava um tremendo gato com a camisa preta. Que idiota sem consideração!

— Um admirador? — quis saber Hilary, como se estivesse surpresa por eu ter um.

— Meu chefe — expliquei, sem conseguir ocultar a tristeza do tom de voz.

Por que me sentia tão deprimida por vê-lo ali com outra mulher? Estava ali comemorando o noivado e o casamento, que ocorreria em breve. Por que me importar com o que Aiden Tenho-Uma-Nova-Namorada Holby aprontava? Aposto como aquelazinha não sabia lidar com a réplica do AK-47, a arma de paintball totalmente automática. Parecia do tipo que ficaria muito mais feliz fazendo as unhas que rastejando na lama. Aliás, pensando bem, eu também.

O jantar foi transcorrendo, de algum modo. Hilary continuava a se queixar no meu ouvido, e David, a me lançar olhares engraçados. Pratos após pratos chegavam, e eu ficava checando a mesa de Paquera; pelo visto, comiam no mesmo ritmo que nós. Eu achava que os dois só iam fazer uma refeição leve e depois dar o fora, mas não tive essa sorte. Porém, se eles tivessem saído cedo, eu ficaria me perguntando o que andavam fazendo. Peladões.

Por fim, ainda bem, a sobremesa chegou: bolo de chocolate quente com sorvete de baunilha. Ah, sim, ah, sim. Arrisquei dar uma espiada na mesa de Aiden Holby, e o garçom lhe servia a mesma coisa. Marcus pedira um pudim de pão com frutas vermelhas, que não continha nenhum chocolate. Como aquilo podia ser considerado sobremesa de verdade? Eu fiquei pensando se tinha mesmo muito em comum com o meu futuro marido. Como é que alguém, em sã consciência, escolheria reles frutas, quando havia um chocolate delicioso no cardápio?

Paquera colocou uma colherada cheia do bolo de chocolate dele na boca da senhorita Modelo de Passarela. Só fez isso porque eu estava observando. Quanta imaturidade! Não ia olhar para lá de novo só para contrariá-lo.

Então, assim que comecei a devorar a minha sobremesa, senti a mão de alguém acariciar minha coxa. Congelando, juntei os joelhos com força — o que não fez nada além de fazer com que a tal mão subisse ainda mais. Olhei para Marcus, mas ele parecia totalmente alheio ao que ocorria. Fitei David, que arreganhava os dentes para mim. Caramba. Estava sendo assediada sexualmente sob a mesa pelo pai do meu noivo!

É, lá vinha ele de novo. Outro apertão íntimo demais.

— Com licença. — Deixei a sobremesa de lado. — Tenho que ir até o toalete.

Atravessando depressa o restaurante, busquei refúgio no banheiro. Era bastante chique, de madeira de lei com acabamento em tom cereja. Joguei água no rosto, embora fosse arruinar a maquiagem, e, em seguida, coloquei o pulso debaixo do líquido. Enquanto pensava no que faria a seguir, houve uma batida hesitante à porta e ouvi a voz de Paquera:

— Lucy? Você está aí?

Não tinha onde me esconder. Não havia uma saída nos fundos. Estava encurralada. Ele abriu um pouco a porta.

— Tudo bem com você?

— Tudo ótimo — disse, com um tom de voz rouco. Por algum motivo, passei a sussurrar: — O que está fazendo aqui?

— Aqui? Ou no restaurante, de forma geral?

— As duas coisas!

— Resolvi jantar neste lugar porque estou com uma companheira superlegal. E vim aqui porque resolvi checar como você andava. Deu a impressão de estar bastante aflita quando percorreu depressa o restaurante, como gata escaldada.

— E *estou* aflita.

— Quer conversar sobre isso?

— Aqui?

Ele me levou até o cubículo no final da fileira e fechou a porta. Eu abaixei a tampa da privada e me sentei. Paquera recostou-se na parede.

— Tem algo a ver comigo? — quis saber meu chefe.

Cruzei os braços e tentei não parecer arrogante.

— Por que acha que toda a minha vida gira em torno de você, hein?

Paquera sorriu.

— Tive a impressão de que ficou puta quando me viu com outra mulher.

— Não fiquei não!

— Nós dois saímos juntos algumas vezes — informou ele, embora eu não estivesse nem um pouco interessada. — Isso é tudo. Ela é italiana. Uma modelo de passarela que veio fazer um trabalho aqui.

Essa não! Não só aparentava se tratar de uma modelo de passarela, como *era* uma! A vida podia ser injusta *pra caralho!* Na certa, era uma daquelas nojentas que "não gostava *muito* de chocolate" também. Eu desprezava até o chão em que ela pisava.

— Pelo visto, está se divertindo à beça. — Tentei não parecer amarga e estranha.

— Estou achando que você está péssima. — Não fiz nenhum comentário que pudesse me incriminar. — Quem é aquela bruxa medonha com dose excessiva de laquê e botox?

— Hilary. A mãe do Marcus.

— Ah. *Essa* vai ser a sua sogra nos próximos vinte e cinco anos ou sei lá quanto tempo.

Fiquei ainda mais cabisbaixa no toalete.

— Nem me lembra. — Balancei a cabeça, tentando tirar da mente a imagem do David apalpando a minha perna. — E isso não é tudo. Eu vou matar você se contar o que vou dizer para alguém. — O meu olhar deixou claro que falava sério. — O pai do Marcus acabou de passar a mão em mim.

Paquera deu uma risada.

— Não ria — protestei. — Não é engraçado.

Então, ouvi alguém abrir uma porta e mandei Aiden Holby calar a boca. Instantes depois, a voz estridente de Hilary ressoou.

— Lucy? Lucy? Você está bem? Faz um tempão que veio para cá. Marcus pediu que eu viesse ver o que houve.

— Eu estou bem, Hilary.

Paquera me fez recuar e subiu, em silêncio, no vaso sanitário, na minha frente. O que estava fazendo? Olhei para ele, que pôs o dedo nos lábios, indicando que ficasse quieta; em seguida, apontou para o espaço na parte inferior entre a porta do cubículo e o piso. Tive que segurar as coxas dele para que parasse de oscilar. A virilha dele estava perigosamente perto da minha boca. Meu coração disparou, e só em parte porque Hilary, a Bárbara, espreitava do outro lado da porta.

A cabeça da mãe do Marcus apareceu à altura do chão. Fala sério, ela tentou mesmo espiar pelo vão! O que pensava? Que tinha um homem ali comigo? Ah, bom. Na verdade, tinha sim.

— Tem certeza de que não há nada errado? — perguntou, próximo ao piso.

— Estou com uma leve indisposição estomacal — expliquei, depressa. Devia ser porque o seu marido queria me levar para a cama.

— Vou sair já, já. Melhor não esperar por mim. Diga para o Marcus que estou bem.

Daí a mulher foi embora, e você não imagina o quanto fiquei aliviada por ela não ter resolvido ir se aliviar enquanto se encontrava ali. Acho que eu não teria aguentado. Ninguém merecia ouvir a futura sogra mijando.

Quando a porta por fim fechou, Paquera desceu do vaso sanitário. Quase desmaiei de alívio.

— Foi divertido. De uma forma pervertida.

— Como sabia que ela olharia debaixo da porta?

— Esse tipo de mulher sempre faz isso — disse. Mas, como ele tinha adquirido esse conhecimento, eu não sabia.

— Caramba! — Apoiei a cabeça nas mãos. — Em que tipo de família estou me metendo, hein?

— Tenho que ir — comentou Paquera. E, apesar de estarmos no banheiro, ele me deu um beijo rápido e firme na boca. — Aproveita o resto da noite — desejou com um largo sorriso, enquanto saía do cubículo.

Mas sabia muito bem que eu não aproveitaria.

Capítulo Quarenta e Sete

Nenhum de nós sabia o que dizer. Estávamos no Paraíso do Chocolate, mas nem mesmo uma bandeja com as melhores trufas de champanhe do Clive servia de consolo. Todas nós nos sentíamos tristes por causa da terrível tragédia ocorrida com Nadia.

Ela estava toda de preto, a face lívida e fatigada. Pegou um chocolate sem entusiasmo, mas acabou desistindo de comê-lo e afastou a bandeja de si.

— O corpo do Toby deve chegar hoje, mais tarde — informou. — Alguma de vocês pode ir comigo?

— Todas nós vamos — disse eu. — Nunca devíamos ter deixado você ir para Las Vegas sozinha. Que coisa mais terrível o que aconteceu!

— Acho que a ficha não caiu ainda — admitiu ela. — E eu não sei o que teria feito sem vocês.

Eu não podia receber muito crédito, mas Chantal fora maravilhosa. Tinha segurado a barra numa boa, cuidando do Lewis e ajudando a Nadia a organizar o funeral. Por que, num momento em que queria desmoronar, aparecia tanta papelada para ser preenchida? Tudo aquilo vinha sendo um verdadeiro pesadelo para a Nadia, mas ela estava lidando bem com a situação. Não sei se eu, no lugar dela, teria sido tão estoica.

— Quer dizer então que as dívidas do Toby vão ser perdoadas? — quis saber. Não era uma pergunta agradável, mas eu sabia que todas queriam fazê-la. Odiava pensar que Nadia, além de tudo o que vinha acontecendo, continuaria a ter dificuldades financeiras.

— Quem dera! — Nadia suspirou. — Fui conversar com a advogada hoje de manhã. O banco pode exigir que eu pague todas as dívidas do Toby se quiser jogar duro. Ela vai tentar negociar para que eu pague apenas uma parte.

— Como os bancos podem ser tão cruéis? — perguntou Autumn.

— São negócios — disse Nadia, dando de ombros, exausta. — Acontece que, se quiserem ir atrás dos bens, não tem nada. A casa está totalmente hipotecada, a gente deve dinheiro para tudo quanto é lado, inclusive para Chantal. Até a van de trabalho dele era financiada. O Toby acumulou uma dívida de noventa mil libras em doze cartões de crédito diferentes; tudo nos sites de jogo na internet. *Noventa mil libras* — ressaltou ela. — Como pôde fazer isso? E desperdiçou mais quarenta mil em Las Vegas quando tentou recuperar a quantia. — Sua expressão era desolada. — Obviamente, não deu certo. Se os bancos forem atrás de mim, posso acabar virando uma sem-teto.

— Você sempre pode ficar comigo — disse Chantal.

— Obrigada. — Nadia fez menção de sorrir, mas acabou chorando. — Eu só fico me perguntando se devia ter feito mais. Será que podia ter dito algo para impedir que ele pulasse?

— Nadia — comecei a dizer —, você sabe que fez todo o possível. Não fica se martirizando por isso não.

— Um lado meu lamenta a perda dele. O outro está furioso por ele ter deixado o Lewis e a mim nesta confusão. E, para completar, sinto também um enorme alívio por ele não poder mais jogar. Não sei com que sentimento lidar primeiro. — Nadia passou a mão no rosto. — Ah, tenho a sensação de que a minha mente vai explodir.

— A gente vai ajudar você a enfrentar isso — prometeu Autumn. — É para isso que estamos aqui.

— Eu tinha que sair de casa hoje — prosseguiu Nadia. — Ela parece tão vazia sem o Toby ali. Fico esperando ele entrar.

— Só mesmo com o tempo essa sensação vai embora — disse Autumn. — Desabafa sempre com a gente, não fica segurando nada. Sabe que vamos fazer tudo o que pudermos. Vou preparar uma mistura de óleos aromaterápicos para ajudar você a dormir.

— Estou tomando um sedativo forte com um trago de conhaque de cozinha, o que está dando conta do recado.

Autumn mordiscou a unha, ansiosa, e em seguida tocou no curativo do pescoço.

— Pelo visto, também está enfrentando dificuldades, amiga — disse Chantal, com suavidade, para ela. — Você resolveu começar a fazer a barba e se cortou?

Autumn balançou a cabeça.

— Fui ameaçada por um dos comparsas nos negócios do meu irmão.

Todas se entreolharam com apreensão.

— A situação está ficando bem barra-pesada, hein, Autumn? — comentei.

Ela assentiu.

— Acho que o Richard está frito.

— E o pior é que vem envolvendo você.

Anuiu de novo.

— Um bandido esperava por mim quando voltei do hospital ontem. Queria que eu desse um recado para o meu irmão.

— E como é que ele está?

— Melhor — informou, suspirando. —Vou dar um pulo lá mais tarde. —Tocou no curativo de novo, sem se dar conta do que fazia. — Tenho que transmitir a mensagem.

Eu me recostei na cadeira e peguei outro chocolate.

— Seria ótimo receber algumas notícias boas.

— Bom — disse Chantal, sorrindo e acariciando a barriga de forma protetora. — Eu senti a bebê Hamilton se mexer pela primeira vez esta manhã. Foi muito legal. Estou finalmente me acostumando com essa história de gravidez.

— E como vão as coisas com você, Lucy? — perguntou Autumn.

— Ah, nada de mais — respondi, casualmente. — Passei a metade da noite de ontem no banheiro de um restaurante italiano, depois que o pai do Marcus passou a mão em mim, com os testículos do Paquera a dois centímetros da minha boca, enquanto a mãe do meu noivo tentava espiar por baixo da porta. — Era um indicador da minha vida atormentada as minhas amigas aceitarem essa história confusa sem pestanejar? — Agora eu tenho que ligar para os meus pais e seus respectivos cônjuges e convidá-los para o casamento. Meu Deus do céu, espero que estejam ocupados demais para vir. Seria errado deixar para avisá-los só alguns dias antes?

— Lucy, que bobagem — repreendeu Autumn. — Que compromisso prévio impediria seus pais de virem ao seu casamento?

— Golfe, bridge, tênis. Tudo isso poderia impedi-los. Se tiver algum campeonato nos clubes de um deles, com certeza não virão. Até mesmo se a minha mãe já tiver marcado há muito tempo a hora no salão, ela pensará duas vezes. — Pensando melhor, acho que ambos se dariam muito bem com Hilary e Dave. — Meu pai e minha mãe não ficam no mesmo ambiente desde o divórcio. Posso até visualizar o sangue esparramado nas paredes. Vamos ter muita sorte se o dia terminar sem que os dois se matem. — Em seguida, eu me senti mal por haver falado em morte, com a perda que Nadia tinha acabado de sofrer.

— Pelo menos vai ser legal aguardar — disse Nadia, ignorando, felizmente, a minha gafe. — É só a ideia do seu casamento que está me dando certa disposição.

— Eu estou bastante apreensiva — admiti. — Por motivos diversos e complexos demais para eu parar para pensar neles.

— Vai dar tudo certo — disse Chantal. — Pode ter certeza.

Nadia também me tranquilizou.

— Você será uma noiva linda.

— Assim espero. — Comi outra trufa de champanhe para me consolar. — Com a sorte que eu tenho, o universo vai conspirar contra mim, tentando evitar até que eu entre no corredor da igreja.

Capítulo Quarenta e Oito

le disse que você estava com algo deles. — Autumn acabara de relatar para o irmão o contato que tivera com o bandido. Richard foi ficando cada vez mais pálido. — O cara pôs uma faca no meu pescoço. — Apontou, sem necessidade, para o curativo sobre a ferida. Então, deu-se conta de que provavelmente fora atacada pelo mesmo sujeito que batera nele e se perguntou se, daquela vez, teria escapado em condições bem melhores do que o normal.

— Sinto muito, mana. Nunca quis que isso acontecesse.

— É verdade o que o mal-encarado disse? Que você está com algo que pertence a eles? — Richard tentou se mexer um pouco na cama do hospital, com as mãos na altura das costelas, por causa da dor. Desviou o olhar. — Quer dizer que sim?

— Vou dar um jeito nisso assim que sair daqui.

— E eles por acaso vão aguardar tanto tempo?

— Vão ter que esperar.

Falava da boca para fora, talvez até com imprudência. Mas, ao menos, ela sabia que Richard ficaria mais seguro ali do que em qualquer outro lugar. Cruzou os braços, envolvendo o próprio corpo. Sentia falta de Addison, de ser abraçada. Desde que o irmão fora para o hospital, mal o vira. Chegara a hora de rever isso.

— O que é que está escondendo? Grana? Drogas?

— Quanto menos você souber, melhor, Autumn. Mas prometo uma coisa, vou dar um jeito, de uma vez por todas. Não foi até a delegacia, né?

— Não. Por mais estúpido que pareça, não.

— Ótimo — disse ele, suspirando de alívio.

Pelo visto, Richard estava fora de perigo naquele momento, embora continuasse bastante fraco. Além disso, mostrava-se pálido e suava frio. As mãos tremiam sempre que pegava o copo de água. Autumn se perguntava se tinha a ver com as lesões ou com a abstinência repentina dos entorpecentes. Na verdade, nem queria mesmo entrar em detalhes com ele. O irmão vinha sofrendo e, para ela, bastava saber disso. Já não aguentava mais se sentar ao lado dele. Addison tinha razão, só podia proteger Richard até certo ponto. O resto precisava partir dele, caso contrário ela se preocuparia tanto que acabaria morrendo cedo por causa do rapaz.

Ela levantou-se.

— Dorme. É o melhor que pode fazer. Recobrar as forças e sair daqui.

— Não vai embora, não vai! — implorou Richard. — Fica aqui. Eu me sinto melhor quando está por perto.

— Tenho que ir — disse, ao lhe dar um beijo de boa-noite. — Vou dar aula daqui a pouco. Você não é a única pessoa da minha vida. Tem outras que precisam de mim.

Ao que tudo indicava, o irmão não gostara muito da afirmação, mas teria que aprender a lidar com isso, da mesma forma que ela tivera que enfrentar a realidade de que, seja lá o que fizesse por ele, nunca bastaria.

Era ótimo poder voltar à relativa normalidade. A faca encostada no seu pescoço a abalara mais do que queria admitir. De volta ao santuário de seu trabalho, brincou com um pedaço de vitral azul-cobalto; aquele matiz levou-a a pensar em um oceano tropical, acalentando o seu espírito conturbado.

Fraser observou-a.

— No que é que está pensando, fessora?

— Sinto muito, Fraser — disse Autumn, sorrindo para um dos seus alunos favoritos. — Eu estava a léguas daqui.

— Legal você ter voltado.

— É ótimo estar de volta. Como está indo o penduricalho de cristal? — O rapaz ergueu o trabalho, com orgulho. Todos aqueles meses participando da classe com o único objetivo de conquistar Tasmin não tinham sido de todo em vão. Uma consequência inesperada foi que, por fim, começava a se tornar um artista bastante razoável nas criações de vitral. Bom, pelo menos elas não desmontavam num piscar de olhos, o que, para Autumn, já era um progresso. — Está muito bom, Fraser. Parabéns.

O rapaz deu um largo sorriso, satisfeito. Muitas vezes aqueles jovens precisavam apenas de um pouco de elogio e encorajamento nas suas vidas obscuras. Encontrar um âmbito simples no qual eram bons podia, em alguns casos afortunados, abrir as portas e dar uma guinada em suas existências.

Pelo canto dos olhos, viu Addison parado à entrada, observando-a.

— Oi — cumprimentou-o.

Ele fitou o curativo em seu pescoço, mas não disse nada.

— O Fraser contou que a gente conseguiu um emprego para ele?

— Não — disse ela, sorrindo, feliz.

— Técnico em engenharia — informou o rapaz, estufando o peito. — Começo na semana que vem.

— E vai chegar na hora todas as manhãs e ficar o dia todo — comentou Addison, com um tom de aviso.

— Pode crer! Por acaso acha que eu sou bobo?

— Vou ligar para você todas as manhãs — prometeu Addison. — Só para ter certeza de que não vai se atrasar.

— A Tasmin pode me dar uma cutucada na costela. Isso daí sempre me acorda.

Ah, pensou Autumn. Quer dizer que houvera progresso sob esse aspecto também. Era óbvio que começaram a namorar enquanto estava afastada. De súbito, ela sentiu ter ficado longe por meses, não por semanas.

Tasmin aproximou-se deles. Usava uma sombra rosa-claro, que combinava com o brilho labial e a camiseta cheia de talhos. Os cabelos pretos caíam no rosto sinistramente branco e outro piercing fora acrescentado à coleção da boca. A moça apoiou-se em Fraser com indiferença casual. Estendeu uma pulseira na direção de Autumn.

— Eu fiz isso para você, professora.

Os fios de prata entrelaçavam-se de forma delicada em torno de vidros fundidos polidos, de tons pastéis.

— Que linda! É mesmo para mim?

Tasmin deu uma fungada, com o intuito de disfarçar o constrangimento.

— A gente, tipo assim, sentiu sua falta — admitiu, com relutância.

— Não é superbacana? — perguntou Autumn a Addison, ao colocar a pulseira no pulso e admirá-la. O vidro reluziu quando a luz refletiu nele.

Addison pareceu ter ficado de fato impressionado, e Autumn colocou a mão sobre a dele, querendo senti-lo perto enquanto ambos admiravam o talento de Tasmin. Addison aprovou o toque dela com um sorriso caloroso, que lhe provocou arrepios.

— Já pensou em montar seu próprio estande para vender essas bijuterias? — quis saber ele. — Elas são muito bonitas. — Tasmin balançou a cabeça, negando. — Um lugar como o Camden Market seria ótimo.

— É uma excelente ideia — incentivou Autumn.

— Você teria interesse? — perguntou Addison. A jovem deu de ombros. — Deixa comigo — prosseguiu, tomando a resposta pouco entusiasmada como um sinal positivo. — Vou tentar obter mais informações e ver se consigo uma verba em algum lugar.

Um sorriso incerto perpassou na face de Tasmin, mas todos ali sabiam que, no fundo, ela estava exultante.

Autumn e Addison foram até o outro lado da sala.

— Sinto muito por andar sumida. Quero compensar esse tempo perdido.

— Fico feliz em ouvir isso. Você não achou que se livraria de mim tão facilmente, achou? — perguntou Addison. — Mesmo que eu tenha de dividi-la com o seu irmão, não me importo. — Com o polegar, acariciou seu queixo e olhou de esguelha para seu pescoço. — O que foi que aconteceu aí?

— Mandaram um recado para o Richard. — O namorado franziu o cenho. — Estou com medo — admitiu Autumn. — Foram atrás de mim, no meu apartamento.

— Vou me mudar para a sua casa — informou ele, de modo categórico. — A partir de hoje. Não é mais seguro você ficar lá sozinha. Não quero nem discutir.

Ela não pensara em contradizê-lo. Podia não ter sido a conversa mais romântica sobre a perspectiva de morarem juntos, mas ela não se importava.

— Obrigada. — Autumn ficou na ponta dos pés e beijou o namorado atraente e atencioso nos lábios.

Capítulo Quarenta e Nove

Jacob tinha ido com a gente no departamento de noivas de uma das lojas mais famosas de Londres. Vinha demonstrando ser um ótimo organizador de bodas — não que eu tivesse como compará-lo, mas você entende o que eu quero dizer. Chegou ao ponto de checar as nossas mãos para ver se achava restos de doce, pois tínhamos dado um pulo no Paraíso do Chocolate a caminho dali. Nós simplesmente *precisávamos* acumular energia para a longa tarefa adiante. Algo tão importante assim requeria uma base sólida de chocolate com a qual trabalhar, não é mesmo?

Eu já estava no décimo sétimo vestido. Para ser sincera, até aquele momento todos me pareceram sem graça, mas Jacob foi mais longe: achou-os abomináveis. Aquela peça era a melhorzinha, mas não *muito*. Apesar de termos acabado de ir ao Paraíso do Chocolate, meus níveis de cacau haviam baixado demais, atingindo um ponto perigosamente crítico. Minha mente divagava, pensando com excessiva frequência no Fruit & Nut, da Cadbury. De volta à tarefa do momento, a vendedora fechou o zíper e saí do vestiário, mais uma vez. Minhas amigas estavam sentadas uma ao lado da outra, aguardando com paciência, e dei uma volta.

— Não — disse Jacob, acariciando o próprio queixo.

— Eu gosto muito desse — opinou Autumn. Talvez a paciência delas estivesse se *esgotando*.

— Eu também — concordou Nadia. Ainda conseguíamos levar nossa amiga para todas as nossas saídas, apesar de sua dor e dos protestos dizendo que seria uma péssima companhia. De forma alguma a gente deixaria que ficasse se remoendo em casa.

— De jeito nenhum. — Jacob parecia estar se transformando em Stella McCartney.

Chantal fez um beicinho.

— Eu concordo com o Jacob.

— O problema é que sempre imaginei um casamento na praia, no pôr do sol, descalça, com um vestido branco e diáfano e um buquê de orquídeas — comentei, olhando-me no espelho de corpo inteiro. Não que os presentes mostrassem interesse pela minha opinião.

— Isso daí realmente está bem longe disso — comentou Chantal. Suspirei, por causa dessa lembrança. — Tarde demais para voltar atrás.

— Eu não quero voltar atrás, mas isto aqui... — ergui a saia longa — não é bem o que eu queria. Detesto exageros. Preferiria mil vezes ter uma cerimônia simples e comedida, somente com os meus melhores amigos. Nem conheço metade das pessoas que vão. Elas são amigas da mãe do Marcus.

— Por isso tem que estar divina — disse Jacob, entregando outro vestido para a vendedora. — Este é o último.

Voltei arrastando os pés para o vestiário e, depois de soprar e bufar várias vezes, irritada, tirei o vestido e coloquei outro. E, como não queria correr o risco de sujá-lo de chocolate, peguei meu tablete de emergência de Galaxy e lambi toda a embalagem, recebendo os benefícios do consumo de chocolate por osmose ou algo assim. Lá fui eu de novo.

Daquela vez, todos ficaram pasmos.

Então, acabaram por me deixar nervosa.

— O que é que foi?

— Ah, Lucy — disse Nadia. Seus olhos ficaram marejados. Mas, obviamente, ela estava num estado emocional bastante frágil naquele momento.

Eu me olhei no espelho e fiquei boquiaberta também.

— Essa mulher supercharmosa sou eu mesma?

Todos riram. Daí, Nadia pegou um lenço de papel e começou a chorar. Autumn abraçou-a, para reconfortá-la.

— Perfeito — anunciou Jacob.

E tinha toda razão, era perfeito. Eu estava incrível. De fato, a noiva corada. O vestido era de seda furta-cor, em um tom bonito de chocolate branco. Ele me deixava com curvas nos lugares certos e, com as pregas suaves, escondia aquelas regiõezinhas que mostravam minha amizade desde pequena com o chocolate. Nunca pensei que um reles vestido pudesse dar aquele grau de sofisticação a uma pessoa que não a tinha antes.

—Vamos levar este — disse Jacob.

Daí, chequei a etiqueta e o meu queixo caiu de novo.

— Não posso pagar isso tudo por um vestido de noiva!

— Pode se lamentar o quanto quiser, mas dá o cartão para a vendedora — aconselhou Chantal.

— Não posso.

— O Marcus vai adorar — incentivou Nadia, ainda chorosa.

— Mas, se eu ficar com este, a gente vai ter que comprar os seus lá naquela varejista, a Primark. Vocês vão usar algo barato e feio, verde-limão.

— Já está pago — informou Jacob. Ele evitou me olhar; seu rosto estava rubro, o que o tornava ainda mais atraente. — Vai ser o meu presente de casamento para você.

— Não seja ridículo.

— Você é muito especial para mim, Lucy. Queria que aceitasse.

— Não pode fazer isso, Jacob. É caro demais. — Passei os olhos por minhas amigas, buscando apoio. — Não posso aceitar.

Chantal anuiu com a cabeça, indicando que eu deveria. Pelo visto, achava que Jacob tinha condições de comprá-lo. Eu não fazia a menor ideia de quanto custava contratar os serviços dele, mas talvez a nova profissão fosse bem mais lucrativa que a anterior.

— E vou pagar pelos vestidos das damas de honra — disse Autumn. — Desde que eles combinem com os meus cabelos.

Então, eu comecei a chorar também. Nadia, que já pegara mais lenços, passou-me um. Minhas amigas foram me abraçar, juntamente com Jacob.

— Obrigada — eu disse a ele, agradecida, em meio aos soluços. — E obrigada também, Autumn.

Todos estavam sendo muito legais comigo. Apesar das dúvidas constantes que ainda me assolavam, talvez o meu casamento se tornasse o dia mais lindo da minha vida.

Capítulo Cinquenta

A família de Toby era católica. A cerimônia fúnebre estava sendo realizada na igreja de seu bairro, pois Nadia sabia que ficariam felizes com isso. Ela mal podia olhar para a sogra, que chorava sem parar. Embora não houvesse sentido nenhum ar acusatório quando a mãe de Toby a observara de soslaio com os olhos marejados, por algum motivo Nadia julgava que se sentiria melhor se ela o fizesse. A idosa tomava o suicídio do filho como o maior dos pecados; já para a viúva, a grande falta cometida pelo marido fora partir e deixar o filho tão novo. Toby nunca fora à missa, tampouco ela, mas Nadia sabia que era importante para a sogra, e queria oferecer todo o consolo possível para aquela mulher aflita, de olhos vermelhos.

Será que Toby realmente quis se soltar da balaustrada no alto do Stratosphere ou fez menção de subi-la para voltar a um lugar seguro, ao lado da esposa? Houve um momento, um breve instante, em que Nadia julgou ter se conectado com ele de novo e ter visto o velho

Toby, mas, em seguida, ela o viu se atirar para trás, rumo ao esqueci-mento. Talvez tivesse sido um capricho da sua imaginação, uma fanta-sia oriunda de falsa esperança, e não da realidade. Disso, ela nunca teria certeza.

O que sentiria agora, se Toby houvesse pulado a balaustrada e a abraçado? Continuaria com um marido dependente de jogos, um monte de dívidas e um futuro tão incerto quanto seu dia de hoje. Teria sentido ódio ou conseguiria aferrar-se ao amor que sentia por ele? Uma pergunta irrespondível. O turbilhão de emoções conflitantes recusava-se a calar, por mais que ela se esforçasse para evitá-lo. Nem o coquetel de remédios fortes que vinha tomando ajudava muito.

A missa era algo totalmente estranho para ela. Havia flores em todas as partes e, apesar de ser um pensamento idiota, ela pensou no custo adicional que aquela cerimônia fúnebre luxuosa representaria, além de todas as outras contas. Não conhecia as orações nem os cân-ticos, cujas palavras não lhe eram familiares. Os cantos litúrgicos não significavam nada para ela. Houve muitas ocasiões em que ficaram de pé e se ajoelharam, e Nadia acompanhou tudo de forma mecânica. Tinha a sensação de que tudo aquilo acontecia com outra pessoa. Não chorara e se sentia incrivelmente distante. De forma alguma conseguia imaginar o marido deitado, com o corpo quebrado de forma horren-da, no caixão de carvalho adornado com lírios, colocado no altar. Toby se fora. Não se encontrava mais ali. Por ela, o féretro podia estar vazio. Talvez Nadia houvesse derramado todas as lágrimas pelo mari-do enquanto ele vivia. Será que um lado seu estava feliz por Toby ter escolhido aquela solução e dado a eles algum tipo de alívio por causa da dependência destrutiva? Só o tempo diria. Embora ela soubesse que a alma atormentada dele descansaria em paz, o espectro de suas dívi-das continuaria a assolá-la. Tudo o que precisava fazer era tentar enfrentar os dias sem ter um colapso nervoso, por causa do Lewis.

O que teria feito sem suas amigas? Lucy e Autumn vinham sendo sensacionais — estavam ao seu lado naquele momento. E Chantal realmente havia sido fora de série, mais uma vez desempenhando o papel de porto seguro. Escolhera as flores, a roupa de Nadia e organizara o bufê que seria oferecido após a missa, na casa da viúva. Ela apertou sua mão. De algum modo, Nadia achou bom estar perto de Chantal durante a cerimônia, como se a vida que crescia na barriga da amiga fosse uma compensação para a que fora perdida de forma prematura.

Lewis também estava próximo da mãe, mas do outro lado. Era a primeira vez que saía de terno; Nadia sentiu um aperto no coração. Como ele lidaria com a perda do pai? Será que entendia mesmo que Toby jamais voltaria? Ela contara ao filho toda a história do Paraíso — embora não tivesse certeza de acreditar nela. Se Deus existia, por que fizera o marido com um defeito tão trágico e fatal? Nadia não contara ao filho que o pai incrível, que não conseguiu mais viver com a terrível dependência no jogo, saltara do alto de um edifício. Mas, um dia, haveria de fazê-lo, quando ele estivesse mais velho e pudesse entender. Esperava do fundo do coração que a jogatina não fosse um distúrbio hereditário.

No final da missa, ela ficou feliz por sair ao ar livre de novo, deixando o cheiro forte de incenso para trás. Chantal estava linda no terninho preto e chamara a atenção de um dos tios mais gorduchos e corpulentos de Toby. Nadia sorriu para si mesma. A amiga devia estar adorando aquilo.

Naquele momento, uma série de pessoas chorosas, em fila, cumprimentava Nadia — ela nem as conhecia. A morte do marido saíra nos tabloides nacionais, juntamente com artigos sobre os perigos cada vez maiores de jogos on-line e da introdução iminente de megacassinos ao estilo de Las Vegas na Grã-Bretanha. Nadia recusara todos os convites de entrevista que recebera da imprensa. Sua família devia ter ficado sabendo do que ocorrera; ainda assim, não recebera um telefonema sequer dela. No seu caso, não era verdade que o parentesco falava mais alto. Os familiares tinham cortado relações com ela por causa de Toby e nem mesmo o falecimento dele incitara um ato de compaixão e mitigara sua atitude.

Um celular tocou ali perto, e Nadia viu Autumn abrir a bolsa e atender à ligação. Instantes depois, a amiga foi falar com ela.

— Tenho que ir. Recebi um telefonema do hospital. O estado de saúde do Richard piorou. Vou até lá. — Nadia assentiu. — A missa foi linda.

— Obrigada. A gente se fala mais tarde. — Enquanto continuava a dar apertos de mãos em mais estranhos, observou a amiga correr até a rua, para pegar um táxi. Autumn teve de ir ver o irmão. Precisavam da amiga em outro lugar. Nadia percebeu que, a partir daquele momento, só Lewis necessitaria dela. Puxou o filho para perto e abraçou-o. Aquele garoto de quatro anos se tornaria sua razão de viver. Dali em diante, teria de enfrentar tudo sozinha.

Capítulo Cinquenta e Um

s pulmões de Richard entraram em colapso, informaram os funcionários do hospital. Uma série de equipamentos caros o mantinha vivo. Mais máquinas pareciam ser acrescentadas cada vez que o visitava. Apitavam e zumbiam, ressoando e funcionando nos pontos em que o corpo do irmão não o fazia. Um tubo drenava fluidos da lateral do peito e os lançava em um recipiente que espumava, enquanto o rapaz respirava com dificuldade. A enfermeira atendia seu irmão, checando a pressão, mudando o curativo em torno da cânula colocada na parte posterior da mão e ajeitando os lençóis. Franzindo o cenho, checou a temperatura. Ele estava com febre, a testa úmida de suor.

— Tudo bem? — perguntou a enfermeira.

— Não podia estar melhor — respondeu Richard, sarcástico, levando Autumn a se perguntar por que o irmão não era mais gentil com os que tentavam ajudá-lo. — A enfermeira fez uma careta e saiu aborrecida. Quando já se havia afastado, Richard virou-se para a irmã.

— Isto não é nada bom — comentou, em voz baixa, os sons sibilantes acompanhando cada palavra. A voz estava áspera, em virtude da desidratação, e Autumn se perguntou por que o aquecedor sempre era tão forte ali, tornando o ambiente abafado demais. Qual era a participação dos hospitais no aquecimento global? Ainda bem que ela não levara uma caixa de bombons para o irmão; caso contrário, derreteriam e deixariam o chão pegajoso.

— Vai ser só um contratempo — assegurou-lhe ela. Os médicos informaram a Autumn que o colapso dos pulmões fora causado pelas lesões no peito e pelo sistema imunológico enfraquecido, em virtude da dependência em entorpecentes. No fim das contas, tudo se reduzia àquilo. — Se você descansar, com certeza só terá que ficar mais algumas semanas aqui.

Richard estendeu o braço e agarrou seu pulso.

— Eu não *tenho* algumas semanas.

— Você não precisa ir para lugar nenhum — ressaltou a irmã. Desnecessário irritá-lo ao destacar que não tinha emprego nem namorada nem família esperando que voltasse o mais breve possível.

— Os homens... — começou a dizer ele, titubeando. Com a boca seca, tentou umedecer os lábios rachados. — Os caras que foram atrás de você e que fizeram isso comigo não vão esperar tanto tempo.

Autumn deu de ombros, demonstrando uma indiferença que, na verdade, não sentia.

— Bom, vão ter que aguardar.

Uma onda de irritação passou pela face do irmão, que pestanejou, frustrado.

— Não existe "vão ter que" com esse tipo de gente. — Embora estivesse muito doente, ela notou um leve tom de ameaça, do qual não gostou. — Eu devo a eles, Autumn. E você não vai estar em segurança até receberem o que querem.

— Obrigada por isso, hein? — disse ela, de forma categórica. — É justamente o que eu queria ouvir.

— Você vai ter que cuidar da parada para mim.

— Da *parada*? — Autumn não conseguiu ocultar o riso. — Que parada? Você está falando como se estivesse num filme de Hollywood.

— Não acho graça nenhuma. A minha vida pode depender disso. E a sua também.

O que fez com que ela parasse de achar graça na hora. Autumn balançou a cabeça, com tristeza.

— É algo lícito?

Em resposta, Richard riu, o que deu início a um ataque de tosse. A irmã esperou enquanto ela diminuía, servindo um copo d'água para ele e respirando na mesma velocidade que o irmão, como se fizesse diferença.

Quando ele parou de tossir, Autumn lhe serviu água, que o rapaz tomou, sequioso. Os olhos marcados por olheiras profundas se encontraram com os dela, quando lhe devolveu o copo.

— Quando foi que fiz algo dentro da lei, querida irmã?

— Por que me envolver? Um dos seus amigos usuários não pode fazer isso para você?

Ele suspirou, e o corpo pareceu estar cheio de ar.

— Não tem honra entre criminosos hoje em dia, mana. Tem que me ajudar. Não posso confiar em mais ninguém.

Autumn pensou nas vezes, ao longo de suas vidas, em que assumira as lutas dele. Sem nunca falhar, sempre o protegera. Não queria se envolver nisso, ele devia saber. Porém, como podia abandoná-lo naquele momento, quando mais precisava dela?

— Está bom — aceitou ela, aflita.

O irmão deu um breve sorriso.

— Beleza.

— Mas esta vai ser a última vez, Richard. Depois disso, você se vira.

— Vai ter que ligar para um número.

— Eles me deram um celular para passar para você.

— Então, fica com ele. Pode telefonar para os caras. Se a gente mostrar que quer cooperar, de repente as coisas não vão ser tão ruins.

Era óbvio que Richard falava mais bobagens do que verdades. Ela pegou um pedaço de papel na bolsa e procurou uma caneta. O irmão deu o número que decorara, e Autumn anotou-o.

— Liga para eles assim que sair daqui, e vão dizer o que você precisa fazer.

— Quem é essa gente? — quis saber ela.

— Seu pior pesadelo. Não vacila não, Autumn. Faça tudo o que pedirem, senão nós dois vamos sofrer.

— Você está tentando me dizer que eu poderia ir parar numa cama, ao seu lado.

— Espero que a situação não chegue a esse ponto.

Autumn ficou pensando no que seu namorado diria quando soubesse o que o irmão inventara dessa vez. Ou talvez, para que as relações continuassem harmoniosas, fosse melhor ela não passar essa informação específica.

— Tem um fundo falso no meu guarda-roupa, lá em casa.

— Você não envolveu a mamãe e o papai nisso, envolveu?

Richard balançou a cabeça.

— Eles não sabem de nada, Autumn. — Lançou-lhe um olhar de advertência. — Nem têm que ficar a par.

Ela ficou calada.

O irmão prosseguiu:

— Tem uma mochila escondida ali. Nem olha o conteúdo. Simplesmente leva para *seja lá qual for o lugar* que eles pedirem, *quando* quiserem. Faz isso, daí se manda, e tudo vai entrar nos eixos.

Autumn pôs as mãos na cabeça.

— Não dá para acreditar que estou concordando em levar isso adiante.

— Você é minha irmã. A gente está nessa junto. Não esquece.

Como poderia? Ela conteve o estremecimento de medo que sentiu, apesar do calor. Era verdade o que diziam sobre não se poderem escolher os próprios parentes.

Capítulo Cinquenta e Dois

Chantal ficou com Nadia durante o resto do dia, mas, à tardinha, a maioria dos familiares de Toby já partira, e era óbvio que a amiga estava exausta. Tal como a igreja, a casa também parecia uma loja de flores, com buquês em todos os vasos que puderam encontrar. Chantal não entendia por que as pessoas as enviavam. A amiga precisava de capital — será que não se davam conta disso? Os artigos dos jornais deixaram clara sua situação financeira periclitante. Dinheiro vivo simplesmente teria sido muito mais útil que alguns crisântemos, que murchariam até o final da semana. Ela não chegou a falar a respeito disso com Nadia. Esta, com os olhos avermelhados e apática, organizava a casa; Chantal morreu de pena ao vê-la.

Tomando dela os copos que segurava, disse:

— Deixe isso. Eu vou dar um jeito, ao menos superficialmente. — Guiou a outra rumo à poltrona confortável mais próxima. — Precisa se sentar com os pés para o alto e comer um bom chocolate. — Da bolsa, tirou um tablete do Madagascar, de plantação única, que comprara mais cedo, antecipando aquele momento.

Nadia deu um suspiro agradecido.

— Você é um anjo. — Pegou um pedaço e saboreou-o. — Maravilhoso. — Foi a sua avaliação. Então, ofereceu o tablete a Chantal, que fez o mesmo.

— Ainda bem que o chocolate não está na lista de alimentos proibidos durante a gravidez. Eu não resistiria a ele.

Lewis brincava com o trenzinho Thomas & Amigos no piso. Nadia abriu os braços, chamando-o.

— Vem aqui com a mamãe. — O garoto foi até lá e sentou-se na poltrona, ao lado dela. As perninhas, sempre com hematomas por causa das brincadeiras bruscas, logo estavam em cima das da mãe. Nadia acariciou as marcas e sentiu os olhos ficarem marejados, como sempre ocorria nos últimos tempos. — Quem é que vai lutar com você agora?

— A tia Chantal — disse, com ingenuidade, Lewis. Todos riram. Aproveitando a oportunidade, pediu: — Posso comer chocolate também?

— Este chocolate é só para adultos — explicou Nadia. — Você não ia gostar dele. — Ela lançou um olhar sardônico para a amiga, que dizia que, como mãe, podia contar uma mentirinha de vez em quando. A outra sorriu. — Pode comer biscoito de chocolate com leite agora, antes de ir dormir. Mas só se prometer escovar os dentes bem direitinho.

— Está bom — aceitou o menino, sério.

— Vou pegar para ele — ofereceu Chantal. — Daí, vou arrumar a cozinha. — E saiu da sala.

A casa não estava tão bagunçada assim, pensou ela, enquanto recolhia os últimos pratos e copos. Nadia ficaria ocupada, na manhã seguinte, organizando o resto.

Tudo transcorrera de acordo com o esperado no enterro, embora Chantal tivesse certeza de que alguns dos parentes de Nadia dariam as caras para apoiá-la. Mas, ao ver ela e o filho lidando de forma estoica com a perda, sentira-se mais só do que nunca. Sua própria relação estava longe do ideal. Ela e Ted continuavam em terreno perigoso. Não se falavam desde que ele não fora ao encontro no bar, antes do teatro. Não que ela não houvesse tentado entrar em contato, mas suas ligações não eram atendidas. Acariciou a barriga cada vez maior. A vida transcorria enquanto se estava ocupado, fazendo planos. E se algo acontecera com Ted? E se um bêbado bateu no carro dele? E se uma arteriazinha tivesse entupido? Todos nós supúnhamos contar com o futuro, mas, na verdade, nunca sabíamos o que estava à espreita. Ao ver Nadia lidar com a perda prematura do próprio marido, Chantal passara a compreender melhor o que ocorria. E se não conseguisse contar a Ted que talvez a filha fosse dele? Mal podia pensar nessa hipótese; sabia que teria de ajeitar a situação com ele antes que fosse tarde demais.

Dando uma olhada no relógio, viu que estava ficando tarde e que tinha de ir embora. Pegou um copo de leite e dois biscoitos de chocolate para Lewis e, em seguida, voltou para a sala. Tanto mãe quanto filho cochilavam na poltrona, mas Nadia acordou quando Chantal passou por ela. Com tom de voz suave, a futura mamãe disse à amiga exausta:

— Assim que colocar o Lewis na cama, toma um banho longo e quente e vai se deitar cedo.

— Não se preocupe — assegurou ela, bocejando. — Eu vou fazer *exatamente* isso.

Dando um beijo carinhoso na amiga, Chantal se despediu.

— Até amanhã, então.

— Obrigada por tudo, Chantal. — Nadia apertou suas mãos. — De verdade.

— Não se levanta não. Eu sei onde fica a saída. — Fechou a porta, caminhou até a rua e respirou fundo. Chegara a hora de ir ver Ted.

Capítulo Cinquenta e Três

Embora Chantal ainda tivesse a chave, por algum motivo a ideia de usá-la para entrar em casa não a agradava. Ela estava ausente do seu antigo lar fazia algum tempo e começava a se sentir uma estranha ali. Talvez até uma intrusa.

Como tudo estava escuro e não havia nenhum sinal de Ted, ela decidiu aguardar a sua chegada do escritório, no lado de fora. Talvez não fosse um bom começo ele entrar e encontrá-la instalada na sala, com os pés para o alto, vendo TV com um copo d'água na mão. Então, ela estacionou no final da rua, para ter uma boa visão da entrada e poder checar quando ele entrasse. Estava ficando tarde e, se tudo desse certo, ele não demoraria muito. Conferindo no porta-luvas o estoque de doces, ela optou por uma barra de Valrhona Grand Cru, para passar o tempo. O delicioso chocolate ao leite com toque de morango e creme derreteu na sua boca. Tabletes caros sempre ajudavam em momentos difíceis. Il Divo no aparelho de CD também fazia diferença. Uma versão italiana lenta e arrebatadora de "Unbreak My Heart" tocava enquanto Chantal saboreava cada porção cremosa.

Meia hora depois, quando as costas começavam a doer e todo o chocolate acabara, um táxi parou diante da casa e Ted saiu. Chantal observou os movimentos ágeis dele por alguns minutos antes de sair do próprio carro. O estômago remexia enquanto permanecia diante da porta da frente. A neném estava bastante agitada também. Acariciando a barriga dura, ainda pequena, Chantal perguntou-se se o marido notaria de imediato que estava grávida — tornando desnecessário o discurso que ela ensaiara com cuidado. Respirando fundo, tocou a campainha.

Antes que pensasse mais no assunto, Ted abriu a porta. Ficou bastante surpreso ao vê-la.

— Oi! — disse ela, com suavidade. — Tem tempo para uma visitante?

Ted deu uma olhada no relógio, o que a irritou.

— É que vou sair — informou-lhe ele. — Só vim me trocar rápido.

Ela não tinha ido até ali só para ser despachada depressa.

— Vou tomar apenas um minutinho do seu tempo.

O marido manteve a porta aberta, e ela abriu caminho. Os dois foram até a cozinha e se entreolharam, sem jeito. A casa estava exatamente igual à ultima vez em que Chantal estivera nela. E por que não haveria de estar? Não havia pilhas de pratos típicas de solteirões na pia. Nem montes de roupas amassadas, aguardando o ferro de passar. Nada na arena doméstica ficava a cargo do marido. Tinham uma empregada ótima, Maya, que ia todos os dias cuidar da casa. Ted sabia perfeitamente preparar uma refeição rápida e saudável — sua *pancetta* com massa era lendária. E, como Chantal não precisava realizar suas obrigações conjugais no quarto, ela se perguntou se ele sentira sua falta de fato.

— Você não retornou minhas ligações — disse ela, tentando não parecer muito acusadora.

— Eu sei. — Ted fez um gesto com as mãos, do tipo "o que é que posso fazer?". — Tenho trabalhado feito um louco. — Franziu o cenho. — Era sobre isso que queria conversar?

— Não, não. — Ela balançou a cabeça e, em seguida, recostou-se no armário da cozinha.

— Então, desembucha.

— Hã... eu... hã... — De súbito, perdeu a coragem. A boca ficou seca, o coração acelerou. O anúncio ensaiado de sua "condição" foi por água abaixo. — Lucy vai se casar.

Ted pareceu intrigado.

— Lucy?

— Ted — censurou ela. — Sabe de quem estou falando. A minha amiga, do Clube das Chocólatras.

— Ah. *Essa* Lucy. Espero que seja feliz.

Ignorando o desinteresse dele, ela prosseguiu:

— Sei que você nunca conviveu com as participantes do clube, mas achei que seria uma ótima oportunidade para que conhecesse todas. Queria que fosse ao casamento comigo.

— Eu detesto casamentos.

Ela ignorou a pontada de irritação que sentiu. — Este vai ser legal.

O marido deu de ombros.

— Está bom. Depois me diz quando e onde vai ser, e vou ver se terei tempo.

Então era assim que ele agiria. Seria mais difícil do que ela imaginara.

— Melhor eu ir.

Enquanto se dirigia à porta, ele disse:

— Mas acabou de chegar.

— E você me falou que tinha um compromisso — lembrou-lhe ela.

— Ainda tenho alguns minutos — capitulou Ted, com um olhar sem graça. — Quer tomar um vinho?

Chantal respirou fundo.

— Não estou bebendo agora.

— Dieta? — Ted serviu para si o vinho branco que estava na geladeira. Chantal teve a sensação de que mataria por um único gole. — Posso pegar um refrigerante.

— Não. — Ela balançou a cabeça. — Não quero nada, obrigada.

— Você parece ter engordado um pouco. — O marido sorriu. — Sei que não é muito bom dizer isso para uma mulher, mas está ótima. Cheia de curvas. Fica bem assim.

— Ted... — Ela pigarreou. — Preciso contar uma coisa para você.

O marido mordiscou os lábios, nervoso.

— Eu também tenho que contar algo. — Ele tomou um gole grande de vinho e, em seguida, revelou, de forma brusca: — Estou saindo com alguém.

Não era bem o que Chantal esperava.

— Sente-se, sente-se — mandou ele.

Ela deixou-se cair na cadeira mais próxima, firmando as mãos na mesa.

O marido andava de um lado para o outro, evitando olhá-la.

— Posso ir ao casamento com você, se quiser companhia. Mas quero que saiba que alguém mais entrou em cena. — Olhou de esguelha para ela, checando sua reação.

Chantal ficou ali sentada com tranquilidade, enquanto absorvia a informação. Perdera o marido para outra pessoa. Ted esperava que fizesse mais perguntas a respeito, mas ela não conseguiu. Sua mente simplesmente não queria saber mais.

— Entendo — disse, por fim.

O marido deu uma risada, pouco à vontade.

— Estou feliz por ter desabafado. A gente está separado, mas, bom... Eu não queria sentir que estava sendo desleal.

Ela imaginou se se tratava de uma indireta dirigida a ela, mas resolveu ignorá-lo.

— Compreendo perfeitamente.

— Sinto muito. — Ele se ocupou olhando para o relógio de novo e tomando o resto do vinho. — Mas agora eu realmente preciso ir. Fiz uma reserva no Hakkasan.

O restaurante chinês superelegante que ficava do outro lado da cidade era o favorito de comida oriental deles.

— Ótimo — disse Chantal. Com certeza seria uma mesa para dois.

— O que é que você queria me dizer?

A mente dela congelou. Não conseguiu encontrar as palavras para contar a ele sobre a bebê. Não naquele momento. Ted aguardou enquanto ela tentou pôr os parafusos para funcionar. Por fim, a esposa teve uma ideia:

— O casamento. O da Lucy. Melhor você ir de fraque.

Capítulo Cinquenta e Quatro

Minha mesa estava cheia de cartões com felicitações animadas pelo casamento. Além disso, tinha um lindo ramalhete de lírios brancos, no canto. Até mesmo as velhas rabugentas dos Recursos Humanos mandaram um cartão. Dei uma olhada em todos de novo. O Paquera não tinha enviado nada. Fiz um beiço, triste.

Mas, como dizem, não havia motivo para chorar pelo leite derramado. Já eram quase sete da noite e quase todo mundo já tinha saído do escritório; então, peguei a bolsa na qual normalmente ficava minha roupa de ginástica e fui até o banheiro com o intuito de me arrumar para a farra noturna.

Era minha despedida de solteira, e todas as participantes do Clube das Chocólatras estavam saindo da cidade. Clive e Tristan iam também, já que, no fundo, éramos sócias honorárias. Eu não sabia ao certo se aquela humilhação ritual seria mesmo divertida, mas minhas amigas disseram que haviam planejado uma noite incrível. Elas se encontrariam comigo na frente do prédio da Targa, dali a dez minutos; então, eu precisava me aprontar logo.

Como parte da "diversão", recebi um vestido de noiva de mentira para usar. Notei que o traje devia ter sido comprado num sex shop. Era mínimo e vulgar pra caramba. Se alguém usasse aquele tipo de roupa num matrimônio de verdade, o vigário teria um troço. Eu não tinha pernas para aquilo — nem entusiasmo. No entanto, agarrei o vestidinho requisitado, fui até um cubículo e, resmungando, tirei o terninho do trabalho e meti aquela coisa ridícula.

Vinha com um espartilho, que amarrava na frente, espalhando o meu peito no alto e fazendo com que eu lembrasse vagamente Nell Gwynn, a amante do rei Carlos II. A suposta saia começava na minha cintura esmagada e parava de forma brusca logo abaixo do meu bumbum, uns trinta míseros centímetros de comprimento. Vinha com um A vermelho na parte de trás, um sinal típico do Reino Unido para indicar uma aprendiz. Eu coloquei as meias brancas com liga e as sandálias de garota de programa combinando. Um véu rendado ordinário, de cerca de três metros, estava na tiara cintilante que pus na cabeça.

Já perto da pia, dei uma olhada no espelho. Estava pior do que imaginava. Parecia uma modelo de vestido de noiva fetichista. De jeito nenhum iria sair parecendo uma noiva piranha do quinto dos infernos. Meu celular tocou.

— Anda logo — disse Chantal. — A gente já está esperando aqui embaixo. A bebemoração vai começar em breve.

— E vocês estão fantasiadas também?

— Claro. Todas com trajes adequados. Vamos, estamos desperdiçando momentos valiosos de bebedeira.

— Você não bebe mais.

— Com certeza vou encontrar ao menos uma aguinha mineral.

Está legal. Vodca, para mim, seria a minha escolha de bebida. Não tinha a menor intenção de ficar sóbria por muito tempo com aquela roupa.

— Move esse traseiro e vem logo — pediu Chantal, demonstrando que conhecia as expressões locais.

— Se eu sacudir muito, algo vai acabar saindo do lugar.

— É essa a ideia — disse a amiga, rindo, e, em seguida, desligou.

Examinando o espelho de novo, eu me dei conta de que não teria outra escolha, a não ser sair daquele jeito. Mas me resignei, já que sabia que ninguém me veria.

Andei na ponta dos pés até o escritório e, de um jeito furtivo, fui me dirigindo à porta. Então, ela abriu e o maldito Aiden Holby entrou.

— Uau! — exclamou ele, quando me viu, parando de forma brusca. Os olhos dele ficaram esbugalhados.

— O que é que você está fazendo aqui? — Eu apoiava o buquê de flores de tons berrantes no quadril, numa pose agressiva.

— Esqueci o laptop — explicou, ainda de olhos arregalados. Em seguida, sem a menor pressa, avaliou minha roupa ínfima. Sorriu de forma afetada. — Ainda bem.

— Não ouse contar o que está vendo para ninguém da Targa — ameacei, com o dedo em riste, perto do rosto dele. — Caso contrário, nunca mais lhe dou um chocolate sequer.

Paquera começou a rir. Os olhos iam dos meus seios, praticamente expostos pelo vestido, à parte de cima da liga da meia — na certa, sobrava coxa dali. Como sempre ocorria na presença dele, fiquei vermelha feito um pimentão. Ele tentou manter o semblante sério ao comentar:

— Imagino que não seja o seu vestido de noiva de verdade.

— Não seja ridículo.

— *Eu* estou sendo ridículo? — Sorriu. — Na verdade, está meio sexy, gata.

— É minha despedida de solteira — contei. O que, como sabemos, é uma desculpa para todo tipo de comportamento chocante.

— Engraçado, foi o que achei. — Nós nos entreolhamos, pouco à vontade. — Aonde você vai?

— Mistress Jay.

— A boate dos travestis?

Anuí. Os donos do Paraíso do Chocolate organizaram o encontro, embora Clive insistisse que os homossexuais que se vestiam de mulher eram considerados atualmente uma forma de diversão totalmente ultrapassada e politicamente incorreta. Talvez fosse Tristan que gostasse de homens de sandálias amarradas nos tornozelos e vestidinhos curtinhos. Vai saber. Para ser sincera, eu já estava com bastante dificuldade de lidar com a minha própria *raison d'être* para me preocupar com a deles.

Por algum motivo idiota, queria convidar Paquera para ir com a gente, mas não consegui dizer nada.

— Vocês vão se divertir — disse ele.

— Quero ficar de porre, daqui a pouco.

Então, ele me fitou, e seu olhar estava bastante triste. Quis saber, com tom de voz suave:

— Quer dizer que vai mesmo levar essa besteira de casamento adiante?

Assenti. Engoli em seco.

— Vou.

— Você ama o Marcus?

Eu me forcei a anuir.

— Então, desejo toda a felicidade do mundo — disse Paquera.

— Queria muito que você estivesse no casamento.

— Eu também. Mas só se for o noivo. — Em seguida, virou-se e saiu.

E, enquanto continuava a olhá-lo, completamente embasbacada, percebi que ele havia deixado o laptop de novo. Ia ficar fulo da vida quando se desse conta disso.

Capítulo Cinquenta e Cinco

adia e Autumn se vestiram de damas de honra vadias, o que me fez sentir bem melhor. Usavam meias-calças, plataformas e vestidos que deixavam pouco para a imaginação. Como Chantal convenceu Nadia a trocar o traje de luto por aquela roupa vulgar, só Deus sabia. Mas fiquei feliz por ter conseguido. Na verdade, Autumn estava um arraso também. Devia considerar a possibilidade de se tornar uma mulher despudorada, em vez de ativista ecológica, pois lhe caía muito melhor.

Chantal usava uma fantasia de bolo de três camadas, já que, para ela, uma mulher grávida não devia mostrar o corpo de forma indecente — um jeito bem diferente de pensar dos das celebridades de hoje em dia. Os rapazes também colocaram fantasias extravagantes. Tristan ia de padre, com o rosto bastante rubro, com veste branca rendada e tudo. Era óbvio que Clive foi vestido como meu noivo, só que usava um fraque ridículo, grande demais. O costumeiro cabelo moderno tinha sido partido ao meio e penteado com gel.

Eu me animei mais enquanto caminhávamos pela rua, rindo como um bando de estudantes; o olhar terrivelmente triste de Aiden Holby foi saindo da minha mente. Ou, ao menos, fingi que isso ocorria.

Olhei para Nadia e observei-a com mais atenção. Ela perdera peso — os quilos literalmente desapareciam do seu corpo, mas, fora isso, estava enfrentando muito bem a viuvez. Eu esperava que uma noite na cidade a animaria ainda mais. O namorado da Autumn, Addison, ficou cuidando do Lewis. Claro que Nadia ficou apreensiva com a ideia de deixá-lo tão pouco tempo depois da morte de Toby, mas acabou concordando em participar em consideração a mim, e eu amei essa atitude dela. Tanto assim que nem fiquei ressentida com ela por ter ajudado Chantal a escolher aquele vestidinho de noiva de quinta categoria.

— Você está ótima — disse eu a Nadia, passando o braço em seus ombros e apertando-a um pouco.

— Minha aparência está um desastre, e nós duas sabemos disso.

— Nem sei como você consegue se manter de pé, quanto menos enfrentar isso daqui.

— Estou sobrevivendo graças a uma mistura divina de negação e remédios controlados. — Deu um sorriso cansado. — Espero que incluir uma bebida forte no coquetel facilite ainda mais o esquecimento. Passei todas as noites, desde a morte do Toby, olhando fixamente para a poltrona vazia dele, desejando que reaparecesse. Sair vestida feito mulher de programa é uma mudança bem-vinda. Você está se casando na época certa: se eu não saísse hoje, acho que enlouqueceria.

— Ah, Nadia — disse eu, sentindo a dor da minha amiga. — Você vai ficar bem, bem mesmo. A gente vai se certificar disso.

— Bom, com certeza eu não aguentaria sem vocês.

— Não quero que se sinta sozinha à noite. Vou ficar do seu lado todas as vezes que você quiser, com uma caixa de chocolate e um filme qualquer.

Ela me deu um beijo no rosto, e eu a abracei de novo; nós duas nos apertamos.

— Vamos lá. — Comecei a andar mais rápido. — Precisamos comemorar minha última noite de liberdade.

Na Boate Mistress Jay, um cara musculoso, com mais de dois metros, usando um corpete rosa sensual, uma tanga e uns sapatos de verniz de saltos altíssimos, levou a gente até uma mesa rodeada por um sofá em forma de meia-lua. Por alguns instantes, cheguei a me sentir demasiadamente vestida. A peruca loura ia até a cintura e, enquanto nos acomodava, o sujeito fez um biquinho com os lábios cheios de colágeno para Tristan.

A decoração era bastante burlesca — veludo vermelho e adornos dourados. Até mesmo no início da noite o lugar estava cheio, em sua maior parte por despedidas de solteiro regadas a muiiiita birita. Nosso champanhe caro demais chegou rápido, e com muita coragem passamos a tentar alcançar as mesas rivais — exceto Chantal, que, para seu próprio desgosto, só bebia água.

— Espero que esta mocinha se dê conta de todo o sacrifício que estou fazendo por ela — reclamou, passando a mão na barriga, com carinho.

Ergui a taça de champanhe, sentindo-me ridiculamente emotiva.

— A nós. Ao Clube das Chocólatras.

— A nós — repetiram todas, batendo as bebidas.

— E ao seu casamento. — Chantal levantou o copo de água de novo.

As outras também.

— Ao casamento da Lucy.

— Ao meu casamento! — disse eu, mas minha voz parecia alegre demais e forçada. Tomei de um só gole o que restava do champanhe, sentindo-me ridícula e querendo chorar.

O show de cabaré começou. Erguendo alto as pernas, dançarinos — que na certa eram construtores e programadores de computadores na vida real — desfilaram no palco. Todas as músicas típicas de despedidas tocaram: "It's Raining Men"; "Respect" e "Sisters Are Doin' It For Themselves", de Aretha Franklin, "One Night in Heaven" e "I'm Every Woman". Os sucessos antigos e legais não paravam de tocar. A plateia foi aos céus.

Entre as cenas, a mestre de cerimônias Roberta Explícita foi conversar com a galera. A moçoila também tinha uns dois metros e usava uma peruca ruiva de fios encaracolados e um vestido branco brilhante com fenda até o alto da coxa. Roberta Explícita andou entre os presentes, insultando todos os que se achavam sentados por perto. Nossa comida chegou, junto com mais champanhe. Muiiiito champanhe. A estrela principal do cabaré subiu no palco. Estava vestida de Marilyn Monroe, com um vestido de lamê longo e dourado, e luvas combinando. Contou um monte de piadas sujas, uma após a outra, as quais, se eu não tivesse enchido tanto a cara, não ia nem querer ouvir.

Bebemos mais e daí fomos dançar na pista, cantando alto as letras que, em sua grande maioria, versavam sobre a canalhice dos homens; Clive e Tristan, por algum motivo, vociferaram as palavras bem mais alto que todas. Por que os gays sempre dançavam tão bem? Será que os genes deles e os dos cheios de ginga ficavam juntos? Os rapazes nos colocaram no chinelo, dando um show, enquanto tentávamos coordenar os passos de dança, de modo geral desajeitadas. Após algumas canções, já não aguentamos mais e, rindo, voltamos para a nossa mesa.

Eu me deixei cair, agradecida, na cadeira, assim que a sobremesa chegou.

— Caramba!

— Só para você, Lucy! — disseram Clive e Tristan, orgulhosos.

Os dois haviam preparado um minibolo de noiva, sabor chocolate, e deviam tê-lo enviado para a boate com antecedência.

Estrelinhas crepitavam no alto e a cobertura igualmente de chocolate aparentava ter uns três centímetros. Um barato. Os membros das demais despedidas me olhavam de esguelha, com inveja. Hã. Que nem se aproximassem!

— Vocês são demais! — disse, chorando, e cortei de forma simbólica o bolo. Todos aplaudiram e comemos. Peguei um megapedaço. Hum! Sabe como é que é, eu precisava ser educada, né? Só que, se comesse demais, nunca entraria no meu vestido de noiva de verdade. Seria obrigada a viver de ar fresco nos próximos dias, para compensar. Já me sentia meio bêbada, tonta e levemente desorientada. Aquilo tudo estava mesmo acontecendo comigo?

Daí, quando ergui os olhos, vi Paquera na minha frente e saquei que estava mesmo totalmente baratinada. O garfo parou a meio caminho, sem chegar à minha boca.

— Não faça isso — disse ele, com tristeza. Eu não sabia o que dizer. Abri a boca, mas fiquei quieta. — Não se case.

Quando olhei ao redor, os garfos de todos os meus amigos também tinham parado.

Em seguida, Roberta Explícita, a mestre de cerimônias de peruca ruiva, com precisão impecável, foi até a nossa mesa.

— Ah... oi, amorzinho. — Sua mão de unhas bem pintadas agarrou o braço de Aiden Holby, puxando-o para um abraço forte, em que apertava de forma teatral os bíceps dele. A luz do refletor se dirigiu a nós. Os clientes trêbados das outras despedidas vibraram. Eu queria morrer. Paquera pestanejou por causa da luz forte. Tive vontade de me levantar e dar um basta naquilo, mas fiquei quieta. Meu cérebro não conseguiu fazer minhas pernas funcionarem, nem a boca, nem outras partes úteis. — Mas que coisa mais fofa você é!

Aiden Holby ficou aturdido e bastante incomodado com a atenção.

— É o noivo sortudo?

— Não — disse ele, de forma categórica.

— Mas, pelo visto, gostaria de ser. — A audiência aplaudiu. Paquera ficou calado.

Chantal cochichou no meu ouvido:

— Para uma velha travesti, ela é perspicaz à beça.

— Olha só, leva a moça para casa e dá uma boa trepada — aconselhou a mestre de cerimônias. — Talvez seja a sua última chance! — Em seguida, ela rumou para uma mesa em que a anfitriã era uma noiva grávida de pelo menos seis meses, já que a barriga parecia duas vezes maior que a de Chantal. Mas ainda não terminara com Paquera. Por sobre o ombro, vociferou: — Se ela te rejeitar, amorzinho, então pode vir aqui com a titia!

Chantal tomou o meu garfo e o colocou no prato.

— Vocês dois deviam dar o fora daqui — disse para ambos. — Acho que têm muito o que discutir.

De algum modo, ela me fez ficar de pé, e minhas pernas se lembraram de como era andar. Paquera pegou minha mão e me tirou da boate. O que demonstrava o meu estado: não só tinha abandonado as amigas na minha despedida de solteira, como não terminara o bolo de chocolate, detalhe do qual apenas me recordei muito depois.

Capítulo Cinquenta e Seis

aquera e eu encontramos um café aberto até altas horas em um recanto qualquer do Soho. Provavelmente a maior espelunca da face da Terra. O piso estava todo rachado e imundo. As janelas davam a impressão de não ver sabão havia um ano. Restos de café em xícaras, muffins e biscoitos permaneciam nas mesas. Encontramos uma, próxima à janela, que se mostrava mais ou menos limpa, e me sentei.

Havia alguns vagabundos no bar, além de uns caras com casacos de capuz. Todos observaram a minha roupa. Os sujeitos nem tentaram disfarçar os sorrisinhos afetados. Normalmente, eu mandaria todos para o inferno, mas não disse nada.

— Você quer café? — perguntou Aiden Holby.

Assenti. Era a primeira coisa que me dizia desde que saímos da boate. Ele tirou a jaqueta e colocou-a sobre os meus ombros. Eu a fechei mais. Senti o aroma da loção após barba dele. Então, Paquera foi até o balcão, aguardou o pedido ser preparado por uma polonesa mal-humorada, que preferia estar em qualquer outro lugar àquele. De certa forma, eu entendia o que ela sentia.

Meu coração batia forte, por causa da adrenalina, e eu estava animada. Minha cabeça girava, mas não por causa da quantidade de champanhe que bebi. Aiden Holby tinha ido atrás de mim, comprometendo-se a casar — talvez. Um lado meu não queria ter aquela conversa, de jeito nenhum. Eu me casaria com Marcus dali a dois dias e queria me sentir felicíssima por causa disso. O mesmo lado que não queria discutir exultava. Só que o outro estava apavorado. Esse sentimento condizia com uma noiva prestes a casar?

Paquera trouxe os pedidos. Dois *lattes*. A maior parte derramara no pires, mas não era culpa dele.

— Trouxe uns muffins de chocolate também.

Apesar do aspecto duvidoso do café, os muffins pareciam ótimos. Caseiros. Com pedacinhos de chocolate. E eu não conseguia dar nem uma mordida sequer. Estava numa situação terrível. Sem entusiasmo, Aiden Holby tentou mordiscar o dele.

O *latte* estava razoável também. Só que acabei colocando três saquinhos de açúcar nele. A minha desculpa era que precisava do estímulo energético. Estava quente e gostei da sensação de calor em minhas mãos, enquanto segurava a xícara. Tirei a tiara e o véu e, sem pensar, coloquei-os na mesa ao meu lado, onde havia café derramado.

— Então, o que a gente vai fazer? — perguntei.

— Não quero que cometa esse erro, gata — disse Paquera, por fim.

— E acha que é o que estou fazendo?

— Você não acha?

— Até alguns minutos atrás, eu teria dito que estava redondamente enganado.

— E agora?

Eu balancei a cabeça.

— E agora, não sei.

— O Marcus não é o cara certo para você.

Tentei sorrir.

— E você é?

— Acho que sim.

— A gente tentou, Aiden, e deu no que deu.

— Na minha opinião, nós nos precipitamos. Quer dizer, eu. — Ele estendeu a mão na mesa grudenta e pegou a minha. — A nossa relação foi muito especial.

— E eu coloquei tudo a perder.

— A gente não devia ter terminado. Eu fiquei magoado demais e agi sem pensar.

— Minha desculpa foi exatamente essa.

Paquera balançou a cabeça.

— Eu sei. — Ele tentou esboçar um sorriso. — Foi uma ótima desculpa.

— Então? — Eu me dei conta de que brincava com o anel de noivado e parei. — Está me pedindo em casamento?

— Não. Só acho que devíamos tentar dar mais uma oportunidade para a nossa relação.

— Quer que eu cancele o casamento, quando faltam apenas dois dias, com base no fato de que a gente talvez tenha chance de ter uma relação legal?

— É mais do que isso. Você sabe. — Acariciou a parte posterior da minha mão com o polegar. — Sei que não estou pedindo muito, Lucy.

— Com certeza está! — Tentei ser irreverente, mas não me saí bem.

Distraída, limpei o café com o véu, pensando no modelito fashion e sofisticado pendurado na porta do meu banheiro. Deveria cancelar o casamento diante da possibilidade remota de ter uma relação legal com Aiden "Paquera" Holby, que, pelo visto, não conseguia tirar da cabeça? Ou deveria ficar com o Marcus, que, embora longe do ideal, queria se casar comigo?

Capítulo Cinquenta e Sete

omo rezava a tradição das noites de despedidas de solteira, eu estava com uma megarressaca, encurvada no sofá, no recanto do Paraíso do Chocolate, rodeada por minhas melhores amigas. Elas também se encontravam no mesmo estado que eu, exceto Chantal, cuja aparência era tão péssima que até a ressaca cairia melhor.

Eu apertava a cabeça e a barriga. Não sabia o que doía mais. Comia corajosamente a fatia de torta com doce de leite, banana e chocolate, com o objetivo de restaurar o equilíbrio. Chocolate é uma cura conhecida para ressaca, bem como para resfriados, TPM, hemorragias nasais e, talvez, verrugas. Na verdade, as únicas atribulações que chocolate não cura são acne e obesidade. As bananas têm um monte de proteínas também, o que era bom para nós — então, tratava-se, na verdade, de um remédio.

— O que é que você vai fazer? — quis saber Nadia. Estava prostrada no sofá ao meu lado. A voz lembrava o tom áspero da cantora gaulesa Bonnie Tyler.

— É bom saber que, embora eu tenha abandonado vocês, minhas queridas amigas, no auge da minha despedida, continuaram a bebemorar sem a minha presença.

— A gente pensou que talvez você voltasse — disse Autumn.

— Não sabíamos se estávamos comemorando por você ou afogando as nossas mágoas — informou Nadia. — Então, a gente fez as duas coisas.

Inclinei a cabeça.

— O que é que eu vou fazer?

Minhas amigas me olharam com apreensão, e Chantal agiu como porta-voz.

— É o que nós queremos saber, querida.

— Paquera me pediu que desistisse do casamento.

Nadia pôs a mão no meu braço.

— E é isso que você quer?

— Não sei.

— Tem um dia para tomar a decisão — ressaltou ela.

Eu que o dissesse. Logo após o encontro convocado às pressas ali, eu ia para Trington Manor. Marcus enviaria alguém para me pegar e transportar minha bagagem até lá. Ele iria mais tarde, tal como meus progenitores — meu pai com a cabeleireira perua e minha mãe com o milionário careca. Só de pensar neles, eu já ficava tonta.

— Não dá para cancelar um casamento um dia antes — comentei, cansada. — Imaginem só a despesa. Marcus já gastou uma fortuna. Milhares de libras.

— Você não pode casar tão cheia de dúvidas, Lucy. — Autumn tinha razão de destacar esse ponto.

— Eu amo o Marcus — insisti. — Mas só que...

— Ama mais o Paquera.

— Não — disse eu. — Foi simplesmente uma paixão. Acontece que ele é muito persuasivo. — Pensei nele sentado no café na noite anterior, com os olhos castanhos grandes e meigos; naquele momento, não foi nem um pouco difícil acreditar que tudo seria possível. Eu poderia cancelar o casamento, deixar o Marcus na mão de forma leviana, sem ressentimentos, e me mandar para ver o pôr do sol com Paquera, sabendo que, apesar do nosso começo instável, seríamos felizes pra caramba no final. Então, percebi que estava vendo filmes românticos demais. Richard Gere e Debra Winger tinham muita culpa no pedaço. Esse tipo de coisa só acontecia em Hollywood. Eu precisava me lembrar disso. Na vida real, todo mundo ia ficar fulo da vida e ninguém voltaria a falar comigo. Eu perderia o Marcus, depois eu e o Paquera romperíamos a relação e eu ficaria sozinha, sem ninguém que me amasse. Não se cancelava um casamento na última hora. Simplesmente não se fazia isso. Como eu poderia causar tanta dor? Balancei a cabeça, com tristeza. — Vou ligar para o Paquera e dizer para ele que me deixei levar pelo momento, mas que seria um grande erro cancelar o casamento.

Minhas amigas assentiram — Nadia e Autumn tentando não mover muito a cabeça —, mas não deram a impressão de estar convencidas.

— Quero que cheguem bem cedo no hotel, hein, gente? — avisei, tentando parecer animada. — O Darren vai fazer os penteados no início da manhã e a assistente dele vai cuidar da maquiagem.

Marcus reservara quartos diferentes para aquela noite — pode nos chamar de supersticiosos, mas não queríamos arriscar nenhum azar. O que significava que eu poderia ficar um pouco mais na cama, para depois tomar o café da manhã já preparado! Oba!

Clive apareceu.

— Como vão minhas melhores clientes hoje?

— Psiu. Não grita — pedi.

Ele falou mais baixo.

— Ressaca?

Todas anuíram de novo. Clive jogou um cartão de visitas na mesinha de centro à nossa frente. Dizia: *Roberta Explícita — Intérprete Feminina.*

— Um dos travestis? — perguntei.

— Ahã — confirmou. Daí, suspirou, infeliz: — Achei no bolso do Tristan. Por que deixou ali, hein? Tenho quase certeza de que está saindo com outros homens.

Homens ou mulheres? Nem quis fazer a pergunta.

— Estou com um mau pressentimento quanto à nossa relação — prosseguiu Clive. — Ele fez ligações furtivas a manhã inteira e, agora, sumiu, e nem sei onde está.

— Talvez haja uma explicação perfeitamente plausível — sugeriu Autumn.

— De repente o Tristan está contratando a Roberta Explícita para sair de dentro do meu bolo de casamento — aleguei.

— Teria que ser um bolo grande pra caramba — disse Clive e, apesar da tristeza, todos rimos. — Vou ter que contratar um assistente confiável — continuou ele, quando as risadas diminuíram. — Não sei por quanto tempo mais terei o Tristan por perto. Não deixem de me avisar se alguma amiga de vocês tiver interesse.

— Eu não me importaria de trabalhar em alguns turnos — informei. Achava que não conseguiria voltar para a Targa e encarar Paquera como sra. Marcus Canning. Aquele capítulo da minha vida tinha que fechar. Aiden Holby não poderia continuar a ser uma tentação para mim. — Depois de toda a agitação por causa do casamento, claro.

— De jeito nenhum. Você comeria todo o meu lucro — brincou Clive.

Cruzei os braços, cheia de melindre.

— Quanta gratidão!

Rimos de novo. Clive começou a se afastar.

— Bom, avisem se precisarem de algo mais — disse por sobre o ombro.

— Eu tenho que ir embora. — Saboreei o último pedaço da torta com doce de leite, banana e chocolate. Poderia ser a derradeira porção de cacau como solteira. A ideia me fez estremecer. — Não posso comer mais nada — comentei, sentindo-me realmente cheia. Passei a mão na barriga. Mostrava-se mais redonda que a de Chantal, e ela estava grávida. — Vocês vão ter que me espremer para que eu caiba no vestido. Como posso perder treze quilos até amanhã?

— Amputa as duas pernas. — Foi a sugestão prestativa da Nadia.

— Daí seria interessante caminhar pela nave da igreja.

— Não falei que era a solução perfeita — prosseguiu ela. Em seguida, fitou todas as outras, buscando aprovação. — Vou perguntar uma última vez, Lucy. Tem certeza de que está fazendo o que é certo?

— Tenho. — Eu me levantei e pendurei a bolsa no ombro. — O casamento vai acontecer amanhã. — Dei a impressão de estar totalmente determinada, embora meu estômago revirasse de pavor. — Marcus e eu vamos nos casar e seremos muito felizes juntos.

Capítulo Cinquenta e Oito

Os quartos de Autumn e Richard na casa dos pais quase não mudaram desde que os dois eram adolescentes. No dela, não havia pôsteres de cantores pop na parede, já que sempre ouvira música folclórica quando todos os demais curtiam Madonna, Queen ou seja lá que grupo. As rosetas dos prêmios ganhos no Clube do Pônei, ainda grudadas em torno da penteadeira, apresentavam uma leve camada de poeira. Nos dois andares de baixo, a casa fora reformada e redecorada várias vezes, mas, no terceiro, tudo ficara igual.

Ao abrir a porta do quarto de Richard, Autumn sentiu o cheiro já familiar de madeira velha e sapatos de rapaz. Afora a breve visita no desastroso Natal, fazia anos que ela não ficava ali, nem precisava fazê-lo. Ela se lembrou das brigas de travesseiro, pulando descalça na cama rangente do irmão, na parte da casa em que não eram escutados pelos pais — se é que estivessem lá. O trabalho sempre fora a prioridade deles e, por sorte, ambos permaneceriam fora do país até o final da semana, então não precisaria explicar a visita inesperada. Autumn não queria começar a mentir para eles sobre o que fazia no quarto do irmão. Apesar de ainda ter a chave, para o caso de alguma emergência, Jenkinson abrira a porta, e ela sabia que ele não mencionaria nada para os seus pais. O velho mordomo sempre desempenhara mais o papel de figura paterna para ela que seu próprio pai.

Autumn abriu a cortina. Aquele era mesmo o quarto de um rapaz. Estava mais arrumado naquele momento, e na estante ainda havia *Vidas sem rumo*, *O senhor das moscas*, *O apanhador no campo de centeio* e um exemplar roubado da biblioteca da escola, *A obra completa de Shakespeare*. No alto, achava-se uma série de aeromodelos, inclusive uma aeronave Harrier, que Richard passara horas montando, na época em que queria ser piloto de caça da Força Aérea Britânica. A irmã acariciou o modelo e se perguntou o que teria acontecido com os sonhos dele. Como alguém com tanto potencial podia ter estragado tudo de forma tão contundente?

Ao longo dos aeromodelos, encontravam-se as figuras de *Guerra nas Estrelas* — brinquedos que mantinha desde que era bem pequenininho. Ela os examinou, pegando Han Solo, R2-D2 e Chewbacca, manuseando-os como se fossem de porcelana. Sentia-se impressionada por constatar que tinham sobrevivido às indignidades rituais de Richard, que incluíam mandá-los para o espaço amarrados em fogos de artifício. Sabe-se lá por que os pais mantiveram tudo aquilo. Não era como se sentissem qualquer ligação emocional a algo que os filhos faziam. Muito provavelmente deixavam os objetos ali por falta de interesse ou por nunca terem precisado usar os quartos para outra coisa. Embora a coleção de Richard estivesse ultrapassada, havia muitos garotos desamparados, que adorariam aqueles brinquedos.

Autumn deitou-se na cama e fitou o teto, esperando, de algum modo, conectar-se com o garoto que o irmão fora no passado. Mas, por mais que tentasse, era difícil conciliar o homem que Richard se tornara e o menino cuja formação ocorrera durante anos naquele quarto. Este, com o entusiasmo por *Guerra nas Estrelas*, bons livros e os voos em prol da rainha e do país, desaparecera há muito tempo.

No canto do quarto ficava o guarda-roupa, de mogno maciço. Que diferença dos atuais quartos dos garotos: não havia TV de tela plana nem PlayStation, nem iPod, nem computador. Autumn saiu da cama e abriu as portas do guarda-roupa. Estava bem vazio, exceto pelo velho blazer do colégio e algumas peças. Ela levara uma chave de fenda e um martelo na bolsa, caso necessitasse usar força bruta para concluir a tarefa; porém, nem precisava ter se dado ao trabalho. Havia um buraco do tamanho de um dedo na madeira, no fundo do guarda-roupa, e ela meteu o indicador ali. O fundo falso saiu com facilidade. Espremida ali dentro, encontrou uma mochila preta da Puma e tirou-a do esconderijo. Richard lhe dissera para não olhar o conteúdo, e Autumn prometera não o fazer. Quanto menos soubesse, melhor mesmo. Telefonou para o número fornecido pelo irmão, mas a pessoa que atendeu lhe pediu simplesmente que aguardasse até entrar em contato com ela. Então, não teria outra opção além de esperar, mantendo o conteúdo ilícito de seja lá o que fosse. Colocando a mochila no ombro, deu uma última olhada no quarto e fechou a porta.

— O que é que tem aí? — Autumn ficou surpresa. Addison já esperava por ela na sala de aula quando chegou ao instituto. Fez um gesto em direção à mochila que levava. — Vai começar a correr?

Ela sentiu o rosto ficar rubro.

— É só o que Richard me pediu que pegasse na casa dos meus pais. — Não quisera correr o risco de deixar a mochila e, o mais importante, seu conteúdo, no apartamento. Por algum motivo, pensou que estaria mais segura se a escondesse em algum lugar no instituto, até receber a ligação informando onde deveria deixá-la. Mas começou a achar que fora uma ideia bastante idiota.

— Por que não me falou de manhã? Teria ido com você. — Deu-lhe um beijo no rosto e sorriu. — Vim dizer que tenho ótimas notícias. — Ela não conseguiu falar nada. — Acho que consegui verba para Tasmin montar o estande em Camden Market. Vou pegar uma subvenção para que compre materiais suficientes para fazer um estoque. Tem muitos lugares disponíveis, então ela deve conseguir vender bem.

— Uau — exclamou Autumn, apesar de saber que não estava demonstrando todo o entusiasmo que sentia.

— Achei que ia pular de alegria. — Inclinou a cabeça para o lado, intrigado. — O que é que foi? Você está com cara de culpada

— Não, não.

Addison olhou para a mochila de novo.

— Tem algo a ver com isso?

— Isso?

Ele assentiu.

— Acho que só algumas roupas e coisas assim... Não tenho certeza.

O namorado franziu o cenho.

— Trabalho há muito tempo com gente que muitas vezes não segue o bom caminho. Saco na hora quando alguém age de forma evasiva.

— Não é nada. Sério.

— Deixe-me ver o que é que tem aí dentro — disse, com firmeza. E ela não esboçou reação quando ele estendeu a mão para abrir o zíper.

Addison tirou um ursinho de pelúcia de dentro. Era muito fofo, cor de mel, com gravatinha borboleta e um sorriso bobo. Havia vários idênticos a ele no interior da mochila.

— Bichinhos de pelúcia?

Autumn deu de ombros e tentou dar um sorriso despreocupado.

— Sabe como é o Richard!

— Até demais — disse ele, pegando uma faca de artesanato da bancada e abrindo a barriga do urso.

A namorada ficou boquiaberta. Pacotinhos de pó branco estavam escondidos dentro.

Addison pegou um e tocou na substância com os dedos.

— Sabe o que é isso?

— Não. Não precisamente, mas sei que coisa boa não é. — Nunca conseguira mentir. Os ombros encurvaram e ela deixou-se cair no banco mais próximo. — Concordei em entregar essa mochila do Richard — confessou.

Seu namorado não gostou nada da notícia.

— Para quem?

Ela respirou fundo. Estava na hora de abrir o jogo com ele.

— Para uns caras bem perigosos.

— Você tem que levar isto para a delegacia.

— Não posso. Richard se meteria numa grande enrascada.

— Ele já está numa grande enrascada, Autumn.

— Não vou ajudar se eu dedurá-lo — alegou ela. — Fui eu que sempre livrei meu irmão das frias. Mas não vou mais fazer isso, prometo. Esta vai ser a última vez, e ponto final. Ele vai ter que se virar.

— Você trouxe isso para um instituto de reabilitação de dependentes — disse Addison, com severidade. — Está colocando em risco o seu trabalho e a nossa reputação só para salvar a pele do seu irmão?

— Estou — admitiu, num sussurro. Era a primeira vez que via o que fazia sob esse aspecto.

Addison devolveu-lhe o urso e lhe disse em um tom hostil assustador:

— Não posso mais lidar com você, Autumn. Sinto muito. Seu irmão está na pior e faz questão de afundá-la junto. Não estrague a sua própria vida se metendo nisso.

— O que mais posso fazer? — gritou ela. Mas, àquela altura, o namorado já saíra, batendo a porta com força.

Capítulo Cinquenta e Nove

arcus me abraçou e segurou com força.

— É isso aí, doçura — disse ele. Nunca me chamara assim antes.

Estávamos no Trington Manor. Já me instalara ali havia algumas horas. Não fizera nada além de sentir pânico, na verdade. Fiquei feliz por Marcus ter aparecido de surpresa, pois com certeza me faria relaxar mais.

Eu mal vi meu noivo durante semanas. Houve muito a fazer e a organizar, apesar da valiosa contribuição do Jacob. Andei tão atarefada que nem tive tempo de me mudar do meu apartamento e ir para o do Marcus. No entanto, já estava chegando o dia do casamento.

— Está nervoso? — perguntei.

Marcus balançou a cabeça.

— Nem um pouco. Estou louco para ir em frente. Lucy Lombard vai ser minha legítima esposa, o que faz de mim o cara mais sortudo do planeta. Por que deveria estar nervoso? — Ele me apertou ainda mais e me olhou nos olhos, com carinho. — Você está?

— Não, não — respondi. Nervosa não. Apavorada resumiria melhor meus sentimentos.

Além de não termos começado a viver juntos, tínhamos reservado quartos separados naquela noite. O Marcus era supersticioso pra caramba e não queria me ver antes que eu entrasse na igreja. Concordei. Não era preciso muito para uma nuvenzinha escura se formar no alto da minha cabeça, e eu é que não ia me arriscar.

— Os meus pais já chegaram — informei, fazendo uma careta.

— Isso vai fazer você se sentir melhor. — Na verdade, a vontade que eu tinha era de pegar um fuzil e matar algumas pessoas de forma indiscriminada.

— Reservei uma mesa para o jantar às sete. — Seria divertido, já que pela primeira vez desde a separação bastante amarga os meus pais ficariam no mesmo ambiente. Talvez o tempo os tivesse feito amadurecer, deixando os problemas para trás etc., e minha mãe não teria vontade de arrancar os olhos da Cabeleireira, e meu pai não quisesse dar um murro no Milionário. Talvez, também, Victoria Beckham começasse a gastar menos e as calotas de gelo parassem de derreter.

Marcus acariciou o queixo, pensativo.

— Não vejo os seus pais desde...

— Desde que formavam um casal — lembrei. — Eu mal os vi desde então. — Meu pai agora vivia em êxtase conjugal na Costa Sul da Inglaterra com uma mulher que tinha metade da sua idade, enquanto minha mãe optara por *siestas* libidinosas na Espanha com um homem que aparentava ter o dobro da idade dela.

— Seria uma boa a gente se mandar agora para uma praia nas Bahamas — sugeri.

— O casamento vai ser ótimo — prometeu Marcus, enquanto me dava um selinho suave. — Todos vão se lembrar dele durante anos.

✽ ✽ ✽

Mas, antes, a gente teria que enfrentar o jantar. Marcus achava-se sentado à cabeceira da mesa. Eu, do outro lado. Meus pais beligerantes estavam de frente um para o outro. Tente planejar a posição dos assentos para pessoas que você sabe que se odeiam. Acabei com a tinta de três canetas nesse ínterim. Essa seria a noite mais longa da minha vida e, de repente, desejei que eu e Paquera pudéssemos nos esconder no banheiro feminino para animar a festa. Então, reunindo todas as forças possíveis, meti a imagem de Aiden Holby em algum recôndito da mente e dei um largo sorriso para os convidados.

Apesar do belo bronzeado da minha mãe, eu sabia que, no fundo, estava lívida e tensa. Meu pai parecia exausto, e não acho que fosse por ter jogado golfe demais. A Cabeleireira, Myleen, fora vestida de puta. Usava uma blusa branca tão decotada que mal escondia os mamilos. Aquilo ali *não podia* ser peito de verdade, podia? Com certeza ninguém conseguiria afogá-la. O Milionário não desgrudava os olhos dela. Ria alto de qualquer coisa que ela dissesse — o que não era muito. Vira e mexe fazia cara de dor, na certa quando a minha mãe lhe dava um chute na canela. Meu pai a observava com expressão sombria sobre o lindo buquê de rosas brancas.

Que maravilha isso, disse a mim mesma. E ainda estávamos nos aperitivos. Como chegaríamos à desgraça da sobremesa, eu não fazia ideia. Mas pode ter certeza de que ficaríamos até os doces. Não ia enfrentar toda aquele mal-estar sem o chamariz do chocolate no final. Aquela podia muito bem ser minha última chance *mesmo* de consumir cacau como solteira, e eu não a deixaria passar.

Marcus fazia o possível para ser um bom anfitrião.

— Vocês fizeram boa viagem?

— Ótima — disse o meu pai. — Um Bentley sofisticado é sempre um êxtase.

Supus que se referia às estradas, mas não se podia ter certeza, nos dias de hoje.

Minha mãe brincava com a taça de champanhe.

— Howard alugou um jatinho particular — comentou, friamente.

Meu pai engasgou com a bebida. Eu diria que um aviãozinho dá de dez a zero num carro extravagante — até mesmo num Bentley. Um a zero para a mamãe.

Marcus esforçou-se mais.

— Este hotel é uma beleza, não? Gostaram dos quartos?

— A gente está na suíte de lua de mel — contou meu pai, sem desgrudar os olhos da minha mãe.

— E nós, na presidencial — disse a minha mãe. — É enorme.

Humm. Quem teria ganho essa? A suíte de lua de mel dava a entender que se estava transando o tempo todo, e a presidencial, que se tinha muita grana, mas se necessitava de Viagra. Achei que papai tinha ganho essa rodada. Minha mãe também deve ter pensado isso, pois tomou o restante do champanhe de um gole só, de forma bastante agressiva.

Mas que pesadelo! Quase desejei que tivéssemos convidado os pais do Marcus também. Pelo menos, eu teria a distração de me livrar das carícias de Dave Mão-Boba, e de receber Hilary, a Bárbara, que era compatível com a minha mãe. Sem dúvida, iniciariam uma batalha de chapéus ou algo assim.

Meu noivo me lançou um olhar angustiado. Eu retribuí com um sorriso compassivo. Estava uma arara com os dois — lá estava Marcus, fazendo o maior esforço para que o jantar fosse ótimo, e eles agindo de forma tão grosseira. Por que casamentos e funerais ressaltavam os lados piores das pessoas? Só precisavam agir de forma educada um com o outro por algumas horas e, então, não precisaríamos mais vê-los até que o primeiro neto nascesse. Não era assim que funcionava tudo atualmente? Olhei para os presentes, que estavam de braços cruzados e expressões carrancudas, e fiquei triste. Havia muito esforço e muita despesa rolando naquele casamento; eu só torcia que meus pais se comportassem bem por tempo suficiente para que o nosso grande dia fosse realmente inesquecível.

Capítulo Sessenta

Marcus foi comigo até o meu quarto. Ele me pressionou contra a parede, deu um baita amasso e me beijou profunda e longamente.

— Humm — sussurrou no meu ouvido. — Dá azar transar com a noiva até não poder mais na véspera do casamento?

— Na certa.

— Quer arriscar? — perguntou, enquanto a mão acariciava o meu traseiro. O beijo se intensificou mais. — Eu queria passar a mão na sua coxa lá no restaurante, como fiz no Alfonso.

Eu me libertei do abraço.

— Era *você*?

Marcus riu.

— E quem achou que fosse?

Não podia dizer "o seu pai", podia? Se eu achasse que o Marcus acariciava minha celulite, então não teria ido até o banheiro nem beijado Aiden "Paquera" Holby. Comecei a sentir uma dor na parte posterior dos olhos e uma crise de abstinência de chocolate chegando.

— A gente tem que acordar supercedo. Melhor eu ir direto para a cama.

— É justamente o que estou sugerindo — disse ele, com um brilho nos olhos.

— Amanhã — prometi, beijando-o. Agora o estado de ânimo já mudara. — Vamos esperar até sermos marido e mulher. Daí, vai ser mais excitante.

— Vai mesmo? Não é o final da vida sexual, quando a gente se casa?

Dei de ombros.

— Não acho que é o que acontece com os meus pais.

Meu noivo se afastou.

— É, mas os dois casaram de novo. Será que eram daquele jeito quando estavam juntos?

— Claro que não!

Marcus soltou minhas mãos.

— É o que estou dizendo.

— Eles eram normais. Brigavam. Fechavam a cara. Provavelmente transavam uma vez na vida, outra na morte. Mas, na maior parte do tempo, quando estavam juntos, se davam bem.

Ele me olhou, muito sério.

— É isso que quer para nós? Que a gente se dê bem?

— Não. Quero mais do que isso. Que seja meu marido e melhor amigo. Meu amante e um grande pai para os nossos filhos.

— Eu também quero tudo isso.

Sorri.

— Assim sendo, a gente vai ser muito feliz.

Marcus brincou com meu relógio, passando o polegar nele, distraído.

— Então, por que seus pais se separaram?

— Acho que mais por enfado do que por qualquer outra coisa. — Na verdade, eu nunca tinha conversado com os dois sobre o cerne da questão. Você não fez isso, fez? Minha mãe provavelmente se poria a descrever de forma gráfica os defeitos do meu pai na cama e, para ser sincera, seria mais informação do que eu gostaria de ter. Eu amava os meus pais e tudo o mais, só que não queria saber *detalhes* a respeito deles. Daí, disse apenas: — Passavam por uma fase ruim.

Ironicamente, minha mãe estava saturada da aparência anos 1980 do meu pai e o convenceu a se modernizar. Então, ele foi a um salão novo, onde Myleen, a Cabeleireira, ofereceu um pouco mais do que ele esperava. O que aquela mulher viu na quase careca grisalha, nunca vou saber. De qualquer forma, a gente nunca consegue ver os próprios pais como objetos sexuais, não é mesmo?

— Depois, o meu pai conheceu outra pessoa. E, sem se dar por vencida, minha mãe também.

Meu noivo aparentou ter ficado bastante preocupado com essa revelação. Talvez se lembrasse das próprias aventuras.

— Não precisa ser assim com a gente. — Apertei a mão dele, reassegurando-o. — Mas vamos ter que nos esforçar, Marcus. Bons casamentos não duram por acaso.

— Tem razão — disse ele, mas notei que o brilho no seu olhar sumira. Ele acariciou uma mecha do meu cabelo e me beijou uma última vez, sem o ardor de antes. — Melhor irmos dormir cedo.

Daí, foi andando pelo corredor, e eu fiquei observando.

— Vejo você na igreja — gritou por sobre o ombro.

— Eu amo você — vociferei, mas acho que não me ouviu.

Capítulo Sessenta e Um

stava deitada na cama, fitando o teto. Já tinha comido o chocolate que deixaram no meu travesseiro. Não era ruim, mas não chegava a ser ótimo. Aliás, um bombom de baixa qualidade, considerando que seria *sem dúvida* meu último como solteira. Deveria ter levado um estoque do Paraíso do Chocolate para me dar energia. Tinha sido um descuido grave da minha parte, e me perguntei do que mais haveria esquecido. Talvez houvesse tomado café demais no jantar, pois naquele momento me sentia desperta e acesa.

No quarto, no final do corredor, Marcus com certeza já dormia profundamente. Na suíte de lua de mel, meu pai e a Cabeleireira deviam estar transando, como minha mãe e o Milionário na suíte presidencial — apesar de este último precisar, na certa, de algum incremento químico. Se era desagradável o bastante imaginar os pais fazendo amor, pior ainda era pensar neles trepando com outras pessoas — e *curtindo!* Eca! Tentei tirar a imagem da cabeça. No entanto, no mundo inteiro as pessoas estavam na mesma situação — dormindo, fazendo amor e sofrendo de insônia, preocupadas.

Tentei buscar uma posição mais confortável e me deitei de lado. O celular estava na mesa de cabeceira. Chamava a minha atenção, tentador. Eu me perguntei o que Paquera andaria fazendo naquele momento. Dormia profundamente também? Haveria alguém mais ao seu lado na cama? Por um acaso poderia estar deitado, sem conseguir pregar o olho, pensando em mim?

Peguei o celular e brinquei com ele. Apesar da minha promessa, não tinha entrado em contato depois da conversa na espelunca. Tinha toda a intenção de ligar e explicar o que sentia, mas, para ser sincera, não fazia a menor ideia do que dizer. Daí não ia sair do "hum" e do "hã" e isso seria péssimo. Paquera merecia mais do que isso.

Eram três da madruga. O horário em que mais gente morria, em que os bebuns ligavam para as ex-namoradas e imploravam para reatar e em que todo tipo de besteira ocorria. Eu sabia muito bem disso. Então, antes de pensar melhor, achei o número de Aiden Holby. Com sorte, a ligação cairia no correio de voz e eu deixaria uma mensagem legal, explicando que era uma babaca, que esperava que ele fosse feliz e que sentiria falta dele, e muita. Esse tipo de coisa.

Após três toques, Paquera atendeu.

— Oi, gata. — Parecia bastante sonolento. Quer dizer então que mantinha o meu número no celular.

— Não quis acordar você.

Deu-se uma pausa.

— São três da manhã. — Ouvi quando conteve um bocejo, e sorri. Nunca tinha ido para a cama com ele, infelizmente, mas não precisava de muita imaginação para imaginar cada centímetro do seu corpo sob a coberta, a curva das costas, as pernas musculosas, a forma como devia estar se apoiando no ombro másculo. Podia vê-lo como se

estivesse ali, deitado ao meu lado. Minhas pernas não pararam um segundo quietas na cama. — O que achou que eu estaria fazendo?
— Não consigo dormir.
— Grande dia hoje.
— É. — Eu me encolhi debaixo da colcha. — Não deveria estar telefonando para você.
— Talvez não. Mas estou feliz que tenha ligado.
— Agora, não sei o que dizer.
— Me diz o que está vestindo. Está nua?
Dei uma risada.
— Mas que tremendo pervertido você é, Aiden Holby.
— Assim está melhor — disse ele, rindo. — Parece mais com a Lucy que eu conheço e amo.
Engoli em seco e meu estômago embrulhou.
— Estou usando um pijama do Ursinho Puff.
— Sexy — sussurrou. — Queria vê-lo.
— Esta provavelmente é a última vez que ligo para você. Não vou poder telefonar mais, não seria justo com o Marcus. Acho que a gente deve apagar os números da lista de contatos.
— Se é o que realmente quer.
— Acho que será melhor assim.
Aiden Holby soltou um suspiro longo e triste.
— E agora, o que acontece, gata?
— Eu desligo e pronto. Amanhã eu me caso. — Por que diacho comecei a chorar? Solucei baixinho ao celular. — Só queria que soubesse que amei você muito.
— E eu ainda amo você, Lucy.
— Melhor eu ir agora. — Enxuguei as lágrimas com a manga do pijama. — Boa-noite. Bons sonhos.
— Tchau, gata. Tenha uma ótima vida. — E com isso ele desligou.

Capítulo Sessenta e Dois

assistente do Darren já tinha aplicado meio quilo de maquiagem no meu rosto cansado e pálido. Usara uma quantidade generosa de *Flash Retouche*, da Lancôme, para disfarçar as olheiras e conseguira com sucesso me transformar numa noiva corada. Eu estava sentada de roupa íntima, meia e liga, com Darren fazendo um penteado no meu cabelo, quando as participantes do Clube das Chocólatras chegaram. Entraram de supetão, dando risadinhas, e, no mesmo instante, comecei a me animar mais. O cabeleireiro foi empurrado para o lado enquanto elas me cumprimentavam.

— Como está a futura noiva? — quis saber Nadia, abraçando-me de forma calorosa.

— Atemorizada. — Não eram nem dez horas e minhas mãos tremiam. O que sentia era algo totalmente confuso. O estremecimento nos joelhos não dava sinal de que acabaria em breve. Achei melhor não contar a elas o telefonema para Paquera no meio da madrugada.

— E tem que estar mesmo — disse Nadia. — Casar é algo muito importante. Mas vai dar tudo certo. Supercerto.

— Eu sei, eu sei — repeti, mecanicamente. — Eu sei.

— A gente trouxe suprimentos — comentou Chantal. — Abre a boca.

Eu o fiz, e uma trufa foi colocada ali.

— Ah! — suspirei. O sabor maravilhoso do Madagascar, de plantação única, derreteu na minha língua. Isso sim, isso sim. — Humm! Dá uma força e tanto. — Aquele poderia ser meu *ultimíssimo* chocolate como solteira. Melhor saboreá-lo.

Marcus tinha me ligado de manhã cedo para me dizer que me amava. Eu me sentia sensível desde então. Por fim, uma lágrima caiu do meu olho.

— Nada de chorar para estragar a maquiagem — instruiu Chantal, enxugando com um lenço o líquido desagradável, rápida feito um raio. — Segura as lágrimas, vamos lá. Só pode cair no pranto *depois* que disser "aceito".

Eu me contive. Com esforço.

— Tem certeza de que está bem? — perguntou Nadia.

Meus lábios oscilaram. Ela nunca deixava passar nada, então era melhor abrir logo o jogo.

— Eu liguei para o Paquera de madrugada — confessei. Como era mesmo aquela história de ir para a guilhotina com a consciência limpa? Talvez ocorresse o mesmo com o casamento. — Ele me disse que ainda me amava.

Minhas amigas se entreolharam, preocupadas.

— Está tudo bem — afirmei, erguendo as mãos. — Está tudo bem. Ainda precisam me levar para a igreja a tempo. A gente só colocou tudo em pratos limpos. — Minha voz ficou embargada. — Concordamos em não nos ver nem nos falar mais. É o melhor a fazer.

— Então, caí no choro. Não me importava nem um pouco com a maquiagem, simplesmente me sentia a mais infeliz das criaturas.

— É o estresse — disse Nadia, depressa. — Vem cá, comer chocolate. Só procura não sujar a roupa íntima. — Pôs uma toalha no meu ombro e me levou até a beira da cama, dando uns tapinhas ali para que me sentasse. Sentia-me péssima por ela ter lidado com tanta dificuldade de um modo tão corajoso e eu desatando a chorar diante da perspectiva de me casar com um homem que alegava amar nos últimos cinco anos, ou mais.

— Vou pedir um chá — informou Chantal, dirigindo-se ao telefone. — E vodca.

— Vocês são minhas amigas do peito — disse eu.

— Darren pode começar com a gente — sugeriu Nadia. — Você tira meia horinha para se acalmar. Precisa se distrair com algo.

Dei uma boa chorada, tomei duas doses de vodca e três xícaras de chá e comi quatro croissants de chocolate — que *definitivamente* seria o último chocolate que consumiria como solteira, senão não conseguiriam abotoar meu adorável vestido. Pelo menos, eu me sentia mil vezes melhor.

Jacob apareceu à porta do meu quarto.

— Estão vestidas decentemente?

— É uma questão de opinião — respondeu Nadia. — Mas não estamos nuas.

Ele entrou e observou o ambiente.

— Uau! — Deu um largo sorriso. — Vocês estão um arraso!

Minhas amigas já tinham feito os penteados e as maquiagens e estavam lindas com os vestidos justos de seda. O vestido de Autumn era da cor de caramelos mastigáveis, o da Nadia, de tom café, e o de Chantal, de chocolate amargo. Jacob optara por um tema relacionado ao cacau — e qual outro haveria de ser? O meu vestido lembrava chocolate branco e, juntas, parecíamos uma caixa de bombons artesanais. O cara realmente era um amor, e eu já perdoara havia muito o seu passado suspeito. Os buquês tinham chegado — belos arranjos de flores creme, entrelaçados com fitas tom de chocolate.

Naquele momento, minha maquiagem estava sendo retocada e eu continuava de roupa íntima. Não me importava se Jacob me visse — na verdade, até estufei o peito e cruzei as pernas de modo sedutor, esperando dar a impressão de ser mais magra. Talvez assim se desse conta do que perdera. Mas, então, eu lembrei que ele já tinha visto muita mulher de calcinha e sutiã num ambiente profissional e que agora exercia uma função diferente, e desisti da pose de vamp.

Deixando-se cair na cadeira ao meu lado, Jacob perguntou:

— Tudo bem?

Assenti. Achava mesmo que tudo daria certo. Meu melodrama havia sido apenas um abalo temporário e nada mais. Se eu não pensasse no Paquera — nem mesmo como amigo —, não haveria problemas.

— O salão ficou um deslumbre — assegurou. — Vocês vão ficar surpresas. As floristas estão terminando na igreja, que também ficou incrível. Este casamento será *fantástico*.

— Tomara que tenha razão, Jacob. — Sorri com entusiasmo. — Obrigada por toda a ajuda. Nunca conseguiria ter feito isso sem você.

— Nem eu queria que fizesse. — Deu-me um beijo suave no rosto.

— Não borra a maquiagem — avisei.

— Até mais tarde. Vou ficar durante todo o evento para ter certeza que tudo saia perfeito.

Então, todas estávamos prontas e ansiosas para sair, mas ainda faltavam três horas. Como Darren e a assistente já tinham terminado o trabalho ali, foram fazer o penteado e a maquiagem da minha mãe e nos deixaram sozinhas.

Eu balançava as pernas, batendo os sapatos de seda creme no tapete felpudo.

— O que é que vamos fazer agora? — perguntei. Pelo visto, Jacob fora meio zeloso demais com o horário. — Ainda temos duas horas pela frente antes da chegada do fotógrafo.

— Poderíamos fazer um discurso de estímulo sobre o casamento — sugeriu Chantal. — Tenho algumas dicas sobre o que *não* fazer.

— Melhor não. Do contrário, vou me emocionar de novo. Além do mais, ontem à noite o Marcus e eu tivemos um papo sério sobre isso. Sabemos que vamos ter que nos esforçar para trilhar o caminho certo e estamos preparados. Sei que o dia do casamento é muito simbólico e coisa e tal, mas acho mesmo que este é o começo de uma fase nova e madura na nossa relação.

Minha amiga sorriu.

— Com certeza, querida.

O relógio do quarto fazia tiquetaque alto. Bati o pé um pouco mais e suspirei.

— A gente podia ter dormido até mais tarde.

— Acho que o Jacob deixou esse tempo de sobra para alguma emergência inesperada — sugeriu Chantal. — Não tem casamento que não apresente algum tipo de drama em algum momento.

— Eu devia ter trazido alguns dos jogos de tabuleiro do Lewis — disse Nadia. — A gente se divertiria com o jogo das cobras.

— Estou vendo uma coisa começando com "C". — Meus olhos voltaram-se para o resto dos bombons da caixa do Paraíso do Chocolate.

— Chega de chocolate, Lucy — disse Chantal. — Assim você vai passar mal!

— Até parece!

— E vai acabar sujando o vestido — acrescentou Nadia.

— Preciso fazer alguma coisa — reclamei. — Ficar sentada aqui esperando só vai me deixar cada vez mais nervosa.

Daí, um celular tocou e nos sobressaltamos — Autumn mais do que todas. Foi depressa até a bolsa para pegá-lo.

— Alô — disse, virando-se de costas para nós, no canto do quarto.

Nós esticamos o pescoço para ouvir o que dizia, já que não tínhamos mais nada para fazer. Em seguida, fingimos que não era conosco quando ela desligou e se voltou para nós.

— Acabei de receber más notícias — informou. Autumn se dirigiu a mim, com os olhos marejados.

— Não estraga a sua maquiagem — avisei. Chantal enxugou as lágrimas dela com um lenço de papel de novo. — A possibilidade de qualquer uma de nós andar na nave sem mancha de rímel está ficando cada vez mais remota.

— Não vai fazer diferença — disse Autumn. — No fim das contas, acho que não vou ser sua dama de honra.

Capítulo Sessenta e Três

—Você tem que fazer uma entrega? Que tipo de entrega? Eu quero saber.

Autumn pegou uma mochila no canto do quarto.

— Desse tipo.

Nadia, Chantal e eu estávamos estupefatas.

— Tem a ver com o cara que me atacou na outra noite — prosseguiu ela. — Esta mochila pertence a ele e à sua gangue. Estava com o meu querido irmão.

— O que tem dentro?

— Ursinhos de pelúcia. — Autumn abriu o zíper e tirou um deles. — Com um valor no mercado de um milhão de libras ou mais.

Meus olhos mantinham-se arregalados.

— Está com um vestido de dama de honra e uma mochila cheia de narcóticos ilícitos?

— Em suma, é isso aí — confirmou ela.

— Por que a trouxe até aqui?

— Não podia deixar no meu apê. Poderiam ter entrado e roubado. Achei que estaria mais segura aqui. Além do mais, eles me disseram que esperasse uma ligação informando onde deveria deixar a mercadoria. — Suspirou profundamente. — Bom, acabaram de telefonar. Vou ter que ir entregá-la agora.

— Agora?

— Fica neste lado de Londres, mas não sei se vou conseguir voltar a tempo. Isso, se tudo correr de acordo com o planejado.

— Não pode esperar? — quis saber. — Diga que está num casamento e que vai fazer a entrega amanhã.

— Não dá para dizer para esse tipo de gente esperar, Lucy. Sabe o quanto o seu casamento significa para mim, mas não posso deixar o Richard na mão. Ele me falou que vão matá-lo se eu não devolver a mochila.

— E está deixando você se encontrar com os caras sozinha?

— E o que mais posso fazer?

— O Addison sabe disso? — perguntou Nadia.

Autumn assentiu.

— Não queria dizer nada, para não estragar o seu dia, mas não tenho notícias dele desde que descobriu o que eu planejava fazer. Pegou as coisas dele e voltou para o próprio apartamento. Ficou uma fera comigo por eu ter concordado em ajudar o meu irmão.

Não podia dizer que fiquei surpresa.

— Nem posso culpá-lo se não quiser ter mais nada comigo. — Os olhos de Autumn ficaram marejados de novo e a voz fraquejou. — Com toda razão, já está de saco cheio de eu colocar o Richard em primeiro lugar. Mas esta é a última coisa que vou fazer pelo meu irmão, a última *mesmo*. Juro.

Eu queria passar as mãos pelo cabelo, mas tiraria do lugar a maldita tiara.

— Não pode fazer isso; não sozinha.

Autumn, Nadia e Chantal se entreolharam, apreensivas.

— Nós somos Gênios do Crime de primeira — lembrei. — A Operação Resgatar Joias de Chantal foi um golpe exemplar. Somos mulheres com experiência nas áreas sórdidas e duvidosas da sociedade. — O lado criminoso latente da minha mente começara a funcionar. — Temos condições de fazer isso juntas.

Chantal deixou-se cair pesadamente na cama.

— A gente pode voltar depressa para a cidade. Chantal, você é uma exímia motorista nas fugas. — Não me ofereci para dirigir, pois, na última vez que o fiz, bati uma van. — Acha que dá para irmos e voltarmos em duas horas?

— Vai ser difícil chegar a tempo para o fotógrafo — ressaltou ela, mordiscando, preocupada, o lábio.

— Bom, daí a gente tira menos fotos com poses — dei de ombros. — Temos tempo de sobra.

— Você não pode fazer isso — disse Autumn, agitando o cabelo cacheado ao balançar a cabeça com veemência. — Não dá nem para considerar essa possibilidade.

— Este é o nosso "pequeno drama" — lembrei. — Foi obra do destino Jacob ter deixado esse tempo de sobra. Não temos mais nada para fazer. — Por algum motivo, havia um toque de animação na minha voz.

— É perigoso — informou Autumn, de forma incisiva.

— Mais um motivo para irmos também — insisti. — De jeito nenhum vai levar isso adiante sozinha. Estou certa?

Nadia e Chantal anuíram, com relutância.

— Então, vamos embora. A gente está desperdiçando um tempo precioso falando disso.

— Tenho que fazer mais uma ligação — disse Autumn, afastando-se do grupo.

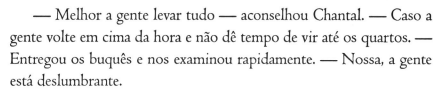

— Melhor a gente levar tudo — aconselhou Chantal. — Caso a gente volte em cima da hora e não dê tempo de vir até os quartos. — Entregou os buquês e nos examinou rapidamente. — Nossa, a gente está deslumbrante.

— Com certeza. — Passei as mãos no vestido branco. — Pegou a mochila, Autumn?

Nossa amiga ergueu-a.

— Não seria bom contar para alguém o que vamos fazer? — quis saber Nadia.

— Não, não podemos fazer isso. — Balancei a cabeça e notei, com satisfação, que a tiara nem se movera do lugar.

— Seria bom você contar para o Marcus.

— Não — insisti. — Daí, vai tentar nos impedir. Quanto menos souberem a respeito disso, melhor. Este será o nosso segredo. Além do mais, vamos voltar antes que se deem conta da nossa saída.

Capítulo Sessenta e Quatro

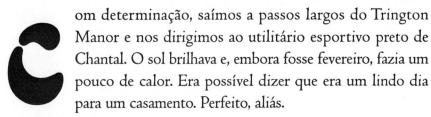

Com determinação, saímos a passos largos do Trington Manor e nos dirigimos ao utilitário esportivo preto de Chantal. O sol brilhava e, embora fosse fevereiro, fazia um pouco de calor. Era possível dizer que era um lindo dia para um casamento. Perfeito, aliás.

Nossa amiga sentou-se no banco do motorista, e eu, no do carona, na frente. Minhas damas me ajudaram a ajeitar o vestido e o véu. Assim que me acomodei, Nadia me passou o buquê.

— Você está linda — disse ela.

— Perfeita para fazer uma entrega de narcóticos?

Todas demos uma risada nervosa e, enquanto eu alisava a saia, para que não amassasse muito, as outras duas entraram no banco traseiro.

Chantal pôs os óculos escuros. Parecia bastante sinistra. Ideal para uma motorista em fuga. Exceto pelo vestido de dama de honra, claro.

— Prontas? — perguntou ela.

— Prontíssimas — concordamos todas, e ela tentou ligar o carro.

Nada aconteceu.

A motorista praguejou baixinho e meteu o pé no acelerador com mais força. Nada.

— Deve estar com os nervos à flor da pele por causa do casamento também — sugeri, mordiscando de forma irrefletida as unhas recém-pintadas.

— Mas que calhambeque de meia-tigela! — murmurou Chantal, embora o carro fosse novinho em folha e caro pra caramba. Não fez diferença, pois, após várias tentativas de fazer a geringonça funcionar, não houve jeito.

Autumn olhou para o relógio, nervosa.

— Não entra em pânico — aconselhei. — Não entra. Precisamos colocar em ação o plano B.

— Vamos ter que conseguir outra porra de carro — avisou Chantal, batendo a palma da mão no volante. Para alguém que não estava muito animada para ir, parecia estar desapontada por não termos saído a toda a velocidade, fazendo os pneus cantarem.

Dei um sorriso sugestivo para minhas amigas.

— A gente tem outro carro.

Todas me olharam. Chantal franziu o cenho.

— Temos?

O Bentley do meu pai fora oferecido para ser o automóvel do casamento. A igrejinha na qual eu e o Marcus íamos casar ficava no hotel, mas era uma longa caminhada — sobretudo de salto alto —, e meu velho ofereceu gentilmente o carro superluxuoso para que eu chegasse cheia de pompa. Jacob decorara a parte externa e a interna com laços em tons creme e chocolate. Estava ótimo. Nupcial até não querer mais. Naquele momento, todas nós, participantes do Clube das Chocólatras, ficamos na frente dele, segurando os buquês.

— A gente pode ir com ele — sugeri. — E, de repente, até ganharemos tempo, pois na volta iremos direto para a igreja.

— Já vamos fazer uma entrega de drogas com estes vestidos — lembrou Chantal. — Não queremos chamar mais atenção ainda.

— É verdade. Bem pensado. — Fiz um beiço. Ficamos em silêncio. — Mas não temos outra opção.

O plano C simplesmente não tomou forma. Suspiramos, enquanto consideramos a possibilidade do Bentley.

Por fim, Nadia disse:

— Pelo visto, vamos precisar da chave do carro da noiva.

— Esperem aqui. — Ergui o vestido. — Volto daqui a cinco minutinhos.

Subi a escadaria até a recepção o mais rápido que pude, com os sapatos de seda de salto alto. Ali, já sem fôlego — precisava fazer mais ginástica aeróbica —, perguntei, ofegante:

— Pode ligar para o quarto do sr. Lombard para mim, por favor?

A recepcionista, sem se dar conta da pressa desesperadora, procurou lentamente o número do quarto e, em seguida, ainda devagar, quase parando, telefonou para lá. Seguiu-se uma espera interminável. Fiquei batendo o pé, desejando arrancar todas as flores do buquê.

— Ninguém atende — disse ela, após alguns instantes.

— Tem gente lá — insisti. Onde diabos ele teria se metido? Era a manhã do meu casamento. Entraria comigo na igreja. Já deveria estar se arrumando.

— Por que não tenta ir até o spa? — sugeriu a recepcionista.

Spa o cacete. Na certa, estava hibernando na suíte de lua de mel, brincando de carícias com a Cabeleireira, ocupado demais para atender ao telefone — era exatamente ali que se encontrava, isso sim.

Fui correndo para o elevador, onde bati mais o pé e contraí o maxilar enquanto esperava. Quando, por fim, entrei, tentei me concentrar em pensamentos agradáveis e relaxantes, além de curtir a música de fundo idiota. Melhor não matar o papai. Melhor não matar o papai.

Ao encontrar a suíte, bati com força à porta.

— Pai, pai, abre logo, preciso falar com você. — Nada. Não quis grudar a orelha na porta, para não ouvir algo de que definitivamente não queria fazer parte. Sabia que o meu pai e a nova esposa transavam com uma frequência incrível; os dois mal puderam manter as mãos afastadas um do outro durante o jantar, mas isso não significava que eu deveria me sentir feliz com aquela história. Bati de novo. — Pai. *Pai!*

A porta se abriu, e ele apareceu usando apenas uma toalha. Pequena. O cabelo estava espetado, e o rosto, rubro. Mas o sinal óbvio foi a Cabeleireira, deitada de pernas abertas na cama, atrás dele.

— Onde é que está pegando fogo? — quis saber ele, com um sorriso que não escondia sua decepção por causa do *coitus interruptus*.

"Na sua cueca" seria uma boa resposta, mas *era* o meu pai.

— Preciso da chave do carro emprestada — disse eu.

Ele empalideceu um pouco.

— Do Bentley?

— Ahã.

— Por quê?

— Tenho que resolver algo.

— Você vai se casar daqui a pouco — lembrou, inutilmente.

— Não esqueci. Estou pronta. — Fiz um gesto, mostrando a roupa. — É um detalhezinho que deixei de lado. Uma besteirinha sem importância. Não vou demorar.

— Eu adoro esse carro — informou, de forma débil.

— Sou sua filha e é o dia do meu casamento. Peço pouquíssimas coisas para você. — Meu pai fitou-me envergonhado, mas, ainda assim, não se moveu. — Tenho sido uma boa filha?

Os olhos dele ficaram marejados.

— Tem sido uma filha maravilhosa.

— Então, me dá a chave do carro.

Com um suspiro bastante mal-humorado, ele foi buscá-la e, em seguida, voltou com ela, entregando-a com a maior relutância. Dei-lhe um beijo no rosto.

— Amo você — disse, segurando-a com firmeza e começando a correr até o elevador. Gritei por sobre o ombro: — Agora pode voltar para a transa. Mas anda logo, porque vou me casar daqui a pouco e não quero que se atrase!

Meu pai bateu com força a porta. Sorri para mim mesma. Hoje em dia quase não se tem respeito pelos pais; acontece que são poucas as vezes em que o merecem.

Capítulo Sessenta e Cinco

Minhas amigas e eu entramos rápido no Bentley do meu pai.

— Melhor eu dirigir — disse, apreensiva. — Se nós batermos, não gostaria que ninguém mais levasse a culpa.

— Você bebeu — lembrou Autumn.

— Duas vodcas. Ainda dentro do limite. — Para ser sincera, eu podia ficar caindo de bêbada e minha habilidade de motorista não pioraria muito. Esperava que os quatro croissants de chocolate tivessem absorvido o conteúdo alcoólico da minha corrente sanguínea.

Elas me ajudaram a subir no banco do motorista. Em seguida, prendi o vestido em torno das pernas, para usar os pedais. Chantal ia ao meu lado. Como boa dama de honra, pegou meu buquê.

Após checar se todas estavam prontas, disse:

— Vamos lá!

Saindo a toda do cascalho da entrada sinuosa do Trington Manor, fomos para Londres. Levando alguns canteiros de flores junto, nós nos afastamos em alta velocidade dos meus pais, do meu noivo e do meu casamento. Achei que a gente precisava de umas músicas estimulantes, mas o velho só tinha CDs da Celine Dion. Tocava "My Heart Will Go On".

Olhei de esguelha para trás.

— Tem certeza que sabe aonde a gente vai, Autumn?

— Tenho, tenho sim — respondeu ela, balançando a cabeça com seriedade. — Amigas... nem sei como agradecer por isso.

— Chega de puxar o saco — brinquei. — Estamos fazendo isso porque somos que nem os Três Mosqueteiros: "Um por todos e todos por um."

— Um por todos e todos por um — repetiram Chantal e Nadia.

Pensando bem, eles eram quatro, embora fossem chamados, confusamente, de os Três Mosqueteiros. Passei o olho em Autumn.

— Só precisa me dizer que caminhos tenho que pegar.

Uma hora depois, passávamos por uma parte bem barra-pesada, ao norte de Londres. Uma região bem mais sórdida do que achei que existisse naquela cidade — e já tinha ido a umas bem ruinzinhas, pode crer. Até o sol se escondera atrás de nuvens escuras. Tudo ali era desolado e monocromático, dando a impressão de que o bairro tinha sido bombardeado. Garagens de aspecto duvidoso ladeavam as ruas. Oficinas ofereciam troca rápida de pneus, pintura e reparo de carros — dava para imaginar quem seriam os clientes. Fiquei surpresa por não oferecerem retirada de sangue e de cadáveres. Por algum motivo, eu não conseguia visualizar muitas mães ali, nos Ford Fiestas, dando um jeito no amassado do carro que haviam feito a caminho da escola.

O veículo reluzente do meu pai, junto com a decoração de casamento, chamava muito a atenção, e me dei conta de que o que fazíamos era perigoso — sem falar no aspecto ilegal. Marcus me mataria se me visse naquele momento. Eu esperava que o padrinho do casamento o estivesse distraindo de um modo bem menos radical. Umas bebidas no bar seriam preferíveis àquilo. O que é que eu tinha na cabeça quando sugeri que ajudássemos Autumn?

Pelo visto, nós nos metíamos cada vez mais onde Judas perdera as botas. Eu não fazia ideia de onde estava, mas tinha certeza de que não gostava muito dali.

— Caramba, Autumn — disse eu, suspirando, ansiosa. — Já estamos quase chegando?

Minhas amigas se viraram e me olharam.

— Hein?

Autumn pegou um mapa da parte de cima da mochila.

— Já estamos quase lá. Entra à direita no próximo cruzamento, Lucy.

Foi o que fiz. Como todas as janelas das edificações dali tinham sido quebradas, havia uma camada caprichada de cacos de vidro na rua.

— O ponto de entrega deve ser aqui, em algum lugar — prosseguiu Autumn. — Temos que procurar um terreno baldio, entre duas fábricas abandonadas.

— Parece animador.

Continuamos na mesma rua, com um estado de ânimo bastante taciturno, enquanto tentávamos encontrar o local marcado.

— Parece que é ali — informou Autumn. Apontou para um terreno escabroso, entre os muros altos de fábricas caindo aos pedaços, que deixaram a área decadente e enorme com apenas uma entrada. Era isolado, afastado de olhares intrometidos e, se eu fosse uma traficante, acharia o lugar perfeito para um encontro.

— Vamos lá — disse eu, respirando fundo e entrando com o carro no terreno irregular.

— A gente tem que estacionar no outro lado — continuou Autumn. — Com a frente do carro virada para a entrada.

Fiz o que ela pediu e posicionei o carro.

— Onde você vai deixar a mochila?

— Temos que esperar aqui até eles virem.

Todas nos viramos e fitamos Autumn.

— Eles estão vindo para *cá*? *Agora*?

Ela deu a impressão de estar desconcertada.

— Isso mesmo. Achei que soubessem disso.

— Pensei que a gente só ia deixar a mochila e ir embora. Daí eles passariam um pouco depois e a pegariam.

— Acho que não funciona assim — explicou Autumn, nervosíssima. — Talvez porque tenham que conferir se a mercadoria é autêntica.

— Creio que você quer dizer se o pó é classe A — corrigiu Nadia.

Para um membro limítrofe da comunidade criminosa, fazia falta a Autumn alguns termos usados pela bandidagem. Ainda falava como a assistente social ruiva e totalmente otimista que era. Minha nossa!

— Caramba! — exclamei, dando uma olhada no relógio do Bentley. — Espero que esses bandidos sejam pontuais, pois não temos muito tempo. — Eu queria voltar ao Trington Manor assim que possível, para ver se ainda conseguia relaxar um pouco e comer o derradeiro chocolate como solteira.

— Vai dar tudo certo — afirmou Nadia. — Tenho certeza. — Mas a voz parecia trêmula, apesar das palavras otimistas.

— Eu tenho Rolos na mochila — avisou Autumn. — Para emergências.

— Acho que essa pode ser classificada como uma situação crítica.

— A gente vai ficar entupida de chocolate — ressaltou Nadia.

— Vale a pena arriscar. — Autumn procurou o estoque de confeito na mochila cheia de drogas ilícitas e dividiu os Rolos. Ao colocar um na boca, tentando não ficar com chocolate derretido nos dedos nem sujar o vestido, eu disse, suspirando:

— Esse pode ser meu último chocolate como solteira.

E me recostei no banco. Não restava nada mais a fazer senão esperar.

Capítulo Sessenta e Seis

Quando já tínhamos terminado de consumir, apreensivas, todo o pacote de Rolos, um carro preto enorme, com janelas totalmente escuras, ingressou no terreno baldio, na nossa frente. Passou pelas ervas daninhas, pelo lixo, pelo piso arrebentado e foi em nossa direção, levantando poeira sem preocupação.

Engoli com nervosismo o restinho do caramelo do Rolo.

— Pelo visto, chegou a hora.

No banco traseiro, Autumn ficara lívida de medo.

— O que é que vamos fazer agora?

Assim que perguntei, o celular de Autumn tocou. Ela atendeu, com os olhos arregalados, muito tensa. Ouvíamos a voz do outro lado da linha, mas não discerníamos o que dizia.

— Está bom — disse, com timidez. Em seguida, desligou. — Tenho que sair do carro sozinha e caminhar até eles com a mochila ao alcance da mão.

— Ô caramba! — exclamei. Às vezes me perguntava de onde vinha tanta ousadia. — Não vai a lugar nenhum sozinha. A gente não veio até aqui para jogar você na cova dos leões. Eu vou também.

Então, vimos dois caras saírem do carro. Nós ficamos assustadas quando vimos que levavam fuzis de cano curto.

— Merda — praguejou Chantal.

— Bota merda nisso — acrescentei.

— Não consigo me mover — disse Autumn.

— Consegue sim. Vamos. — Saí do carro e fui abrir a porta de trás para ajudar Autumn a sair. — Me dá o meu buquê — pedi a Chantal.

— Hein?

— O meu buquê. — Estendi o braço e minha amiga obedeceu. — Espero que, tal como não se atira em homens de óculos, não se mata uma noiva com buquê e tudo.

Autumn pegou a mochila do tapete do carro e também esticou o braço. Nós nos entreolhamos, sobressaltadas.

— Vamos com calma — prossegui. — Não quero as fotografias do meu casamento cheias de borrifos de sangue. — Apesar de eu perceber, naquele momento, que teria que voar dali se quisesse chegar a tempo de tirar as fotos antes da cerimônia. A ideia de relaxar com os devidos chocolates e umas taças de vinho já era.

Lentamente, nós duas andamos no terreno irregular. Sentia que os rostos mortificados das nossas amigas observavam o nosso progresso, mas eu mesma estava assustada demais para me preocupar com os temores delas.

Os sujeitos continuavam parados com os fuzis apontados para o solo, o que me pareceu um bom sinal. À medida que nos aproximávamos, vi que eles também estavam meio boquiabertos. Tal como todos os cenários de praxe em que apareciam criminosos, os vilões da hora trajavam jeans, botas e jaquetas de couro pretas. Além de óculos escuros, embora estivesse bastante nublado, e bonés de beisebol cobrindo bem a testa. Talvez não esperassem se deparar com um quarteto de mulheres ostentando trajes de casamento combinando. Eu e a Autumn cambaleávamos por causa dos saltos.

Quando nos aproximamos mais, um deles disse para a minha amiga:

— Mandaram tu vir sozinha.

— Sou a guarda-costas dela — disse eu. Achei que ririam e que o comentário quebraria a tensão, mas não foi o que aconteceu.

Ele acenou com a cabeça em direção ao meu vestido.

— Para que essa roupa?

— Estou me casando — informei, com um tom de voz mais firme do que sentia por dentro. — E vou me atrasar se a gente não andar logo.

— Joga a mochila no chão — ordenou a Autumn. — Perto do meu pé.

Ela balançou-a com força e lançou-a no ar, fazendo com que aterrissasse com incrível precisão bem perto do cara, levantando poeira.

— Vou dar uma olhada — avisou ele. — Daí, você vai receber a sua.

A nossa? Olhei de esguelha para Autumn, que estava totalmente pasma também.

Um dos sujeitos se ajoelhou e abriu a mochila. Pegou um dos ursinhos fofinhos. Havia um corte na barriga.

— Este daqui foi aberto.

— Tive que checar a mercadoria — avisou minha amiga, com calma. — Está tudo aí.

— Melhor que esteja mesmo — ressaltou ele. Abriu um dos pacotes e provou o conteúdo com o dedo. Então, sorriu. — O seu irmão é um cara legal.

— Questão de opinião — disse Autumn.

— Não se mexam — instruiu o sujeito, enquanto ele e o comparsa iam até a mala do carro. Instantes depois, voltaram com uma mochila parecida, que jogaram próximo aos pés da minha amiga. Ela permaneceu imóvel.

— Melhor conferir — avisou ele.

— A gente confia em vocês.

Os dois riram, o que me pareceu um mau sinal.

— Eu vou dar uma olhada — informei. Entreguei o buquê à minha dama de honra e dei um passo à frente. Meu coração batia acelerado. Eu me inclinei, tentando não sujar o vestido, e abri o zíper. Arregalei os olhos, surpresa, chocada e sei lá o que mais. Virei para Autumn, deixando o véu cair no meu rosto, e sussurrei: — Está cheia de grana.

— Eu não quero — disse ela.

— Vamos ter que levá-la. Se não, pode parecer suspeito.

Minha amiga hesitou por alguns instantes. Em seguida, concordou.

— Pelo visto, está tudo em ordem — informei para os caras, pegando a mochila, que estava um verdadeiro chumbo. Quem diria que notas pesavam tanto; também havia uma quantidade enorme de papel ali.

— A nossa transação terminou então, minas — disse um dos sujeitos.

— É a nossa deixa para dar o fora daqui, Autumn. — Peguei a mão dela, e nós duas voltamos rápido para o carro.

Atrás de nós, eles começaram a rir.

— Felicidades no casamento — gritou um. — Com certeza vai ser uma belezura de esposa!

Ahã, muito engraçado mesmo. Se eu não estivesse quase fazendo xixi na calcinha, teria pensado numa resposta mordaz. Mas, naquelas circunstâncias, sabia que, se não andasse logo, não seria uma belezura de esposa para ninguém.

Capítulo Sessenta e Sete

Autumn e eu entramos no Bentley, a um só tempo carro de fuga e limusine de casamento do meu pai. Meus joelhos tremiam, e eu suspeitava de que o mesmo ocorria com Autumn.

Entreguei para Chantal a mochila cheia de dinheiro.

— Tudo certo? — quis saber ela.

Deixando escapar um longo e estremecido suspiro, disse:

— Missão cumprida.

— Muito bem — disse Nadia, segurando a mão de Autumn e estendendo a dela para apertar o meu ombro.

Ficamos ali por alguns instantes e, enquanto eu tentava controlar a onda de adrenalina, observamos os traficantes darem marcha a ré e sair do terreno baldio.

— Se eu puser o pé na tábua, talvez a gente chegue a tempo — comentei. Fiquei pensando qual seria a velocidade máxima do Bentley.

— Mal posso agradecer por isso — disse Autumn, outra vez. — Nunca quis estragar o seu casamento.

— E não estragou — assegurei. — Ainda podemos chegar no momento certo, e ninguém nem vai perceber. Tudo correu *superbem*. — Consegui dar um sorriso de satisfação. — Bom, já que estamos prontas, vamos embora.

Então, o carro com os traficantes voltou cantando pneus ao terreno na nossa frente e parou, inclinando-se para o lado. Seguindo-o, também rapidamente, estavam três caminhonetes com tração nas quatro rodas.

— Essa não! — Eu me escondi atrás do buquê. — Isso não é nada bom. Nada bom mesmo!

— Quem acham que são eles?

Os sujeitos saíram do carro e foram imediatamente cercados por um monte de homens também vestidos de preto, que saíram das três caminhonetes. Observamos, petrificadas, o tumulto que se seguiu, mas, então, o segundo grupo saiu ganhando e colocou os sujeitos nas malas das caminhonetes. O último traficante virou-se em nossa direção e gritou:

— Foram aquelas piranhas. — Cuspiu. — São elas que vocês querem.

Os homens se voltaram para nós e perceberam o Bentley parado de forma inofensiva no final do terreno.

— Acham que eles querem a grana? — perguntou Autumn.

— Não sei — respondi. — Mas podem levá-la, sem o menor problema.

Dois dos homens rumaram vagarosa, mas resolutamente até nós. Meu coração batia forte.

— E agora?

— Somos policiais armados — gritaram, ao se aproximar do Bentley. Em seguida, mostraram os distintivos. — Não se movam. Ponham as mãos na cabeça.

— Ah, é a polícia — disse eu, com um suspiro aliviado. — Ainda bem. Pensei que fossem mais bandidos.

Joguei o buquê no colo e coloquei as mãos nas laterais da cabeça. De forma alguma arruinaria o penteado.

— A gente acabou de fazer uma entrega de narcóticos — destacou Nadia. — E estamos com uma mochila cheia de dinheiro. Isso não pode ser considerado prova incriminatória?

— Ah, merda.

Os policiais continuaram a caminhar na nossa direção, com bastante determinação.

— Sujou. Sujou mesmo. Me passa o dinheiro — sussurrei para Chantal. — Rápido.

Ela passou a mochila. Afofei a saia do vestido e coloquei-a entre as pernas, escondendo-a sob a seda. O policial rumou à janela do motorista e eu a abaixei.

— Vamos nos fazer de tontas — murmurei para as amigas, cúmplices e damas de honra. Era algo que eu fazia muito bem.

— Olá, senhor policial — disse, animada. — Será que podem nos ajudar? A gente está totalmente perdida.

Ele olhou desconfiado para o Bentley enfeitado.

— A gente está a caminho do meu casamento. — Embora a nossa força policial fosse criticada às vezes por não ser muito inteligente, era óbvio que eu estava mesmo vestida para as núpcias.

— Vocês estão numa área perigosa — observou um dos policiais.

— É verdade. Pegamos a saída errada.

Os dois trocaram um sorrisinho presunçoso, ressaltando tacitamente o péssimo senso de direção das mulheres.

Invocando meu talento para o drama, e pensando em mulheres agonizantes, fome e frio terríveis, além de uma vida sem chocolate, fiquei com os olhos marejados.

— A gente vai se atrasar muito. Será que vocês poderiam nos levar até a rodovia? Caso contrário, vamos perder a hora.

Eles deram uma olhada no Bentley de novo.

— Podem nos fazer o favor de descer do veículo, senhoritas? — pediu um deles. — Receio que não vão a lugar algum agora.

Capítulo Sessenta e Oito

O policial deu um chute na roda do Bentley.

— Pneu furado — comunicou ele.

Deve ter sido por causa de todos os cacos de vidro nos quais passamos a caminho dali. Naquele momento, eu tive mesmo vontade de chorar.

O policial cruzou os braços e me olhou friamente.

— Não viu nada enquanto estava aqui?

— Não — disse, olhando para as amigas, em busca de confirmação. Todas balançaram a cabeça com veemência. — A gente percebeu que pegou a saída errada e entrou aqui nesse terreno para dar a volta. Enquanto fazíamos isso, o outro carro chegou. Como parecia que eles tinham aprontado algo, senhor policial, eu dei ré até o final do terreno.

— Bem pensado — disse ele. — Não dá para brincar com esses elementos.

Tentei sorrir, mas as maçãs do meu rosto ficaram paralisadas, com expressão de pavor, quando pensei na mochila de dinheiro sujo no piso do Bentley, mal disfarçada pela seda e pelo buquê muito charmoso de orquídeas de Cingapura, rosas brancas diminutas e outros detalhes florais.

— Tinha algum outro carro?

— Não. — Também meneamos a cabeça com vigor.

O policial parecia intrigado.

Então meus olhos encheram de lágrimas, lágrimas de verdade. Via meu grande momento se tornando cada vez mais longínquo. Marcus ficaria morto de preocupação. Todos esperariam na igreja, e eu não apareceria. Eles me meteriam numa cela numa delegacia lúgubre junto com minhas damas de honra, considerando a possibilidade de jogar a chave fora. Tentei engolir, mas acabei deixando escapar um soluço.

— Eu vou me atrasar demais.

Os dois policiais se entreolharam.

— Bom, então é melhor trocarmos este pneu para você — disse um deles, gentil. — Daí, pode ir. Sabe onde está o macaco?

— Macaco? — Todas o fitamos estupidamente, o que o levou a sorrir de forma afetada para o colega, dessa vez por causa da inaptidão das mulheres para lidar com pneus furados. — Este carro é do meu pai — informei, com os lábios trêmulos. — É a primeira vez que o dirijo. — Não contei que tivera que arrancar as chaves do meu querido velho sob grande coerção. Aliás, era bem possível que o seguro não cobrisse nada comigo dirigindo. Fiquei lívida ao pensar nessa possibilidade.

— Não se preocupe, senhorita — disse o policial, em tom tranquilizador. — A gente vai encontrar.

Aproximou-se mais da porta do motorista e abriu-a. Chantal e eu nos entreolhamos, apavoradas.

— A alavanca deve ficar em algum lugar aqui debaixo.

Ahã, junto com a mochila de dinheiro de drogas obtida ilegalmente. Eu estava quase hiperventilando. Se conseguíssemos nos safar dessa situação sem condenações criminais, então deitaria num quarto, cercada de chocolate, e comeria tudo aos poucos. Ele se inclinou próximo à mochila para examinar melhor o painel. Se ao menos soubesse o que havia ali. Meu coração quase parou.

— Ah. — O homem puxou a alavanca e a porta do bagageiro abriu. Foi até a parte de trás do carro e, instantes depois, voltou com um macaco. Dando um sorriso triunfante, disse, orgulhoso: — Não se pode esconder nada de um policial.

Acho que foi nesse momento que desmaiei.

O pneu foi trocado, eu voltei ao mundo dos vivos e os tiras ainda não tinham descoberto nosso papel de destaque na batida policial.

Continuávamos dentro do Bentley. O homem deu um tapinha no teto.

— Cuidem-se, senhoritas. Tomara que não as veja por aqui de novo.

— E não vai. Obrigada, senhor policial. Foi superprestativo.

— Só cumpri o meu dever — disse, como o policial George, do antigo seriado *Dixon of Dock Green*. — Não querem mesmo que as acompanhemos até a rodovia?

— Não, não, não. — Tentei evitar que meu pânico transparecesse. — Já fizeram muito por nós hoje.

— Bom casamento — acrescentou ele. — Desejo muitas felicidades para a senhorita e seu futuro marido.

— Eu também — ressaltei, passando a marcha e saindo. Todas acenavam enlouquecidas, os sorrisos fixos nos rostos.

— Minha nossa! — exclamou Nadia, quando saímos do terreno. Soltou um enorme suspiro aliviado. — Essa foi por pouco!

— Mal posso acreditar! Tivemos muita sorte de não ir parar no xadrez. — Viu só como as gírias de bandidos entravam com facilidade no meu vocabulário? — Como é que os tiras ficaram sabendo que ia ter a entrega de mercadoria?

Naquele momento, lembrei mais uma prostituta agressiva.

Autumn deu uma tossida e todas nos viramos para fitá-la. Bom, eu olhei pelo retrovisor.

— Eu contei para eles — revelou, baixinho.

— O quê?! — exclamei, bem mais alto.

— Eu não fazia ideia de que tinha grana envolvida. Richard só me disse que faríamos uma entrega. Não achei que nos incriminariam se a polícia aparecesse.

— Foi uma estratégia bastante arriscada, se quer saber minha opinião. — Segurava com força o volante e ia para a rodovia o mais rápido que o Bentley permitia. — Eu poderia ter passado o dia do meu casamento na prisão.

— Eu sei. Sinto muito — disse Autumn.

— Agora, vou me atrasar à beça.

— Não se decidir pôr o pé na tábua — pediu Chantal.
Pisei fundo no acelerador.

— Só não receba multa por andar em alta velocidade — ressaltou Nadia. — Já vimos muitos policiais por hoje.

— Preciso ligar para o Marcus — disse eu. — Avisar que vamos nos atrasar.

— Eu telefono. — Chantal pegou meu celular no painel. — Também não queremos que leve uma multa por usar o aparelho enquanto dirige.

— De repente todo mundo resolveu evitar que eu transgrida a lei. Pena não terem pensado nisso mais cedo — destaquei. Todas tivemos um acesso de riso. — Que coisa mais terrível isso! Autumn, estamos com uma mochila cheia de dinheiro aqui. O que planeja fazer com ele?

— Tecnicamente, pertence ao Richard. Eu deveria dá-la para ele.

— Se quer saber, não acho que mereça — comentou Chantal.

— Tem razão — concordou Autumn. — Depois de ter nos colocado em perigo, creio que ele me deve uma. Talvez seja melhor eu achar uma boa causa para doar a grana.

— De repente deveria ir para o programa de reabilitação de dependentes — sugeriu Nadia. — Seria até meio irônico.

— Boa ideia.

Chantal achou o número do Marcus, discou-o e colocou-o perto do ouvido.

— Está caindo direto no correio de voz. Quer que eu deixe recado? — perguntou ela.

— Talvez seja melhor não. Ele não espera mesmo que eu chegue na hora. Não é de praxe a noiva sempre atrasar? Já estamos indo a toda na rodovia. Daqui a pouco vamos chegar, desde que não ocorra nenhuma outra falha técnica, claro. — Os laços em tons de creme e chocolate esvoaçavam desenfreadamente com o vento. Celine continuava a cantar. — O Marcus vai entender. — Contraí o maxilar, pisei mais fundo ainda no acelerador e esperei do fundo do coração que estivesse certa.

Capítulo Sessenta e Nove

—Vinte minutos — disse eu, olhando para o relógio. —Vinte minutos não é tão ruim assim, é?

Minhas damas de honra me fitaram, inquietas. Depois de ter destruído mais alguns canteiros de flores do Trington Manor ao entrar, eu agora dirigia o carro em um ritmo devagar, quase parando, em vez de suicida. E, apesar de parecer esquisito uma noiva manejar o próprio carro nupcial, não havia mais nada estranho. Milagrosamente, meu penteado continuava impecável após a aventura.

Tratava-se da igreja ideal. Construída na área pertencente ao hotel, era bastante antiga. Acho que medieval. A alvenaria estava velha e desgastada. Uma pequena trilha de cascalho conduzia à entrada, em meio a um jardim impecável. Havia um arco de rosas brancas e reluzentes na porta, só para mim. Era o ambiente perfeito para um casamento de contos de fadas, que, por acaso, seria o meu. Meu coração começou a bater de forma irregular.

Vi o fotógrafo aguardando na frente da igreja, junto com muitos convidados também. Talvez esperassem para tirar fotos minhas assim que eu chegasse. Mas realmente achei que já estariam sentados nos seus lugares, mordiscando as unhas por causa do meu atraso.

— Bom, foi divertido — disse para as minhas amigas. Como pudemos sair ilesas de toda aquela confusão, não sei. Mas conseguimos. Milagrosamente. — Agora, começa a parte séria. Estamos prontas? — Minhas amigas assentiram.

—Tem certeza absoluta disso, Lucy? — perguntou Nadia, com a mão no meu braço.

O nervosismo fez meu estômago revirar e não consegui responder. A hora tinha chegado. *Sem dúvida alguma.* Talvez em virtude da agitação e do estresse das últimas horas, eu me sentia estranha. Tinha a sensação de que aquilo não estava acontecendo comigo. Em breve, eu me tornaria esposa do Marcus.

Parei o Bentley com suavidade bem diante da igreja. Meu pai correu para abrir a porta do passageiro.

— Onde diabos você se meteu? — quis saber, com o rosto vermelho. A meu ver, não se tratava do tratamento típico de pai para filha no dia do casamento.

Como não dava para eu responder "No norte de Londres, fazendo uma entrega de narcóticos", disse:

— A gente teve que dar uma voltinha. Você sabia disso, fui com o seu carro.

Estava enfurecido demais para falar.

Chantal deu a volta e me ajudou a sair do carro. Ajeitei a saia, cheguei o buquê para ver se tinha sobrevivido sem problemas — e tinha — e, com tranquilidade, dirigi-me à entrada da igreja.

— Está tudo bem agora — disse, com calma, para o meu pai. Eu continuava meio atordoada. Não sabia onde andavam minhas emoções, mas comigo não estavam naquele momento. Eu me sentia centrada, imperturbável, totalmente zen. — Já chegamos e podemos começar.

Também achei que o órgão estaria tocando para entreter a congregação, mas não havia indício de música no ar. Reinava a quietude. Vi Clive e Tristan esperando próximo a um teixo bastante bonito, com os semblantes abatidos; esperei que não tivessem brigado de novo. Queria que aquele dia fosse só paz e amor. Jacob se achava ali também e, quando me viu, veio em minha direção, a face angustiada. Todos os pelinhos da minha nuca arrepiaram. Algo não ia bem. Eu me perguntei se tínhamos aparecido no dia errado.

Então, ouvi minha mãe gemendo como uma Banshee, a entidade feminina celta anunciadora da morte. Também caminhava em minha direção, com os olhos esbugalhados.

— Ah, Lucy. Ah, Lucy!

— O que foi? — perguntei. Muitos rostos constrangidos me fitavam. Dave Mão-Boba e Hilary, a Bárbara, encontravam-se ali. Esta também chorava, levando um lenço ao rosto. — O que é que aconteceu?

— O Marcus — disse a minha mãe, de forma teatral, soluçando.

Meu sangue gelou.

— O que tem ele?

— Foi embora.

Capítulo Setenta

bri as portas da igreja, achando que devia ser alguma brincadeira de mau gosto. Os poucos convidados ainda sentados, que conversavam nos bancos, soltaram exclamações. O burburinho parou e todos me fitaram.

O organista, obviamente surpreso, começou a tocar uma versão animada da marcha nupcial. Examinando o altar, vi que, por incrível que parecesse, o noivo não estava ali, mas o padre, sim. Agitava os braços de forma frenética, tentando fazer com que o organista parasse. A decoração da igreja estava linda — Jacob fizera um ótimo trabalho. Arranjos deslumbrantes de lírios, rosas e orquídeas perfumavam o ambiente fresco. A área em que Marcus e o padrinho deviam estar achava-se vazia. Era verdade. Ele tinha dado o fora.

— Cadê ele? — perguntei, para ninguém em particular, enquanto caminhava. — Onde é que o maldito se enfiou?

Com isso, o organista parou. A marcha nupcial deixou de tocar bruscamente. Os convidados remexeram-se de forma furtiva nos bancos.

Minha mãe se encontrava ao meu lado.

— Ele chegou na hora certa aqui — contou ela, fungando. — Estava um charme. — Mais lágrimas.

Eu tinha certeza que sim. Fraques caíam bem nele. Mas, pelo visto, ficava com alergia se o usasse no dia do próprio casamento.

— Daí, você se atrasou — prosseguiu minha mãe. — De repente, ele falou que não podia ir adiante e foi embora.

— Que babaca!

Ela tentou segurar minha mão.

— Não se sinta mal, Lucy.

— Não estou me sentindo mal — gritei, puxando a mão. — Estou é *furiosa*! Quer dizer que não podia esperar vinte minutos? A gente ia passar o resto da vida junto e ele não podia esperar vinte míseros minutinhos? — Agitei os braços na igreja, mostrando o ambiente de tirar o fôlego. — Tudo isso e ele não podia esperar?

— Como pôde fazer isso conosco? — queixou-se a mãe, chorando. — Não dá para acreditar.

Infelizmente, num lado obscuro do meu coração, eu podia. Conseguia acreditar *sim* que Marcus seria capaz de fazer aquilo.

Minha mãe já não tinha palavras; ficou em segundo plano e, de súbito, eu me vi rodeada pelas damas de honra, que se reuniram e se abraçaram. Ninguém disse nada, apenas se segurou.

— Porra — praguejou Chantal, por fim. — Que manhã infernal!

Senti vontade de rir, ao mesmo tempo em que chorava. Acabei dando uma risada. Elas se uniram a mim.

— Aquele desgraçado — disse eu, em meio às lágrimas. — Como pôde me deixar na mão desse jeito?

Autumn passou o braço nos meus ombros.

— É culpa minha — falou, arrasada. — Eu me sinto péssima.

— Tolice! — exclamei, com determinação. — Não teve nada a ver com você. Imagine, eu poderia ter tido algum problema com a roupa, o sutiã, o sapato ou o cabelo, qualquer coisa, e teria me atrasado de qualquer forma. Não importa nem um pouco o que causou o atraso.

— Apesar de eu saber muito bem que tínhamos bastante sorte de não estar no xadrez, ansiando pelo mingau do café da manhã. — Se o Marcus mudou de ideia com tanta rapidez assim, não merece estar comigo, de qualquer forma.

— Isso mesmo — apoiou Nadia. — É assim que tem que pensar. Agora, precisa enfrentar esse pessoal. Fica fria. A gente está aqui para ajudar. Depois, você vai poder derramar suas lágrimas.

Enxuguei os olhos com a parte de trás das mãos.

— Não vou chorar por causa do Marcus — avisei, com determinação. — Este casamento vai ter continuidade. — Ri, de novo, com certa histeria, naquele momento. — Basta a gente pular a parte da igreja.

Todas olharam para mim, perplexas.

— Tem certeza absoluta? — perguntou Nadia. — Ninguém vai esperar que você fique. A gente pode ir embora na boa, para algum lugar.

— Tem uma fonte de chocolate esperando no hotel — disse eu, apontando para o local onde seria a recepção. — Não vou perder de jeito nenhum. — Na verdade, eu queria comer até passar mal. — Quero que todos venham. Todos. Até a família do Marcus. — A maioria dos convidados era da família dele, de qualquer forma. Àquela altura, tentavam sair dos bancos sem que eu os visse. Não dava para culpá-los de nada. Marcus era parente, mas aposto que não sentiam nenhum calor humano por ele naquele dia. — Alguns vieram de bem longe.

Vários haviam até comprado roupas novas. Senti uma pontada de raiva do Marcus por fazê-los passar por aquilo. Por *me* fazer passar por aquilo! Eu teria enfrentado qualquer coisa por ele, e era daquele jeito que me pagava.

Voltando à crise atual, eu disse:

— Não podem voltar para casa sem comer nada. — Havia um monte de comida esperando por nós na Manor House, e com certeza Marcus não teria direito a reembolso. Só esperava que os parentes não devorassem todo o chocolate da fonte, ou se meteriam em problemas. — Vocês têm que ir avisar todo mundo. — Agarrei as mãos de Chantal e Nadia. — O casamento vai prosseguir, chova ou faça sol. À custa do Marcus. Pena que ele não estará lá para desfrutar. — Respirei fundo, estremecendo. — Com ou sem ele, a vida continua.

E, naquele momento, eu acreditava mesmo nisso.

Capítulo Setenta e Um

— Você está sendo corajosa pacas — comentou Jacob, sentando-se na cadeira ao meu lado. Pegou a minha mão e apertou-a.

— A recepção está incrível, Jacob — disse eu, com sinceridade. — Você se superou. Espero que cobre o dobro quando enviar a conta para o Marcus.

Ele riu.

— Você é incrível. Seu ex-noivo deve estar louco.

— Blá-blá-blá — brinquei. Se muito mais gente continuasse a me dizer que eu era tudo de bom e o Marcus, um desvairado, eu ia cair no choro em breve. Mas, como ainda estava fula da vida, isso parecia estar atenuando a dor. — Você me prometeu um casamento inesquecível. Bom, com certeza, será.

— Não quis que fosse desse jeito.

— Estou me divertindo, de qualquer forma — ressaltei. E, por incrível que parecesse, estava. Até havia optado por ficar com o vestido, junto com a deslumbrante tiara cintilante e o véu. Eu precisava encarar a realidade, talvez fosse minha única oportunidade de usar um traje como aquele; então, tinha mais é que curtir.

O salão estava lindo. Cada mesa havia sido decorada com arranjos extravagantes de flores brancas, e vários balões de hélio, fixados com fitas de tom chocolate, iam até o teto, oscilando com suavidade no ar quente.

A maioria dos parentes de Marcus tinha ido à recepção. Uns poucos choraram, mas a maior parte se preparou e foi para a "celebração". Alguns, pelo visto, queriam averiguar o que aconteceria com os presentes; eu teria que ver como faria para devolvê-los no momento oportuno.

Os pais do meu ex-noivo aparentavam estar bastante ansiosos, mas, fora isso, davam a impressão de se divertir muito. Jacob reorganizou os lugares, de modo que a ausência do noivo na mesa principal não ficasse tão óbvia. Meus pais e os do Marcus foram relegados a mesas laterais e, naquele momento, as participantes do Clube das Chocólatras encontravam-se ao meu lado. Eu sabia que não teria enfrentado tudo sem elas. Como sempre, estiveram presentes quando precisei.

Já estávamos na metade do brunch, e bem que eu gostaria de dizer que não havia conseguido comer nada ou que só beliscara, abatida. Mas, para ser sincera, com todo o alvoroço e o trauma, fiquei faminta, comi tudo o que vi pela frente, desfrutando de cada detalhe. Muito pouca coisa tirava o meu apetite. A musse de salmão defumado estava deliciosa, e a galinha, de tirar o chapéu. Comi mais sobremesas de chocolate do que gostaria de revelar, embora mais tarde fosse chegar a tal fonte — naquele momento as calorias forçavam de modo implacável cada centímetro do meu vestido. Maravilha!

Dei uma olhada nas minhas companheiras, que pareciam estar felizes. Como eu, haviam tomado muito champanhe, exceto Chantal, claro. Não podia imaginar como ela conseguia enfrentar aquele dia sem a ajuda de uma bebida forte. No fundo, acho que elas ficaram aliviadas por eu não me casar com o Marcus, apesar das circunstâncias traumáticas. Fiquei satisfeita ao ver que Addison foi ao casamento, para a alegria de Autumn. Esperava que tudo desse certo com os dois, já que formavam um belo casal. Ted também fora, embora aparentasse estar meio tenso. Pedi que Jacob se certificasse de que as taças de todos ficassem sempre cheias. Não queria ninguém sóbrio o bastante para se lembrar de que aquelas não eram núpcias. Muito menos eu. Então, enchi mais ainda a cara.

O meu celular vibrou, fazendo minha bolsinha de seda mover-se na mesa. Peguei-o. Havia uma mensagem de texto. Era o Marcus, dizendo *SINTO MUITO.*

— É dele — contei para Jacob, passando o celular.

Ele leu a mensagem.

— Bundão — disse, emotivo. — Aonde acha que ele foi?

— Não muito longe. — Então, uma ideia me ocorreu. Peguei o guardanapo do colo e coloquei-o na mesa. — Com licença, Jacob. Volto daqui a pouquinho.

Capítulo Setenta e Dois

ão sei por que isso não tinha me ocorrido antes. Pegando o elevador até o quarto andar, fui até a porta dele e bati.

— Oi. — Como era de esperar, a voz do Marcus ressoou. Foi só quando o Jacob me perguntou onde ele poderia estar que me dei conta de que haveria a possibilidade de ele estar no hotel, hibernando no quarto, escondido.

— Sou eu. Posso entrar?

Houve um silêncio e, instantes depois, ele abriu a porta. Os olhos estavam vermelhos de tanto chorar.

— Meu Deus! — exclamou, de forma categórica. — Você está linda.

Então, percebi que ele ainda não tinha me visto de noiva.

— Obrigada.

Ele abriu passagem para que eu entrasse com meus sapatos de seda graciosos. Continuava de fraque, embora o plastrão e a jaqueta estivessem jogados na cama. A mala fora colocada ali também.

Marcus me examinou atentamente, com os olhos marejados.

— Eu realmente fiz a maior merda desta vez.

— Fez mesmo.

Passou a mão pelos cabelos.

— Como pude agir assim?

Eu me sentei na beirada da cama, perto da mala.

— É a pergunta que muitos dos seus convidados estão se fazendo.

— Lucy, Lucy, Lucy. Como magoei você desta vez!

— À beça.

— Você nunca vai me perdoar, vai?

— Ah, Marcus! — Deixei escapar um suspiro. — Sempre acabo perdoando você. Mantenho uma lista de desculpas pronta para explicar seu mau comportamento.

— Mas não desta vez?

— Desta vez seria justo dizer que estou tendo mais dificuldade.

— Eu entrei em pânico — reconheceu.

— Diante da ideia de passar o resto da vida comigo?

— Não, não. — Acariciou o meu rosto. — Bom, talvez em parte. Meu Deus, vi todo mundo lá, aguardando, aguardando. Tanta expectativa nos rostos. Esperavam que eu seguisse o ritual significativo. Daí comecei a pensar em como seria a vida de casado e não consegui ir adiante. Simplesmente não consegui, Lucy. Não sei por quê. Foi o temor de acabar como os nossos pais, como os caras divorciados do meu escritório. Metade dos malditos convidados sentados ali estava no segundo ou até no terceiro casamento. Não achei que pudesse ser um marido, no fim das contas. Foi demais para a minha cabeça.

— Poderia ter esperado por mim fora da igreja e conversado comigo a respeito disso — argumentei, em voz baixa.

Ele abaixou a cabeça.

— Teria sido a atitude madura e sensata a tomar.

— É verdade. — Não ocorreu ao Marcus que eu pudesse estar tendo minhas próprias dúvidas e inseguranças. Talvez se não tivesse tido a distração da entrega de narcóticos com as minhas amigas, eu teria pensado *duas vezes* se queria levar o casamento adiante.

Ele se ajoelhou na minha frente.

— Posso compensar o que aconteceu.

— Não pode não — ressaltei, com firmeza.

— Eu amo você. — Estava com o semblante desolado. — Não fiz isso porque não a amava. Não pense assim. *Por favor*, não pense assim.

— Se me ama mesmo, Marcus, vai se encarregar de pagar todas as contas do fiasco de hoje e deixar que eu siga o meu caminho.

— É o mínimo que posso fazer. Quer dizer, com relação às contas. Mas... vou conseguir reconquistá-la? Não quero viver sem você. — Passou as mãos por minhas pernas, sentindo a maciez do vestido. — Diz para mim: o que eu faço?

— Olha. — Soltei um suspiro estremecido. — Tem uma festa superlegal lá embaixo. Você está pagando por tudo. Por que não vai ficar com a gente?

— Não posso.

— Ninguém vai condenar você. — Bom, minha mãe, talvez. — Eles vão deixar de lado o que houve. Não vai poder se esconder para sempre.

— Não posso. Não posso encarar ninguém. — Acabei não fazendo com que se lembrasse de que, teoricamente, quem deveria estar escondida, chorando e se lamentando, era eu, mas não conseguia derramar mais lágrimas por ele.

— Então, melhor terminar de fazer as malas e ir embora. Pega as passagens da lua de mel e não deixa de ir; caso contrário, vai perder essa grana também. Por que não convida alguém para viajar com você?

Pensei no padrinho dele, mas me perguntei se ele já não estava explorando mentalmente o conteúdo do seu BlackBerry.

Os olhos do Marcus brilharam, esperançosos.

— A gente podia ir junto. Reservei um hotel maravilhoso na Ilha Maurício. — Sempre quis conhecer essa ilha. — Vamos de primeira classe, com champanhe, chocolate e tudo no avião.

Humm! Champanhe e chocolate num voo de primeira classe. Não era tentador?

— Vai ser maravilhoso — insistiu ele.

— Parece incrível mesmo — concordei.

Um leve sorriso iluminou sua face angustiada.

— Só tem um pequeno detalhe — disse eu, levantando. — Não quero ficar com você.

Pela expressão dele, foi como se eu tivesse dado uma bofetada. Respirando fundo, ajeitei o vestido e me dirigi à porta.

— Felicidades, Marcus.

Meu ex-namorado, ex-noivo e quase marido deixou-se cair no tapete.

— O que é que eu fui fazer? — gritou ele, angustiado. — O que é que eu fui fazer?

— Uma tremenda merda — respondi, fechando a porta.

Capítulo Setenta e Três

stavam tirando os pratos das mesas, e a discoteca já começara. Chantal com certeza comera sobremesas de chocolate o bastante para dois — talvez até três ou quatro. Esperava que a fissura por esse confeito fosse hereditária, já que não queria negar à filha aquele prazer. Apoiando-se em Ted, sorriu para ele.

— Quer ir me mostrar a pista de dança?

— Estão tocando a nossa música?

— Não sei bem qual seria ela — comentou a esposa. — A gente já teve uma? — Talvez essa tivesse sido a falha em sua relação: não compartilhar o suficiente. Os casais não deveriam trocar ideias sobre as esperanças e os sonhos? Com sorte, Chantal teria a oportunidade de corrigir isso.

Embora Ted estivesse saindo com alguém, ela tomara como um bom sinal ele ter comparecido ao casamento de Lucy. Embora, tecnicamente, o evento não pudesse mais ser designado de matrimônio.

Chantal achou que a amiga lidara muito bem com o que ocorreu e se perguntou se teria sido tão forte nas mesmas circunstâncias.

Jacob chegou e apoiou a mão no encosto de sua cadeira. Dirigiu-se a ela:

— Tudo bem?

— Com ou sem núpcias — disse Chantal, virando-se e sorrindo para ele —, é uma superfesta.

— É. Espero que a Lucy pense em mim no próximo casamento.

— Quando ela me disser de novo que vai se casar, eu vou dar um golpe nela.

— E quem sou eu para condenar isso?

Chantal percebeu que, ao seu lado, Ted se remexia, pouco à vontade.

— Queria que conhecesse o meu marido — disse a Jacob. — Ted, este é o Jacob, o organizador de bodas.

Seu companheiro acenou com a cabeça.

— Muito prazer, Ted. — Este não retribuiu o cumprimento. — Vejo vocês mais tarde. — Enquanto se afastava, piscou para ela. — Guarda uma dança para mim.

O marido franziu o cenho ainda mais, enquanto observava Jacob atravessar o salão.

— Conhece esse sujeito?

— Um pouco — disse, sem encará-lo. Não era o momento de confessar que tivera relações com o rapaz, pagando caro pelo privilégio. Apesar do resultado desastroso, ainda considerava esse dinheiro bem gasto. — A gente já fez negócios juntos.

— É mesmo? Que tipo de negócios?

— Ah, por favor. — Evitando a pergunta, pegou a mão de Ted. — Não quero falar de trabalho agora. Pode me mostrar sua ginga em vez disso. — Levou-o até a pista, dançando na frente dele enquanto o fazia. Era incrível Ted não ter notado como o seu corpo rechonchudo preenchia bem o vestido. Quem sabe por causa da excelente escolha do modelito lisonjeador feita por Jacob ou pelo fato de ele não a observar com atenção ultimamente.

Chantal não podia dizer que sentia a mesma indiferença. Ted estava um gato naquela noite. Usava um terno cinza-escuro e camisa branca reluzente — só que para ela, ficaria ainda mais lindo sem nada. Ela reservara um quarto com cama de casal para os dois, aferrando-se à remota possibilidade de ficarem juntos. Mulheres grávidas deviam continuar a querer seduzir os maridos? Não fazia ideia.

A música, apropriadamente, era lenta, uma canção que Chantal não conhecia; ela abraçou o marido. Com certeza, Ted perceberia, naquele momento, que a saliência na sua barriga não se originava apenas do excesso de brownies de chocolate.

Começaram a dançar na pista e ele mostrou-se mais tranquilo, os braços enlaçando-a relaxados. A música se tornou mais sensual.

— Que delícia — comentou o marido. — Por que paramos de fazer isso? — Puxou-a para perto. Chantal sabia que ou revelava a notícia naquele instante ou nunca o faria.

— Ted, tenho que contar algo para você.

— Hum — disse ele, o rosto encostado no seu.

— Você vai ser pai.

Ele recuou, assustado.

— Como soube? — quis saber.

Os dois pararam no meio da pista e se soltaram. Os demais casais esbarravam neles.

— Do jeito de sempre — explicou, dando uma risada normal. — Recebi os resultados do teste de gravidez.

Ted ficou lívido.

— De Stacey?

— Do meu! — Chantal deu um passo atrás e olhou-o, perplexa. — Quem diabos é Stacey?

Capítulo Setenta e Quatro

— Estou tão feliz por você ter vindo — disse Autumn, contornando com o dedo a maçã do rosto de Addison.

Seu namorado ergueu-a, enquanto dançavam na pista.

— Não podia continuar bravo. Sei como deve ser difícil dizer não para o seu irmão. Eu errei ao deixá-la sozinha depois de prometer que cuidaria de você. Tinha que me certificar de que estava bem.

— Foi a última vez — assegurou-lhe. — Não quero mais saber do negócio sujo do Richard. Tudo podia ter saído terrivelmente errado. De forma alguma devia ter feito a entrega hoje. Foi uma loucura.

— Ao menos você teve o bom-senso e a sensatez de avisar a polícia.

— Não tinha a menor noção de como seria. Eu me sinto uma perfeita idiota, além de ingênua. Não só me coloquei em risco, como também minhas amigas. — Mordiscou o lábio. — Pode ter sido minha culpa o casamento não ter ocorrido.

— Pelo visto, você fez um favor a ela.

— Nenhuma de nós queria que se casasse com o Marcus — reconheceu. — Mas claro que ninguém desejava que isso acontecesse com a Lucy.

— Parece que ela está enfrentando tudo numa boa.

— Faz algum tempo que não a vejo — comentou Autumn, passando os olhos pelo salão. — Acho melhor eu procurar por ela, para ter certeza de que está bem.

— Adoro o fato de você se importar tanto com as pessoas. Mas não se esqueça de mim, de vez em quando.

— De agora em diante, você será minha maior prioridade. Prometo. — Beijou-o nos lábios. — Disse a Richard que, assim que eu fizesse essa entrega, ele ficaria por conta própria. E estava falando sério. Só tem mais uma coisinha... — Seu namorado não se mostrou surpreso. — Eles me deram uma mochila cheia de grana, Addison. Não faço ideia de quanto dinheiro tem ali.

— Cadê ela?

— Lá em cima, no meu quarto, espremida no cofre. Nem sei o que fazer com aquilo. Tecnicamente, acho que pertence ao Richard, mas não quero entregá-la para ele. Se ficar com a mochila cheia de grana, provavelmente vai seguir o mesmo caminho de novo. Tenho que pensar com cuidado em que destino dar a ela.

Addison pôs o dedo na boca de Autumn.

— Não se preocupe com isso hoje. Tenho certeza de que vai pensar em algo. Temos mais é que ficar felizes por você estar sã e salva e a operação ter terminado. Melhor ajudarmos a Lucy a comemorar o não casamento e nos divertirmos.

— É muito bom ter você aqui.

— Acha mesmo?

— Humm. — Ele sorriu. — Acha que a minha família vai se acostumar com a ideia de eu me casar com uma mulher branca, rica, da classe alta e mais velha?

Autumn riu.

— Acha que os meus pais vão se acostumar com a ideia de eu me casar com um assistente social negro, pobre e mais jovem?

— Bom, se informarmos de antemão, de repente vão aprender a conviver com isso.

Ela o fitou.

— Está pedindo a minha mão, Addison Deacon?

— Pode ser que sim. Só me prometa uma coisa. Se a gente se casar...

— *Quando* a gente se casar — corrigiu ela.

— ... por favor, não inventa de organizar uma entrega de drogas para o seu irmão um pouco antes da cerimônia.

— *Isso*, pode ter certeza que eu prometo não fazer.

Capítulo Setenta e Cinco

Nadia não sabia se estava tão abalada por causa de si mesma, da amiga ou de todas as coisas traumáticas, terríveis e deprimentes que aconteciam ao longo da vida em geral. Só sabia que se achava escondida no banheiro feminino havia uns quinze minutos, aos prantos. Conseguira enfrentar a maior parte do dia sem recorrer a analgésicos, antidepressivos e — com exceção de algumas taças de champanhe — bebedeira. Naquele momento, contudo, tudo parecia demais para ela. Toda canção sentimentaloide infeliz fazia com que se lembrasse de Toby e dos momentos felizes que haviam passado juntos. Seu casamento não fora tão glamouroso quanto o de Lucy, mas, ao menos, o noivo aparecera. Sentia pena da amiga. A vida era, na maior parte das vezes, incrivelmente injusta. Sentada no vaso sanitário, Nadia puxou outro punhado de papel para enxugar as lágrimas.

Um minuto depois, ouviu a porta se abrir de supetão e uma voz familiar gritar:

— Mãe! — Os passos diminutos, mas determinados, de Lewis percorreram o banheiro. — Mãe, você está aqui?

Ela assoou o nariz.

— Estou, querido, aqui. Vou sair já, já.

— Eu não sabia aonde você tinha ido — disse ele, aborrecido.

Nadia deu descarga, sem necessidade, e abriu a porta. Obrigou-se a sorrir.

— Estou aqui. Eu deixei você com a tia Autumn. O que está fazendo no banheiro?

— Ela foi dançar com o Addison, daí eu vim te procurar.

A mãe se ajoelhou na frente do filho e ajeitou o cabelo que caía na testa.

— Não devia ter feito isso — disse a ele. — Mas estou feliz por ter me encontrado.

— Esta festa é legal. Já comi um monte de chocolate.

Tal mãe, tal filho. Ficaria cheio de energia mais tarde com todo aquele açúcar. Os dois estavam no mesmo quarto e, ao que tudo indicava, ela não pregaria os olhos naquela noite. De qualquer forma, não fazia mal, de vez em quando. Ela riu, apesar das preocupações.

— É, está boa mesmo.

Ele puxou o colarinho da camisa social. Parecia um rapazinho com aquela roupa.

— Se está boa, por que você está chorando?

Estava prestes a dizer a ele que não chorava, mas os olhos vermelhos e as maçãs do rosto rubras a denunciariam. O filho podia ter apenas quatro anos, mas era bastante esperto. Até mesmo naquela idade, saberia que ela mentia. Não obstante, como explicar ao filho que sentia dor em virtude da perda do marido, do amor de sua vida? Aquela era a primeira festa à qual comparecia sem o companheiro ao lado e, embora não a quisesse perder por nada naquele mundo, tinha sido difícil segurar as pontas — sobretudo porque o dia não transcorrera de acordo com o planejado.

Nadia se perguntou no que o filho estaria pensando. Será que sentia tanta falta do pai quanto ela? Lewis vinha enfrentando bem a perda dele, mas a mãe sabia que, no fundo, estava magoado. Mal chorava e quase não mencionava Toby — isso não devia ser bom para ele. Como uma criança assimilava uma emoção tão devastadora quanto o pesar? Se ao menos soubesse no que o filho pensava, talvez conseguisse ajudá-lo.

— Mamãe está meio triste.

— Porque o papai não está aqui?

Nadia assentiu.

— Sinto muita falta dele, todos os dias.

— O papai não vai voltar do céu, vai?

— Não, querido. — Ela lhe deu um abraço reconfortante. — Somos só nós dois, agora.

— A gente vai se sair bem, mamãe. — O filho apoiou-se nela e pôs o dedo na boca, algo que ela não o via fazer havia muito tempo. — Eu vou tomar conta de você.

— Então, eu não preciso ficar triste. — Nadia apertou-o mais.

— O papai teria gostado desse montão de chocolate.

— É, teria mesmo — concordou a mãe. — Observando o rostinho ansioso do menino, ela tinha consciência de que precisaria ser forte por causa dele. Acariciou a face do filho. — Sabe que a gente pode falar do papai quando você quiser. Sempre que estiver sentindo falta dele, basta conversarmos, falar das coisas de que Toby teria gostado e do que teria feito. Daí, a gente se sente melhor.

— Está bom. — Lewis deu de ombros. Parecia uma solução simples para o menino. Talvez fosse. — A gente pode voltar para a festa?

— Dança com a mamãe?

— Você acha que vai tocar a música do Bob, o Construtor?

— Acho que não. Eu queria ouvir uma música do George Michael.

— De quem? — quis saber Lewis, desgostoso.

Capítulo Setenta e Seis

A festa transcorria a todo vapor quando desci do quarto do Marcus. Tentei não pensar nele fazendo a mala sozinho e indo para a nossa lua de mel sem mim. A música bombava, a pista estava cheia e as pessoas, alegres — para todos os efeitos, aquele era um casamento normal. Com uma exceção digna de nota, claro.

Meu pai e minha mãe dançavam juntos — o que parecia um milagre, pois os dois nunca haviam feito isso quando ainda estavam casados. Moviam-se ao som de "I Will Survive" — a música que não pode faltar nos casamentos —, e mamãe cantava a letra com entusiasmo excessivo. O Milionário e a Cabeleireira tinham sumido de vista. Clive e Tristan foram falar comigo. Ambos estavam deslumbrantes e escancaradamente gays com os ternos de linho creme e as camisas cor de chocolate. Eram o Elton John e o David Furnish do mundo do cacau. Eu me perguntei se toda aquela história de casamento os tinha levado a considerar a possibilidade de oficializar a união.

— Como é que você está, queridinha? — quis saber Clive.

— Bem — disse, balançando a cabeça de forma estudada.

— Não vai querer cortar o nosso bolo fabuloso, vai?

— Por que não? Desde quando vou perder a oportunidade de comer bolo de chocolate? — Encolhi os ombros. Na certa não jogaria o buquê, mas, fora isso, estava pronta para tudo.

Clive deu um largo sorriso, agradecido. Para ser sincera, um pouco mais de açúcar no sangue após todo aquele trauma cairia bem. Além do mais, meus queridos amigos e chocolateiros haviam preparado um monumento de cinco camadas para mim, como presente de casamento — de chocolate, óbvio, decorado com folhas de chocolate branco e cunquates cristalizados. Como poderia deixar de cortá-lo!

— Consigam uma faca afiada, mantenham Marcus bem longe de mim e mãos à obra.

Clive me abraçou.

— Assim é que se fala!

Cinco minutos depois, Jacob foi atrás de mim. Estava com uma faca afiada e o cenho franzido, preocupado.

— Tem certeza de que é uma boa ideia?

— Clive e Tristan ficarão superfelizes — expliquei. — Além do mais, odiaria ver esta linda obra ser desperdiçada. Será muito melhor se os nossos convidados a saborearem.

— Eu poderia retirar o bolo sem escarcéu e cortá-lo — sugeriu.

— Não. Vamos provocar um pouco de rebuliço. Clive trabalhou à beça para prepará-lo. Não acho que seria legal tirá-lo sem que ninguém visse e deixar meu amigo sem seu momento de glória.

— Se tem certeza.

Anuí.

— Então, vou anunciar a todos. — Jacob foi pegar o microfone. — Senhoras e senhores, por favor, juntem-se para que cortemos o bolo.

Só quando eu estava parada de forma segura bem ao lado do bolo, ele me passou a faca. Como o fotógrafo havia sido dispensado, ninguém teve que fazer poses ridículas.

— Clive — fiz sinal para que ele se aproximasse —, vem fazer isso comigo.

Meu amigo colocou a mão sobre a minha e, brincalhão, acabou me fitando como se me amasse. Senti apenas uma ligeira pontada de dor ao imaginar como teria sido se Marcus estivesse cortando o bolo comigo. Metemos a faca na cobertura e na massa macia deslumbrantes e recebemos algumas aclamações incertas dos convidados. Então, olhando de esguelha, vi algo que me fez gelar.

— Essa não! — Clive virou-se e acompanhou meu olhar. Soltou uma exclamação, assim como todos os convidados que ainda estavam no círculo formado ao redor do bolo.

Entrando no salão, com um corpete de cetim cor-de-rosa, saia esvoaçante e saltos altíssimos, estava Roberta Explícita — dois metros de travesti, bem no meu casamento. Logo reconheci a mestre de cerimônias da Boate Mistress Jay, apesar de ela usar uma peruca de outra cor.

Ela foi até Tristan e abraçou-o. O parceiro de Clive pareceu mais do que surpreso quando a outra lhe deu um beijo molhado e longo.

— Ui! — Eu me virei para o Clive, cuja expressão ficou sombria. Agarrava a faca de forma ameaçadora. Tomei-a dele, com suavidade.

— Com licença, Lucy — disse ele, tenso, indo até onde Tristan e Roberta recuperavam o fôlego após o agarro.

— O que é que *ela* está fazendo aqui? — perguntou Clive, aborrecido, em voz alta o bastante para todos ouvirem.

— Eu não queria que você descobrisse assim — disse Tristan, dramaticamente.

— Não imaginou que eu já tinha adivinhado? — quis saber o companheiro. — Todas aquelas sumidas sorrateiras... Acha que eu sou idiota?

— Acha — disse Roberta Explícita, com um tom de voz supergutural. — Agora, dá o fora, está bom?

— Me faz sair, então! — pediu Clive, impensadamente.

O travesti tinha um gancho de direita poderoso. Deu um soco no queixo dele, e meu amigo cambaleou para trás, na direção do bolo, com expressão chocada. A mesa na qual a iguaria se encontrava oscilou de forma alarmante. Jacob e eu nos entreolhamos, preocupados. Uma das estruturas que apoiavam uma das camadas do bolo balançou muito e quebrou. Essa base escorregou com estilo e caiu na inferior, desestabilizando todas as outras. Eu e Jacob demos um salto, indo bravamente até ali, na tentativa de salvar o bolo; sem sucesso. As camadas caíram no chão, formando uma cachoeira de cunquates cristalizados, folhas de chocolate e pedaços de massa supermacia.

Peguei um pouco da cobertura de chocolate da toalha de mesa.

— Humm, está uma delícia — comentei com Jacob, lambendo os dedos.

Tristan deu um salto à frente, tentando ajudar Clive.

— Você está ferido? Você está ferido?

— Claro que sim, porra! — vociferou Clive. — Nunca fiquei tão ferido. Já basta. Pode se mandar. Dá o fora da minha chocolataria e da minha vida. Aproveita e leva essa machona junto. — Dito isso, abaixou-se, pegou a camada de cima do meu maravilhoso bolo de casamento, que tinha caído perto dos pés dele, e, em seguida, jogou-a no rosto do Tristan, esfregando com vontade os pedaços para obter um impacto maior. Os convidados ali reunidos soltaram exclamações horrorizadas.

Quando Roberta Explícita atirou-se adiante, arremetendo-se contra Clive, escorregou nos restos do bolo e se espatifou no piso, torcendo o tornozelo por causa dos saltos finos, que quebraram. Com um baque forte, o monumental travesti caiu de barriga para cima, com o corpete retorcido, os seios postiços fora do lugar e a peruca torta. Não foi uma visão bonita. Não deu para imaginar, naquele momento, o que Tristan vira nele. Daí, Clive teve um ataque de choro.

Jacob e eu nos entreolhamos.

— De repente cortar o bolo não foi uma boa ideia, no fim das contas — comentei.

Capítulo Setenta e Sete

Depois do corte agitado do bolo, Chantal e Ted encontraram um local afastado da confusão para conversar. Apesar de estar grávida, ela ansiava por uma taça de champanhe ou algum tipo de álcool. Certos diálogos não deviam ser travados apenas com água mineral.

Os dois encontravam-se agora em um sofá, em uma saleta isolada, que estava relativamente tranquila. Por fim, sós, com o batuque da discoteca abafado e irritante concorrendo com o piano alegre da música ambiente do hotel. Ted tomou um gole grande do champanhe e evitou olhá-la.

— Então, há quanto tempo sabe que está grávida?

— Um mês, mais ou menos — respondeu ela.

— E não me contou?

— Eu tentei, mas nunca encontrava o momento certo. E você me evitou por um bom tempo.

Ele abaixou a cabeça.

— Há quanto tempo você sabe que tinha outro bebê a caminho?

— Esse mesmo período. — Ted terminou a bebida e encheu a taça com uma garrafa que pegara. — Contei para você que tive uma aventura amorosa. Bom, na verdade, foi até mais de uma.

— Alguém que eu conheça?

O marido balançou a cabeça.

— A maior parte, mulheres do meu trabalho. Um dos casos foi mais sério do que os outros.

— Stacey?

— Stacey — confirmou. — Ela é uma ótima pessoa.

— Se ela vai ser a mãe do seu filho, fico feliz em ouvir isso.

— Acontece que a gente não está mais junto. Apesar de ser legal, a Stacey me solicitava muito. Queria que fosse tudo para ela, e eu não tinha percebido o quanto gostava do fato de você ser tão independente.

— Talvez até independente *demais*.

— Eu estava a fim de dormir com outras mulheres — admitiu o marido. — Saber como é que era. Deixar tudo em pé de igualdade. Foi um erro. Não me fez sentir bem comigo mesmo. Todo o tempo que passava com elas, por mais que eu tentasse, eu me dava conta de que queria ficar com você. — Deu de ombros. — E agora um bebê está chegando.

— Na verdade, dois.

— Dois bebês. — Ted deu uma risada. — O que é que os ingleses dizem mesmo? São como ônibus: no início, não vem nenhum, daí aparecem dois de uma vez.

— Tem certeza de que o filho da Stacey é seu?

— Putz. Acho que sim. Como ter certeza, hoje em dia? Ela podia ter uns três outros homens, sem que eu soubesse. — A esposa decidiu ficar calada. — Tenho que fazer essa pergunta, Chantal. — Virou-se para ela. — Sou o pai do *seu* bebê?

— Honestamente?

— Costuma ser o melhor caminho — aconselhou Ted. Mas ela já vira que nem sempre era assim.

— Não sei. Acho que é. Só vamos saber ao certo quando eu der à luz. — Se houvesse algum modo de tornar realidade o desejo de que a neném fosse fruto do marido, ela o faria. — Um exame de DNA será feito assim que possível. É mais arriscado para o feto quando é feito antes do nascimento e não quero fazer nada que possa prejudicá-lo. — Pôs as mãos na barriga, de forma protetora. — E vai ser uma filha. Uma menina.

O marido ficou com os olhos marejados.

— É o que eu sempre quis.

— Gostaria que tivesse dito antes — comentou ela, com uma risada cansada. — Então poderíamos ter evitado um monte de problemas. Agora, pelo visto, seu desejo foi duplamente realizado, papai.

— E mais uma pergunta. Aquele cara, o organizador de bodas; você teve um caso com ele? — Chantal ficou rubra. — Há uma química entre vocês dois, daquela que só ocorre com a intimidade. Vejo nos olhos dele.

Caramba, se ao menos Ted fosse sempre tão observador. Não descobrira que ela estava com quatro meses de gravidez, mas notara as faíscas entre ela e Jacob.

— A filha pode ser dele? — prosseguiu o marido.

— Muito difícil. Ele não sabe de nada. A nossa relação foi super-breve.

— E vocês são apenas amigos agora?

— Exatamente — confirmou a esposa. Não havia motivo para contar a Ted que desfrutara muito dos encontros com Jacob; embora o custo, em vários sentidos, houvesse sido altíssimo.

— Queria que mantivéssemos a amizade.

— Ainda espero que a gente possa voltar — ressaltou Chantal.

— Mesmo depois de tudo o que aconteceu?

Ela acariciou o ventre.

— *Ainda mais* depois de tudo o que aconteceu.

Capítulo Setenta e Oito

— Minha nossa! — disse eu, deixando escapar um suspiro profundo. — Precisava sair do meio daquela galera. — Abandonei o ambiente frenético da pista de dança em busca de um santuário e cinco minutos de paz. Nem sei como estava conseguindo enfrentar aquele dia, mas chegava a um ponto em que gostaria que tudo terminasse. Os parentes do Marcus, após terem decidido ficar, não davam sinais de querer ir para casa.

— Venha até aqui com a gente, Lucy. — Chantal deu tapinhas numa cadeira perto de si.

Agradecida, eu me deixei cair ao lado da minha amiga, que encontrei afastada, numa saleta, com o marido.

— Eu estava de saída. Vou deixar vocês duas conversarem — disse Ted, levantando-se. Deu um beijo no meu rosto. — Ótimo casamento, Lucy.

— Obrigada.

Como prometido, ele foi embora. Com um gemido de prazer, Chantal jogou longe os sapatos, recostou a cabeça e se esticou para colocar os pés na cadeira à sua frente.

— Toda essa emoção está custando caro... — comentou minha amiga.

— Nem me fale. — Também tirei os sapatos e, ajeitando o vestido de noiva, cruzei as pernas debaixo do corpo. — Vamos enviar um torpedo para as outras. Quem sabe conseguimos ficar um tempinho sozinhas. Estou com saudades delas. — Digitei EMERGÊNCIA CHOCOLATE no celular e indiquei a saleta em que a gente estava.

Instantes depois, as duas chegaram.

— Olhem só o que encontrei — anunciou Nadia ao entrar. Estava com uma bandeja com os restos do meu bolo de casamento.

— Não pegou do chão, né? — quis saber.

— Não. Mas a gente comeria assim mesmo, certo?

Balançamos a cabeça, em sinal afirmativo. Um pouco de pelo de tapete não afetaria o sabor de chocolate, afetaria? Autumn trazia champanhe e algumas taças. Depois de passá-las, abriu a garrafa e serviu a bebida. Até Chantal aceitou uma.

— Esta menina pode aguentar uns golinhos. Depois da conversa que acabei de ter com Ted, preciso mesmo.

— Não interrompi nada, né? — Pensando bem, os dois pareciam estar bem relaxados quando entrei e, claro, estraguei o clima.

Chantal meneou a cabeça.

— Ele tinha acabado de me dizer que vai ser pai.

Todas a fitamos, intrigadas.

— Nós já sabemos disso.

— Mas com outra mulher.

— Não sabíamos disso!

— Bom, eu também não — prosseguiu ela.

— E como está se sentindo, Chantal? — perguntou Autumn.

— Muito calma, por incrível que pareça. Recebi bem a notícia. E ele também. — Ela deu de ombros. — Mas, como vai ser daqui em diante, sabe-se lá!

— Este, *sem sombra de dúvida*, é o momento ideal para um bolo de chocolate — disse eu. E, como era de esperar, todas começamos a saboreá-lo.

— Como está o Clive? — quis saber Chantal.

— Chorando no banheiro — informei. — No banheiro *feminino*. A mãe do Marcus está lá, consolando o nosso amigo.

— Coitado — disse Nadia.

— Tadinho do Tristan, isso sim — acrescentei. — Pelo visto, Roberta Explícita vai fazer picadinho dele.

Todas rimos. Chantal balançou a cabeça.

— Na última vez em que vi os dois, a Roberta levava o Tristan pelo braço na entrada do hotel.

— Este casamento foi muito interessante — comentei, percebendo que Marcus não fez muita falta. — Mal posso esperar pelo próximo.

Então Autumn, que, com os cabelos ruivos cacheados e as sardas nunca teria a compleição adequada para jogar pôquer, enrubesceu.

Aguardamos, cheias de expectativa. Nossa amiga remexeu na cadeira e corou ainda mais.

— Acho que o Addison me pediu em casamento.

— Você *acha*?

Ela anuiu.

— E creio que eu aceitei.

— Que legal! — Todas vibramos.

— Vou ter que confirmar com ele, quando a gente estiver sóbrio — acrescentou Autumn. — Foi um pedido casual à beça.

— Casual ou não, a gente vai brindar! — disse eu.

Nadia serviu mais champanhe e erguemos as taças em homenagem à nossa amiga.

— A Autumn e Addison — propõe Chantal. — Que o seu casamento seja menos "interessante" que o da Lucy!

— A Autumn e Addison — repetimos. Comemos mais bolo.

— Se vocês andarem logo — sugere Nadia —, poderemos usar os mesmos vestidos de damas de honra.

— Daqui a pouco eu definitivamente não vou entrar no meu — lembrou Chantal.

Eu também não. Vou começar a dieta amanhã. Sério. Chega de chocolate... Minha nossa! O que é que eu estava dizendo! Como poderia viver sem essa delícia, ainda mais no meu atual estado emocional? Chocolate era tudo o que eu tinha. Talvez eu deixasse de lado outros gêneros alimentícios. Tinha que haver uma dieta das chocólatras por aí, não tinha? Não daria para perder peso consumindo apenas três, quem sabe quatro, tabletes de Mars por dia?

Enquanto eu ainda matutava sobre as minhas necessidades calóricas para sobreviver, Nadia segurou minha mão.

— Você se saiu superbem hoje, Lucy. Nós estamos muito orgulhosas.

— A vida continua. Pode ser que não tenha o Marcus, mas conto com as minhas amigas e o chocolate.

— Às amigas e ao chocolate — disse Chantal, e brindamos outra vez.

— E você também tem Paquera — acrescentou Autumn.

Aiden Holby. Senti um aperto no coração. O dia foi tão agitado que mal tive tempo de pensar nele. Divagando, eu me perguntei onde ele estaria naquele momento. Melhor seria ligar e contar que não houve casamento. Na certa, nem ia querer ouvir a minha voz, mas eu devia isso a ele.

— Devia telefonar para o Aiden — sugeriu Nadia, lendo meus pensamentos.

— Mais tarde — disse eu. Precisava de tempo para decidir o que diria, e minha mente rodopiava demais naquele momento, muito mais ébria do que o indicado para reflexões ponderadas. — Bom, melhor eu ir ficar com os convidados.

Nadia faz menção de ficar de pé. — Eu também tenho que voltar. Deixei o Lewis com o Jacob. Ele é um cara muito legal, mesmo.

Isso, nenhuma de nós podia negar.

— Você também está enfrentando tudo numa boa, Nadia — comentei.

— Estou — confirmou, com orgulho. — Vou ficar bem.

— E a gente vai se certificar disso — acrescentou Chantal.

— Que grupinho resistente é o nosso! — observei.

— Um brinde a isso! — disse Nadia, e erguemos as taças, fazendo-as se tocarem.

Como se já não tivesse comido o bastante, peguei outro pedaço do bolo do chocolate e o enfiei goela abaixo, junto com tudo o mais. Para o inferno com a dieta! Algum dia, os corpos cheinhos entrariam na moda de novo!

— Vamos, então! — exclamei, levantando de um salto. — Temos um monte de açúcar para queimar na pista de dança. Está na hora de arrasar na festa.

Capítulo Setenta e Nove

stávamos todas no corredor, de mãos dadas, rindo e voltando à ação. Havia um homem trajando um terno escuro elegante andando a passos largos na nossa direção, cabisbaixo. Quando ele se aproximou, fomos mais para o lado, para dar passagem, e ele ergueu os olhos, para agradecer. Então, ficou pasmo.

— Vocês! — bradou, quando nos reconheceu. Deu um passo atrás para ver melhor e, apontando o dedo para nós, gritou outra vez: — *Vocês!*

Ah, meu Deus! Era o que eu mais temia que acontecesse no dia do meu casamento — a ideia de Marcus me abandonar nem passou pela minha cabeça, mas sempre receei topar com esse cara.

Na última vez em que eu estive em Trington Manor com as participantes do Clube das Chocólatras, bolamos um ataque engenhoso — recuperando as joias de Chantal de um vigarista, que transara com ela e depois a roubara. O mesmo sujeito, o que tinha o pseudônimo idiota, sr. John Smith, o Ladrão Cavalheiro, estava bem à nossa frente.

Deixamos escapar exclamações de surpresa. Eu sabia que era uma péssima ideia fazer a recepção ali.

O cara observou nossos vestidos de festa. Sua pele apresentava um tom acinzentado, pouco atraente.

— Vocês me roubaram, suas piranhas — gritou. — Me drogaram e destruíram o meu carro.

Eu tinha me esquecido dessa parte. Nós encontramos todos os pertences de Chantal na mala do Mercedes dele; daí, bom, a gente jogou o veículo no lago. Achamos uma ótima ideia, na época.

— Eu diria que estamos quites — disse Chantal, com frieza. — Foi benfeito para você. — Parecia uma gângster, vil e taciturna, ainda mais para uma grávida.

Ele avançava em nossa direção, ameaçador.

— Rápido — disse Nadia, agarrando-o em seguida. Joguei minha bolsinha de seda no chão e fiz o mesmo. Chantal e Autumn também. Instantes depois, após uma luta breve e improvisada, nós quatro conseguimos prender os braços dele nas costas, embora ele lutasse ferozmente.

— E agora? — perguntou Autumn.

Próximo a nós, havia uma espécie de despensa e fiz um gesto indicando-a. Chantal abriu a porta. Era um cubículo, cheio de toalhas e produtos de limpeza, com espaço suficiente apenas para um vigarista. Ele bradava e gritava impropérios para nós, enquanto o metíamos ali, entrando junto e fechando a porta.

Chantal fez uma busca nas estantes e encontrou algo similar a uma corda de varal.

— Isto vai servir bem — disse, triunfante. Deve ter sido escoteira quando criança, pois amarrou com presteza os pés e as mãos do sr. Smith.

Autumn achou uma toalhinha com o nome do hotel bordado num canto. Meteu a parte central da toalha na boca do vigarista e, em seguida, amarrou as pontas na cabeça dele.

— *Desgraada ia-da-uta* — balbuciou ele, furioso.

Acho que, se o que disse fosse transcrito, seria algo bastante grosseiro.

Apoiando-se nas estantes, Chantal inclinou-se sobre nosso prisioneiro de forma ameaçadora.

— Lembre-se deste detalhe: tenho todos os seus dados, sr. Felix Lavare.

Eu já tinha me esquecido não só do nome verdadeiro dele como também de que nós o conhecíamos.

— Quando você sair daqui, aconselho que dê o fora deste hotel na hora. Melhor se mandar depressa e não olhar para trás. Se vier perturbar a gente, vou para a delegacia na hora, entendeu bem? — prosseguiu Chantal.

Ele parou de lutar; ouvimos um resmungo abafado pela toalha.

— *Etedi.*

— Agora fique quietinho, como um bom rapaz, e alguém vai tirar você daqui já, já. — Ela examinou o nó de novo. Estava firme.

Checando para ver se ninguém vinha, saímos da despensa. Como toque final, Autumn havia encontrado uma plaquinha com NÃO FUNCIONA.

— Achei isto aqui — disse, sussurrando. — Pensei que podia ser útil.

Então, pendurou-a na maçaneta da porta, bem à vista. Afastando-nos na ponta dos pés da despensa, nós nos agrupamos. Nadia esfregou as mãos, em face do trabalho benfeito.

— Acham que ele vai ficar ali até a gente ir embora?

— Espero que sim! — exclamou Chantal. — Vamos torcer para que a equipe de limpeza só busque toalhas limpas amanhã.

— Este corredor é tranquilo, não tem muita gente circulando aqui — ressaltei. — Tomara que não tenha ninguém esperando por ele no quarto.

— Só de pensar, sinto calafrios — afirmou Chantal.

— Eu também pensei algo terrível — disse eu a ela. — Este homem pode ser o pai da sua filha.

— Nem me fale! — A amiga estremeceu. — Espero que seja de qualquer *outro*, menos dele.

— Caramba! É muita emoção para um dia só. Meu coração continua disparado — comentei.

— O meu também — acrescentou Chantal, soltando um suspiro fatigado.

— Meus joelhos parecem gelatina — disse Nadia.

— Vocês acham que ele vai causar mais problemas para nós? — De todas nós, Autumn dava a impressão de estar mais preocupada.

Chantal balançou a cabeça.

— Não se tiver consciência do que é melhor para ele.

— Juntas, a gente já teve três confrontos com esse sujeito. Até agora, o resultado foi dois para as participantes do Clube das Chocólatras e um para o malfeitor gostosão. Imagino que deva se dar conta de que não é páreo para nós.

Rimos para aliviar a tensão.

— Tenho que voltar para a festa — disse eu. — Ver o que mais deu errado na minha ausência. Vamos lá.

— Vai — pediu Chantal. — Nós já vamos.

— Não demorem — acrescentei. — Ainda temos que devorar uma fonte de chocolate.

Quando saí, não vi minhas amigas se inclinarem para pegar a bolsinha de seda que eu deixei cair na luta com o sr. Smith. Elas esperaram eu sumir de vista e, em seguida, Chantal tirou meu celular e mostrou-o, satisfeita, às outras.

— Se a Lucy não liga para o Paquera — disse ela a Nadia e Autumn, enquanto vasculhava a lista de números —, então acho que está na hora da gente fazer isso.

Capítulo Oitenta

—Obrigada por cuidar do Lewis — disse Nadia a Jacob.

O filho se encontrava na pista, dançando com ele, que segurava com cuidado as mãozinhas do protegido. Um deles tinha um traseiro bonito, cheio de ginga, e não necessariamente era Lewis. Tocava "Like a Virgin", da Madonna. Pela forma como o filho rebolava, não estava nem um pouco preocupado por não se tratar da trilha sonora de "Bob o Construtor".

— Foi um prazer — disse Jacob, meio ofegante.

—Vem sentar um pouco, Lewis — chamou a mãe.

— Não vai agora — pediu Jacob. — Vamos dançar juntos.

Ela deu de ombros e sorriu.

— Está bem.

Então, uniu-se ao filho e a Jacob, segurando uma das mãos de Lewis e não objetando quando o organizador das bodas pegou a sua.

Dançaram em um círculo aconchegante ao som de Britney Spears, Beyoncé e Black-Eyed Peas. Nadia riu, pois não se sentia tão livre fazia meses. Apesar de continuar triste, ao menos não podia negar o certo alívio após tanto tempo lidando com o estresse relacionado ao vício de Toby. Tudo isso acabara. Já não precisava se preocupar mais.

Quando a música ficou lenta, com "Angels", de Robbie Williams, Jacob aproximou-os mais. Ele carregou Lewis e os três ficaram bem juntos, com os dois adultos abraçando o garoto enquanto se moviam devagar, ao ritmo da canção. A mão de Jacob pousou com suavidade no ombro de Nadia, que pôde sentir seu calor. Era bom ser tocada por um homem de novo. Ele não estava dando em cima dela, não havia malícia na forma como a segurava, apenas calor, carinho e consideração. Nadia sentira tanta falta de Toby naquele dia, mas conseguira passar por ele relativamente incólume. Sem dúvida, ainda teria momentos difíceis pela frente, mas sabia que conseguiria enfrentá-los. Seus olhos ficaram marejados, e ela apertou mais o filho. E notou que o menino cingira com os dois braços o pescoço de Jacob. Talvez Lewis sentisse mais falta de um homem em sua vida do que ela.

Com o polegar, o organizador das bodas ergueu delicadamente o rosto de Nadia.

— Levanta a cabeça — disse, com doçura. —Vocês dois vão ficar bem.

— Eu sei — disse ela. — Só vai levar algum tempo.

— Se você precisar de alguma coisa, basta pedir. Eu sei que tem as suas amigas, e que elas são ótimas. Mas, para algumas coisas, é preciso um homem.

Nadia olhou-o de esguelha. Quem sabe não estava dando mesmo em cima dela?

— Acho que eu não me expressei direito — prosseguiu ele, rindo. Os olhos dele brilhavam, sinceros. Agora ela entendia por que Chantal se dispusera a pagar uma grande soma por seus serviços. Um dia perguntaria à amiga se valia a pena. — Eu já deixei de uma vez por todas a minha antiga profissão. O que eu quis dizer é que sou muito bom com martelo e furadeira. Também posso levantar objetos pesados.

Ela relaxou e riu também.

— Sempre uma qualidade atraente nos homens.

— Basta me ligar, se precisar de ajuda. Como amigo, e nada mais. Sem nenhum compromisso. Estou falando sério.

—Vou me lembrar disso — disse Nadia. Jacob fez com que rodopiassem de novo. Lewis deu gargalhadas. — Obrigada. — Ficando na ponta dos pés, ela lhe deu um beijo suave no rosto. — Você realmente é um cara muito legal.

O ritmo da música acelerara outra vez, e a pista ficou cheia. Agora moviam-se ao som de "Can't Get You Out of My Head". Nadia cantarolava junto, feliz. Fazia anos que não dançava daquele jeito. Começava a recuperar a ginga, recordando-se de passos há muito esquecidos, quando um punho surgiu do nada e foi parar direto no queixo de Jacob.

Ted ficou parado sobre ele.

— Isso é por ter tido um caso com a minha esposa — gritou ele, fazendo-se ouvir por sobre a música. — E por ser, talvez, o pai da filha dela.

Com isso, o marido de Chantal foi embora.

Jacob permaneceu no chão da pista, estupefato, esfregando o maxilar.

— Legal — disse Lewis, saltitando, animado.

Nadia inclinou-se para ajudá-lo a se levantar.

— Você está bem? — O tipo de pergunta idiota, percebeu ela. O cara acabara de ser nocauteado.

— Por que é que ele fez isso?

— Pelo visto, ficou sabendo de tudo. O Ted suspeitava de que você e a Chantal tivessem um caso. Mas não creio que ele saiba de *todos* os detalhes. — Na certa, o valor da hora dele continuava a ser um segredo, bem como o fato de ele *ter cobrado* por ela no passado.

Jacob continuava pasmo. O marido de Chantal o acertara em cheio.

— O que foi que ele falou sobre um filho?

Nadia fez uma careta.

—Vai ter que conversar com Chantal sobre isso — aconselhou.

Capítulo Oitenta e Um

u estava muito mais do que fula da vida. Caramba. E atacava a fonte de chocolate. Esse adorável alimento caía em cascata na minha frente, enchendo os meus olhos, e eu, a minha barriga, com morangos e marshmallows mergulhados nele. Eu deixava o chocolate derretido respingar na boca. Hum-hum-humm! Com certeza, estava com os lábios todos melados, lambuzada feito uma menina de cinco anos.

Dei uma olhada de esguelha, àquela altura já troncha, no que ocorria na pista de dança. Meus pais flertavam escancaradamente, rodopiando ao som de "He Wasn't Man Enough" — que, mais uma vez, minha mãe cantava com entusiasmo excessivo. Ela sacudia o traseiro para o meu pai de uma forma não muito condizente com uma cerimônia. Talvez pensasse que aquele não era bem um casamento e tivesse mandado a precaução para o beleléu. Eu não conseguia ver o Milionário em parte alguma. Pelo visto, dera o fora dali. A outra cara-metade do meu pai, a Cabeleireira, esfregava-se naquele momento no pai do Marcus — dando a Dave Mão-Boba a chance de fazer jus ao apelido, embora tudo indicasse que o adquirira de forma injusta. A mãe do meu noivo ausente, Hilary, a Bárbara, envolvia Clive como uma daquelas trepadeiras que tentam sugar a vida de árvores azaradas. Ao que tudo indicava, tentava convencê-lo de que não era mesmo gay. O que é que estava acontecendo com a galera? Será que todos tinham sorvido demais a fonte de chocolate e ficaram inapropriadamente baratinados por causa de suas qualidades afrodisíacas?

Clive me olhou por sobre o ombro de Hilary, a Bárbara, e movimentou os lábios para mim: "Socorro!"

Sorri e me recusei a ajudá-lo. Ser manipulado por uma mulher impetuosa faria com que se esquecesse da partida inoportuna de Tristan com o travesti musculoso, Roberta Explícita. Quando tudo voltasse ao normal, eu o apresentaria para o meu cabeleireiro, Darren, já que tinha certeza de que teriam muito em comum e que, no mínimo, o dono do Paraíso do Chocolate conseguiria cortar o cabelo de graça por algum tempo. Corte novo, homem novo — geralmente dava certo. Com certeza, ocorria o mesmo em ambos os sexos.

Pelo canto dos olhos, no estacionamento, observei Marcus cruzar o cascalho. Nunca vi alguém parecer tão sozinho. Tinha tirado o terno e usava jeans e camiseta, que eu tinha comprado para ele. Dava a impressão de ser um homem carregando o mundo inteiro nos ombros — como não podia deixar de ser. Levava uma maleta, que colocou na mala do carro. Eu me perguntei se ele iria para a nossa lua de mel sozinho ou se chamaria Joanne ou alguma outra mulher para acompanhálo. Tentei ficar enciumada, ou brava, mas só senti tristeza.

Marcus foi até a porta do motorista, abriu-a e, antes de entrar, contemplou Trington Manor. Será que se dava conta de que seus sonhos viraram fumaça, como os meus?

Seria tão fácil ir até lá — naquele momento. Se corresse direto, eu o pararia antes que ele fosse embora. Poderia dizer que, apesar das traições e do abandono, eu lhe daria outra chance. Meu estômago começou a revolver com a sensação de pânico que senti. Sabia que observava Marcus sair da minha vida para sempre. Meu coração batia acelerado. Se quisesse impedi-lo, se tivesse qualquer desejo de mantê-lo na minha vida, então minha mente precisaria fazer com que meus pés se movessem depressa.

Meu ex-amante, ex-noivo e ex-tudo deu uma última olhada pesarosa para o hotel e, então, notou que eu o fitava pela janela. Ergueu a mão, dando um adeuzinho incerto. Encostei as pontas dos dedos no vidro. Marcus soprou um beijo longo. Se eu pudesse me mover, mandaria outro para ele, mas não consegui. Fiquei imóvel, como uma estátua. Os lábios do meu ex moveram-se, e achei que dizia "eu amo você", mas já não consegui ouvi-lo.

Com isso, Marcus baixou os olhos e virou-se. Entrou no carro e fechou a porta. Não ouvi quando acionou o motor, mas pude imaginá-lo colocando a chave na ignição e ligando-o. Continuei parada no mesmo lugar, enquanto ele fazia a curva e saía pela entrada de veículos, ao longo dos canteiros de flores, rumo aos portões ornamentados. Uma lágrima escorreu pelo meu rosto, enquanto o contemplava, até que sumisse de vista, um diminuto ponto escuro a distância.

Minha nossa, melhor beber mais. Acho que você vai concordar que realmente tinha sido um dia e tanto. Fui atrás de outra taça de champanhe e tomei mais. Pegando outro dos delicados palitinhos oferecidos, espetei um morango e mergulhei-o no chocolate. Então, decidi que ia mandar tudo para o inferno; joguei fora o palito e meti a língua na fonte deliciosa. O chocolate encheu minha boca, escorreu pelo meu pescoço e caiu no meu vestido de noiva. Algumas gotas espirraram também no meu cabelo. Queria ficar bêbada com esse alimento. Senti-lo por dentro e por fora. A sensação era incrivelmente indecente e, para ser franca, queria tirar toda a roupa e ficar nua debaixo dele.

Talvez fosse o final perfeito para a cerimônia, embora pudesse chocar o padre.

— Olá, Pequena Miss Lambuzada — disse alguém, atrás de mim. Eu conhecia aquela voz muito bem.

Dei a volta, um pouco cambaleante.

— *Paquera?*

Estava vendo coisas? Ali, bem na minha frente, com um largo sorriso, examinando meu cabelo, minha boca e meu vestido cheios de chocolate, estava mesmo o sr. Aiden Holby.

Capítulo Oitenta e Dois

—Ah, meu Deus! É *você*! O que está fazendo aqui? — Fui tagarelando sem parar. — Como chegou?

— As suas amigas me ligaram e me convidaram — informou Paquera. — E vim dirigindo. — Sorriu de forma carinhosa para mim. — Parece que está de pileque, gata.

Comecei a chorar.

—Tive um dia péssimo.

Ele pegou um guardanapo próximo à fonte de chocolate. Enxugou minhas lágrimas com carinho e contornou meus lábios com o canto do tecido, tirando o chocolate. Solucei um pouco mais por causa da gentileza dele.

Paquera me cingiu com os braços fortes.

— Shh, shh. Vim justamente para consolar você — sussurrou, com suavidade. Continuei a derramar minhas lágrimas. Ele me apertava e, na certa, seu terno lindo de morrer já tinha ficado todo melado de chocolate. Começou a me mover de leve, acompanhando devagar o ritmo de "Unbreak My Heart", de Toni Braxton, que tocava naquele momento. Pensei em fazer um protesto simbólico, mas, àquela altura, a maioria dos convidados estava tão trêbada que nem se daria conta de que eu dançava agarrada com outro homem.

— O Marcus me deixou plantada no altar — lamentei.

— Fiquei sabendo. — Ele tirou o cabelo do meu rosto. — Sinto muito, Lucy.

— *Eu* não. — Dei uma fungada. — Para ser sincera, estou feliz. Teria cometido um erro.

— Com certeza. Na verdade, não sinto muito não. Estou superfeliz. Não conseguia nem pensar na ideia de você casada com o Marcus, e, embora não pudesse ter desejado que algo assim acontecesse, estou achando ótimo o casamento não ter sido realizado. Quando a Chantal ligou, mal podia esperar para chegar aqui. Ainda bem que você não tirou o meu nome da sua lista de contatos.

Sorri.

— Não foi bom mesmo?

— Eu podia ter voado até aqui sem vir de avião, de tão nas nuvens que fiquei.

— Não me considera terrível e odiosa?

— Não. Sempre achei você uma tremenda gata.

— Pensei que tinha posto tudo a perder com você. Achei que nunca haveria mais nada entre nós.

— Psiu. — Colocou o dedo nos meus lábios, naquele momento já sem chocolate. — Isso é coisa do passado.

— Sinto muito por todas as idiotices que eu já fiz.

Aiden riu.

— É por isso que eu amo você.

— Você me ama?

— Ahã.

— Eu também. — Estava sonhadora. — Quer dizer, amo *você*.

Àquela altura, os convidados foram saindo da pista, até ficarmos só eu e ele. O DJ fixou o holofote em nós. Em seguida, colocou "If I Ain't Got You", de Alicia Keys. Eu e Paquera sorríamos, bobamente, por causa da letra sentimentaloide. Essa seria a nossa música.

— Pena que o padre encheu a cara e dormiu ali no canto — sussurrou Aiden Holby.

— Acho que foi muito estressante para ele. Na certa, só está acostumado com uma gota de vinho da eucaristia.

— Quando a gente se casar, quero que tanto você quanto o padre estejam sóbrios.

Olhando-o de esguelha, perguntei:

— É uma proposta?

— Ainda não. Mas já estou deixando escapar umas pistas não muito discretas para que a gente comece a se acostumar com a ideia.

Eu o abracei como se nunca fosse soltá-lo.

— Por mim, tudo bem.

No canto do salão, vi as participantes do Clube das Chocólatras de braços dados, movimentando-se juntas. Elas fizeram um sinal de aprovação com os polegares e tive vontade de rir.

Paquera sussurrou no meu ouvido:

— Vamos dar o fora daqui, gata?

— Tenho um quarto reservado para passar a noite — expliquei. — Não é a suíte de lua de mel. — Olhei de esguelha para o outro lado da pista; meus pais continuavam se agarrando, como dois adolescentes. Eca! Eu esperava sinceramente que não fossem transar mais tarde. Odiaria pensar que era a responsável por *aquilo*. Tentei bloquear a imagem, enquanto dizia: — Acho que os meus pais vão acabar usando essa.

A música parou e todos os convidados nos aplaudiram — até mesmo os pais do Marcus, sentados em lados opostos do salão, encarando-se com incontida hostilidade. Aiden e eu fizemos uma reverência.

—Vamos embora — pediu ele.

— Tenho uma última tarefa pela frente. Espera aí. — Fui até a fonte de chocolate, próximo à qual eu tinha jogado o buquê. Não ia fazer aquilo, mas, daí, pensei: por que não? Pegando as flores meio murchas, passei o dedo no chocolate ainda quentinho para me fortalecer. Nada como chocolate para remendar um coração partido. Paquera piscou para mim quando dei uma olhada nele. Chocolate e um cara lindo dizendo que ama você, claro.

Voltei para o meio da pista e fiz a pose de noiva que vai jogar o buquê. O DJ se tocou e colocou a música apropriada. Tentei focalizar direto em Autumn, para que o destino formalizasse o pedido vago de Addison.

— Prontas? — perguntei, movimentando a cabeça na direção dela.

Depois de contar até três, movimentei o buquê e atirei-o no ar. Assim que ele passou pela minha cabeça, eu me virei para ver se ia na direção certa. Autumn ergueu os olhos e acompanhou o trajeto do buquê, com os braços esticados. Eu fiz um beicinho. Pelo visto, as flores iam cair antes.

—Vai lá! — Chantal e Nadia gritaram ao mesmo tempo, empurrando Autumn para frente.

Talvez até demais. Ela perdeu o equilíbrio e cambaleou para frente, com os braços erguidos. Como achei que ela fosse cair, fui na direção dela, para tentar segurá-la. Ah, meu Deus! Então, tive a impressão de que o buquê, que era bastante pesado, cairia na cabeça dela. Não podia deixar isso acontecer. Dando um salto, eu me estiquei toda e peguei-o no ar, evitando que minha amiga tivesse uma tremenda dor de cabeça.

Meus convidados vibraram.

— O quê? O que houve? — Então, eu me dei conta de que pegara *meu próprio* buquê. Como foi acontecer?

— Pelo visto, você vai ser a próxima solteirona a se casar. Parabéns — disse Paquera.

Ele me beijou em meio a mais aplausos e aclamações. Deixei o buquê cair no chão e abracei-o. Talvez aquele dia não fosse tão ruim assim, no fim das contas.

Capítulo Oitenta e Três

—O seu marido me deu um soco no queixo — informou Jacob, claramente ofendido.

— Foi mesmo? — Chantal franziu o cenho.

Esfregando o queixo, Jacob quis saber:

— Ted sabia exatamente que tipo de amizade a gente teve?

Ela balançou a cabeça.

— Só ficou sabendo que fomos íntimos e nada mais. A nossa relação já está tão estremecida que preferi não revelar todos os detalhes. — Ela deu um sorriso amargo. — Gostaria de manter em segredo o fato de que o meu relacionamento com você começou como um acordo de negócios.

O organizador das bodas fora buscá-la na festa e a levara até a saleta afastada, que mais uma vez mostrou-se útil. Encontravam-se sentados em um sofá florido demais para ser de bom gosto. Jacob virou-se para Chantal. Havia uma marca vermelha e um hematoma considerável onde, supôs ela, ele fora atingido. Até mesmo naquele momento, depois de tudo o que acontecera, a futura mamãe sentiu-se tentada a dar um beijo de melhora no machucado.

— Ele comentou algo sobre um bebê. — O rapaz fitou-a, levando-a a retribuir o olhar penetrante. — Disse alguma coisa relacionada a ele ser meu.

Chantal suspirou.

— Eu não queria que você descobrisse desta forma.

Jacob ficou perplexo.

— É verdade?

Com as mãos espalmadas na barriga, ela sorriu.

— Isto não se deve apenas a excesso de chocolate. Estou grávida.

— Eu notei que você tinha engordado um pouco quando tiramos as medidas para os vestidos de damas. Mas achei que era por causa do...

— Chocolate — completou ela, com um sorriso seco.

Ele riu.

— Vocês comem um monte!

Fora um dia longo. As pernas e a cabeça de Chantal doíam. Tudo o que queria fazer naquele momento era ir para o quarto e afundar na banheira.

— E é meu? Achei que... tínhamos sido precavidos.

— E fomos — assegurou. Haviam usado camisinha todas as vezes em que se encontraram; ela sabia que devia ser uma exigência do trabalho de Jacob, mas às vezes apressavam-se, e esse tipo de preservativo nunca era cem por cento seguro. Até que ela tivesse certeza absoluta, sempre haveria uma ponta de dúvida. — Eu realmente quero que esta neném seja de Ted. Espero que a gente possa reatar e criar a nossa filha como uma família. Mas a verdade é que não sei, Jacob. Só vou ter certeza depois do nascimento.

— Eu seria um ótimo pai — informou-lhe ele. — A ideia não me desagrada nem um pouco, Chantal.

— Bom, a mim, sim — admitiu.

— Se for minha, queria participar da criação.

— E eu também gostaria disso — ressaltou, apertando a mão dele. — Você tem sido um ótimo amigo, Jacob. Apareceu num momento em que eu estava para baixo e me sentia rejeitada. De uma forma estranha, o tempo que passamos juntos me ajudou a ver tudo de forma mais objetiva.

Ele sorriu.

— Eu sabia que era mais do que uma transa qualquer para você.

Chantal riu.

— Você nunca foi uma transa *qualquer*, Jacob.

— Bem que a gente podia tentar uma relação. Nós nos divertimos e, sem dúvida alguma, temos química. E você me ajudou a dar uma guinada na vida. Sempre vou ser grato por isso.

— Ah, Jacob, você seria uma pessoa fácil de amar. Mas, apesar do meu comportamento idiota no passado, ainda amo muito o meu marido e rezo para que o destino me dê uma boa chance e mostre não só que o Ted é o pai da minha filha, como também que vai querer a neném e a mim. Apesar de tudo, ainda espero que a gente consiga reatar.

— Se é o que você deseja, então eu também espero.

Tudo o que Chantal tinha a fazer era convencer o marido de que ele sentia o mesmo.

Capítulo Oitenta e Quatro

utumn enxaguou o sabão do rosto e olhou-se no espelho. Toda a tarde e a noite haviam passado sem que ela pensasse no irmão, até aquele momento. É verdade, tivera outras distrações que a mantiveram ocupada, mas aquele detalhe precisava ser tomado como um passo na direção certa. Talvez devesse ter ligado para Richard para informar como fora a entrega das drogas, mas quis que ele se inquietasse. Não pensara duas vezes em colocá-la em perigo, e ela concordara, tolamente, em ajudá-lo. Não; só ligaria mesmo para ele no dia seguinte. Deixaria que se preocupasse com a *irmã* pelo menos uma vez.

Pendurou o vestido de dama e pegou a camisola diáfana que comprara para usar naquela noite. Era bom contar com alguém para quem se arrumar e ficar sexy. Algo que não fizera parte de sua vida por tempo demais. Ela ficou aliviada quando Addison apareceu, já que temia que tudo houvesse terminado entre os dois — e não o teria culpado se ele tivesse se afastado. Seu enfoque estivera equivocado, mas, a partir daquele momento, tudo mudaria.

Com os diversos acontecimentos, aquele fora um dia exaustivo e Autumn ansiava ficar nos braços do namorado. Ajeitou os cabelos e, sorrindo para si mesma, voltou ao quarto.

Addison encontrava-se sentado no sofá, com os olhos fechados e a cabeça recostada. Aparentava estar exausto também. Tirara o paletó. Desabotoara o colarinho e dobrara as mangas da camisa. Os lábios mostravam-se cheios e sensuais. A pele negra, perfeita. Ele tinha cílios que fariam muitas mulheres morrerem de inveja. Autumn pensou que era o homem mais charmoso que já vira. Não deixaria, de jeito nenhum, que saísse da sua vida.

— Você não esperou por mim — disse ela, com suavidade. — Devia ter tirado a roupa e deitado.

— Tenho que fazer algo primeiro — ressaltou Addison. Então, ela notou que havia duas taças de champanhe já servidas na frente dele, na mesinha de centro. Ela nunca imaginara que conseguiria beber tanto num único dia; era um milagre ainda estar de pé. No entanto, uma saideira não faria mal. Amanhã voltaria ao chá de ervas.

— Vem, senta aqui. — Seu namorado deu batidinhas no lugar ao seu lado.

Assim que ela sentou-se, ele se virou e fitou-a.

— Acho que eu deixei um pouco de dúvida sobre minhas intenções em relação a você, mais cedo.

Sua namorada olhou-o, intrigada, mas, antes que pudesse fazer um comentário, Addison saiu do sofá e apoiou um dos joelhos no chão, à sua frente.

— Autumn Fielding, me concederia a grande honra de se casar comigo? — Abriu a mão e ali, em sua palma, havia um enorme solitário.

Ela teve certeza de tê-lo reconhecido.

— Addison?

O rapaz deu de ombros.

— Lucy emprestou para mim — admitiu. — A gente pode sair e comprar um do seu gosto assim que você aceitar.

Autumn ficou com os olhos marejados.

— Sim.

O namorado pôs a aliança em seu dedo.

— Isso significa que é oficial — informou. — Não há mais como escapar, independentemente da reação dos seus pais, dos seus parentes e do seu *irmão*.

— Com certeza — concordou ela. — De agora em diante, o mais importante vai ser o que eu e você quisermos.

Addison voltou a se acomodar ao seu lado. Passou-lhe o champanhe.

— A nós — disse ele, tocando na taça dela com a sua.

— A nós — repetiu ela. — E a ninguém *mais*.

Capítulo Oitenta e Cinco

Chantal vasculhou o hotel em busca de Ted e perguntou-se, por alguns instantes, se ele perdera a paciência e voltara para Richmond naquela mesma noite. Estava prestes a desistir e ir para o quarto quando viu o marido sentado no lado de fora, nos degraus de pedra diante do jardim iluminado pela lua.

Desejando ter levado um sobretudo para aquecê-la, ela saiu na noite fria. O casamento de Lucy estava quase no fim. Olhando pela janela, era possível observar os últimos gatos-pingados cambaleando na pista, ao som da melodia já manjada "I Do It For You", de Bryan Adams. No terraço, Chantal caminhou devagar pela calçada irregular, tentando não torcer o tornozelo. Mais difícil estava sendo parar de tremer nesse ínterim. Ted só a ouviu se aproximar quando se encontrava bem atrás dele.

— Oi — disse ele, em tom monótono, olhando-a por sobre o ombro.

— Perdido em pensamentos?

— Algo assim — respondeu Ted, voltando a contemplar a escuridão.

Chantal sentou-se ao seu lado, sem considerar que o musgo amarelo-esverdeado sobre os degraus poderia manchar seu vestido de dama. O dia findara e ela não teria mais uso para ele. Desistindo de tentar lutar contra o frio, a futura mãe sentiu um calafrio.

— Está um gelo.

— Você saiu sem casaco — observou Ted. Em seguida, suspirou, tirou o paletó e colocou-o nos ombros dela.

— Obrigada. Agora é você que vai sentir frio. — Ela aproximou-se do marido e aconchegou-se.

Após hesitar por um momento, ele cingiu seus ombros com o braço. Chantal apreciou o apoio e o calor dele.

Um vento forte lançou tiras de nuvens diante da lua. As pontas dos galhos nus das árvores brilharam sob a luz prateada.

— Obrigada por vir hoje — disse Chantal. — Significou muito para mim.

O marido sorriu, sem humor.

— Foi um casamento e tanto — comentou, dando uma risadinha forçada.

— Lucy vai ficar bem. É superforte. Com certeza vai seguir adiante.

— Pelo visto, já fez isso. Na última vez que a vi, ela estava dançando agarrada com outro cara na pista.

— É o chefe dela. Uma longa história.

— Todas vocês têm um séquito de homens aguardando a oportunidade?

— Não é bem assim.

— Não sei se vou conseguir parar de pensar nos outros caras com os quais você esteve, Chantal — admitiu Ted, com sinceridade. — Com quantos mais vou "me deparar", como aconteceu hoje?

— Não vai haver mais ninguém, com certeza — prometeu ela. — Vou ser de um homem só, a partir de agora. Se você me der outra chance.

— E as mulheres com quem eu saí?

— Posso perdoar você por isso — assegurou. — Entendo os seus motivos.

— E Stacey? Vai ser a mãe do meu filho. Não posso simplesmente abandoná-la. Se eu e você ficarmos juntos, sem dúvida alguma ela fará parte das nossas vidas. Vai conseguir lidar com isso?

— Posso tentar. E me esforçar ao máximo.

Ted encolheu os ombros largos.

— Acha que vamos conseguir?

— Espero que sim. Se a gente se separar agora, o que faria? Procuraríamos lidar com tudo sozinhos ou talvez tentaríamos a sorte com um novo parceiro. Acabaríamos trocando umas dificuldades por outras. Temos muito a nosso favor: uma história e uma base mais sólida do que a maioria das pessoas. — Embora recentemente houvessem abalado aquela fundação, Chantal estava certa de que o alicerce aguentaria, se lhe fosse dada a oportunidade. — Não vamos desperdiçar isso. Além do mais, ainda amo você. Foi o que sempre senti.

— E eu amo você. — O marido puxou-a para perto e ela apoiou a cabeça na curva quentinha do pescoço. — E, então, aonde vamos daqui?

— Preciso ir para o quarto — disse Chantal, cansada. — Estou exausta e tenho que dormir.

— Há lugar no seu quarto para um convidado pernoitar?

— Com certeza.

Ted virou-se para ela e lhe deu um beijo profundo e sensual.

— Você está muito sexy — sussurrou. — Bastante feminina. Pode fazer amor grávida?

— Não faço ideia — respondeu Chantal, com sinceridade. — Tenho evitado de propósito todos os livros com conselhos práticos sobre gravidez. — Quanto menos soubesse a respeito dos detalhes do parto, mais feliz se sentiria. — Mas acho que não há nada que impeça a gente de tentar. — Deu um sorriso hesitante. — Se é o que você quer.

— Creio que é o que devemos fazer — disse Ted, ajudando-a a se levantar. — Quero cuidar de você. Vai me permitir?

Ela assentiu, de súbito com o semblante choroso. Talvez em virtude das mudanças hormonais. Tudo o que queria era que o marido a amasse e, pelo visto, o seu desejo finalmente se realizara.

Capítulo Oitenta e Seis

— Eu devia entrar com você no colo, gata — disse Paquera, quando nos aproximamos juntos do quarto.

— Sei que é o dia do meu casamento, mas não estou casada *de verdade* — comentei.

— Faz isso por mim, vai! — pediu, sorrindo. Antes que eu respondesse, pegou-me com os braços fortes. Pus a mão no pescoço dele, e Aiden Holby me beijou profundamente. Minha cabeça girou, provocando uma sensação mais agradável que todo o champanhe que eu tinha tomado naquele dia. Aquilo era tão romântico quanto nos meus sonhos, apesar de as circunstâncias não serem bem como eu imaginara.

Ele se abaixou enquanto eu passava o cartão-chave e, em seguida, muito másculo, deu um chute para abrir a porta. Fiquei feliz por ter organizado tudo, de manhã, e o quarto ter ficado bem apresentável — embora não fosse a suíte de lua de mel.

Paquera me fez ficar de pé.

— Acho que a gente deve tirar essas roupas cheias de chocolate agora mesmo — disse ele, com os olhos brilhando. — Antes que você pegue um megarresfriado.

— Não dá para pegar uma gripe por causa de chocolate — lembrei. — Na verdade, ele é até um tratamento conhecido para o resfriado comum. Com a quantidade que eu consumi hoje, na certa não vou pegar nenhum nos próximos cinco anos ou mais.

— É mesmo? — Sua expressão deixava transparecer um apetite que eu estava louca para saciar. Talvez fosse melhor a gente pecar por precaução excessiva. Por via das dúvidas.

Ele começou com a minha tiara: tirou-a com cuidado e colocou-a na penteadeira. Daí, passou a retirar o meu véu, puxando com delicadeza todos os grampos que Darren, o cabeleireiro, tinha metido para mantê-lo no lugar. Acho que teria sido mais rápido soldá-lo ali. De qualquer forma, aquele troço não sairia do lugar nem se passasse um vendaval. O cara realmente previu todas as dificuldades climáticas possíveis e imagináveis. Mas Paquera não se deixou abalar pelo engenhoso projeto do Darren. Meticulosa e carinhosamente, foi tirando todos os grampos como se tivesse todo o tempo do mundo. Sei que pode parecer meio deprimente, mas eu já começava a sentir uma tremenda excitação. Quando já estava disposta a perder partes do couro cabeludo e arrancar a parada da cabeça, ele tirou o último prendedor. Então, pôs o véu com cuidado numa cadeira disposta no lugar certo. Fiquei imaginando se ele já tinha tido experiências anteriores despindo noivas, já que desempenhava tão bem a tarefa.

— Eu é que devia estar fazendo isso — disse a ele, com sinceridade. — Estou louca para te agarrar; então, anda logo!

— Esperei muito tempo, gata. E vou curtir muito — ressaltou, concentrando-se então nos grampos dos meus cabelos, até desprender todos. Daí, fiz aquele gesto de bibliotecária de filme pornô e sacudi a cabeça. Nunca me liguei nesse papo-furado de estereótipo, mas, pode crer, fiquei cheia de tesão. Aiden Holby sorriu, satisfeito. — Você é muito sexy, Lucy Lombard!

Então, Paquera posicionou-se atrás de mim. Encheu a parte posterior do meu pescoço e dos meus ombros de beijos ardentes, baixando as alças do meu vestido — o vestido que dava a impressão de que Jackson Pollock tivera um frenesi com chocolate na frente. Talvez, se eu fosse artista, poderia usá-lo como um manifesto sobre o consumismo ligado ao casamento moderno — algo do gênero. Mas, como mulher apaixonada, mal podia esperar para tirar aquele maldito trambolho.

Havia centenas de botõezinhos em toda a parte de trás e, sem brincadeira, ele levava uns dez minutos para desabotoar cada um, beijando e mordiscando cada parte exposta das minhas costas. Eu já tinha passado do ponto de excitação e chegado a um estado de pura tortura. Queria agarrar Paquera, jogá-lo na cama e comê-lo inteirinho. Não fazia ideia de como ele conseguia se controlar tanto.

Quando o sr. Aiden Holby finalmente deixou o meu vestido cair no chão, fiquei feliz por ter investido numa roupa íntima de arrasar. Ele passou as mãos pelo meu corpete, pelas ligas e pelas meias. Àquela altura, nós dois estávamos ofegantes, mas ele soltou a tira devagar. Tirei os sapatos e, pouco a pouco, ele foi tirando o tecido de seda, enrolando-o pelas minhas pernas e acariciando-as nesse ínterim. Quando tirou o corpete, por fim fiquei nua, na frente dele, sem a menor timidez. Eu me senti confiante, lasciva e mais do que quente.

Meu novo amor me contemplou.

— Você é tão linda!

Aquele seria o ponto em que, geralmente, alguém abriria a porta trazendo más notícias, ou o teto cairia, ou eu escorregaria num pufe mal colocado, quebrando alguma parte do corpo, ou um cano do hotel estouraria e um milhão de litros de água cairia na minha cabeça. No entanto, percebi que minha sorte havia mudado, já que não aconteceu nada. Respirei fundo. Nadinha. E soube que tudo daria certo dali em diante.

Ergui as sobrancelhas para ele.

— Agora é a sua vez.

Bem que eu gostaria de dizer que optei pela ação em câmera lenta, só que não foi esse o caso. Eu me joguei em Paquera, que começou a atirar longe os sapatos e a puxar as meias na hora — o que achei legal, já que ninguém merecia a primeira imagem do amante de pé peladão, de sapato e meia. Enquanto ele fazia isso, tentava também tirar o terno. Puxei os botões da camisa dele e a fivela do cinto. Podia ser que não estivesse despindo Aiden Holby de uma forma muito sedutora, mas, com certeza, era divertido.

Meu namorado daria um ótimo artista que precisa trocar de roupa rápido, pois, em questão de segundos, estava nu, com uma pilha de roupas próxima a ele. Embora admitisse que não julgava muito bem as pessoas, olhando para Paquera, diria que estava tão pronto quanto eu.

Ele me carregou de novo e, rindo junto comigo, girou rápido, até eu gritar, implorando que parasse. Então, lançou-se na cama, e nós dois caímos, entrelaçados. Daí, prendeu meus braços no alto da cabeça, como fez naquele dia, no solo da floresta, na aventura do paintball, no dia em que comecei a me perguntar como faria para viver sem ele.

— Eu amo você, gata.

Não pensei no casamento que nunca ocorreu, na dor do Marcus me abandonar, nos meus pais transando àquela altura no quarto que eu deveria estar compartilhando com o meu marido, iniciando a vida de casada. Nada disso passou pela minha cabeça. Eu me concentrei apenas naquele momento, fitando aquele homem maravilhoso sobre mim, ciente de como era sentir felicidade de verdade. Em vez de tentar expressar tudo isso, simplesmente sorri e disse:

— Eu amo você também!

Capítulo Oitenta e Sete

ntão, a vida voltou ao normal. Estávamos reunidas no Paraíso do Chocolate. Pegamos nosso lugar favorito, nos sofás confortáveis, e nos acomodamos para passar a tarde. Tínhamos pratinhos de brownies e biscoitos com pedaços de chocolate — já parcialmente devorados — à nossa frente. Pedi algumas trufas superespeciais de Clive, feitas com Madagascar, de plantação única, que já haviam exercido sua mágica. No rosto de todas, pairava um sorriso de satisfação. Eu tinha ficado exausta com tudo o que acontecera nos últimos dias, mas sentia — por fim! — ter saído do turbilhão emocional e, mais uma vez, estar percorrendo sem rumo a estrada da vida. Coloquei os pés na mesinha de centro e apoiei a cabeça. Era a isso que tudo devia se resumir.

Clive, no entanto, continuava a passar por um momento difícil. Tristan tinha mesmo partido, oficialmente, com Roberta Explícita, o travesti — foi mal, digo intérprete feminina —, e o nosso querido amigo vinha administrando a chocolataria sozinho. A fila no balcão aumentava cada vez mais, e a face dele mostrava-se rubra, de estresse. Ele conseguira marcar um encontro com Darren, o cabeleireiro, naquela noite — no momento em que os dois acertaram as contas em Trington Manor, aproveitaram também para acertar os detalhes de uma saída juntos. Então, pelo visto, minhas habilidades como cupido nem foram necessárias. Fiquei com medo de que o Clive levasse muito tempo para se esquecer do ex-parceiro, mas talvez aquele fosse um período prolongado no mundo gay. Sei lá. Mas esperava que ele conseguisse fechar a loja a tempo.

Tudo andava às mil maravilhas para mim. Paquera acabara de enviar uma mensagem de texto dizendo que me amava, e fazendo com que um sorriso bobo pairasse no meu rosto. Fazia alguns dias que não via minhas queridas amigas, mas já tínhamos um monte de novidades para contar. Aiden Holby se mudaria para o meu apê no dia seguinte — a perspectiva de ter um novo companheiro me deixava empolgadérrima. Para ser sincera, mal podia conter a alegria. Levaria para casa uma das tortas de chocolate maravilhosas de Clive, para comemorar a ocasião. No entanto, sabe-se lá se ficaria na geladeira até o dia seguinte. Talvez fosse melhor a gente festejar antes.

— Trouxe o seu anel, Lucy — disse Autumn. — Eu e o Addison vamos pegar o meu mais tarde. Obrigada por emprestá-lo!

Sem dúvida, ela deve ter escolhido algo mais étnico, feito em algum "país em vias de desenvolvimento", com material facilmente reciclável. Mas não me importava nem um pouquinho com o aspecto da aliança de noivado dela, desde que minha amiga estivesse feliz. E era óbvio que se sentia assim.

Peguei de volta o diamante enorme que, até recentemente, tinha enfeitado o meu dedo.

— O que é que eu vou fazer com isso agora?

— Guarda — aconselhou Chantal. — Um dia pode precisar do dinheiro, e então é só vendê-lo.

— Não poderia fazer isso.

— Pode crer, querida, um dia vai deixar de ter qualquer valor sentimental e se tornar apenas um bem do qual você poderá se livrar, se quiser. Duvido muito que o Marcus o queira de volta.

Talvez tivesse razão; ele dificilmente o passaria para a próxima mulher com quem resolvesse noivar. Coloquei-o na bolsa, chegando à conclusão de que decidiria o que fazer com ele depois.

— Já marcou a data do casamento? — quis saber Nadia.

Autumn balançou a cabeça.

— A gente nunca tem tempo para tratar disso. Mas uma coisa é certa: com certeza vai ser uma cerimônia bem pequena.

— Dou o maior apoio! — exclamei.

— Aos casamentos tranquilos — propôs Nadia, e todas erguemos os chocolates quentes para brindar.

Abracei-a.

— Você e o Lewis estiveram ótimos durante a cerimônia. Estou orgulhosa de vocês dois.

— Também se saiu superbem, amiga — disse Nadia.

— É verdade — concordei, enrubescendo um pouco, satisfeita.

— Foi um casamento inesquecível.

— Tenho muito que agradecer a Lucy — comentou Chantal. — Ted e eu decidimos tentar dar uma chance à nossa relação. Vou devolver o apartamento e voltar para casa.

— Isso foi depois dele ter feito Jacob ver estrelas? — eu quis saber.

Chantal assentiu, com um sorriso amargo.

— Pelo menos algo bom saiu dessa história toda — ressaltei.

— Nenhuma de nós queria que você se casasse com o Marcus — disse Nadia. — Vai ser bem mais feliz sem ele.

— Eu sei. Vocês até tentaram me prevenir.

— Alguma notícia do que houve depois do seu não casamento? — perguntou Chantal.

— Minha mãe fez as pazes com o meu pai e vai morar com ele — informei, suspirando. — Vai para a Espanha pegar todas as coisas dela. Isso deve envolver uma frota inteira de caminhões de mudança em breve.

— Você não parece estar muito animada.

— Não acho que os dois vão ficar juntos por muito tempo, e todos nós vamos ter que enfrentar a barra-pesada deles se separando de novo. — Na verdade, eu estava superpreocupada com a possibilidade de a minha mãe acabar no meu sofá. Não era nada fácil conviver com ela e, pelo visto, o meu pai se esquecera de tudo em meio à emoção inebriante provocada por algumas canções sentimentaloides e excesso de champanhe. Vamos ver quanto tempo o amor recém-descoberto dos dois vai durar quando a minha mãe voltar para os campos gelados e açoitados pelo vento e viver dentro do orçamento desnecessariamente apertado do meu pai. Ele tinha muita grana, mas não gostava de esbanjar, ainda mais quando a despesa envolvia a minha mãe. Mais um dos motivos que os levaram a se separar. Eu já podia até ver a paixonite deles desaparecendo mais rápido que o bronzeado dela quando não ficasse mais ociosa à beira da piscina da mansão de oito quartos, sob o perpétuo sol espanhol, com um cartão de crédito sem limites e um milionário dedicado, para satisfazer todas as suas vontades. Hum.

E torcia para que não resolvessem casar de novo, já que eu não aguentaria a pressão. Com um pouco de sorte, iriam às escondidas para alguma ilha deserta, e eu só teria que enviar um cartão. Dali em diante, seria sempre um trauma ouvir a marcha nupcial.

— O Milionário parece não estar muito preocupado com a partida da minha mãe — contei para minhas amigas. — Ninguém tem notícias dele nem da mãe do Marcus desde a recepção. — Eu me pergunto se Hilary, a Bárbara, se encheu de tentar convencer Clive de que ele não era gay e resolveu tentar a sorte com o playboy careca, em vez dele. Talvez tenham ido para algum lugar maravilhoso no jatinho particular dele, para começar uma nova vida juntos.

Todas riram.

— Não é engraçado!

— E, nessa altura do campeonato, como estará o pai do Marcus, hein? — Autumn se preocupava com todo mundo. Francamente, acho que Dave Mão-Boba teve o que merecia. Na última vez que o vi, ainda estava se enroscando com a Cabeleireira. Talvez o desejo dele diminuísse quando descobrisse que ela não conseguia conversar sobre nada além de chapinha e xampu para dar volume.

— E nada do Marcus até agora? — quis saber Nadia.

— Nada. — Balancei a cabeça, com tristeza. — Estranho não ter recebido nenhuma notícia dele. Não sei onde está nem se tem companhia. Eu ia ligar, para saber se estava bem...

— Lucy! — disseram todas, em uníssono.

— Mas não telefonei! — Ergui as mãos. — Não mesmo. Está legal? — Porém, era difícil tirar da cabeça a imagem do Marcus indo embora, sozinho. Sabia que as minhas amigas me matariam se eu mencionasse isso... e quem poderia culpá-las?

Então, a porta se abriu e observamos Tristan entrar. Apesar da longa fila diante de Clive, o ex foi direto para o balcão e anunciou:

— Vim pegar as minhas coisas.

— Tudo bem — disse Clive, tenso, na frente dos clientes. — Faça o que quiser.

Tristan aparentava estar cansado e pálido, sem o entusiasmo de sempre. Eu me perguntei se Roberta Explícita era a responsável por aquele péssimo aspecto. O ex de Clive tinha que lidar com um homenzarrão/mulherão e tanto.

— Eu não tenho que ir — ressaltou Tristan.

— Essa é a sua forma de dizer que errou ao fugir com aquele... aquele... *gorila?* — O cavanhaque de Clive oscilava de raiva; os clientes haviam se afastado do balcão, boquiabertos. Ele não esperou o outro responder. — Não venha me fazer nenhum favor. Anda, vai embora. Faz as malas e se manda.

Dito isso, o dono da chocolataria pegou um bolinho de cappuccino com cobertura e atirou-o, como um míssil, por sobre o balcão. Os fregueses agacharam-se. Até mesmo as participantes do Clube das Chocólatras, que, depois do meu não casamento, estavam mais acostumadas com aquelas cenas, deixaram os garfos com pedaços de bolo de chocolate a meio caminho da boca. Tristan cobriu a cabeça com as mãos, e o bolinho ricocheteou na sua testa. Não se podia jogar a culpa na leveza do pão de ló de Clive.

— Ah, meu Deus! — exclamei.

— Eu aprendi tudo o que tinha que aprender sobre homens infiéis com a Lucy — gritou o dono.

Puxa, pensei. Que bom que ajudei.

— E não estou *nem um pouco* a fim de entrar nessa.

Levantei-me.

— Tenho que dar um basta nisso antes que o Clive arruíne a chocolataria dele — sussurrei para as outras.

Quando cheguei ao balcão, me posicionei entre Tristan e os bolinhos-granadas.

— Rapazes — disse eu, como uma professora rigorosa —, talvez fosse melhor vocês irem para o apartamento lá em cima e continuar a discussão em portas fechadas.

Conduzi Tristan até a extremidade do balcão, ainda atuando como escudo humano, e, em seguida, peguei um avental. — Clive, vou tomar conta de tudo, por enquanto. Vai e resolve isso de uma vez por todas.

Clive, então, sentindo-se intimidado, obedeceu. Tirando um elástico do bolso, prendi os cabelos. Coloquei o avental e lavei as mãos.

Os rapazes foram para cima, subindo bem longe um do outro pela escada que dava acesso ao seu apartamento, no primeiro andar.

Bati as mãos, como alguém que domina a situação. Os fregueses de Clive se aproximaram de novo, lutando para manter a mesma posição na fila. Era a primeira vez que eu ficava daquele lado dos chocolates, brownies, bolos e biscoitos. A vista dali me pareceu magnífica também.

— Vamos lá — disse eu ao primeiro cliente. — Em que posso ajudá-lo?

Capítulo Oitenta e Oito

— Eu gosto deste aqui — informou Ted. Observou o panfleto com os detalhes do produto. — "É útil em todos os tipos de terrenos. Ideal tanto para a cidade quanto para regiões acidentadas, o novo XRS facilitará o transporte em quaisquer áreas." — O semblante dele demonstrava o quão impressionado estava. — Interessante, hein?

— Parece ótimo mesmo — concordou Chantal.

— Este troço vem com muito mais detalhes que o meu Mercedes. — Ted continuava a fitá-lo com admiração, avaliando os pneus grossos e o design elegante. — Rodas com suporte giratório e trava, barra frontal móvel, suspensão totalmente ajustável.

Chantal riu para si mesma. Quem diria que ela e o marido procurariam um carrinho de bebê juntos? Não obstante, lá estavam os dois, em uma loja de departamentos sofisticada, conferindo os produtos da seção Vaivém: para os leigos, aquela em que se encontravam todos os tipos de carrinhos.

—Vem com uma tal Caixa Mil e Um.

— O que que é isso?

— Sei lá. Mas, pelo visto, é ótima. — Seu marido circundou o carrinho outra vez. — Tem um compartimento portátil para compras também.

— É mesmo?

— Acho que é aquela cesta funda lá embaixo. — Ele acariciou o maxilar, considerando todas as características. Ela não imaginava que o marido levaria aquilo tão a sério, e amou-o ainda mais por isso. Se conseguisse só com sua torcida que a bebê fosse de Ted, ela seria. Esperava que o exame de DNA acabasse provando o que, no fundo, já sabia. — A gente pode comprar um pacote de controle climático suplementar.

— E isso seria?

Ele checou o panfleto.

— Uma capa de chuva polivalente e um toldo para proteção solar de alta tecnologia.

— Essencial.

— Diz aqui que este não é um Sistema de Transporte Infantil comum. Ao que tudo indica, o design minimalista pretende voltar à essência do carrinho, reunindo, ao mesmo tempo, características clássicas e contemporâneas.

— Uau. Eles pensaram nos mínimos detalhes — disse Chantal, sorrindo. — O estofado é impermeável? — Como certamente passaria seus genes chocólatras para a filha e como nos próximos cinco anos ou mais viveria limpando marcas lambuzadas de chocolate, melhor prevenir que remediar.

— Ahã. E podemos escolher um tecido da Lulu Guinness, com bolsa, trocador e mantinha de lã combinando.

Chantal deu de ombros, feliz.

— Por mim, acho que esse está ótimo.

— Vamos fechar a compra, então — disse, virando-se em direção ao caixa.

Ela pôs a mão no braço dele.

— Tem certeza de que quer fazer isso?

— Está querendo dizer que prefere o TSi RockBaby?

Rindo, Chantal respondeu:

— Não, gosto deste carrinho. O que quis dizer foi: tem certeza de que quer criar esta bebê, seja lá qual for o resultado do exame?

Ted abraçou-a e puxou-a para perto.

— Quero que a gente volte a ficar junto, como marido e mulher, de novo. Se isso significa criar a filha de outro homem, acho que vou conseguir lidar com esse fato.

— Obrigada. — A esposa lhe deu um beijo suave. — Eu amo muito você.

Ele deu um largo sorriso.

— Então, vamos comprar o carrinho. A bebê Hamilton vai ter tudo de primeira qualidade.

— Só mais um detalhe. Não é melhor pedirmos dois? — perguntou, lembrando ao marido, com delicadeza, que havia outro neném Hamilton a caminho.

Ted suspirou.

— Sem dúvida alguma esta situação é complicada.

— Nós podemos lidar com ela como adultos — assegurou-lhe ela. — É o que *estamos* fazendo. Podem não se tratar de acordos convencionais, mas não são tão incomuns, hoje em dia. Acho que eu deveria conhecer a Stacey, de uma vez. Se meu bebê e o filho dela vão ser meios-irmãos, então a gente tem que se esforçar para se dar bem.

— O estranho é que tenho a impressão de que você vai gostar muito dela.

Chantal entrelaçou o braço no dele e conduziu o marido até o caixa.

— Então, não vai ter problema nenhum.

Capítulo Oitenta e Nove

s dois estavam sacolejando no ônibus, a caminho do hospital, para ver Richard. Com a cabeça apoiada no ombro de Addison, Autumn contemplava a linda aliança de noivado no seu anular. O noivo a levara para comprar algo mais adequado. Ambos optaram por um anel criado por uma designer jovem e talentosa, cujas peças para bodas condiziam mais com o gosto inusitado de Autumn — o solitário tradicional não tinha nada a ver com ela. As participantes do Clube das Chocólatras o adorariam, e a noiva mal podia esperar para mostrá-lo.

Autumn sorriu quando o último raio de sol tênue de inverno atravessou a janela suja e reluziu no brilhante da aliança. Tratava-se de uma pedra pequena, de bom gosto, rodeada de delicadas pétalas de ametista, safira rosa e água-marinha, em ouro branco. Brincando com a aliança no dedo, ela tentava se acostumar com a novidade de sua presença reconfortante.

— Um centavo por eles — disse Autumn, ao se dar conta que Addison estava perdido em pensamentos.

Ele saiu do devaneio.

— Ah, nada de mais — informou ele.

— Vamos! — estimulou-o com um empurrãozinho suave. — Posso notar um semblante preocupado quando vejo um. É por causa do Richard? — Iam visitar o rapaz para ver se estava melhor e comunicar o noivado a ele. Também precisavam tratar do assunto espinhoso do que deveria ser feito com o dinheiro que, àquela altura, já fora depositado na conta de Autumn, em vez de colocado debaixo do colchão dela.

— Não, não. — Addison balançou a cabeça. Virou-se para ela, com um sorriso fatigado. — Mas aposto que você está preocupada com ele.

— Liguei para o clínico geral. Ao que tudo indica, não está se recuperando como deveria.

— O sistema imunológico de seu irmão deve estar em frangalhos depois de todas aquelas drogas — resumiu ele. — Vai levar mais tempo para se recuperar que as pessoas comuns.

— E é tudo culpa dele. — Ela soltou um suspiro. Às vezes achava difícil lidar com a frustração e a futilidade daquilo tudo. — Se não tem a ver com o meu querido irmão, o que está inquietando você?

— Eu não ia falar disso hoje. Sei que você já tem muito com que se preocupar.

— Conversar sobre a dificuldade já é meio caminho andado.

— Achei que tinha conseguido a verba para a Tasmin montar o estande de bijuterias em Camden Market. — Ele fez uma careta. — Mas parece que não vai dar certo. O patrocinador tirou o corpo fora no último minuto. Não sei mais a quem recorrer.

Autumn remexeu na bolsa e tirou uma barra de chocolate amargo orgânico, com selo de Comércio Justo.

— Toma. — Ela partiu alguns quadradinhos. — Isto vai fazer você se sentir melhor.

Addison riu.

— Chocolate é a sua resposta para tudo?

— Às vezes.

Quando o ônibus deles parou no ponto, os dois levantaram-se para sair.

— Não se preocupe com a situação da Tasmin — disse Autumn, piscando para ele. — De repente, nem tudo está perdido.

Lá fora, o crepúsculo se esvaía depressa enquanto anoitecia. A ala de Richard era sempre superclara. Autumn achava que, além de diminuir a temperatura do aquecedor nesses hospitais, deviam desligar algumas das dezenas de lâmpadas, que ficavam acesas o dia inteiro. Isso ajudaria muito a crise de verbas do sistema de saúde pública.

O irmão encontrava-se na cama, ainda conectado à mesma quantidade de aparelhos do dia em que fora internado. Como estava em vias de recuperação, já não devia ter ocorrido uma redução na quantidade de tecnologia necessária para mantê-lo vivo? Richard mostrava-se magro e abatido, quase esquelético. A irmã se perguntou se vinha se alimentando direito. Desde o não casamento de Lucy, não tinha ido visitá-lo. Mais de uma semana passou antes de ela se sentir capaz de enfrentá-lo e confrontá-lo em relação à entrega das drogas que a obrigara a fazer. A raiva era uma emoção que Autumn não gostava de incentivar, mas não se lembrava de ter ficado tão furiosa com alguém durante toda a sua vida como ficara com o irmão.

No entanto, bastou olhá-lo para a sua indignação sumir e ela sentir somente pena. Tratava-se de uma imagem patética. O homem charmoso e ousado que ele fora desaparecera havia muito. A tez estava pálida e manchada; os cabelos, sebosos. Sempre que ele respirava, os pulmões chiavam e doíam. Cada inalação dava a impressão de ser a última. A irmã perguntou-se se alguns dos adolescentes do programa

MANDA VER! tomariam jeito se pudessem testemunhar o que a fissura de Richard pelos entorpecentes lhe provocara. A história dele sem dúvida alguma serviria de exemplo contra o uso de quaisquer tipos de narcóticos.

Autumn segurou a mão de Addison, que apertou a sua. Ao se aproximarem da cama de Richard, ele abriu os olhos. Deu a impressão de estar se esforçando para focalizar. Os olhos que outrora brilharam tanto, que eram cheios de autoconfiança e traquinice, mostravam-se apagados e afundados, com olheiras. Terrível vê-lo daquele jeito.

— Mana — sussurrou. — Pensei que tinha se esquecido de mim. — Não fora um comentário amargo, apenas muito triste e carente. Fez Autumn sentir-se péssima por se ter mantido afastada.

— Eu precisei de algum tempo para lidar com certas coisas — informou, com o máximo de honestidade possível, ao se sentar na cadeira de plástico ao lado da cama dele.

— Tudo bem, cara? — cumprimentou Addison, ao sentar-se também ao lado da namorada.

— Nunca estive melhor — respondeu Richard, mas sem rancor.

— Está com boa aparência — mentiu Autumn.

— Papo-furado! — murmurou. — E nós dois sabemos disso.

Sua irmã não teve coragem de negar.

— Temos novidades para você — disse Autumn, virando-se para buscar o apoio do noivo, com alegria forçada.

— Nem precisa dizer. Você e o Addison vão se casar.

Ela riu.

— Como sabia?

— Porque nunca vi você tão feliz antes. — Tentou erguer a cabeça do travesseiro, sem sucesso. — Fico contente por vocês dois.

— Eu fiquei preocupada com a sua reação — admitiu Autumn.

— Sou tão babaca assim? — quis saber. Em seguida, ele próprio respondeu. — É, na certa, sou sim.

— A gente ainda não marcou a data.

— Melhor fazer isso logo; caso contrário, posso não estar por aqui para ir.

— Não fala assim — repreendeu a irmã. — Você ficará ótimo. Só vai demorar algum tempo.

— Tempo é o que eu não acho que tenho mais, mana. — Uma lágrima escorreu dos olhos dele. — Agora que são almas gêmeas, imagino que contou para o Addison o favor que fez para mim.

— Ele está a par de tudo — admitiu. — Não há segredos entre nós. — Olhou com admiração para o noivo.

— Vocês querem ficar a sós para conversar sobre isso? — quis saber Addison. — Posso sair para tomar o café passado do hospital.

Richard balançou a cabeça, devagar.

— Fica. Você faz parte da família, agora.

Ele se reacomodou na cadeira.

— Deu tudo certo? — perguntou o irmão.

— Ahã. Não houve nenhum problema com a entrega. Mas eu chamei a polícia, e os caras foram presos em seguida.

Ele tentou dar de ombros, mas não conseguiu. — Não importa agora. Não vão vir atrás de mim aqui.

— Mas me deram uma mochila de dinheiro.

Então, o irmão mostrou-se surpreso.

— Deram?

— É muita grana, Richard.

— Nunca imaginei que iam me pagar.

— Então, o dinheiro é seu.

— Ahã. Meu ganho ilegal.

— Eu não vou devolver — disse a irmã. — Quando você sair daqui, quero que tome jeito e deixe essa vida de lado. Basta de drogas. Chega de andar com bandidos. Vou dar a maior força. Você sabe disso.

Richard estendeu a mão e ela a segurou.

— Sempre me deu.

— Quero que use a grana para ajudar os adolescentes do instituto — informou ela.

As máquinas ao redor do irmão zumbiram, apitaram e ressoaram.

— Vamos encarar a realidade. Não vou sair daqui. — Os olhos cansados e opacos observaram o ambiente frio e clínico. — Use o dinheiro como bem entender. Bom saber que algo positivo vai resultar disso tudo. Faça uma boa ação com ele.

Autumn começou a chorar.

— Obrigada, Richard. — Deu-lhe um beijo no rosto. Sua pele cheirava a acetona, doença, morte.

— Está vendo só? — disse, com uma risada quase imperceptível, que provocou dolorosos espasmos em seu corpo. — Não sou tão babaca assim, no fim das contas.

— Pode acreditar — ressaltou a irmã. — Você vai mudar a vida de, no mínimo, uma adolescente. — Virou-se para Addison, com um largo sorriso. — Agora Tasmin vai poder montar seu estande de bijuterias.

Capítulo Noventa

uando Nadia voltou do supermercado, encontrou uma carta no capacho. Ela vinha temendo essa correspondência, enviada pela companhia de seguros, havia semanas.

Pegou-a e levou-a, juntamente com as inúmeras sacolas de compras, até a cozinha. Depois de deixar tudo no balcão, olhou fixamente para o envelope. Não achava que conseguiria suportar outra má notícia. Mas evitá-la não facilitaria as coisas.

Lewis ficaria na escola até o meio-dia; então, ela teria uma hora mais ou menos para si antes de ir buscá-lo. Reservando algum tempo para preparar café e colocar três biscoitos Hob-Nobs, cobertos de chocolate, em um pratinho, ela adiou por mais alguns minutos o momento da verdade.

Tomou um gole da bebida e deu uma mordida na guloseima, contemplando a carta à sua frente, apoiada no pote de café instantâneo. Então, quando não aguentou mais o suspense, abriu o envelope com uma faca. Começava com um *"Temos a satisfação de informar-lhe..."*. Seriam mesmo boas notícias? Ela leu o restante do texto tão rápido quanto pôde. A folha oscilava enquanto as mãos trêmulas esforçavam-se para mantê-la imóvel.

Ao que tudo indicava, dizia a carta, o juiz encarregado do caso o classificaria como morte acidental. Três policiais presentes no alto do Stratosphere, naquela noite fatídica, testemunharam a queda do marido. Todos afirmaram não ter certeza se Toby soltara de propósito a balaustrada ou se, na tentativa de subi-la para regressar, escorregara sem querer e caíra. Como os indícios de suicídio eram inconclusivos, as autoridades concederam o benefício da dúvida ao marido.

Nadia sentiu o estômago revirar. Ela poderia dar a Toby o benefício da dúvida também? Se cerrasse os olhos, ainda conseguiria sentir a brisa quente do deserto batendo em sua pele e visualizar o terror na face do marido enquanto ele caía para trás, despencando e morrendo. Será que Toby realmente quis se soltar ou será que houve um momento em que considerou subir a balaustrada, na esperança de que os dois pudessem dar um jeito em tudo, pois ainda contava com o casamento? A esposa perguntou-se o que passara pela cabeça dele. Estaria determinado a se suicidar ou não teria passado de uma lamentável tentativa de chamar a atenção? O fato de que nunca chegaria a saber a verdade a assolaria para o resto da vida.

A carta ressaltara que, se aquele fosse mesmo o caso, e o veredicto do juiz se confirmasse, então ela teria direito a receber o pagamento do seguro de vida de Toby: a importância de quase cem mil libras. *Cem mil libras*. As palavras rodopiaram em sua mente, o valor ecoando, enquanto ela sentia uma onda de alívio. No fundo, Nadia sabia que já era hora de algo positivo ocorrer. Esfregou os olhos, tentando absorver aqueles detalhes. Só podia torcer para que a avaliação inicial da companhia de seguro estivesse correta. Com certeza, não teriam enviado aquilo, a menos que tivessem certeza do resultado; não a encheriam de esperança para destruí-la depois, encheriam? Com cem mil libras no banco, poderia quitar o empréstimo que fizera com Chantal e talvez até reduzir a hipoteca da casa a um nível que ela própria conseguisse pagar — supondo, evidentemente, que alguém desejasse empregar uma mulher como ela, que fora dona de casa nos últimos quatro anos. Suas habilidades nos negócios podiam estar enferrujadas, e os terninhos, apertados na cintura, mas, com um pouco de sorte, alguém se daria conta de que ela ainda tinha muito a oferecer.

A empresa de cartão de crédito continuava a persegui-la por causa das dívidas que Toby acumulara nos sites on-line e nos cassinos reais em Las Vegas. O valor ultrapassava cento e trinta mil libras, com os juros acumulando mensalmente. Seu advogado ainda estava convencido de que poderiam chegar a um acordo — de maneira que Nadia só pagasse uma fração da quantia exorbitante — e de que algumas empresas de cartão de crédito descobririam que tinham um coração de ouro, no fim das contas, e cancelariam a dívida por completo. Os jornais nacionais acompanhavam o caso com atenção, o que poderia muito bem ajudar a sua causa. As empresas de cartão de crédito talvez relutassem em causar má impressão no noticiário.

Ela precisava certificar-se de que poderia oferecer um ambiente saudável em casa a Lewis, que enfrentara tanto nos últimos tempos. Tudo o que queria era que ele tivesse uma vida feliz, e faria todo o possível para que isso ocorresse.

Enquanto ela ia a uma entrevista de emprego naquela tarde, Autumn ficaria com ele. Seu estômago embrulhava só de pensar. O emprego era bom: vender anúncios para uma emissora de TV local, que acabara de ser inaugurada. Ela podia fazê-lo, sabia que tinha condições. Só precisava da oportunidade de prová-lo.

Nadia partiu ao meio o último biscoito Hob-Nob e comeu-o, desfrutando do sabor do chocolate. Depois, cruzou os braços, cingindo o próprio corpo, dando a si mesma um grande abraço. Independente do que acontecesse, chegara a hora de se concentrar no futuro.

Capítulo Noventa e Um

— Se você deixasse o chocolate de lado por um tempo, poderia me ajudar com uma destas caixas — disse Paquera.

— Ah, está bom. Claro. — Estava apenas comendo um tablete comemorativo de Mars: sabe como é.

Observando Aiden Holby se esforçar com uma caixa de CDs e DVDs, não pude evitar o sorriso — não por ele estar labutando, mas por se encontrar ali. Nunca tive um parceiro permanente antes — não um com o qual estivesse envolvida, de qualquer forma —, e senti uma onda de emoção ao constatar que estava realmente indo morar comigo. Ia viver mesmo, *mesmo* no meu apartamento.

— Melhor ainda, por que não põe essa caixa no chão, enquanto coloco a chaleira no fogo e a gente divide este chocolate? — sugeri.

Ele deixou-a no piso na hora e jogou-se no meu tapete.

— É difícil dizer não para você, sabia?

Acariciei o rosto dele.

— Você parece exausto!

— Bom, estou carregando caixas para lá e para cá desde cedo — informou, como se eu não soubesse. Um amigo emprestara a van para que ele pegasse as suas coisas, mas Paquera tinha que devolvê-la até às quatro da tarde. Meu companheiro sorriu para mim. — É um trabalho duro. Logo vou ter que me deitar e tirar toda a roupa.

— Fica aí. — Dando um beijo no nariz dele, serpenteei pelas inúmeras caixas espalhadas na minha sala, a caminho da cozinha. Não imaginava que os homens tivessem tanta coisa. Havia roupas, revistas e parafernália por todos os lados. Juro que ele possuía mais cosméticos do que eu. Mas a ideia de lutar todas as manhãs para ver quem conseguia se olhar no espelho do banheiro me atraía. Só esperava que ele não monopolizasse o chuveiro como o Marcus. Quando o meu ex finalmente saía do banho, nunca sobrava água quente para mim. O que diz muito sobre a nossa relação, acho. Aiden Holby jamais me deixaria um pouco de água morna, quase fria.

A lembrança de Marcus foi como uma alfinetada na minha bolha de felicidade. Naquela manhã, recebera um cartão dele. Fora enviado da Ilha Maurício e mostrava um lindo paraíso tropical — ideal para casais apaixonados, em lua de mel. Tudo o que dizia atrás, nos garranchos dele, era *"Queria que você estivesse aqui"*. E havia dois beijinhos desconsolados abaixo. Morri de pena dele e me perguntei se estava sozinho. Se estivesse, não podia culpar ninguém, exceto a si mesmo. Acabei deixando escapar um suspiro.

— Cadê o chá, gata? — gritou Paquera, da sala. — Achei que ia voltar logo para ficar comigo no tapete.

Sorrindo, vociferei:

— Já vou!

Olhei para o cartão de novo e, deliberada e cuidadosamente, rasguei-o em mil pedacinhos antes de jogá-lo na lata de lixo.

— O que é isso? — perguntou ele, no vão da porta, atrás de mim.

— Nada importante.

— Sabe o quanto eu amo você? — perguntou.

— Sei. — E ele estava sendo sincero. Pela primeira vez na vida, eu sabia o que era amar e ser amada honesta e abertamente. — Não vai agir de forma diferente comigo, agora que se mudou para cá, vai?

— Não. — Abraçou-me e puxou-me para si. — Desde que você me dê sempre muito chocolate e chá, tudo vai dar certo, gata.

Capítulo Noventa e Dois

—Quando que a gente vai começar a dieta, hein? — Naquele momento, eu estava com um bolinho apoiado na barriguinha que aparecia no alto da calça. Não era uma visão muito legal.

— Eu continuo a comer por duas — lembrou Chantal. — O único desejo que tenho tido é de comer mais e mais chocolate. — Deu um sorriso bobo. — Que tal isso, hein?

Quando eu engravidar, teria muita sorte se começasse a sentir aversão a esse alimento e só quisesse couve refogada com azeite de oliva ou pudim gelado com cobertura de gorgonzola. Uma ideia para lá de assustadora! Talvez fosse melhor para mim não ter filhos.

— Só vou me preocupar em recuperar a forma muito tempo depois que a neném nascer. — Chantal acariciou o ventre com suavidade. — Enquanto isso, que venham as calorias! — Para confirmar o que dissera, comeu com satisfação outra praliné.

As grávidas eram tão presunçosas. Quem dera eu estivesse esperando um bebê também, daí também comeria como uma porquinha. Uma porquinha chocólatra.

— Não preciso fazer dieta, já que não engordei nem um grama — destacou Autumn, moralizadora.

Eu podia começar a desprezar as vegetarianas também.

— E eu perdi peso — informou Nadia.

— Ah. — Fiquei para baixo ao ficar sem a última aliada possível. Então, pelo visto, só eu comeria salada com molho light dali em diante. Ah, bom. Só que mais uma dose de chocolate antes de começar a sofrer não faria mal, faria? Não. Claro que não. Era até prejudicial negar ao corpo o que ele mais desejava. Fato comprovado cientificamente. Sei que li em algum lugar. E o meu corpo ansiava por chocolate o tempo todo. Bolinhos com pedacinhos desse produto recebiam o tratamento Lucy Lombard.

— Qual dos dois vocês deixariam de lado: comida ou chocolate? — perguntei a ninguém em especial.

— Comida — respondeu Nadia, sem parar para pensar muito. — No dia em que eu tiver um orgasmo comendo alface, talvez mude de ideia.

Eu dava o *maior* apoio para ela.

— E, então, você optaria por sexo ou chocolate?

— Perdi o tesão — reconheceu Chantal, e todas nos surpreendemos um pouco. — Eu sei, chega a ser engraçado — prosseguiu, ao notar a nossa reação. — O Ted, por outro lado, só quer transar. Ironia do destino, não é mesmo? — Acariciou a barriga, com suavidade. — Não sei o que fazer com isto. Onde tenho que colocá-la, hein? Mas ele parece achar muito sexy o corpo de mulher grávida.

— Alguns homens acham mesmo — confirmou Nadia, a única de nós a passar pela experiência. — O Toby adorou quando fiquei grávida. — Em seguida, seus olhos ficaram marejados.

— Acho que os problemas começam mesmo quando se tem o corpo de grávida, sem estar esperando um filho. — Passei a mão na minha barriga e o momento de tristeza se esvaiu com o nosso riso, outra vez. — Muito pouca gente acha isso atraente. — Apesar de eu ter certeza de que tinha muito site por aí dedicado aos chegados a isso.

— Agora que estou começando a curtir sexo — admitiu Autumn, enrubescendo —, mal posso acreditar que levei tanto tempo. O Addison é um amante incrível.

— Isso é o que se costuma conhecer como "informação demais", amiga — disse-lhe eu. O namorado dela a estava influenciando positivamente; naquele dia, Autumn fora usando Lycra, não o costumeiro vestido de tecido grosseiro de algodão que ia dos pés à cabeça. Sem sombra de dúvida, uma melhora. Fique de olho: daqui a pouco, vai estar comendo sanduíches de bacon, usando sapatos de couro e votando no partido conservador; escute bem o que estou dizendo.

— Sexo ou chocolate, Nadia?

— Sexo — respondeu ela, fazendo um beicinho, perdida em pensamentos, com certeza algum mais traiçoeiro. — Chocolate. Sexo. Chocolate. Definitivamente, sexo. Não. Chocolate. — Balançou a cabeça com veemência, enquanto consumia uma espécie de pé de moleque coberto com chocolate, servindo de cobaia para as criações de Clive. — Vou optar pelo segundo agora, mas adoraria poder escolher.

— Talvez se o Jacob aparecer para levantar as caixas pesadas, como prometeu, não precise esperar muito — brinquei. Olhando de forma enfática para Chantal, acrescentei: — Soube que ele é bom de cama.

— Bom é apelido — ressaltou Chantal, sem pudor. — Eu sou a única aqui que sabe disso.

— Você é a única que tinha grana o bastante para contratar o sujeito — lembrei.

— Falando sério, tem muito cara pior por aí, Nadia. Se ele quiser ir até a sua casa para ajudar você, pense duas vezes antes de negar.

— Ele é um cara legal — concordou a mãe de Lewis —, mas é cedo demais para eu querer me envolver. Vai demorar muito até eu olhar para outro homem.

— Melhor ficar com chocolate — sussurrei, com a boca cheia dele. — Sabe que faz sentido.

— E o que você deixaria de lado, Lucy? — quis saber ela, tentando mudar o foco da conversa. — O Paquera ou chocolate?

— Chocolate — escolhi, sem nem titubear, como se não houvesse disputa.

— Agora sabemos que é amor de verdade! — disse Nadia, e Autumn e Chantal riram.

— Com toda a certeza!

Eu não teria descrito de outra forma. Existem algumas coisas na vida sem as quais talvez você não queira viver — chocolate, por exemplo —, apesar de saber que, na hora do aperto, conseguiria fazê-lo. Outros aspectos são tão necessários para a existência quanto respirar. Sorri para mim mesma. O sr. Aiden Holby era um deles. Embora eu preferisse poder comer chocolate também.

A chocolataria estava tranquila naquele dia, com um jazz suave como música ambiente, que nos reconfortava. Como o movimento estava fraco, Clive tirou o avental e foi conversar com a gente, acomodando-se ao lado de Nadia.

— Como vão as minhas queridinhas hoje?

— Bem — respondemos ao mesmo tempo.

— E vocês dois? — perguntei.

— Nada mal — disse ele, com certa hesitação. — Estamos fazendo as pazes, aos poucos. Discutindo a relação.

— Que bom! — Pelo visto, Clive não ia mais ter cortes de cabelo de graça, e Darren ficaria sem um monte de chocolates deliciosos. Coisas da vida.

— Tem algo que nós dois queremos pedir. — Naquele exato instante, Tristan surgiu dos fundos, com uma garrafa de vodca de chocolate e tacinhas.

— Oba! — exclamou Nadia com entusiasmo ao vê-la.

— Não está meio cedo demais para tomar vodca? Acho que o sol ainda nem chegou ao lais — disse-lhes eu.

— Não está fazendo sol porque estamos no inverno — ressaltou Clive. — E eu não faço a menor ideia do que seja lais.

— Esperamos poder brindar daqui a pouco — explicou Tristan.

Fiquei intrigada.

— Uma rodada de vodca, então — confirmei.

Chantal ergueu a mão.

— Para mim, não. Grávida toma água em meio à bebedeira.

— Vou pegar um chocolate quente para você — disse Tristan, voltando ao balcão para servi-la.

— E traz um pouco mais daquele pé de moleque com cobertura de chocolate, por favor — pediu Nadia.

Quando ele voltou, Clive disse:

— Nós estamos pensando em ir para a França. — Olhou com carinho para o parceiro. — A gente não tira férias direito desde que abriu o Paraíso do Chocolate. Apesar de ser divertido, estamos exaustos e precisamos de um tempo só para nós.

— Ótima ideia. Um brinde a isso. — Ergui uma das taças, na expectativa.

Clive, complacente, serviu-me. Tomei tudo de um gole só. Então, ele fez o mesmo com as outras, antes de voltar a encher a minha taça. Os dois entreolharam-se, apreensivos.

— Lucy, sabe o quanto a gente adora você...

— Claro. — Sorri meio abobalhada. A bebida já começava a fazer efeito.

— A gente espera ficar um mês fora, talvez mais.

Dei de ombros, feliz.

— Muito legal.

Clive serviu mais vodca.

— E queríamos que você tomasse conta da chocolataria enquanto estivermos fora.

— Eu?

— Sabemos o quanto você adora este lugar e pensamos que ia gostar do desafio.

E seria mesmo um desafio.

— Eu não sei de nada sobre chocolate — lembrei. — Exceto como devorá-lo em grandes quantidades.

— Vamos dar um curso-relâmpago antes de partir — prometeu Clive.

Um curso relâmpago.

— Usar esta palavra comigo é meio arriscado — avisei.

— Você vai se sair superbem — exortou Tristan. — Os clientes vão adorar. Não podíamos deixar o Paraíso do Chocolate em melhores mãos.

— Não sei não — disse, hesitante. — Na última vez que me ofereci para ajudar, acharam que eu ia comer a loja toda.

— A gente mudou de ideia — assegurou Clive. — Você vai se sair bem. Temos certeza disso.

Então, estavam desesperados. Mas e se eu devorasse todo o lucro deles e não restasse mais nada quando voltassem? Era outra possibilidade.

— Aceita — aconselhou Chantal. — O que tem a perder?

— Isso mesmo — disse Nadia. — É o emprego dos seus sonhos!

E minha amiga tinha razão, não tinha? Poderia ser a oportunidade pela qual vinha esperando a vida inteira.

— Você leva jeito — acrescentou Autumn.

Eu me dei conta de que o casal prendeu a respiração.

— Gente, isso vai afetar muito a minha dieta.

Ambos ficaram boquiabertos, e Clive perguntou:

— Quer dizer que aceita?

Arreganhei os dentes.

— Acho que sim!

Ele deu um soco no ar.

— É isso aí! — Os dois se abraçaram, felizes. Em seguida, fizeram o mesmo comigo e me encheram de beijos. Tomara que se sentissem assim dali a alguns meses. Eu já precisava de mais vodca.

A porta se abriu e Paquera entrou no momento em que Clive e Tristan me soltavam.

— Imaginei que encontraria você aqui, gata.

— Consegui um novo emprego — anunciei, empolgada.

— Ah, é? E como a gerência da Targa vai se virar sem você?

— Acho que muito bem.

— Eu é que vou decidir isso — disse, envolvendo-me com os braços e dando-me um beijo afetuoso.

— Não quer saber qual será o meu trabalho *incrível*?

— Quer dizer que agora é *incrível*?

— Ahã. — Sorri, feliz, para Clive e Tristan. Não tínhamos discutido ainda os termos, as condições, o pagamento, nada, embora eu já soubesse quais seriam os benefícios. Mas, independentemente do acordo, eu sabia que me sentiria em casa ali. E que podia fazê-lo. Estava à altura do desafio. Afinal, não seria tão difícil assim, seria? — Vou administrar a chocolataria enquanto Clive e Tristan viajam.

— Parece uma parceria ideal.

— Paraíso do Chocolate — acrescentei. — É uma parceria feita no paraíso do *chocolate*.

Tristan deu uma taça para Paquera e serviu-lhe a vodca.

— A Lucy — brindou Clive.

Meus amigos e meu amor repetiram:

— A Lucy!

Senti um nó na garganta. O que eu faria sem aquelas pessoas que amava tanto? Estava tão agradecida por ter o melhor que a vida podia oferecer. Ergui a taça.

— Aos bons amigos, a um cara deslumbrante e ao chocolate maravilhoso!

O que mais eu poderia desejar?

Impresso no Brasil pelo
Sistema Cameron da Divisão Gráfica da
DISTRIBUIDORA RECORD DE SERVIÇOS DE IMPRENSA S.A.
Rua Argentina 171 – Rio de Janeiro, RJ – 20921-380 – Tel.: 2585-2000